新潮文庫

警官の掟

佐々木 譲著

新潮社版

10873

警官の掟

道は行き止まりだった。

そのセダンは、いまのT字路で右折するか、反対車線に入って戻るしかなかった。なのに運転する逃走犯は直進した。その先は四百メートルほどで、埋立地の端となる。

道は終わる。道の端、鉄柵《てっさく》の向こうは、東京港の水面だ。

波多野《はたの》涼《りょう》巡査は、ちらりと助手席の先輩警官を見つめた。門司《もんじ》孝夫《たかお》巡査長は、正面に目を向けて頬をこわばらせている。追え、ということだろう。波多野はアクセル・ペダルを少し踏み込んだ。二千五百ccのエンジンを積んだパトロールカーは、少しだけ唸《うな》り声を高めて加速した。屋根《ルーフ》で鳴るサイレンの音も、呼応して大きくなったように聞こえた。パトカーはその交差点を突っ切った。

真正面、水面の向こう側の平坦地《へいたんち》は、東京港中央防波堤の内と外の埋立地である。外側埋立地は東京港臨海道路の海底トンネルでこの城南島とつながっているが、そのセダンは臨海道路には入らなかった。土地勘がないのか、それとも逃げるのに必死で臨海道路に入るタイミングを逸したか。いずれにせよ、先は行き止まり。もうやつの運命は事実上決まった。

空がやたらに広く見えるこの湾岸エリア、いま道路の右手前方には六階建てほどの巨大な冷凍倉庫が伸びており、左手側にもまた水産会社の巨大倉庫がある。見通しはいい。逃げ隠れできる建物などろくにないはずだった。

いまセダンとのあいだの距離は二百メートルほどだ。第一京浜国道の青物横丁近くから始まった追跡劇は、ようやく終わろうとしている。バックミラーで確認できる限り、この追跡にはいま三台のパトカーが連なっていた。たぶん見えないところで、さらに五台以上の警察車両が加わっているだろう。逃走犯が城南島に入ったとき、追跡車両の一部は臨海道路の入り口へ先回りしたかもしれない。いずれにせよ、その先頭を走っているのが大井署地域課の自分たちのパトカーだ。逆の言い方をするなら、この行き止まりの道までセダンを追い詰めてきたのが、自分たちだった。

四月、東京湾岸の風はまだ肌寒いぐらいの日の午後三時だ。

正面突き当たり、岸壁の柵の手前でセダンが急停車した。

「気をつけろ！」と、門司が怒鳴った。「バックでぶつけてくる」

波多野は少しだけエンジンブレーキをきかせた。セダンは、いきなり後退して向きを変えた。完全にボディの左側を見せた。

左に向かう？　道路はもうない。左手は水産会社の倉庫群の敷地だ。セダンのボディが見る見る近づいた。助手席に乗る女の姿が見えた。人質になった女性だ。頭を抱えて、下を向いていた。セダンとの距離は、もう三十メートル。いや二十メートル。

また門司が怒鳴った。

「ふさげ！　左側だ」

波多野は急制動をかけた。身体《からだ》が前にのめった。速度が落ち切らないうちにステアリングを左に。パトカーはずるりと腰を振るように、路上で九十度向きを変えた。

セダンは急発進した。まっすぐ前方へ。つまり水産会社の敷地のほうにだ。敷地と道路との境界に、移動式の簡単な車止めがあった。業務に使用される正門ではなく、通用口なのだろう。

セダンは車止めのあいだを強引に突破しようとした。激しい衝撃音が響いた。一基の車止めがはね飛んだ。セダンがスピンした。直進できずに、左手奥に建つ倉庫へと向かった。倉庫の前には、乗用車やトラックが三台停まっている。セダンはまたすぐにふらつき、停まっていた乗用車の一台に、鼻先からめりこんだ。またもや衝撃音が響いた。セダンはそこで動かなくなった。走れない。

波多野もパトカーを急発進させた。

敷地の中にいた男たちが数人、わっと散った。作業服を着た四、五人の男たちだ。突っ込んできたセダンとパトカーを見て、驚いている。

敷地内は完全に舗装されており、すぐ左手にかなり古い倉庫が建っている。その倉庫の前にも、乗用車が二台、ワゴン車が一台停まっていた。

セダンの運転席から男が飛び出した。右手にバットのようなものを持っている。五十がらみの、黒っぽいアウトドア・ジャケットを着た男。二日前、浅草で暴力団員を殺して指名手配された殺人犯だった。前科もあり、覚醒剤《かくせいざい》常用という情報もある。男は助手席に回ると、人質を引きずり出した。小柄な中年女性だ。スパッツにブルゾン姿。主婦っぽい格好をしている。女性は頭を抱えたまま、転がり落ちるように助手席から出てきた。

逃走犯は、十五分ばかり前に青物横丁で職務質問を振り切って逃げたのだった。すぐに手近の乗用車から運転者を引きずり出してこれを奪った。助手席に乗っていた女性が人質となった。波多野たちのパトカーが急報を受けて第一京浜国道上でこのセダンを発見、追ってきたのだった。

波多野はパトカーを、セダンの後ろまで走らせて停めた。

逃走犯は、そばに停まっている乗用車のドアに手をかけた。いったんドアを開けたが、キーがついていなかったらしく、すぐにその乗用車から離れた。向かったのは倉庫の真正面だ。扉が少し開いている。

門司が波多野に目で合図してきた。

下りろ。追うぞ。

搭載されている方面本部系無線から、通信指令センターの係の声がする。

「大井二号、状況は？」

門司がマイクに向かって怒鳴るように答えた。

「だから、城南島だって！」

「正確には？」

「追っかけてんだ。後ろに訊《き》け！」

門司は、波多野よりもひとまわり年長の先輩警察官だった。彼の下についてまだ一週間だが、気が短く、言葉よりも腕力優先という男であることはわかっている。彼はまどろっこしいことが嫌いだ。

この場に、別のパトロールカーも急接近していた。

門司が助手席を飛び出した。波多野も続いた。門司の行動の意味はわかる。この緊急事態であり、いまなら逃走犯を追って人質を救出できる。現場判断で可能だ。一秒を争う。報告したり指示を待っていては、その貴重なタイミングが失われる。やつがいまにも有利な位置、居場所をみつけてしまう。とにかく、追うことだ。逃走犯をここまで先頭で追い詰めてきた自分たちが。

門司が逃走犯を追い、波多野の左手を駆けた。波多野も腰の警棒に手をかけ、大破したセダンの右側から回り込むようにして走った。

逃走犯は女性を引っ張ったまま、開いた扉の隙間《すきま》から中に入るところだった。

「止まれ！」と門司が叫んだ。「人質を離せ！」

逃走犯はいったん振り返った。目が血走っているのがわかった。薬のせいか、やつは正気を失っている。何をするかわからない。

男は抵抗する女性を手荒く引っ張って、倉庫の中に消えた。

その古倉庫は、四階か五階ほどの高さだろうか。窓がなくて、間口は十間ばかり、大型トラックが五、六台並ぶことができそうだ。正面左側の鉄の扉は閉ざされている。倉庫の奥行きは、やはり十間ばかりありそうだった。裏手は、すぐ岸壁のはずである。

波多野は門司とともに、倉庫の扉の横に達した。

門司が、肩の署活系無線のマイクに手を伸ばして報告した。

「被疑者は、水産会社の倉庫に飛び込んだ。追います。いまから、無線使用不可能です」

報告を終えてから、門司が訊いた。

「やれるか?」

この場面でそう問われて、応援を待ちます、という返答はありえない。答えはひとつだ。

「はい」

「やるぞ」

波多野に躊躇《ちゅうちょ》はなかった。腰から伸縮式の特殊警棒を抜いて、右手に持った。逃走犯が持っていたのはバットのようなものだ。刃物や拳銃《けんじゅう》ではない。まずは警棒で対応できる。

「最悪の場合は」と、門司が言った。「おれがやつの相手をする。お前は人質を守れ。いいな」

「はい」

背後で車の急停止の音が続いた。波多野は後ろに目をやった。手前に停まった車から、若い警官が飛び出してきた。目が合って、相手は驚いた表情になった。知った顔だ。松本章吾《まつもとしょうご》。警察学校の同期。いま彼は第一自動車警ら隊にいる。

「来い」と、門司が短く指示して、倉庫に飛び込んだ。波多野も続いた。

中は、小学校の体育館ほどの広さだった。二階ほどの高さに頑丈そうな鉄の梁《はり》が並び、天井が張られている。たぶん二層なのだ。一部は吹き抜けになっている。階段は、倉庫の奥か。

床には木製のパレットの山がいくつもできている。それに発泡スチロールの白い箱の山。建築廃材を詰め込むようなガラ袋にコンテナバッグ。その山の並びかたは不規則だ。列にはなっていない。

冷凍倉庫ではない。多少空気はひんやりしているが、海産物を保管しておけるような温度ではなかった。それに埃《ほこり》っぽい。ほとんど使われていないように思えた。資材置き場、あるいは廃材の一時保管庫というところか。もしかするとこの倉庫は、すでに解体が予定されているのかもしれなかった。

物音はしない。人質の泣き叫ぶような声も聞こえなかった。

中を突っ切って、裏手に逃げたのか。人質を引っ張って、階段を昇るのは難儀だ。二階には行っていまい。そもそも、二階に逃げたら最後、逃げ場はなくなるのだ。

やつは一階にいる。資材の山の陰にいるはずだ。

後ろで車の音。また一台のパトカーが敷地内に突っ込んできたのだろう。それがどこの部署のものであれ、いまここで交替しろと言われたくはなかった。門司も同じことを思ったようだ。波多野に左手を示してから、倉庫の奥へと進んでいった。波多野も警棒を両手でかまえたまま、左手に進んだ。ふたりで挾撃《きょうげき》できるようにということだ。靴音がびくりとするほど大きく響いた。かまわない。自分がやっているのは隠れんぼではない。追いかけっこなのだ。それも、ひとの命のかかった。

左側の空間は薄暗かった。左端の壁まで歩いてから、右手に目を向けた。もう門司の姿は見えない。資材や廃材の山の陰だ。波多野は直角に曲がって、奥へと向かった。ひとつ目のパレットの山の横を抜けたが、右手方向を見渡すことはできなかった。逃走犯たちの姿はない。

外ではまたパトカーが到着した音。三、四人の男たちが、舗装された駐車スペースを駆け回っているようだ。

切迫した声が聞こえた。

「ふたりが飛び込んだ！」

「裏手だ！」

音を立てて、その場から車が発進していった。すぐにまた別のパトカーも到着するだろう。ほどなくこの倉庫は完全に囲まれる。あとはその包囲が厚くなるだけだ。

奥のほうで靴音。小さく女の悲鳴。

波多野は腰を屈《かが》めつつ、倉庫の左端に近い空間を駆けた。フォークリフトが通れるだけの幅の通路だ。このあたりかと見当をつけて、パレットの山の陰から飛び出した。一瞬姿が見えた。男と、人質の女性。ふたつの影は、さらに奥へと消えた。

「いました！」と波多野は叫んで、ふたりが消えた位置まで走った。

そこに達したとき、男はこんどは左手に隠れるところだった。もう奥の壁まで、二間か三間というところだ。

「女性を放せ！」

波多野は叫んで、さらに追った。

その通路まで来て、見失った。

行く手、つまり左側の壁際《ぎわ》にスチールの階段がある。しかしそこに、ふたりの姿はない。

どっちに消えた？ 波多野は、靴音を聞こうとした。聞こえるのは、背後の門司のものだ。

「どこだ?」と門司が駆け寄ってきた。

波多野は首をひねってから、さらに進んだ。

また悲鳴があがった。

「やめて! やめて!」と、泣きながら人質の女性が叫んでいる。もっと奥、階段の右手方向?

ごとり、と重い音がして、それにモーター音が重なった。

エレベーターがあるのか?

門司がまた右手方向に駆け出した。

波多野はまず階段の方へと向かった。エレベーターがあるとしたら、あの階段の後ろ側だろう。

階段の前に達して、エレベーターの位置がわかった。裏手側の壁に出っ張りがある。そこに、へこみ傷だらけの鉄の扉。間口二間はあろうかという、貨物用エレベーターだった。扉の脇《わき》の階床表示ランプの明かりがひとつ上に移動した。そのランプで、この倉庫は三層あるとわかった。

人質も一緒か?

その扉の前に、門司が飛び出してきた。

「上です！」

波多野は身体の向きを変えて、階段に向かった。三層あるとすれば、上のフロアは天井が低いのかもしれない。フロアの数が多いと、相手をみつけて追い詰めることは、いくらか面倒になる。

波多野はスチール階段を駆け上がった。想像していた以上に大きな音が響いた。

「気をつけろ」と、門司の声。続いて、スチールの階段を踏む靴音。

上の層まで、三つの踊り場を越さねばならなかった。ふつうの建物の二階分の高さだ。二階分の階段を駆け上がって、上の層に飛び出した。薄暗かった。がらんとして、ほとんど荷のない空間だ。天井の高さは、下の層のちょうど半分ほどか。ところどころに木箱の固まり。パレットの山。ガラ袋。その背後に隠れたのか？

いや、と波多野は考え直した。スチール階段はまだ上に続いている。三層目がある。

逃走犯は、すでに三層目まで逃げたか？

上の層で、金属のきしむ音がした。エレベーターの扉が開いた？

「どうした？」と、門司が階段を駆け上がりながら訊いてくる。

「もうひとつ上があります。わたしは上がります」

門司には二層目をまかせた、と伝えたつもりだった。波多野は、さらに階段を上がった。

その層は、暗かった。照明がついていない。窓もないし、非常口を示すような明かりもなかった。わずかに、エレベーターの前だけ、黄色っぽい光がある。格子《こうし》状の扉の隙間から、内側の箱の光がもれているのだ。いま箱はこのフロアで停まっている。モーターの音はしない。

逃走犯は、人質を引っ張ってここでエレベーターを下りたのか？

波多野はその場で耳を澄ました。下からは門司の靴音。さらにその下から、パトカーのサイレン。車が走り込んで来て停まる音。

奥の闇《やみ》の向こうでも、靴音があった。その靴音に、泣いている女の声が重なっている。人質の女性は、床を引きずられているようだ。

照明のスイッチはどこだ？　マグライトを取り出して階段脇を照らしたが見つからない。となれば、エレベーターの脇か？

マグライトを闇に向けたとき、ひとの姿が浮かんだ。エレベーター前の通路の奥を、男が女性を引っ張って遠ざかっていく。

「待て！」波多野は叫んで駆け出した。

マグライトの揺れる光の中で、男が人質から離れたのがわかった。闇のさらに奥へと逃げていく。女性は通路に横たわっている。

波多野は女性に駆け寄ると、膝《ひざ》をついて、マグライトでその姿を照らした。顔が恐怖に引きつっている。怪我《けが》をしているかもしれない。

「警察です」波多野は、女性の肩に軽く手を置いて言った。「大丈夫ですか？」

「痛い」女性は言った。「痛い」

「怪我？　どこです？」

「痛い。痛い」

答えになっていない。動転して、波多野の質問が頭に入らないのかもしれない。

背後で靴音が響いた。門司がスチール階段を上ってきたのだ。

「大丈夫か？」と門司の声。

波多野は振り向いて叫んだ。

「怪我をしているようです。被疑者は奥に」

門司の姿が、エレベーターからもれる光の中に見えた。七、八メートルほど離れている。

波多野は呼びかけた。

「エレベーターで、このひとを下ろしましょう」

門司がそこで立ち止まった。エレベーターのボタンを探しているようだ。

波多野はマグライトを腰のベルトに収めると、抱き起こすために、女性の腋《わき》の下に手を入れた。

「痛い！」と、女性はまた悲鳴を上げた。

あわてて波多野は、身を起こした。そのときだ。後頭部に衝撃があった。制帽が、頭から叩《たた》き落とされた。

エレベーターの扉が開く音がして、通路を照らした光の中に門司の姿が見えた。驚《きょう》愕《がく》して、こちらを見ている。

なんとか倒れるのをこらえた。自分のすぐ後ろに、あの逃走犯がいる。警棒で反撃しなければならなかった。門司が、エレベーターの前から駆けてくる。

「やめろ！」と、門司は怒鳴っていた。

体勢を立て直そうとした。そこにもうひとつ衝撃。頭への直接の打撃だった。うっと身を屈めると、左膝に激痛が走った。波多野は、意識を失った。

松本章吾巡査は、焦《じ》れるような思いでその倉庫の扉の外に立っていた。

大井署の波多野たちが逃走犯を追ってこの中に飛び込んでいってから、もう三分ほどが過ぎている。自分も続こうとしたが、直属の上司である能条克己《のうじょうかつみ》車長に止められた。逃走犯を逆上させて、人質に万が一のことがあってはならないという判断だ。あと数分で、機動捜査隊が到着する。人質を取った立てこもり事件に関しては、経験も実績も豊富な面々だ。射撃や格闘術についても、訓練を積んできている。これに対して自分たち自動車警ら隊の隊員は、車の運転と職務質問のスキルの高さが身上だ。たしかに局面が変わった以上、ここでは持ち場の交替があってしかるべきかもしれなかった。

能条はまた、現在この場にいるもっとも階級が上の警察官として、現場の指揮を執っている。大井署地域課の警官と、自動車警ら隊の警官たちを、倉庫全体を包囲するように配置したのだ。倉庫の正面側には、大井署地域課の警官二名、それに自分たち自動車警ら隊二名が張りついていた。

松本が腕時計に目をやったときだ。倉庫の奥から、声が聞こえてきた。

「人質救出！　エレベーターの前だ。応援を」

波多野の声ではなかった。その相棒なのだろう。彼らは上のフロアまで逃走犯を追っていった？　しかし、いまの言葉は逃走犯確保、ではなかった。人質を救出した？

松本は横にいる能条の顔を見た。

能条がうなずいた。

「来い」そして大井署の警官ふたりにも声をかけた。「お前たちも」

能条が駆け出すよりも先に、松本が倉庫に飛び込んだ。

エレベーターは奥か。

「こっちだ！」と、さっきの声の警官が呼んでいる。

資材の山のあいだをジグザグに走って、ようやくエレベーターの前に出た。資材運搬用なのか間口が広く、鋼板張りの扉は傷だらけだ。格子窓がついている。その前で、女性が身体を床に横たえていた。出血は見当たらないが、怪我をしているのかもしれない。三十代の、体格のいい警官が膝をついている。

その警官が松本を見て立ち上がった。そこに能条や大井署の警官ふたりも駆けつけた。

膝をついていた警官が、袖章《そでしょう》をちらりと見てから能条に言った。

「逃走犯は三階です」

「相棒は？」と能条。

「襲われました。この女性が倒れていたので、わたしはこのひとの救出を優先しました」

「くそっ」と能条が言った。「前科《まえ》が甘過ぎたんだ。あんな連中、更生なんて絶対にしないのに」

「自分は戻ります」

「駄目だ。逃走犯は何か凶器を？」

「バットのようなものです。はっきりとはわかりません。刃物も所持しているかもしれない」

思わず松本は訊いていた。

「波多野は、どうなっています？」

その警官が、松本に目を向けた。自分の相棒の名を知っているのが意外だったのかもしれない。

「三階で、倒れたのが見えた。傷の程度はわからない。真っ暗なんだ」

能条はマイクに口元を近づけて言った。

「人質、救出しました。倉庫一階奥のエレベーター前。救急車を。ひとり、警官が負傷した模様です」

能条は緊張した面持ちで口をつぐんだ。何か先方から指示が出たようだ。

「わかりました」

能条は大井署の警官ふたりに言った。

「このエレベーターの前を押さえろ」それから松本に、「お前は階段の下を」

松本は言った。

「警官が倒れているんです。行かせてください」

能条は首を振った。

「拳銃が奪われたかもしれない。機動捜査隊がすぐ着く」

「奪われる前に」

「動くな。やりかたがあるんだ」

そのとき、上のほうで破裂音があった。その場の誰もが身をすくめた。銃声だった。間違いない。

「行きます!」

言いながら、松本はその場を離れて、階段を駆け上った。

「馬鹿野郎《ばかやろう》!」能条の声が聞こえてきた。「勝手な真似《まね》をするな!」

何があったのだろう。波多野が逃走犯に向けて撃ったのか? 威嚇《いかく》射撃? それとも緊急事態ゆえの一発なのか。

最悪のことも想像できた。負傷した波多野から、逃走犯が拳銃を奪った? 拳銃にはカールコードがついている。拳銃だけを奪うことは不可能だ。ホルスターのついたベルトごと、はずさなければならない。逃走犯にそれができたとすれば……。

靴音はまるでティンパニーの上で踊っているかのように響いた。当然、三階にいるはずの逃走犯にも聞こえている。この音に、そいつは正気を失うだろうか。恐怖に駆られて、波多野をさらに傷つけるだろうか。それとも、警官が迫ってきていて、逃げ切れないと観念するか。

松本は後者であることに賭《か》けた。

二層目のフロアに達したとき、また銃声がした。

もうひとつ上のフロアからだ。自分に向けられたものではない。

それでも松本は足を止めた。その発砲が逃走犯によるものではないことを祈りつつ。

「波多野！」と、松本は呼びかけた。「大丈夫か」

返答はない。発砲できる力があれば、当然声も出せるはずだが。ということは、つまり……。

松本は警棒を腰の左に収めると、ホルスターから拳銃を抜き出した。輪胴式で、五発装弾できる国産拳銃。小さくて軽いことから、制式採用となったときにベテラン警察官たちはうらやんだという。松本はグリップの下に左手を添えて、そろそろと階段を上った。階段部分の天井が四角く切り取られている。上層のフロアには照明はついていないように見えた。階段下から差し込む光が、たぶん三階全体で唯一《ゆいいつ》の明かりだろう。

階下では、靴音があわただしくなっている。応援が増えたようだ。女性を外に運び出しているのかもしれない。

そっと三階の床から顔を出した。なるほど暗かった。奥がよく見えない。この階段の周囲だけ、かろうじて光があるのだ。エレベーターのある方向に目を向けたが、倒れたという波多野の影は見えなかった。制帽がフロアに落ちている。

ここに光があるということは、相手からは自分がよく見えているということだ。じっとしていないほうがいい。階段を上りきった右手方向に、ガラ袋の山がある。その陰まで進もう。

松本は拳銃を両手で握り直すと、腰をいっそう低くして二段上がり、一気に床に躍り出た。そのまま床を転がって、ガラ袋の陰に。銃声はなかった。

「波多野！」と、松本はもう一度呼びかけた。

何も反応はない。

いや、かすかに、うめき声とも荒い呼吸とも聞こえる音がした。波多野が応《こた》えようとしたのか？

松本は左手でマグライトを取り出すと、ガラ袋の山の裏側を進んで、奥を照らした。このフロアのずっと奥、建物全体で言うなら右側の壁近くのところに、ひとの影があった。箱のようなものに背を預け、足を伸ばしている。ライトをその顔に向けた。ぐったりした表情の波多野だ。目こそ開けてはいないが、かすかに動いているようだ。

「波多野！　聞こえるか？」

波多野の顔がかすかに縦に動いたように見えた。

「やつは？　近くか？」

返事はない。声を出すこともできないほど負傷の程度がひどいのか。だとしたら、救出は一刻を争う。

あるいは、答えられないのか。すぐ後ろから拳銃を突きつけられているとか。

いや、と思い直す。逃走犯が、何のためにそんなことをしなければならない？　警官は負傷した。拳銃も奪ったようだ。なのに、ここに留まるべき理由がない。この倉庫の三階からは、もう逃げようがないとしても、何か要求してくるにしても、その場合人質としては、警官よりも一般市民の女性のほうが扱いやすかったはずだが。

いままでに二発の銃声があった。あの意味は？　さっきの警官の話では、波多野が負傷したのは最初の銃声以前だ。波多野が撃たれたのではないかもしれない。そして間を置いて二発目の銃声。あれは階段を昇ってきたおれへの威嚇射撃だったのだろうか。自分の近くに銃弾が撃ち込まれた様子はなかったが。

松本はガラ袋の山の陰を戻り、エレベーターの前の空間に出て、マグライトを使いながら暗がりの中に一歩ずつ歩を進めた。

落ちている制帽の横までできた。床を照らすと、血痕《けっこん》らしきものがある。大量ではない。少なくとも致命傷になるような傷口からのものには見えなかった。

少し進むと、床に引きずられたような血の痕《あと》。

苦しげな呼吸が聞こえてくる。照らすと、その方向にはいくつか廃材の山があった。ガラ袋やコンテナバッグだ。波多野がいるのは、この山の裏手あたりか。

逃走犯の気配を感じ取ろうとしたが、もうひとつの息づかいは聞こえてこない。衣類のこすれる音も、靴音も、何も。

ここにはいない？

とうに逃げたか？　建物の外側には、どこかに非常階段があるはずだ。

松本は山の裏手に思い切って飛び込んだ。マグライトの先に、足をこちらに向けて投げ出している波多野がいた。ほんの七、八メートルのところだ。

波多野の後ろに暗い影があると気づいた。男だ。

松本は一瞬棒立ちとなった。逃走犯が、そこに！　あわてて松本は身体を引っ込めた。

身を隠したまま、松本は男に言った。

「拳銃を捨てろ。もう逃げられない」

ほんの少しの間をおいて、声が返ってきた。

「ひとりか？」

深い穴の底から響いてくるような、暗い声だ。松本はその声にはもちろん、質問にも戸惑った。どういう意味だ？

答えないままでいると、また男が言った。

「外にはもっといるんだろう？　どうしてひとりだけなんだ？」

松本は訊いた。

「何がしたいんだ？」

「撃ち合いさ。派手にやりたい」

「死ぬぞ」

「死なせてくれよ」

「その前に、裁判だ。拳銃を捨てろ」

逃走犯は焦れったそうに大声で言った。

「なあ、隠れていないで出てこい。おれは、こいつを撃つぞ」

松本は叫んだ。

「よせ!」

逃走犯が大声で言った。

「出てこい。お前は撃たないから、出てこい」

信じられるわけがない。自分も撃たれて、やつはもう一挺《ちょう》拳銃を手にすることになる。

「信じていないな」男は松本の逡巡《しゅんじゅん》を見透かしたように言った。「ほら、おれも隠れない。この警官の横に立ったぞ。三つ数える。数え終えたら、こいつを撃つ」

警官の横に立った? 身体をこちら側にさらしたということか? 松本は身をかがめ、資材の山の低い位置から片目で窺《うかが》った。ほんとうだった。男は、波多野の右側に立って、拳銃を波多野の頭に向けている。

やつは三つ数え終えたところで自分が通路に出てくると予想している。この拳銃を奪う気であれば、そのとき銃口は、すでにこちらに向けられているだろう。闇の中に影が出現すれば、相手は引き金を引くだけでいい。ならば数え終わる前に動くしかない。

松本は左手のマグライトを持ち直し、拳銃を持った右手をその上に載せた。銃口と光の向きを、一致させねばならなかった。

男が、間延びした声で言った。

「ひとおつ」

その瞬間に、松本は飛び出した。拳銃をかまえ、腰を落として、撃つ体勢を取った。光の中に、男が浮かび上がった。驚愕している。松本の出現が早すぎたのだ。男は拳銃を、まだ波多野の頭に突きつけている。

松本は、男の下肢を狙《ねら》って撃った。

男は短くうめいて、その場に崩れ落ちた。間髪を容《い》れずに松本は駆け寄り、男の右手から拳銃をもぎ取った。カールコードは革ベルトからはずされていた。松本はその拳銃を自分のうしろへ滑らせた。

男は身を縮めて床を転がった。たぶん弾は大腿部《だいたいぶ》に当たった。命に別状はないはずだが、しばらくは痛みをこらえるだけしかできないだろう。松本は自分の拳銃をホルスターに収めた。手錠をかけることは、応援の連中にまかせてもいい。

松本は波多野のそばに寄り、片膝をついた。波多野は震える手を伸ばしてくる。松本はその手を握った。

「大丈夫か？」

波多野が、小さくかすれたような声で言った。

「たぶん。膝をやられた」

その声には安堵《あんど》の響きがある。

マグライトでざっと波多野の身体をたしかめた。後頭部の髪が濡れているが、大きな傷はなかった。目は少し虚《うつ》ろに見える。唇は色を失っていた。

「撃たれてはいないんだな？」

波多野が答えた。

「よそに向けて撃ったんだ。死なせてくれ、と言ってた」

「その機会は、いくらでもあったろうに」

「ここに逃げ込んで、ようやく悟ったんじゃないか。行き場はないって」

波多野の声に少しずつ力が戻ってきていると感じられた。呼吸も落ち着いてきた。

松本は肩のマイクに顔を向けて自動車警ら隊に報告した。

「松本です。波多野巡査は負傷。逃走犯も負傷して、無抵抗です」

波多野の顔をのぞきこむと、彼は照れくさそうに言った。

「漏らしてしまった。内緒にしてくれ」

警察学校で机を並べていたときから思っていたが、ときおり波多野は十二、三歳の少年のような、はにかんだ表情を見せる。いまもそうだ。

松本は微笑を見せて言った。

「よかった。余裕あるな」

松本は手を離し、波多野の横に並んで腰を下ろした。

波多野が訊いた。

「お前ひとりで来たってことは、上の指示じゃないな？」

松本は答えた。

「指示の先取りだ。銃声がしたんだ。緊急事態さ」

「そうか」波多野は、口調を変えた。「こめかみに銃口を押し当てられた。ああいうときって、不思議なものだな」

「どうしてだ？」

「頭の片隅で、子供のころのことを思い出していた。いじめられて、泣いたこと。自分が殺されるんじゃないかと、やっぱりちびっちゃったときのこととか」

「そんなことがあったのか」

「小学校のころは、いじめられっ子だったのさ。身体も小さかったし」

「馬込《まごめ》小学校？」

「いや、小学校は横浜だったんだ」

波多野はそこそこの長身だし、高校、大学時代は球技で鍛えたという体格だから、いまの姿からいじめられたという子供時代の様子を想像することは難しい。ただし松本は、いましがた彼が見せたような少年っぽい表情に何度か、かすかに危うさを感じたことがないでもなかった。波多野は自分にかかるプレッシャーが限界まできたとき、うずくまってフリーズしてしまうタイプではない。思いがけない瞬発力を発揮して、危機を逆転させるほうだ。たぶん彼の内側には、少年ならたいがいが持っていたような鋼《はがね》のバネが、いまだ劣化することなく仕込まれたままだ。周囲の多くは、完全にそれを誤解しているはずだが。

階段のほうから、いくつもの靴音。五人。いや十人以上か。駆け上がってくる。機動捜査隊が到着したのだろうか。それとも、大井署や自動車警ら隊の連中か。両方かもしれない。さっき自分が発砲音を聞いて飛び込んできてから、まだ三分とたっていない。

逃走犯が床に転がったまま、またうめいた。

波多野が訊いた。

「わざとはずしたのか？」

「ああ」

「死なせてやれば、こいつも救われたのに」

「殺人犯だ。罰が必要だろ」

警官たちが三階まで達した。

「松本、どこだ？」と声がする。「大丈夫か？」

車長の能条の声ではない。同僚のものだ。松本は大声で答えた。

「こっちだ。奥の資材の山のあいだ」

フロアに靴音が響き、闇の中にマグライトの光がいくつも出現した。「ここだ」という声。

波多野が小さい声で松本に言った。

「サンキュー」

松本は、肘《ひじ》で波多野の腕を押して応えた。何を言っているんだ、同期だろ、と言ったつもりだった。

1

そのセダンは、水路沿いの道路の端に停まっていた。

ドイツ製の、銀色の高級車だ。後部の窓にはスモークフィルムが貼《は》られ、ナンバーは覚えやすい同じ数字がセットになっている。けっしてオーナーが堅気とは思えない様子があった。

朝の五時四十分である。日が昇った直後の時刻だった。警備会社の警備員が、そのセダンに気づいて中を覗《のぞ》いた。

助手席に男がいる。眠っているようにも見えたが、姿勢がやや不自然だった。仕事の途中で仮眠を取っているようではない。だいいち、高級車に乗る男が、こんなところで仮眠を取るまい。

警備員は、車から一歩離れてみた。ちょうどその助手席の下あたりの地面が、褐色に汚れている。血？と連想した。

警備員は運転席側に回って、窓ガラスに額を押しつけてみた。助手席の男の横腹が真っ赤だった。腿《もも》のあいだに置かれた両手には、手錠のようなものがかけられている。ただごとではない。事件との遭遇のようだった。警備員はすぐに会社に電話した。

事情は会社を通じて警察に通報され、通報から五分後には、蒲田《かまた》署のパトロールカーが、セダンの放置されていた東糀谷《ひがしこうじや》の現場に到着した。続いて救急車が到着し、救急隊員が男の死亡を確認した。被害者の横腹には、銃創があった。

十月初旬、前日よりも少し気温が下がったと感じられる月曜日である。

その朝、蒲田署刑事課の波多野涼巡査長は京急蒲田駅を下りたとき、後ろから声をかけられた。どきりとして、背が伸びた。

「聞いているか？」

歩きながら顔を向けると、門司孝夫巡査部長だった。先日、蒲田署に異動してきたばかりだ。門司は巡査部長昇任にともなって、それまでの大井署地域課から蒲田署刑事課盗犯係に移ったのだった。彼もいま署への出勤途中だ。

「おはようございます」と、先輩に対して波多野はていねいにあいさつした。「何か？」

「東糀谷で、殺人だ。被害者《マルガイ》は小橋《こばし》組の深沢隆光《ふかざわたかみつ》。今朝、死体で見つかった」

門司は、周囲の通行人の耳を気にしてか、少し警察官の符牒《ふちょう》を交えてそう言ったのだった。

門司とは、大井署の地域課にいたとき、同じパトカーに乗ったことがある。波多野が荏原《えばら》署管内の交番での卒業配置を終えた一年後のことだ。門司とはつまり、同じ地域課警官として先輩後輩の関係だった。そうして彼のチームで勤務を始めて十日も経《た》たないうちに、あの城南島での捕り物があったのだ。波多野の負傷とリハビリのためいったん解消された関係だったが、七年ぶりにまた先輩後輩という間柄となった。まさか門司がこのタイミングで、同じ所轄《しょかつ》の、それも同じ刑事課に配属されてくるとは、波多野は一週間前までまったく想像していなかった。偶然だとしたら、世の中は面白い。

門司が続けた。

「撃たれた傷だそうだ。拳銃《けんじゅう》を使っているんだから、抗争だろう。詳しいか？」

波多野は首を振った。

「刑事課にいますけど、盗犯係ですから。暴力団の事情はよく知らないんです」

「小橋組だぞ」

「蒲田駅東口がシマだという程度のことは、もちろん知っていますが」

「お前は刑事課に何年いるんだよ？」

「六年です。あのときの傷のリハビリが終わったところで、蒲田署刑事課に来ましたから」

「マル暴担当と世間話もしないのか」

「酒が飲めないんで、そういうつきあいもないんです」

「よその所轄にいたおれでさえ、深沢の名前くらいは耳にしてるぞ」

「管内の窃盗常習犯二十人の手口は、すべて頭に入っているんですが」

「それにしても」と門司はうれしそうに言った。「刑事課に移ったとたんに、こういう事案だ。やる気が出るな」

「捜査本部、立ちますかね」

「それほど難しい事件じゃないって」

「そうですか？　もう犯人の目星がついている？」

「深沢がらみの事案の捜査のことも、耳にしている」

「わたしは、よくは知りません」

「あの関連じゃないのか。当たり前すぎる読みだけど」

黙っていると、門司はちらりと波多野の左足に目をやった。

「もう完全によくなったみたいだな」

「ええ」波多野も足下に目を落として答えた。「リハビリをきちんとやりましたから」

「膝を砕かれたってのに、もう痛みもないのか？」

「全然。ただ、走るのは無理です。地域課から刑事課の盗犯係に移してもらえたのも、あんまり走らずにすむからでしょう」

「そういえば、お前の同期のあいつは、なんて言ったっけ？　上司命令を聞かずに、お前を助けに飛び込んでいった男」

「松本章吾」

「あいつはあのとき何か処分をくらったよな」

「所属長注意だったと思います」

「班長は能条といったか。堅いひとらしいものな」

「本気で松本に怒ったと聞いています。珍しく警務がとりなして、あの処分で収まったそうです」

「処分を受けた割りには、出世してるな。今回の異動で、捜査一課だって聞いた」

「優秀だし、馬力のある男ですから。同期の連中は、全然意外に思っていないでしょう」

「仲がいいんだろ？」

「ええ。同期の中では」

うしろから声をかけてくる者があった。

振り返ると、五十代の幹部警官だった。門司がその幹部にあいさつし、あとは口をつぐんだ。


蒲田署の二階、刑事課のフロアに入ると、捜査員や職員たちの声がふだんよりもいくらか高く大きくなっている。他殺体発見の報《しら》せに、高揚しているのかもしれない。滅入《めい》るような陰惨な、あるいは哀《かな》しい事案ではないのだ。話題にもしやすい。

刑事課と組織犯罪対策課の捜査員は、全員会議室に集められた。深沢隆光殺害事件についてのブリーフィングと捜査員の配置の指示があるのだった。波多野は、手帳を持って門司と一緒に会議室の後方寄りの席に着いた。

強行犯係長の本橋誠二《もとはしせいじ》が、書類ホルダーを手に立ち上がり、三十人ばかりの捜査員たちを見渡してから言った。

「今朝五時四十二分、警備会社の城陽警備保障から通信指令本部に通報があった。東糀谷六丁目、ポンプ所近くの北前堀沿いの路上に放置されたセダンの中でひとが死んでいる模様だと。第一発見者は、城陽警備の警備員、勝俣洋二《かつまたようじ》。勝俣は発見現場に近いANAの訓練センターの夜間警備を受け持っていた。朝になってからの通常の敷地外巡回の途中で、セダンを見つけたものである。ただちに本署地域課の警察官が現場に急行し、四十七分に事象を確認した」

本橋が情報を読み上げている途中で、その横のホワイトボードに現場付近の地図が貼られ、さらに被害者の写真、セダンの写真、死体発見時の状況写真が留められた。

本橋は続けた。

「二分後に救急車も到着、施錠されていた助手席ドアを開けて、助手席にいた男が死亡していることを確認した。次いで到着した検視官が他殺と判断、死体は現在、東京女子医大病院に運ばれて、司法解剖が行われている。詳細な解剖結果が出るまであと半日はかかるだろう」

死体の左脇腹《わきばら》には銃創があった。弾は貫通していない。暫定《ざんてい》的な検死の報告として、死因は失血死と推定される。死後硬直の様子から、死亡推定時刻は、昨夜午後十時からきょう午前二時ごろのあいだである。

遺留品から、被害者は、蒲田駅東口に事務所を置く稲森《いなもり》会系二次団体・小橋組の幹部、深沢隆光とわかった。組のナンバーツーである。住所は蒲田四丁目。自分が所有する雑居ビルの一室だ。つい二十分ほど前、妻が死体を深沢本人と確認した。

背広の内ポケットには財布が残されていた。中には現金二十二万円、運転免許証。キャッシュカード、クレジットカードは六枚。携帯電話は見つかっていない。腕時計はロレックス。左手にしたままだ。

死体は、シートベルトをした状態だった。左ハンドル車なので、死体があったのは国産車で言うならば運転席側ということになる。セダンは、被害者本人所有のもの。

本橋は顔を上げて、再び捜査員全員の顔を見渡した。

「死体は手錠をかけられていた。この手錠は警察が使っているものではなく、マニア向けのおもちゃである。ただしそこそこの強度はある。この手錠の件は、記者発表では伏せる。絶対に口外しないように」

犯人しか知り得ない事実として、現場、死体の状況を一部秘匿《ひとく》する。この点を自供させられるかどうかが、被疑者と断定する決め手のひとつとなる。

本橋はまた視線を書類に落とした。

車内からは、とくに不審なものは発見されていない。銃刀法違反のものや、非合法薬物などはなかったということだ。

深夜零時ころには、セダンが発見された場所には、車は停まっていなかった。

死体発見からまだ三時間であり、容疑者の特定、確保にはいたっていない。第二方面本部と機動捜査隊の応援を得て、周辺で聞き込みと不審者の捜索、職務質問が始まっている……。

強行犯係長の本橋は、ここで顔を上げてしめくくった。

「被害者が暴力団幹部であり、凶器は拳銃。警察マニアが使うような手錠が使われ、しかも見せしめのような死体遺棄だ。堅気のやったことではない。現段階では暴力団同士、あるいは暴力団員同士の抗争と推測しうるが、ただし初動では先入観なしに、どんな情報にも当たるように」

ついで刑事課課長代理の大宅博《おおやひろし》が言った。

「緊急案件を抱えている者以外は、刑事課員のすべてをこの事案の捜査に振り向ける。配置については、それぞれの係の所属長が指示する。くれぐれもスタンドプレーや抜け駆けをすることなく、組織の一員として捜査に当たるように」

続いて組織犯罪対策課長の狩谷《かりや》智浩《ともひろ》が、被害者をめぐる組織の関係について説明した。

「被害者、深沢隆光は、指定暴力団稲森会系の二次団体・小橋組の幹部だ。五十五歳、代貸し。傷害と恐喝で前科二犯だ」

小橋組は大田区蒲田のJR蒲田駅東口を縄張りとしており、構成員二十人ほど。けっして大きな組ではない。もともとは不良土建で、羽田空港の拡張工事などへの労働者の斡旋《あっせん》を主な事業としていた時期もある。現在は東口の風俗営業店、外国人バー、そのほかスナックなどからのみかじめ料の取り立てが、しのぎの中心だ。組の周辺には、闇《やみ》金融業者、売春斡旋の業者もいる。蒲田本町に事務所のある産業廃棄物処理業、小橋総業は企業舎弟である。

組長は二代目で、熊谷《くまがい》隆次郎《りゅうじろう》。七十五歳だ。小橋総業は、この隆次郎の次男が名義上の経営者である……。

狩谷がそこで言葉を切ったときに、すぐに捜査員から質問があった。

「周辺の暴力団との対立や抗争は？」

狩谷はペットボトルのお茶を飲んでから答えた。

「十五年ほど前、西口の大木戸《おおきど》組ともめたことがある。大木戸組がけつを持ったタイ人が、東口に裏カジノを開いたんだ。話がこじれて、大木戸組の若いのがふたり、病院に運び込まれた。うちがなんとか抗争を押さえ込んで、最後は小橋組の当時の組長が、大木戸組の先代組長の葬式に出て手打ちになった」

質問した捜査員が確認した。

「いまは、どこともめていないということですか？」

その質問の調子から、彼には聞きたい答えがあるのだとわかった。それを言ってくれとうながしている。

「もうひとつ、確認はされていないが、蒲田を拠点に振り込め詐欺《さぎ》をやってる半グレたちと、一触即発になった、という噂《うわさ》がある」

門司が小声で波多野に訊《き》いた。

「ヤブイヌって連中のことだろ？」

「そうでしょうね」と波多野は答えた。

蒲田署管内では、組織犯罪対策課が「ヤブイヌ」と呼んでいる準暴力団が把握されている。組織名も事務所もないようなグループであるが、やっていることは暴力団と変わらない。かつて暴走族だった連中がメンバーの中心だ。このグループのリーダーと目されている男が、藪田《やぶた》という苗字《みょうじ》であることから、藪田をボスとした野犬の群れ、つまりヤブイヌ、というわけだ。

狩谷が、さらに続けた。

「藪田という男をリーダーにした半グレ・グループが、大井町の門脇《かどわき》組とつながっている。振り込め詐欺の上がりをめぐって藪田が小橋組ともめ、門脇組に駆け込んだ。三者がからんで抗争直前にまで行ったが、なんとか収まったらしい。ただしこの件、小橋組の面々はあったこと自体を否定している。こんなところだ」

べつの捜査員が訊いた。

「小橋組は、これまで拳銃がからむ事案で摘発されていますか？」

「いや」と狩谷は答えた。「ない」

狩谷は書類ホルダーをデスクの上に立てた。これ以上詳細なことは、ここでは言えないと言ったつもりだろう。

狩谷に代わって、課長代理の大宅がホワイトボードの前に出た。

「小橋組には、組織犯罪対策課が当たれ。強行犯係は、大木戸組。盗犯係ほかの面々は、死体発見現場付近での聞き込み。あのあたりの防犯カメラのデータを片っ端から借り出せ。午後一時、この部屋に再集合。難事件じゃない。ぐずぐずやらずに、一気に片をつける。行ってくれ」

捜査員たちが一斉に立ち上がった。会議室に椅子《いす》や机が立てるゴトゴトという音がしばらく響いた。

自分のデスクに戻ると、盗犯係長の加藤俊哉《かとうとしや》が、部下たちに聞き込み担当地区を割り振っていた。

「波多野、お前は東糀谷周辺を。このエリア」

地図のプリントを渡された。

死体発見現場の北側、北前堀水路から新呑川《しんのみ》までのあいだだ。東西四百メートル、南北三百メートルほどの範囲。ただし地図を見れば、そこにあるのは住宅ではなくて、そこそこの敷地をもつ事業所がほとんどだ。聞き込みに当たるべきひとの数は、多くはない。警備員や、夜勤の労働者たち、出入りするトラック運転手たちということになる。

波多野は、門司と組むように指示された。

門司が言った。

「こんどはお前が先輩だ」

波多野は微笑した。

かった。


「そんなことはありませんよ」

波多野たちは、べつの捜査員ふたりが乗る捜査車両に便乗して、死体発見現場へ向かった。

そこは、海老取《えびとり》川から西方向に入った水路である北前堀の中ほどだった。東糀谷の最東端に当たり、海老取川の対岸は羽田空港である。首都高速やモノレールの高架の構造物が左右に延びている。

東寄りに東京都の排水用ポンプ所がある。その西側に、ANAの訓練センターの巨大ビル群があった。堀の北側、東端には社会福祉施設、その隣りに貯水池のあるビル。さらに町工場が並んでいる。

セダンが停まっていたという場所は、北前堀の水門よりもまだ三十メートルばかり西寄りだった。橋がかかっており、橋の手前の道路の左側で、そのセダンと死体が発見されたのだった。堀の南岸沿いの道路は、その橋を過ぎたところから進入禁止となっている。海老取川までは、二百メートルほどの位置だ。橋を渡って堀の北側に抜けることができるから完全などん詰まりではないが、それでもその道路の事実上の最奥《さいおう》と言える場所だった。

現場はまだ規制線が張られ、鑑識係による現場検証が続いている。水門の内側の堀にはプレジャーボートが係留されているが、その堀も橋をくぐってわずか五十メートルほどで、埋立地となって終わっている。埋立地は緑地として、さらに五百メートルばかり西に延びている。木立と遊歩道が続いていた。

その場に立って、門司が言った。

「海老取川に出るつもりで入ってきたのか、最初からここに車を捨てるつもりだったのか、わからないな」

波多野も、周囲に目をやりながら言った。

「少なくとも、ここが通行の少ない道路だってことは承知だったんでしょうね」

「死体は助手席にあった。ということは、運転してきた人間がいる。ここで車を捨てて、そいつはそのあとどうしたんだ？」

「もう一台の車があったのでしょうか。暴力団同士の抗争なら、単独犯じゃない」

門司はうなずいた。

「暴力団員を拘束して、手錠をかけて、それから撃っているんだ。ひとりじゃ難しい。運転していた男は、ついてきたもう一台に移って、ここを離れたか」

堀の向こう岸に並ぶ町工場ふうの建物を門司が指さした。

「まずこの工場から始めるか」

「時計回りに？」

「いや、現場に近い水路沿いから片づける。北の新呑川方面はあとでいい」

橋を渡りながら、門司が言った。

「抗争なら、捜査は難しくないだろうな。被害者の周りの連中は、深沢が誰とどんなトラブルを抱えていたか、だいたい知っているはずだ」

とくに波多野に同意を求める調子でもない。なかばひとりごとだ。

「小橋組が黙っていたとしても、対立する組をゆさぶってやればいい。知らないで通す気なら、家宅捜索をかけるぞと脅せばいいんだ。うまくすれば、数日中にチンピラが自分がやったと出頭してくる」

波多野は言った。

「いまの時代、身代わりになって出頭する若い衆なんていますか？　もう絶滅しているようにも思いますが」

「いるさ。暴力団は、終身雇用の最後の砦《とりで》なんだからな」

「門司さんの言葉、まるで組対のベテランのように聞こえます」

「皮肉じゃないよな」

「ちがいます。感心して言ってるんです」

「この事件、おれはマル暴を相手にしたいな。そっちの担当へのあこがれも、多少の自信もある」

「向いていると思いますよ」

橋を渡り、道路を左手に折れてすぐの町工場に入った。横文字の看板が出ていたが、そこが何の工場なのかはわからなかった。入ってみると、旋盤のような機械が一台稼《か》働《どう》中だった。作業服姿の工員がひとり、その旋盤に張りついている。

事務所に招じ入れてくれたのは、もう七十近いと見える、補聴器をつけた男だった。経営者なのだろう。

警察手帳を見せると、その老人は軍手をはずしながら言った。

「さっきも訊かれたけどね。うちの裏手、堀に面しているんだ。サイレンを聞いたけど、起きなかった。目覚ましでいつもどおりに起きてカーテンを開けてみたら、もうあっち側に大勢のお巡りさんが来ていた。刑事さんもふたり、ここに来て訊いていったよ。不審な人物か車を見なかったかと」

門司が質問しかけたが、波多野はそれを遮るように老人に訊いた。

「起きたのは、何時くらいです？」

「朝の六時十五分。この季節はまだラジオ体操をやってるんで、その時間には起きている」

「ラジオ体操はどこで?」

「向いの海老取川公園だ」

「メンバーはいつも同じですか?」

「だいたいそうだな。二十人ぐらい」

「みなさん、ご近所の方?」

「そうだよ。わざわざここまで通ってくる物好きはいない」

「昨夜真夜中には、何か物音とか、ひとの声などを聞いていませんか?」

「何も。こんな年寄りになると、寝るのは早い。十一時には眠っているからね」

「今朝、ラジオ体操のときに、警察が来ていることは話題になりました?」

「ああ。ひとりがお巡りさんから聞き出したらしい。車の中でひとが死んでいたそうだと、話題にした。殺人だということは、そのときはわからなかった」

「その体操のお仲間で、真夜中に何か不審なものを見たというひとはいませんでした?」

「そういうことを言ってるひとはいなかったな」

「この近所、真夜中って、交通量はどんなものです？　車などが多く出入りするところですか？」

「いいや」と老人は首を振った。「南側の電業社通りが幹線道路だ。ANAだって、正面はあっちに向いてるだろ。こっちは東糀谷の奥、裏通りだ。ひと気は少ないと思うよ。この季節は」

「ほかの季節は？」

「夏場はね、あっち側の川っぺりなんかに涼みにくるひとがいる。でもいま時分は、ほとんどいない」

「では、車でやってきたり、ひとりで歩いていれば目立ちますね？」

「トラックやワゴン車でなければ。ひとりで歩いていても、たしかに目立つかな」

「死体が載せられていたのは、銀色のベンツなんです。ベンツに心当たりはありませんか」

「心当たりっていうのは？」

「この近所によく来ていたとか」

「少なくとも、うちの近辺には来ていないな。このあたりの工場じゃ、ベンツに乗ってくるような取り引き先は持っていないだろう」

波多野は門司を見た。門司は不服そうな顔をしている。波多野が質問しているせいか、それともこの老人の答えに満足していないせいか。たぶん前者なのだろう。

門司が訊いた。

「死んだのは蒲田のヤーさんで、深沢隆光って男だけど、知ってる？」

「ヤーさん？」老人は意外そうな顔になった。「そっち方面のひととは、つきあいはないんだけど」

「このあたりに顔を見せてる男じゃないってことだね」

「このあたりの工場は、用心棒の必要な仕事じゃないからね」

門司は、事務所の窓の外に目を向けた。

「そこにプレジャーボート持ってる連中とかにも、そういう手合いはいないかい？」

「ああ。そういえば」と、老人も窓を振り返って言った。「ボート持ってるひとで、そっち系統のひとかなって思うやつはいるね」

「そういう連中、堀の脇に車を停めるのかい？」

「駐禁だけど、そうなんだろ」

「どんな車で来る？」

「いちいち車種まで気にしていないよ」

「ボートで寝泊まりしているひとなんて、いるかい？」

「さあ。そこまでは知らない。港湾局で訊いてみるといいんじゃないかな」

明らかに、もう迷惑だという口調になってきた。

その町工場を出たところで、波多野は門司に訊いた。

「プレジャーボートのことを訊いたのは、何かわけでもあるんですか？」

門司が答えた。

「殺した男、多少の土地勘でもあるのかと思ってな。ああいうクルーザーとか持ってるのは、不動産屋とか金融業者も多いし」

「ああ、そういうことでしたか」

「それが深沢の関係と重なってくれば、そいつに当たる」

「寝泊まりしてる男がいるかどうか訊いたのは？」

「浮浪者などいないか気になったんだ。いれば、何か目撃してるかもしれないからだ」

「そんな誰か、いますか？　ボートのキャビンにも、鍵《かぎ》はかかっているでしょうし」

「家を持たない連中ってのは、意外なところに住みつくもんだよ」

波多野は、堀の方向に視線を向けた。いま渡ってきた橋の向こうに、北前堀水門が見える。堀は海老取川から延びてきてそこの橋をくぐり、もう五十メートルばかり西方向に続いている。水路は完全に金網で囲まれていて、出入り口は施錠されている。鍵は係留契約している者だけが持つことができるのだ。

波多野は門司に提案した。

「港湾局に行って、ボートの持ち主たちのリストでもらいますか？」

「指示があってからでいい。とにかくこの橋周辺だけ、聞き込みやっちまおう」

隣りに建つのは、カラートタンを壁に張ってはいるが、一見民家ふうの構えの建物だ。その建物の前で、水路沿いの細い道路と、新呑川方向に延びる道路とが、T字のかたちに交差している。入り口の脇に、古い鉄製の工作機械のようなものが置いてあった。小型の蒸気機関のようにも見える機械だ。いまは不要となった工場の備品なのだろう。

入り口のドアを開けると、左手奥が作業場だ。プレス機のような機械が動いている。作業中だった男は、この工場のオーナーだった。五十がらみで、作業帽を脱ぐと、頭は職人ふうの短髪だ。

門司がいましがたと同じ質問をすると、オーナーは言った。

「そんな夜中に、誰が起きてるかって。うちは朝早いんだよ」

「始業が早いってことかい?」

「始業は朝八時だけどさ。おれの起床時間が早いってことだ」

「今朝、何かいつもと変わったことなんてなかったかい?」

「たとえば?」

「見慣れない車が走っていったとか、近所で何か物音を聞いたとか」

「いや。とくに。少なくとも起きていたら、見慣れない車は目立つ」オーナーは表の通りの方向を顎《あご》で示しながら言った。「北前堀のこっち側も南側の道路も、行き止まりだ。そもそもいまは、迷い込んでくる車もほとんどないよ」

「いまは、ということは、以前は?」

「進入禁止になっていなかった。堀の南沿いに直進して、ポンプ所の先をぐるりと回ることができたんだ。そのころは、ときどきそこの橋を渡ってくる車もあったね」

「いまは、全然ない?」

「ろくに見ない。ナビにも、その先は進入禁止って表示されるんだろ?」

「自転車なんかでは?」

「休みの日、昼間に子供たちを見ることはあるけどね」

門司が波多野に目で合図してきた。十分だ。

門司が聞き込み用の名刺をオーナーに渡し、何か思い出したら、と言い添えた。

その並びの端の建物は、稼働を止めた町工場のように見えた。看板はなく、ドアも施錠されている。その西側は、更地となっていた。

門司がいぶかしげな顔で言った。

「何の臭《にお》いだ？」

波多野は周囲を見渡しながら、臭いを嗅《か》いだ。

「堀の臭いでしょうか」

「夏は大変なんだろうな」

波多野たちは町工場の並びに背を向けて立った。T字路である。正面に延びているのが、新呑川へ向かうやや広い通り。手前左側はわりあい大きな工場の建物で、塀が続いている。右手は中に貯水池のある東京都水道局の巨大施設だ。さきほど話に出た海老取川公園というのは、この建物の屋上にある。このふたつの施設に挟まれた道路には、ひと気がなかった。平日の午前中なのに、仕事で走る車の姿もないのだ。灰色の、何の色彩もない無機的なエリア。

門司が言った。

「東糀谷もここまでくると、ほんとに閑散としてるな。工場がどこも不景気というわけじゃないんだろうけど」

質問ではなかった。波多野はとくに反応しなかった。

建物を背にして左手側は、北前堀とその先の北前堀緑地に沿って延びる細い道路だ。大型トラックの通行は不能と見えるほどの幅だが、一方通行ではなかった。

門司が左右と正面に目をやってから言った。

「あのベンツを置いて逃げた連中は、同じ道を引き返していないとしたら、この細い道路は通っていないな。使ったのは正面、新呑川方向に向かう道路だろう」

波多野は訊いた。

「理由でも？」

「左の道はこの幅だ。スピードは出せない。もし対向車がきたら、徐行してすれちがうことになる。目撃されて記憶に残る。おれなら、この正面の通りを北に抜けて逃げる。次の交差点で左に曲がって直進すれば、産業道路だ」

「まずは両側の事業所の管理事務所ですね」

「ああ」

門司がまっすぐ北に向かって歩き出した。波多野も続いた。

その道路は百五十メートルほどのところで、東西に延びる道路と交差していた。正面が新呑川で行き止まりだ。右手に曲がれば、こちらは海老取川手前の工場で行き止まりとなる。左手に折れるしかない。

その交差点から次の交差点まで西へ二百メートルほどのあいだ、やはりひとの気配が薄かった。左右が事業所である。右手は建物の壁。左手は塀で囲まれた事業所だ。大手の運送会社の支店もあった。これらの事業所からは、車が出入りしている。

波多野たちは最初に左手にある運送会社の支店を訪ねて、警備の担当者にも訊いたが、不審な車や人物などは目撃していないとのことだった。ここの出入り口には監視カメラは設置されていない。

交差点まで出て、隅の事業所にも当たったが収穫はなかった。門司はさらにその通りを西に進んだ。次の交差点の手前左手に小さな鉄工所があった。建物は住宅兼用と見える。訪ねてみると、そのとおりだった。

門司が、お前が代われという顔をした。少し疲れたのかもしれない。ここでは波多野が前に出て、経営者に質問した。

経営者は三代目か、あるいは四代目なのだろう。歳《とし》の頃四十前後という男だった。きょう聞き込みした相手の中では若いほうだ。

「深夜?」と、その経営者は言った。「おれ、昨日は蒲田で飲み会があって十二時近くに帰ってきたんだ。うちの前でタクシーを下りたすぐあとだけど、一台通っていったな」

「まっすぐ、交差点の東側からですか？」

「さあ、あれは直進だったのかな。曲がるところは見ていないし、タイヤのきしむ音も、記憶にないよ。すぐ脇を通っていったから覚えているだけで」

「不審なところは？」

「けっこうスピードを出していたね」

「タクシーは、そのときまだ停まっていました？」

「いや、発進したあとだ」

「その車の車種はわかります？」

「白っぽいセダンだったと思う。シルバーだったかもしれない。大きめだったけど、車種は何かな」

「車のナンバーは？」

「意識はそっちに向いていないよ」

「乗っているひとの姿は見ましたか？」

「いいや。一瞬だよ。こっちは、危ないと思って、道路脇に寄ったし」

「ひとりだったでしょうか。それともふたり?」

「助手席に、誰かいたかもしれない」

「はっきりとはわからない?」

「乗っていたんじゃないかな」経営者は顔をしかめて首を振った。「確信は持てないけど」

「その正確な時刻はわかりますか?」

「いいや。十二時くらい」

「タクシーの領収書は取ってありますか? あれば時刻が印字されている」

「ああ、なるほど」

経営者はいったん事務所の奥に入り、すぐに戻ってきた。

「きょうの零時十二分だね」

波多野は彼の言葉をメモして、礼を言った。

「もし車種など思い出しましたら、蒲田署にお電話を」

「ああ」と経営者は名刺を受け取った。

門司はとくに追加の質問などしなかった。波多野の質問で十分ということだ。

その鉄工所を出ると、門司が言った。

「戻ろう。あっちのチームの車に拾ってもらう」

波多野は訊いた。

「いまのセダンの情報、どうです？」

「なんとも言えないな。時刻もどうだ？　深夜零時ちょっと過ぎって、撃つにせよ、死体を運ぶにせよ、微妙すぎる」

門司が携帯電話をかけて、もう一班の聞き込みの具合を確かめた。ちょうど終えようとしていたところだという。門司が電業社通り方向へ歩きだした。波多野も続いた。

ＡＮＡの訓練センター近くの交差点で、朝と同じ捜査車両に拾ってもらった。

前部席に乗っているのは、盗犯係の捜査員たちだ。運転しているのが、まだ二十代の上岡《かみおか》で、四十代のベテラン巡査部長が瀬野《せの》といった。当然上岡のほうは、波多野の後輩にあたる。

瀬野が、波多野たちに訊いてきた。

「収穫は？」

門司が後部席から答えた。

「全然です。一台、不審といえば不審という車両の情報が出ました。零時過ぎに、かなりのスピードで東糀谷を抜けていった。それだけですが、瀬野さんのほうは？」

「こっちも一台、不審車情報があっただけだ。一時過ぎに、東糀谷六丁目交差点を半分信号無視で曲がっていったミニバン」

「ミニバン？」

門司の反応は、暴力団幹部を射殺するような連中が、ミニバンに乗るか？という疑問のようだ。

瀬野は言った。

「道に迷っていたようだと言うんだ。いったん電業社通りをポンプ所のほうまで行って、すぐ戻ってきた」

「あの放置現場、多少とも土地勘がなければ行けない場所ですけどね」

「だから迷ったのかもしれない」

「セダンとつるんでいたんですか？」

「目撃者が記憶しているのは、そのミニバンだけだ」

波多野は瀬野に訊いた。

「不審な通行人の目撃情報はありましたか？」

「いや。ただ、あの北前堀緑地は盲点だよな。木が目隠しになっているし、街灯もない」

捉
の
官
警

門司が波多野をたしなめるように言った。

「拳銃を用意できた連中が、足も持っていないなんてことはないって」

波多野は黙って視線を窓の外に向けた。いま捜査車両は東糀谷六丁目の交差点を右折したところだった。左手前方に防災公園が見えてきた。

波多野たちは正午少し前に署に戻った。多くの捜査員たちが、刑事課のフロアに戻ってくるところだった。

波多野は門司と共に、盗犯係長の加藤に聞き込みのあらましを報告した。加藤は、不審車の情報にもさして関心を示さなかった。ほかの班が、事件に直接結びつきそうな情報をもたらしているのかもしれない。加藤は黙って波多野たちの報告をメモ用紙に書き留めてから、刑事課のフロアを出ていった。

報告を終えると、波多野はいったんコンビニに弁当を買いに出た。買うものはだいたい決まっている。五種類の弁当を、日替わりで買っていくだけだ。きょうはその弁当に、天然水のペットボトルと缶コーヒーをつけた。

刑事課のフロアに戻り弁当を食べ終えると、午後一時三分前に門司と一緒に会議室に入った。

門司が、集まった捜査員たちの顔を見渡しながら、小声で言った。

「組対の連中も、どこか怪訝《けげん》そうだな。筋が読めたって顔じゃない」

波多野も、会議室の中を見渡してから言った。

「いい情報取ってきたって顔の捜査員は、ひとりもいませんね」

「そんなに複雑な事案のはずはないのに」

波多野は黙って缶コーヒーのプルトップを開けた。

幹部たちの入室は十分以上遅れた。幹部のあいだで、打ち合わせか会議がもたれていたようだ。

ドアが開いて、四人の幹部が会議室に姿を見せた。捜査員たちは私語をやめて、意識を幹部たちに向けた。

壁を背にして会議用テーブルに着いた幹部たちの中で、まず課長代理の大宅が立ち上がって言った。

「死因が判明した」

会議室は、雑音さえも聞こえなくなった。

大宅は、手元の書類ホルダーに目を落としてから続けた。

「胃の内容物から、死亡推定時刻は、昨夜午後十一時三十分から、きょう一時三十分のあいだだ。致命傷は、左腹部の銃創。死因は、失血性のショック死である。銃創はひとつで、銃弾が一発摘出された。九ミリの銃弾で、いま科学捜査研究所のほうで精密に鑑定中だ。至近距離から撃たれたもの、もっと言うならば、拳銃は被害者の腹に押しつけて発射されたものだろうと推測される。

ほかに外傷はない。争った形跡、防御創も見当たらない。手首には、手錠をかけられたためと見られる内出血がわずかに。ただし、被害者は手錠を外そうと無理はしていない」

大宅は顔を上げた。

「もうひとつ、被害者の左脇腹、ちょうど銃創のすぐ上に、ふたつの新しい火傷《やけど》の痕《あと》があった。直径三ミリほどの点状のものが、三センチ離れてふたつついている。解剖医の推測では、これはスタンガンを押しつけられてできた火傷ではないかとのことだ。この件も秘密とする」

大宅が、右にいる組織犯罪対策課の課長を見た。うなずいて、狩谷が立ち上がった。

「小橋組は、いまどことも抗争、対立関係にはないといい、組長も子分たちも当惑している。次の襲撃に備えている様子はなし。報復に出る様子も見られない。連中は連中で、情報収集に必死だ。

大木戸組も同じだ。小橋組との関係はうまくいっているとのことで、自分たちとの抗争と見られることを心配している。ただし、これは蒲田だけのことで、上部団体同士やほかのシマでは、何かトラブルがあったのかもしれないと、これまたむしろ警察情報を欲しがっている。何か隠しているようではない」

狩谷は続けた。

「被害者の深沢は昨日、午後十時四十分まで、東蒲田二丁目の愛人の部屋にいた。十時四十分に、近くの駐車場で待機していた子分の会田《あいだ》拓也《たくや》に電話がかかってきた。車を回せという指示だった。会田は運転するつもりで愛人のマンション前まで行ったところ、深沢は自分で運転して出ていった。誰かと会う様子だったというが、それが誰か、どこに向かったのかは会田は聞いていない。会田と、愛人の沢口《さわぐち》晴香《はるか》はいまこの署内で引き続き事情聴取中だ」

狩谷が腰を下ろした。おや、という顔で、大宅が何か狩谷にささやいた。狩谷は、難しい顔でうなずくと、もう一度立ち上がって言った。

「半グレ連中からはまだ聴取できていない。小橋組、大木戸組からの聴取では、被害者深沢と半グレたちがトラブルになっているとの情報は得られていない。ただし、深沢が半グレの藪田たちを快く思っていなかったことは確かなようだ。組や周辺にも見えていないトラブルがあった可能性はある。以上だ」

大宅が、引き取って言った。

「引き続き、関係者との接触、聞き込みを続けてくれ。午後五時を目処《めど》にそれぞれ所属長に報告を。暴力団員たちが動き出すのは午後からだ。必要であれば署に戻らずに、そのまま聞き込みを続けるように」

大宅は書類ホルダーを両手に持って立ち上がった。狩谷も席を立った。終わったということだ。

捜査会議は散会した。捜査員には部屋を出るように指示があったが、係長以上の幹部たちはそのまま残った。

2

波多野たちが盗犯係のスペースに戻って待っていると、五分ほどで係長の加藤が戻ってきた。波多野と門司がデスクに呼ばれた。

「お前たちを」と加藤が言った。「午後は、組対の応援に当てる。ヤブイヌを担当しろ。藪田を探し出して当たれ」

藪田。つまり、蒲田の半グレたちのリーダー、藪田雄平《ゆうへい》のことだ。波多野は横の門司の顔に一瞬だけ目を向けた。彼の目が輝いたのがわかった。

加藤が続けた。

「藪田と深沢との関係、小橋組との関係、きっちり聞き出せ。トラブルがなかったとしても、藪田は小橋組の動静を気にしていたはずだ。組員が気づいていない何かを知っているかもしれない」

門司が確認した。

「表面には浮かんできていないトラブルってことですか？」

「よそとの揉《も》め事かもしれない」

「噂《うわさ》を耳にしてますが、深沢はあの京浜運河に浮かんだフィリピン人ホステスのことで、大森署で取り調べを受けたことがあるとか。そっちとの関係なんかは、どうなんです？」

加藤が露骨に不愉快そうな顔になった。

「余計なことは、考えなくていい」

加藤はふたりの前にメモ用紙を滑らせてきた。

「藪田の女の住所、表向きの事務所の所在地だ。ヤブイヌのひとりの携帯番号はわかってる」

門司がそのメモを受け取り、目を落としてから言った。

「車使います」

「ああ」

門司がデスクを離れ、波多野も続いた。

駐車場に向かって歩きながら、門司が波多野に言った。

「ヤブイヌ連中を受け持てるとは、係長もわかってる」

うれしそうな声だった。

波多野は言った。

「係長も、門司さんの希望は知っていたんでしょう」

「ずっとアピールしてきたからな。暴力団を担当したいと」

「半グレたちじゃ、物足りないんじゃ？」

「十分だ。暴力団でさえ一歩引く連中だぞ。不足はないさ」

波多野は加藤が寄こしたメモに、目を落とした。

藪田雄平。組織犯罪対策課がヤブイヌと呼ぶ半グレ・グループのボス。耳にしているところでは、大田区東矢口出身で、現在三十四歳。かつては蒲田周辺の暴走族のひとりだった。

藪田は表向きは蒲田駅東口でガールズバーを経営しているが、むしろ裏での闇金融《やみ》や振り込め詐欺《さぎ》がしのぎだ。

事務所は蒲田一丁目、大森西に住む女の部屋で同棲《どうせい》している。女の名は、井形沙織《いがたさおり》。藪田は、五反田にも雑居ビルの中に部屋を借りている。住居として使っているのではないと見られるが、そこで何をやっているかは不明とのことだった。

メモには、もうひとつ名前がある。石黒裕太《いしぐろゆうた》。蒲田東口でランジェリー・パブ経営、とある。藪田の仲間のひとりらしい。名前に並べて携帯電話の番号。

波多野がメモを返すと、門司は言った。

「この石黒から当たるか」

「子分ですか？」

「半グレ仲間ってとこだろう。まず電話だ」

使用を許された捜査車両は、軽自動車だった。どこにも警視庁とは記されていない。

波多野たちはちょうどその軽自動車の前に着いたところだった。

門司が言った。

「お前、運転せい」

「ええ」波多野は言った。「そのつもりでした」

波多野が運転席に身を入れて、シートベルトをしめた。

門司も助手席でシートベルトをしてから、携帯電話を取り出した。

門司は番号を入力してから、少しのあいだ正面を見つめていた。コール音が続いているようだ。

やっと出た。門司が少し低い声で言った。

「蒲田警察署刑事課の門司って者だ。石黒だな？」

相手の反応が鈍かったようだ。門司は声を荒らげた。

「カ、マ、タ、署だ。マッポだって言ってるんだよ。蒲田署刑事課の門司だ」

門司は、ちらりと波多野を見つめてきた。脂《あぶら》が分泌《ぶんぴ》しだしたのか、頬が光ってきている。乗ってきた、と言っているような顔だった。

「見当つかないか？　どうして警察から電話があるのか？」

「藪田を探している。いま、どこにいる？」

「うるせえ！　知ってることは承知なんだ。ぐだぐだ言ってると、店に乗り込むぞ。いいのか」

「ああ、それでいい」門司が波多野に目を向けて、口の動きだけで、メモを、と言った。波多野は手帳とボールペンでメモを取る用意をした。

「〇九〇の……」

波多野は、その数字を書き留めた。

門司が言っている。

「どっちみちすぐにご注進するんだろうから、その時間はやる。門司ってマッポが探していると、きちんと伝えておけ。おれが電話したときは、すぐにも用件に入りたいからな」

門司が通話を切って、波多野に顔を向けてきた。

「五分後に、藪田にかける」

「どこにいるかは、わからないんですね？」

「いまの石黒はそう言ってるが、信じるわけにはいかんさ。何かことがあれば、三十分で二十人が金属バット持って集まれる連中だぞ」

波多野は時計を見た。まだ午後も早い時刻だが、闇金融業者や風俗営業関係者でも、そろそろ起きていていいころだった。

五分後に、門司が波多野のメモを見ながら番号を入力した。

相手はすぐに出たようだ。

「蒲田署の門司だ」と門司が愛想のない声で言った。「藪田か？　聞いているんだな？」

門司はたたみかけるように言った。

「とぼけるなよ。小橋組の深沢のことだ」

「会っていないって、最近の話聞いていないのか？」

「そうだ。死体で見つかった。今朝だ」

「だから、それを聞いてやるって。お前、自分の立場わかってるだろうな？」

「蒲田にいるなら、出向いてやる」

少しの間を置いて、門司が怒声を上げた。

「調子に乗るな！　こっちもこれだけの用だから、電話してるんだ。何か、お前、引っ張られたほうがいいとでも言ってるのか？　希望は聞いてやるぞ。蒲田署が手前《てめえ》のやってること、知らないとでも思ってるのか」

「ああ、それが利口だ。いま平和島？」

平和島、ということは、競艇場か？　闇金融、それも〇九〇金融の業者が仕事をするには似つかわしい場所ではあるが。

「駄目だって言うんだ！」と門司がまた怒鳴った。「終わるのは四時過ぎだろ？　待ってるわけにはいかない。出向いてやるから、そこで話せ」

「仕事中はお互いさまだ」

門司が口をつぐんだ。相手も折れて、何か条件をつけているらしい。

「わかった。屋内観覧席だな。二十分で行く」

波多野は、門司が電話を切るのを待たずに、軽自動車を発進させた。

「平和島」と門司が言った。「競艇場を離れるわけにはいかないそうだ」

「本人が、実際に表に出て商売やってるんですね」

「まだ三十代なかばだろ。事務所でふんぞりかえってるわけにはいかんさ。働き者だよ。働き方を間違えてるけど」

波多野は駐車場から環状八号線に車を出し、さらに第一京浜国道に折れた。

波多野は車を進めながら、助手席の門司に訊《き》いた。

「門司さんは、藪田の顔は知っているんですか？」

「知らんけど」と門司。「ひと目でわかるさ。向こうも、おれたちがマッポだとひと目で見抜く」

「前科ありましたよね？」

「ずいぶん前、池上のボウリング場で起こった暴走族がらみの殺人事件で、逮捕歴がある。実行犯じゃなかったのか、執行猶予《ゆうよ》判決だったと聞いてるぞ。お前、そっちのほうについては、どの程度知ってるんだ？」

「同僚から聞く程度のことです」

「おれなんて、直接仕事とは関係ないのに詳しくなってるぞ」

「前からそうでしたね」

「藪田もさ」と門司は言った。「あのボウリング場事件と、五反田の事件で名を売ったんだよな。あれが伝説になってしまって、それ以降は伝説の利息で食ってるようなものだ」

「五反田の事件というのは？」

門司が、うれしそうに教えてくれた。十数年前、系列のちがうふたつの組の二次団体同士が抗争となったとき、若い者のつながりで藪田たちは大井町に拠点を持つ暴力団、門脇組に加勢したのだという。このとき五反田で起こった乱闘で、ヤブイヌのひとりが死んでいる。つまり藪田たちは門脇組にかなりの恩を売った。組織として取り込まれたわけではないが、その上部団体である広域暴力団が藪田たちの事実上の後ろ楯《だて》となったのだ。また、命知らずの威勢のいいのが大勢いると、藪田のグループは東京の半グレ連中からも一目置かれるようになったのだという。かつて小橋組と藪田たちとが振り込め詐欺の上がりをめぐって対立したとき、抗争には至らなかったのも、そのせいかもしれない、と門司は言った。

第一京浜を北に向かい始めたところで、波多野はまた門司に訊いた。

「深沢のことを、藪田は知らなかったんですか？」

「死体が見つかったのは今朝だ。マスコミ発表前だし、知っていたって、しらばっくれるさ」

「聞き込みを受けた暴力団員から耳にした、ってこともありうるかと思いまして」

「それでも、やっぱり知らないで通すだろう。うっかり、知ってる、とは言えない」

「競艇場は、小橋組のシマじゃありませんよね？」

「ああ、大井競馬場同様、中立地帯だろう」

「小橋組とヤブイヌたちが揉めるとしたら、理由はなんでしょう？」

「ヤブイヌのやってることがいまひとつわからないが、連中は昔気質《かたぎ》のヤクザのやらないことをやってる。あまりぶつかる場面ってないよな。ぶつかるとしたら、風俗営業か」

「連中は、ＡＶ業界にもつながりがあるとか聞いてますが」

「古いヤクザにしてみれば、侠客《きょうかく》の持ってる義理とかしきたりにも縛られていないだろうし、微妙に自分たちの売春斡旋《あっせん》とも重なって見えるんだろうがな」

「深沢なんかにはほんとうにいらつく存在でしょうね」

門司は怪訝《けげん》な顔になった。

「ヤブイヌの肩持ってるのか？」

波多野は首を振った。

「いいえ。門司さんの読みをうかがっているだけです」

「とにかく一時は狭い場所で、角突き合わせていたんだ。何かあると考えるほうが自然だ」

大森町駅入口で信号待ちのときに、門司がふしぎそうに言ってきた。

「深沢のやつ、用心棒もつけずに自分で運転して出ていって、助手席で殺されていたって、どういう状況だったんだ？　そもそも子分に運転させないで出向いていく用事ってなんだ？」

波多野は前方に視線を向けたまま言った。

「相手が知り合いだから、でしょうか」

「それでも格好つけて子分の運転する車で行くのがヤクザだ」

波多野が黙ったままでいると、門司がひとつ思いついたというように言った。

「新しい女のところか。いや、まだ落としていない女。その夜のうちに口説き落とせるかどうか不安があったから、子分に運転させたくなかった。落とせなかったら、ヤクザ者にとっては恥だからな」

波多野は門司のその想像に笑った。

門司も苦笑してから、続けた。

「助手席に移ったのはどうしてかな。そのときはもう拳銃《けんじゅう》を向けられて脅されていたのか」

「落ち合う相手とどこかに行くことになっていて、道がわからないからお前が運転しろと自分から代わった？」

「夜の十時四十分だから、酒を飲んでいたろう。環八や第一京浜では飲酒検問が始まる。それを避けるためだったか」

信号が青になった。波多野は車を再発進させた。門司は腕を組んで無言になった。

そのまま第一京浜を北上し、平和島口交差点で右折した。右折すると、すぐ左手に競艇場入り口がある。ここにはバス乗り場、タクシーの乗降場はあるが、自家用車は入れない。駐車場に入るには、入り口を行き過ぎてから左手に入らねばならない。波多野はもちろん、入り口へと進めた。警備員が寄ってきて、車を制した。波多野は警察手帳を見せた。

「公務なんです」

初老の警備員は、一瞬戸惑った様子を見せてから、奥の右手を示した。競艇場スタンドに入るゲートの手前、その右側だ。

「あそこで、駐車許可車両のカードを渡してもらえますから」

波多野は、徐行気味にその通路に車を進めて、指示された場所に向かった。

停めたところで、別の警備員が近寄ってきた。自家用車進入禁止の通路に、入り口の警備員が許した軽自動車が入ってきたのだ。警備員はすでにそれが何か公的機関の車だと察したようだった。白いプラスチック板のようなものを持っている。波多野はまた警察手帳を見せて、そのプラスチック板を受け取った。駐車許可車両、と記されている。波多野はその板をダッシュボードの上に置き、警備員が示すスペースに軽自動車を停めた。

そこは小さなロータリーとも言える広場の奥だった。関係業者用の駐車スペースなのかもしれない。波多野は門司と共に、そのロータリーに降り立った。

入り口通路の西側の建物が、スタンドのあるビルだ。観覧席は、その建物の向こう側にある競艇用の水面を向いている。建物は四階建てで、一、二階が屋外一般席、三階が屋内観覧席である。四階は有料の指定席だ。

通路をはさんで反対側には、アミューズメント施設の入ったビルがある。ファーストフード店や食堂、温泉、シネマ・コンプレックス、ゲームセンターなどが入っていた。最上階は駐車場だ。週末は、けっこう家族連れで賑《にぎ》わう施設である。建物入り口の外に、地元信用金庫のATMのブースがあった。三人、機械の前に並んでいる。天気のよいせいもあるのか、ゲートの周辺にはひとの姿が多かった。年配の男が、もっと言ってしまえば、年寄り客が多かった。女性客は、一割以下だろう。五パーセント前後かもしれない。波多野は仕事以外で公営ギャンブル場に来ることはないが、ここは大井競馬場の雰囲気とはやはり違っている。

門司が、ゲートに向かって歩き出した。波多野も続いた。

入場料百円のゲートを警察手帳を示して抜け、吹き抜けのあるロビーを通って、観覧席に出た。正面に水面がある。ボート競技コースだ。幅は百メートルほどだろうか。左右は三百メートルほどの長方形をしている。東京湾から水を引き込んだ堀である。真正面には大型のスクリーンがあり、その向こう側の岸はまだどれも新しい集合住宅の壁となっていた。水面に近い手すりには、ずらりと観客がはりついている。水面上をいま、一艘《そう》のボートがゆっくり左から右へ移動しているところだった。発走前に、競技コースの点検でもしているのかもしれない。

振り返ると、そこが階段式の観覧席だった。

客席のひとの数はさほどでもない。三、四百人というところだろうか。門司がその観覧席のあいだの階段を昇っていった。波多野も、左右を興味深く眺めながら続いた。ギャンブル場でありながら、年配の客が多いせいか、のどか、と言ってもよいぐらいのゆるやかな空気があった。任務の一環として先輩に連れられ、川崎の競輪場を見学に行ったことがあるが、あちらの鉄火場感とは明らかに雰囲気は異なっている。

観覧席の最上部の通路を、北の端のほうに向かって歩いた。

なるほど端のほうは、多くの観客の視線からは死角になっている。ボート競技を凝視する観客たちの目には、このあたりは映らない。

もっとも奥、最上段の席のひとつで、短髪の男が、門司を見て立ち上がった。これが藪田？ 背の高い三十代だ。どこか熊《くま》を連想させる顔だち。目と目のあいだが離れ、鼻が大きい。体格がよく、プロの格闘技選手だと紹介されたら信じてしまいそうだった。黒いジャンパーに、迷彩模様のカーゴパンツを穿《は》いていた。足もとは編み上げのワークブーツだった。

門司が近づいて声をかけた。

「藪田だな？」

「ええ」と、藪田は少しだけ腰を屈《かが》めた。

「門司だ」門司は藪田に警察手帳を見せた。ほかの客には気づかれぬようにだ。「こっちは波多野」

藪田は訊いた。

「込みいった話ですか？　だったら、外に出てもいいですが」

「そうだな」

門司が周囲を見渡した。このあたり、客席にはほとんど客はいない。ひとり、十メートルほど離れたところで、眠っている男がいるくらいだ。あまり大声でなければ、殺人事件を話題にしても、ひとの耳目を集めることはあるまい。

藪田はジャンパーの内ポケットから黒い携帯電話を取り出した。向こうからかかってきたようだ。

「ああ？」と藪田は波多野たちに背を向けて、ふたこと三言話した。通話はすぐに終わった。藪田は携帯電話をもとのポケットに戻した。

門司が藪田の手前、ひとつ席を空けて椅子《いす》に腰を掛けた。身体《からだ》は半分藪田のほうを向いている。波多野は門司に目で合図されたので、一段下の席で、身体をひねって藪田を見つめた。

門司が不思議そうに訊いた。

「ここで、お前ひとりで商売やってるのか？」

「いや」藪田は首を振った。「若いのふたりを連れてきてますよ。現金を扱いますからね。まさかひとりでは」

それなりにていねいな言葉を使う男だった。

藪田はまた携帯電話を取り出した。こんどはブルーの電話だった。門司から顔をそむけてまた短くふたこと三言話した。

すぐに通話を終えると、藪田はその携帯電話をポケットに収めながら言った。

「失礼しました。深沢の死体が見つかったたって聞きました。殺されたって意味ですよね？」

門司が言った。

「そう思う理由でも？」

「そうなんでしょ？」

「だから心当たりでもあるのかって？」

「何もありませんよ。だけど、ヤクザが死んで警察が動いているんです。殺されたと思うのは当然じゃないですか」

「昨夜はどこにいた？」

藪田は目を丸くした。

「おれが容疑者なんですか？」

「先に違うと確信できれば、話は早いんだ」

藪田は苦笑して首を振りながら言った。

「昨夜は遅くまで蒲田近辺で仕事していて、一時ぐらいから朝まで女の部屋ですよ」

「井形沙織か？」

「知ってんですね。裏取ってくださいよ」

「一時前までは蒲田か」

「ええ」

「どこで、誰と一緒だった？」

藪田は一瞬戸惑った顔を見せた。

そのとき、観覧席にアナウンスがあった。舟券の投票の締め切りまで、あと五分というものだった。

藪田はまた携帯電話を取り出した。こんども色が違った。白だ。これはスマートフォンだった。

「どうした？」と藪田は門司から少し身体を離して言った。「ああ、ああ」

波多野は藪田の持つ携帯電話の意味について考えた。前の二台はいわゆるガラケーだった。業務用なのかもしれない。それも闇金用と、べつの事業用に分けて使っているのか。いま使っているスマートフォンは、プライベート用なのかもしれなかった。

「あとでかけ直す」と、藪田はそのスマートフォンをポケットにしまった。

「なんの話でしたっけ？」

「お前のアリバイだよ」と門司。

「やってませんって。関係ない。深沢なんて、しばらく顔を見たこともない」

「昨夜、どこにいたのか言えないのか？」

「言う必要ないと思いますよ。深沢を殺したのがおれだと言うんなら、引っ張ってください。そのときは、きちんと言いますから」

「容疑が濃くなるぞ」

「ご冗談でしょう。おれは深沢とは関係ない。何も知らない」

「やつと面識はあったんだな？」

「狭い業界だし、深沢も蒲田東口でしのいでるんですよ。おれのダチの商売とも、無縁ってわけじゃない」

「最後に会ったのは？」

「ふた月ぐらい前ですかね。東口ですれ違いました。一応頭は下げてあいさつしてます」

「トラブルはないと？」

「小橋組とはうまくやってますよ」

「深沢とは、うまくやっていないということだな」

藪田は、そこに気づかれたかというように苦笑した。

「深沢は、おれたちが目障《めざわ》りでしょうがないんです」

「一触即発だったときがあったな」

「だいぶ前ですけど、みかじめ料を要求されましてね。蒲田署の組対に駆け込もうかと思いましたよ」

「手打ちになったとは聞いている。だけど、深沢は本心では承知していなかったということか？」

「お察しの通りです」

「お前自身とは、何かトラブっていなかったのか？」

藪田はまた携帯電話を取り出した。最初に見た黒いものだ。

「はい。いいっすよ」藪田はこんどは門司から視線を離さないままに言った。「観覧席の右端にいますがね、いま場所を移ります。最上段で、端から十番目くらいの席」

携帯電話をポケットに収めながら、藪田は黒いショルダーバッグを持って立ち上がった。バッグの表面は市松模様だ。ブランド品だった。

「一分だけ失礼します」

門司が脚を横によけて通路を空けた。藪田は大きな身体をもてあましているかのように窮屈な姿勢で客席から出た。移った先は、少し左寄りの席だ。門司は、しょうがねえという顔を波多野に向けてきた。

そこに、作業着とも見えるジャンパー姿の初老の男がやってきた。彼は藪田の横の椅子に素早く腰を下ろすと、藪田に何か渡した。キーのようなものと紙片だ。藪田はバッグから現金を取り出した。外側の一枚でほかの札を挟むようにまとめてある。二十万円ぐらいかと波多野は推測した。男はその現金を受け取ると、すぐにまた立ち上がって、最上段の通路を駆けていった。

藪田が戻ってきて、また椅子に腰掛けた。

門司が訊いた。

「何を担保に貸してるんだ？」

「軽トラのキーですよ。駐車券と」

「軽トラ？」

「業務用ですよ。なくちゃ仕事にならない」

「借用書は取らないのか？」

「いまの親爺《おやじ》はお得意ですからね。車のキーでもいいし」藪田は高級ブランド時計の名を出した。「……でもいい。こういう場所ですから、すぐに用立てます」

「利息はどのくらいなんだ？」

藪田は鼻で笑うように言った。

「取り過ぎだと訴訟を起こされたことはありませんよ」

アナウンスがあった。投票の締め切りまであと一分。

門司が話題を戻した。

「お前と深沢とは、何があった？」

「何も。ただ、向こうはおれを毛嫌いしていた。いつか痛い目に遭わせると、あちこちで言っていたらしいです」

「しのぎの邪魔だからか？」

「さあ、そっちはうまくやってるんです。それよりは、おれが生理的に嫌いなんでしょう。蒲田東口の狭いエリアじゃ、むかつくくらいに」

「お前自身はどう思ってるんだ？」

「相手にする気もありませんよ。もうあのひとたち、羽振りも悪くて、惨《みじ》めじゃないですか」

「惨めか？」

「やつのベンツ、最低のグレードですよ。貧乏臭い。それに、おれは深沢よりもいい女と寝てますよ」

「そういうことを公言してるんだとしたら、深沢もたしかにお前を嫌うだろうな。やっぱりもう始まっていたんじゃないのか？」

「いいえ。ただ、深沢なり小橋組なりがその気なら、受けて立ちますよ」

「全面抗争になったら、勝てるのか？」

「あの組に、いま鉄砲玉はいませんよ。へたに暴力事件起こして、警察につぶされることを心配している」

「お前らは心配していないのか？」

「おれたち、べつに組じゃないですから。それぞれ事業主。その親睦《しんぼく》会みたいなものですから」

「親睦会にしては、まとまってるな」

「同業者組合、って言い方にしてもいいんですけどね。仕事仲間が困ったことになっていれば、お互い助け合うってだけです」

「金属バット持ち寄ってか?」

藪田は門司の皮肉には取り合わずに言った。

「若いときにやんちゃしたせいで、そういう伝説ができてるようですけどね」

「若いときって、何年前のことだ」

「十五年とか、それ以上昔のことですよ」

「いまはやんちゃじゃないのか?」

「遊んでるヒマないんで。みんな自分のビジネスやってますし」

「それだけじゃねえだろう」

「やんちゃしてないことは、警察のほうがよく知ってるでしょ」

藪田が波多野を見つめてきた。知っていますよね、と確認するような顔。

波多野は黙ったままでいた。

いよいよスタートだというアナウンスがあった。観覧席が少しだけ静まった。藪田は競技コースのほうに目を向けもしない。門司を不敵に見据えたままだ。

モーターボートのエンジン音がふいに大きく聞こえてきた。ガラス窓の外から響いてくるのか。それともマイクが外の音を拾って増幅させているのかわからない。不快にも聞こえるほどの音量だった。それに実況するアナウンサーの声が重なる。

少しのあいだ、話は中断するしかなかった。

三分ほどだろうか。やっとレースが終わった。かすかにため息が聞こえてくる。席を立ち上がった客も多かった。

藪田が言った。

「これから、回収です。忙しくなるんです。きょうはもう勘弁してもらえませんか」

その言葉が終わらないうちに、また電話が入ったようだ。藪田は黒い携帯電話を取り出して耳に当てた。

門司が言った。

「近々、もいちど会いに行く」

藪田はすぐに通話を終えてから言った。

「何の用事で？」

「狭いところでお互いしのいでいたんだ。お前がやっていないとしても、深沢に関して何かしらの情報を耳にしているだろうから」

「深沢を片づけてもらいたいんでしたら、もっと早くにそういう情報を伝えていましたよ」

「女のところに行くが、口裏を合わせたりするなよ」

藪田は無言だ。うなずきもしなかった。

「最後にひとつだけ。お前の車は？」

藪田はトヨタの大型四輪駆動車の名を挙げた。

「色は？」

「黒です。ナンバーも言いましょうか？」

波多野は藪田の言う番号をメモした。

門司が立ち上がって、波多野に目で合図してくる。出るぞということだ。波多野はふたりの一段下のシートから腰を上げた。

通路を、丸刈りの体格のいい男が駆けてきた。上下ジャージ姿で、身体に似合わぬブランドもののポーチを手にしている。彼は藪田のもとに駆け寄ってきて、頭を下げた。ふたり連れてきているという弟分のひとりなのだろう。

波多野は門司と並んで、スタンドの出口へと向かった。

「次は？」

「女のところだ。大森西」

車に戻って、競艇場前のロータリーを出た。出てすぐのT字路を右折して、また第一京浜に向かう。

波多野は運転しながら門司に訊いた。

「藪田はけっきょくアリバイを言いませんでしたけど、よかったんですか？」

門司が面白くなさそうに言った。

「いまはあれ以上答えなくても、しかたがない。だけど一時には女のところに行ったというんだから、少なくとも十二時半ぐらいからのアリバイはあるってことになるだろ」

「関係していますかね？」

「藪田自身が深沢を目の上のタンコブと思っていたんだ。完全なシロじゃない」

自分は手を下していなくても、という意味なのだろう。

門司が逆に波多野に質問してきた。

「やつの車、どんなのだ？」

「いわゆる四駆タイプの車ですよ。四リッターの」

門司が、同じメーカーのもうひとつの四輪駆動車の名を挙げた。

「あれとは、違うのか」

「ちがいます。すごく派手です。迫力あります」

「高いのか？」

「四百万ぐらいするんじゃないですか」

「車、詳しいんだな」

「盗犯係ですからね。車両盗難を扱っているうちに、覚えました」

「その車、おれたちが聞いた不審車とは、違うか」

「まるで違います。やつも、そういうことをやるときに、その車は使わないでしょう。目立ち過ぎる」

「深沢がもし」門司が口調を変えて言った。「藪田から誘われてどこかで話せないかと言われたとしたら、警戒しないはずはないな。子分に運転させて行く。深沢はやっぱり、それなりに信用できる相手か、知ってる相手に会うつもりだったんだ」

第一京浜国道とぶつかる平和島口交差点を左折すると、波多野は車を加速した。

その集合住宅は、化粧タイル貼《ば》りのそこそこ高級そうな建物だった。管理人こそ常駐ではないが、オートロック式だった。

門司が言った。

「ここは、お前がまず訊けや」

波多野は素直に応《こた》えた。

「はい」

インターフォンの部屋番号を押した。防犯カメラが押しボタンの上についている。

「はい？」という、機嫌の悪そうな女の声。

「警察です」と波多野は言って、カメラに警察手帳を向けた。「たぶん藪田さんからもう電話がきているんじゃないかと思いますが」

口裏を合わせるなと注意したところで、聞くわけはないのだ。だったら、用件の説明の部分は省略したほうがいい。

「聞いてる。時間かかります？　わたし、いま出るところなんだけど」

「五分で済みます」

「すぐ出るから、待っていてもらえます？」

「すぐなら」

プツリという電子音。加藤の渡してくれたメモには、職業は記されていなかった。

この時刻に外出ということは、水商売か風俗関係かもしれない。

ロビーの自動ドアの脇《わき》で待っていると、ほどなくガラスドアの向こうのエレベーターの扉が開いた。背の高い女が踏み出してくる。これが井形沙織か？　年齢は二十代なかばだろう。細面で、目が大きく、化粧は薄い。額をすっかり出していた。明るい色のカジュアルなジャケットに、七分丈のジーンズ姿だ。大きめのトートバッグを肩にかけている。

波多野はなんとなく、もっと派手な服装の女が出てくると想像していたので、虚を衝《つ》かれた思いだった。

自動ドアが開いて、女は波多野と門司を見てから、波多野に向かってきた。

「井形ですが、藪田くんから電話をもらいました」

波多野は一歩下がって言った。

「いま藪田さんと会ってきたところです。殺人事件の捜査中で、藪田さんが無関係だってことを早く確認したいんです」

井形沙織は、門司と波多野を交互に見ながら言った。

「昨日、藪田くんはわたしと一緒にいました。間違いありません」

「時間は、何時から何時までです？」

「深夜から今朝まで。今朝九時に、藪田くんは部屋を出ていった」

「昨日深夜というのは、もう少し正確に覚えていませんか？」

「わたし、昨日は十一時過ぎのJRでここに帰って来て、藪田くんが帰ってきたのは一時ごろです」井形沙織は自動ドアの上の、半球型の防犯カメラ・カバーを指さした。「映ってるはずだから、確認できるでしょ」

「藪田さんは、部屋にきたときはどんな様子でした？」

「どんなって？」

「陽気だったとか、暗かったとか、ぴりぴりしていたとか」

「ふつうでしたけど」

「藪田さんのふつうというのは、どういうものなんです？」

「あまり余計なことは言わない。冗談とかも。ぶっきらぼうだけど、不機嫌じゃないって感じ」

「いつもと違うという感じではなかったんですね？」

「いつものままでした」

「昨日何をしたかなんて、話してました？」

「いいえ。そういうことは言わないひとです。よっぽど面白いことがあったときは、教えてくれるけど」

「昨日の話題はなんでした？」

「さあ。いつも話してること。芸能人のこととか、スポーツのこととか」

「仕事の話は？」

「していません」

「一時に部屋に帰って来る前は、一緒ではなかったんですね？　待ち合わせて部屋に一緒に戻ってきたんではなく」

「わたしは仕事でしたし。藪田くんもそうでしょう」

「井形さんは、お仕事は何を？」

「ダンスの講師です」

「ダンスというと？」

「ヒップホップ系」

「お勤め先は？」

「自分のスタジオですけど、大井町にあります。昨日は十時までレッスン。閉めて、電車に乗ったのが十一時過ぎです」

「お名刺などいただけますか？」

井形沙織はトートバッグを探って名刺入れを取り出し、名刺を渡してくれた。

〈Qファイブ・ダンス・スタジオ代表　井形沙織〉

踊る女性のシルエットも印刷されている。

門司が訊いた。

「仕事は夜だけなんですか？」

井形沙織は門司に顔を向けて言った。

「きょうは半休。昼間はアシスタントがやってくれています」

「昨日、ここに来るまで藪田さんがどこにいたか、ご存じですか？」

「いいえ。仕事だと聞いていますけど、藪田くん本人は何と？」

「言わないのです」

「大事なことなんですか？」

「一時前のことも教えてもらえないと、殺人事件と無関係とは証明できないので」

「たぶん仕事で」井形沙織は眉《まゆ》をひそめた。「仕事の関係者と一緒にいたんだと思います」

「思い当たるひとは？」

「石黒ってひとかな」

「石黒」と、門司が繰り返した。

すぐにまた波多野が引き取った。

「石黒裕太さんですね。彼と一緒でしたか」

「いえ、そう聞いたわけじゃないけど、遅くなるときは、そういうことが多いはずだから」

「蒲田でパブをやっているひとでしたね？」

「ええ。でも、自分ではそんなに店に出てはいないみたいですよ。ひとまかせらしい」井形沙織はトートバッグを反対側の肩にかけなおした。「そろそろ行かなければならないんですが」

「けっこうです。石黒さんには、当たってみます」

「失礼します」

井形沙織は大股《おおまた》にエントランスを出ていった。

門司がその後ろ姿を見送ってから言った。

「藪田の野郎が、深沢よりいい女と寝てるって言った優越感の理由もわかるよ」

波多野は訊いた。

「いい女でしたか？」

「芸能人みたいだったろ」

「彼女ひとりのことじゃありませんね」

「どうしてだ？」

「いまの井形沙織だけのことなら、もっと謙虚になるような気がしますから」

「数でも勝ってるってか」

「石黒のところにいたらしい、って話はどうです？」

「さっき電話したとき、石黒は何も知らなかった。一緒じゃなかったんだ」

「何か違法なことをやっていましたかね」

「振り込め詐欺の監督をやっていたとか。蒲田に拠点があると言ってたが、組対も正確な場所はつかんでいない。そこにいたから、言えなかったってことかな」

「石黒の店に行きますか」

門司は携帯電話を取り出した。

「蒲田署の門司だ。さっきは助かった」相手は石黒のようだ。「藪田と会えたよ。お前にも話を聞きたいんだ」

「昨夜はお前と一緒にいたって情報があるんだよ。お前、さっきはばっくれてくれたよな」

「間違い？　ならきちんと説明しろよ」

「いいか、ひとり殺されてるんだぞ」

「これから店に行けばいいか？」

「隣り？　カラオケ店って、そこでどうするんだ？」

「わかった」

門司は携帯電話をポケットに入れながら言った。

「さっきよりも動揺してたぞ。何かあるな」

「一緒にいた、と誤解されるのが困るんでしょうか」

「全部喋《しゃべ》らせるぞ」

波多野が先に立って、集合住宅のエントランスを出た。

3

松本章吾巡査部長は、午後の三時五十二分にJR品川駅に到着した。ほかの三人の捜査員と一緒だった。

品川駅前交番の脇《わき》に、捜査一課の捜査車両がすでに一台停まっていた。松本はその後ろに自分が運転してきた車両を停めると、運転席を降りた。駅前交番の制服警官が顔を向けてくる。事情は承知しているという表情だった。松本も、車をよろしくとうなずき返した。

主任の綿引壮一《わたびきそういち》警部補が、中央通路に上がるエスカレーターへと駆けた。松本も、先輩捜査員たちふたりと一緒に綿引を追った。

この日の午後、殺人事件の指名手配犯が、JR名古屋駅で新幹線に乗って東京方面に向かったという。名古屋で密行していた捜査員たちが、名古屋駅構内でこの指名手配犯を見失った。身柄確保まであと一歩のところだった。しかし手配犯が、東京行きの新幹線に乗ったことはほぼ確実と思われた。乗ったと考えられる列車は、名古屋駅十四時二十七分発のひかり五二二号か、同じく名古屋駅十四時三十二分発ののぞみ二四号である。

前者だとすれば、東京着が十六時十分であり、後者とするならば、十六時十三分だった。この事案担当の十一係は、東京駅の新幹線改札口に張り込むことになった。しかし、手配犯の降車駅としては、手前の品川もありうるし、新横浜の可能性も排除できなかった。

ひかり五二二号の品川到着時刻は、十六時三分。のぞみ二四号は十六時六分である。

捜査本部は、捜査一課の一個係を応援に組み入れ、緊急に十二係の綿引以下八人の捜査員を品川駅へと向かわせたのだった。新横浜には、事案の所轄《しょかつ》署である大崎署の捜査員たちが急行した。

品川駅の新幹線乗り場の改札は、北口と南口の二カ所だ。乗り換え口がやはり北口と南口の二カ所ある。これらにふたりずつの配置だ。先行した四人が、改札口二カ所をすでに押さえているはずである。

エスカレーターを上りきったところで、主任の綿引がもう一度配置を指示した。

「松本はおれと一緒だ。北乗り換え口」

はい、と短く松本は答えた。

あとのふたりが、南乗り換え口の受け持ちだった。

通路を早足で歩きながら、綿引が自分の腕時計と、中央通路の大時計を見比べた。

松本も時刻を確かめた。午後三時五十四分だった。間に合った。捜査一課で指示を受けたのは、ほんの二十分前だ。この配置が間に合うかどうかぎりぎりのタイミングだった。

十二係が応援を指示されたのは、異動してきたばかりの松本が、手配犯を知っているからかもしれなかった。四年前、松本はこの男、寺井《てらい》明人《あきひと》が起こした内妻の傷害事

件の捜査に少し関わっていた。取り調べこそ担当していないが、寺井の顔は知ってい
る。うまいことに、相手は松本の顔を知らないはずだった。この事件は、被害女性が
頑として寺井の暴行だと認めず、立件されないままに終わっている。
通路を進みながら、綿引が松本に言った。
「異動早々、こういう応援も悪くないだろ」
綿引は捜査一課にはもう十年になるという男だ。四年前に警部補に昇進し、主任と
なった。捜査一課に引っ張られる前は、池袋署の刑事課勤務だったという。高校を卒
業後、自動車ディーラーで営業を一年経験、そのあと警察学校に入り直した変わり種
と聞いている。松本よりもひと回り年長だ。小太りで丸顔、ひとあたりのいい中年男
だった。
「ええ」素直に松本はうなずいた。「過去の捜査報告書を読んでいるより、ずっとい
いです」
「この件、松本が担当したとき、どうして立件できなかったんだ？　被害者は同じだ
ろう？」
「当時は同棲《どうせい》していました。その後別れて、こんどの事件です」
「そのとき傷害で刑務所に送っておけば、殺されることはなかったんだ」

「そうですね」と、松本は同意した。あのとき自分はその事案の取り扱いに口を出せる立場ではなかったが、立件すべきだとは思った。

寺井はそのとき大病院で事務職として働く三十一歳だった。堅気の勤め人であるし、風貌《ふうぼう》もけっして粗暴には見えなかった。別れたとしてもストーカー化する不安はないと判断されたのだろう。だから立件は見送られたのだ。なのに一年前、寺井はとうとう内妻を殺害、死体を多摩川に遺棄した。事件が発覚したのは、それから二カ月後で、娘と連絡が取れなくなったことを不審に思った両親が警察に相談、彼女の失踪《しっそう》が明るみに出た。警察が動いた瞬間に寺井は行方をくらました。すぐに彼の犯行を示す証拠が出て、全国に指名手配された。名古屋周辺に潜伏しているという情報が入ったのは、つい三日前のことである。

乗り換え口に向かって歩きながら、松本は綿引に言った。

「最初はいわばＤＶ事件でした。被害者の傷害の程度も、全治二週間。打撲だけで、入院もしていなかった。男を甘く見てしまったんでしょう」

「女のほうも、男に依存していたってことだろう。親告罪じゃないんだし、被害者がなんと言おうと、立件すべきだったんだよなあ」

「上のほうも、かなり悩んだと聞いています。そもそも男は病院の職員で、まともな外見の堅気なんです。殺したと聞いたときは、驚きました」

「ときどきいるな。危ない衝動をなんとか抑えつけて、仮面かぶって社会生活続けている人間が。だけど、何かの拍子にスイッチが入る。いや、ショートするって感じなのか。いきなりひとが変わって、大犯罪をやってのける」

「ふだんは、気づくことが難しいのでしょうね」

松本たちは中央通路を東へ進み、警察手帳を見せて在来線の北改札口を抜けてから、通路を右手に折れた。そのまま東端まで向かえば北乗り換え口である。

乗り換え口までできて、また警察手帳を見せ、改札口を抜けた。この内側で、手配犯を待たねばならなかった。ひかり五二二号の到着まであと五分。上り列車は二十一番か二十二番ホームに停まる。

綿引が、ホームに通じるエスカレーターの手前で発着表示を見て言った。

「おれはそっちの壁の前で待つか」

松本は並んだ自動改札機を見やって言った。

「わたしはこっちのほうで」

エスカレーターは、通路の左右の壁の裏側にある。上り列車を降りた客が階段を使うにせよ、その通路に上がりきっても、まだ乗り換え改札口は目に入らない。身体《からだ》の向きを変えたところで、ようやく改札口を目にする。逆に言うと、綿引も、手配犯がほぼ真横にくるまで、その姿を確認できない。先に手配犯を確認できるのは、乗り換え改札口の脇にいる松本である。

名古屋で密行していた捜査員たちからは、見失った時点での寺井の服装が報告されている。黒っぽいアウトドア・ジャケットにブルージーンズ。黒いニット帽子。無精《ぶしょう》髭《ひげ》が伸びていたとのことだった。黒っぽいショルダーバッグを提げていたという。密行が気づかれていたとしたら、ジャケットを脱ぐかニット帽を取ることも考えられる。

綿引が言った。

「おれは写真でしか知らないからな。お前の合図で、そいつに近づく」

「はい」

ひかり五二二号の到着まであと四分ある。間に合ったので、気持ちに少し余裕が出た。

綿引がまた言った。

「今朝、糀谷で見つかった死体のこと、聞いているか？」

その件は、昼に周りで同僚たちが話していた。蒲田を縄張りにする暴力団の幹部が、射殺体で発見された事件。捜査本部が立ち上げられるとしたら、捜査一課はどこの係が担当するか、ということが話されていたのだ。しかし拳銃《けんじゅう》が使用されているのだから、暴力団同士の抗争か、裏稼業《かぎょう》の連中と被害者とのトラブルなのだろう。蒲田署は早いうちに容疑者なり関係する組織なりを特定するはずだ。さほど難しい事件にはならない。もしかすると、きょうにも殺害犯の出頭があるかもしれない。それが暴力団・同士の抗争であれば、だ。

蒲田署刑事課には、警察学校同期の波多野涼がいる。盗犯係だが、こういう事案の発生ともなれば、彼もいまごろは地取りか聞き込みに動員されているだろう。

また綿引が言った。

「お前、ずっと向こうのエリアの配置だよな」

「ええ、出身があっちですから。大井署から始まりました。でも、蒲田がそんな状況だったなんて知りませんでしたよ。いま抗争になれば、組の解散まで行ってしまいかねない」

「それが」と綿引が言った。「抗争なんて気配もないんだそうだ。蒲田の小橋組も大木戸組も、わけがわからんと言ってる。蒲田署も筋が読めなくて弱っているらしい」

「抗争じゃない？　だって手口は暴力団のものですよ」

「だから、表面にはまったく出ていないトラブルがあったようだ。組同士というより、被害者個人のトラブルだったのかもしれん」

松本は思い出した。蒲田と言えば。

「何年か前に、地回りが地元の半グレたちをつぶしにかかったこと、ありませんでしたか？」

「だとしても、拳銃を持ち出すというのは、半グレらしくない気もするがな」

「所轄が頭をひねるような難事件には、感じませんけれどもね」

「蒲田署組対の情報収集が不十分だったんだろう。明日じゅうに殺害犯を特定するか出頭がないと、捜査本部設置ということになるかな。署長としては、なんとか避けたいよな」

「どうしてです？」

「日頃から完璧《かんぺき》に動向を把握してなきゃならない相手だぞ。なのに幹部が殺されて、殺害犯の見当もつかないっていうんじゃ、捜査員は何をやってたんだってことになる」綿引はまた腕時計を見た。「二分前だ。持ち場に」

松本は自動改札機の並びの端に立った。精算機の脇だ。スーツ姿だが、旅行鞄《かばん》もビジネスバッグも持っていない。警戒する手配犯には、容易に警察官だと見抜かれるかもしれない。松本は携帯電話を取り出して、右手でもてあそんだ。

綿引が、改札機の真正面にある売店の柱の前に立った。

腕時計を十秒ごとに見ながら列車の到着を待った。さすがに列車到着を知らせるアナウンスは、この改札口前までは聞こえてこない。松本はスーツの下で肩を回した。品川駅で降りる客は、東京駅ほどの数ではないだろう。目指す相手を、人込みの中で見失うことはないはずだった。

やがて到着時刻となった。松本は携帯電話を胸の前で持って、画面を見つめるポーズを作った。視界には、向かい側の壁に背をつけた綿引が、そしてその左手の通路がすっかり入っている。ふたりのスーツ姿の男が、エスカレーターを上りきって通路を早足でやってきた。彼らが、列車を降りた最初のひと組だ。

松本は少しだけ身体をひねった。手配犯に真正面から向かい合わないようにだ。それでも、改札口に向かってくる降車客を完全に視界に入れることができる。

スーツ姿の男性客が十数人続いた。それにまじって何人か、パンツスーツ姿の女性たち。この時刻の東海道新幹線だ。品川周辺のオフィスに用のあるビジネスマンが、ここで降りる客の大半なのだろう。

ニット帽の男が通路を手前に向かってきた。ジャケットは着ていない。シャツの裾《すそ》をジーンズの外に出しており、帽子を目深《まぶか》にかぶっている。無精髭も伸びていた。いくらか緊張した顔だ。目に落ち着きがない。

あれだ。寺井だ。

松本は携帯電話に顔を向けたまま、少しだけ首をめぐらした。

正面で綿引が松本の動きに気づいた。綿引の視線が、ニット帽の男に向いた。

松本と寺井の目が合った。合わせるつもりはなかったが、寺井が松本に不審の目を向けてきたのだ。合った瞬間に、寺井が反応した。彼は足を止め、くるりと身体をひねった。すぐ後ろを歩いていたスーツ姿の女性が、彼にぶつかってよろめいた。寺井もよろめいた。次の瞬間、寺井はその女性の首に手を回し、彼女の後ろに回った。背中で女性の腕をねじったのかもしれない。女性は悲鳴を上げた。周囲を歩いていた客たちが、驚いた顔でさっとその場から離れた。

寺井が松本を見て叫んだ。

「来るな！　こいつを殺すぞ！」

女性はまた悲鳴を上げ、身体をよじった。寺井は凶器は持っていない。少なくとも、こちらからは見えない。

「やめろ！　離せ！　警察だ」

「うるさい！」

女性が悲鳴を止めた。

松本は両手を広げ、右手にあるものが携帯電話だとわからせるように、軽く振った。振りながら改札口を離れて、寺井のほうに真正面から向かった。寺井は少しずつあとじさった。視線は松本に向いたままだ。斜め後ろにいる綿引には気づいていない。もう少し自分に注意を引きつけておかねばならない。

「離せ！」と松本は叫んだ。「寺井、そのひとを離せ！」

叫びながら、少しずつ寺井に近づいた。寺井は油断のない目を松本に向けてくる。左右を見る余裕はないようだ。綿引が壁に沿って寺井のほぼ真後ろまで移動した。

松本が寺井の正面、あと五、六歩のところまで近づいたとき、綿引が動いた。寺井に背後から飛びつこうとした。寺井が気配に気づいた。女性を楯《たて》にしたまま、後ろに身体を向けた。綿引は、女性に体当たりする格好となった。女性はまた悲鳴を上げ、膝《ひざ》から崩れた。寺井は女性を離し、もう一度松本の方に身体を向けた。寺井が駆け出したとき、松本は踏み込んで足払いをかけた。

寺井は、ダイブするように通路に倒れこんだ。松本は寺井に飛びかかり、首と右手を押さえこんだ。綿引が駆け寄ってきて、寺井の左腕をねじ上げた。うっと寺井がうめいて、背中を起こそうとした。松本は首を押さえた左手に力をこめた。

綿引が腕をねじ上げたまま、寺井に確認した。

「寺井明人だな」

寺井は答えない。うなっただけだ。

もう一度綿引が訊《き》いた。

「寺井明人だな」

「ああ」と、呼気が漏れるような声。

松本は綿引と視線を交わしてうなずいた。

綿引は腰から手錠を取り出して、寺井の左手にかけた。松本は脇によけて、寺井の右手を背中に回した。綿引がその右手首にも手錠の片方をかけた。

通路を駆けてくる音がする。北改札口に付いていた捜査員たちだろう。駆けつけた捜査員ふたりが寺井をはさみこむように、膝をついた。綿引が、寺井の背中を押さえて言った。

「寺井明人、公務執行妨害で逮捕」

ふっと松本は息を吐いた。横で女性が横座りになって呆然《ぼうぜん》としている。怪我《けが》はないようだ。髪を後頭部でまとめた、二十代の女性。恐怖のせいか涙ぐんでいる。

「大丈夫ですか？」と、松本は訊いた。

女性はその言葉にびくりと反応してから、うなずいた。

蒲田駅東口の飲食街で、波多野は捜査車両を停めた。停めたすぐ左側に、その雑居ビルがある。カラオケ店は二階から上だ。

まだようやく五時という時刻のせいか、二階のフロントはがらんとしていた。カウンターの中に、白いシャツ姿の若い男性がいる。マネージャーの高安《たかやす》だ。

波多野の顔を見て、頭を下げてきた。

「あ、どうも。刑事さん」

波多野も黙礼した。

門司孝夫がふしぎそうに波多野を見つめて訊いた。

「知っているのか？」

「前に盗難の被害のことで、相談を受けました」

カウンターの前に立つと、高安が少し不安そうに訊いた。

「何か事件ですか」

「いや」波多野は答えた。「ひとに会うんだ」

門司が横から言った。

「石黒ってのと待ち合わせた」

「あ、石黒さんと約束っていうのは、刑事さんたちでしたか。三階の三十四号室にいます」

「ひとりか？」

「ええ」

「石黒はよく使っているのか？」

「ときたま」

「店のオーナーはあいつか？」

「ちがいます。うちはチェーン店ですから」

波多野たちは階段で三階に上がり、教えられた番号の部屋を探した。トイレの隣りだ。

ドアのガラスごしに、中に男がひとりいるのがわかった。黒のソフトハットに、サングラス。黒っぽいスーツだ。

門司が先に入った。少人数用の小さな部屋だ。カラオケ・マシンの音を消してある。廊下の音が聞こえてくるだけだ。ひとに聞かれたくない話をするには、悪くない空間だ。

男が立ち上がって、頭を下げてきた。三十代でスーツ姿だが、タイはしていない。

「蒲田署刑事課の門司だ」と門司は相手に言った。「石黒だな？」

「ええ」

「サングラスだけでも取らないか？」

石黒は黙ってサングラスを外した。細面で白い顔。神経質そうに見える。左目の脇に傷痕《きずあと》があった。刃物傷ではない。砂利の上で転んだときに出来たような、面積のある傷の痕だ。

石黒は波多野にも顔を向け、頭を下げてから門司に言った。

「どうして組対じゃなくて、刑事課がやってくるんです？」

組対の捜査員とは面識がある、という意味なのだろう。その声は低めで、かすれている。

「そういう事件だからだ」門司が石黒の向かい側のソファに腰を下ろして言った。

「事情はもう知ってるな？」

「ええ、ようやく」石黒も座り直すと、門司に眼を据えて言った。「この町内で、けっこう噂《うわさ》になってますね。撃たれて死んだとか」

「で、誰なんだ？」

「は？」

「このあたりの噂でも、撃ったのはヤブイヌだってことだろう？」

「まさか。おれたちが撃った？」

「お前たちの誰かだ。悪いことは言わない。早く教えろ。藪田か？」

「どうしてそんな無茶なことを」

「因縁がある。動機がある。狭い町で、深沢とは角突き合わせてきたんだろう？　きっかけが何かは知らんが、誰だ？」

「知りません、ていうか、おれらじゃないですよ。小橋組だって、そんなふうに誤解してないでしょ？」

「表向きはな」

「表も何も、おれたち、小橋組とも深沢とも、何もトラブルなしにやってきてますから」

「危ないところで手打ちになったことは知ってるんだよ」

「ずいぶんむかしの話ですよ」

「いままでなんとか我慢してきたんだろうが、とうとう、ということなんだよな」

「決めつけないでくださいよ。知りませんよ」

「お前たちが共存してしのいでいくには、蒲田は小さすぎる。そういうことじゃないのか？」

「いいや。小橋組は蒲田にいるしかないでしょうけど、おれたちは蒲田だけで生きてるわけじゃないですから。だからぶつかる理由もない」

「お前らだって蒲田を追われたら、しのぎもきつくなるだろうが」

「全然っすよ。東京は広いし、じっさい蒲田署がヤブイヌって呼んでる面々も、大部分がもうこんな街おさらばしてる」

「藪田とかお前とかは、乗り遅れ、落ちこぼれ組ってことか」

「地元愛が強いってことです」

「地元愛なら、小橋組には負けるさ。むかし、四十年も前かな、学生が羽田で暴れるって夜には、商店街の自警団の先頭に立って身体張ったそうだから」

「それをいまだに自慢してますよ、あのひとたち。だけど小橋組なんて、そのうち自然消滅です。ありがたいことに暴力団対策法もある。おれら、相手にしてませんって」

「そういう生意気な口が、深沢に聞こえていなかったと思うか。深沢とは、しょっちゅうぶつかってたんだろ？」

「いいえ」石黒はきっぱりと首を振った。「小橋組のしのぎには手を突っ込んでなかったし、揉《も》める理由なんてないですから」

門司は、ジャケットの内ポケットからタバコの箱を取り出し、一本くわえて足を組み換えた。

「昨日の夜、どこで何をやってた？」

「おれですか？」

「お前以外に誰がいるんだ？」

「いろいろですよ。あちこちで」

「疑われたくなかったら、教えろよ」

「深沢が死んだこととは無関係ですって」

「無関係かどうかは、こちらが判断する。お前たちには動機があるんだ」

石黒は皮肉っぽい笑みを見せた。門司の突然の揺さぶりから、立ち直ったようだ。

「どんな動機です？　おれたちが、蒲田で深沢にボコられてるって言ってるんですか？」

「直接ヤキは入れられてないにしてもだ」

「だとして、おれたちがピストルで深沢を撃ちますか？　そんなもの、誰が持っているっていうんです？」

「いつでも用意はできるってことは知ってる。危険ドラッグと一緒だろう」

「やっていませんって」

「じゃあ、昨日、深夜はどこにいた？」

「あちこち。全部は覚えていません」

門司は、タバコを箱に戻すと、忍耐の限度を超えたという調子で言った。

「任意で署にきてもらうか。ＤＮＡと、手首の火薬の検査だ」

「やりすぎでしょう」

「拒否するって言ったのか？」

「いや、どうしてもって言うなら、なんとか思い出しますよ」

「最初から素直になればいい」

「夜、十時くらいまでは六本木で仕事の打ち合わせ」

「羽振りがいいじゃねえか」

「そういうふうに生きてるんですよ。ダサイのは真っ平なんで」

「どんな仕事なんだ？」

石黒は鼻で笑った。

「なんだっていいじゃないですか。もし違法なことであれば、とっくに手入れされてるんですから」

「いずれきちんと聞くことになるがな。どこで？　相手は？」

「先方に迷惑がかかっちゃいけない。いまは言う必要はないと思いますよ。場所だけ言えば」石黒は、防衛庁跡地の再開発ビル群の名を挙げた。そこにある外資系ホテルの会席料理店にいたと。

「裏は取れる話なんだろうな」

「個室だったんで、店員がおれの顔を覚えているかどうかはわかりませんけどね。おれの写真持っていって、確認してください」

「使いっ走りやれと言ってるのと同じだぞ」

「それが刑事さんの仕事じゃないですか」

「藪田とは一緒じゃなかったか？」

「どうしてです？」

「やつの女が、そうじゃないかと言ってた」

「本人には訊かなかったんですか？」

「どっちなんだ？　一緒だったのか？」

「一緒じゃないです」

「そのあとは？」

「車であちらこちら。最後は蒲田に戻って車を置いて、この近辺で、ひとりで飲み屋をはしごしてましたよ」

「蒲田のどこだ？」

石黒は、スペイン語ふうの語感の言葉を口にした。波多野はその名を手帳に書き留めた。門司が所在地を訊いた。東口の飲食街のはずれだ。

石黒は、夜十二時前から深夜一時半くらいまでそこにいた、と言った。それからやはり東口の小さなスナックで二時半過ぎまで。その後、蒲田五丁目の自分の部屋に戻って眠った。女と同棲しているので、二時半以降のことは、女が知っていると。

波多野はそのスナックの名と、女の名も書き留めた。フランスのタバコと同じ名のスナック、女は橘《たちばな》ユカリ。

門司が訊いた。

「自分のランパブには行かないのか？」

「ほとんど若いのにまかせてますんで」

「余裕なんだな」

石黒は肩をすくめた。まあね、と言ったようにも、知ったことじゃないでしょ、と言ったようにも見えた。

「これって」と門司。「十時から二時間は、アリバイがないってことだからな」

「その二時間でおれがやったと言うんでしたら、逮捕して、証拠を突きつけてくださいよ。そのときはきちんと疑いを晴らしますから」

「お前の車は何だ？」

石黒は意外そうな顔をしてから答えた。国産のセダンだ。暴力団員であれば、下っ端が乗ってはいけないグレード。

「色は？」

「シルバー」

「名刺を」

「もう終わったんですか？」

「だいたいな」

門司が、石黒が出した名刺を受け取ってから、波多野を見た。お前も質問しろと言っているようだ。

波多野は石黒を見つめて言った。

「もうひとつだけ」

「何です？」と、石黒が視線を波多野に移した。

波多野は訊いた。

「お前たちとは無関係のことでもいい。深沢がどこかの誰かに一方的に恨まれてるとか、そういう話は聞いていないか。トラブルってほどのことでなくても、逆恨みされているとか」

「蒲田近辺で？」

「限定しない」

石黒は、いったん口をつぐんだ。何か思い出そうとしたか、思い当たることがあるという表情にも見えた。波多野は答えを待った。

しかし石黒は首を振った。

「思いつきませんね」

「小橋組をめぐっても？」

「ないすよ」

「じゃあ、蒲田東口で、その筋がからんでいなくてもいいから何か小さなトラブルとか」

「それを嗅《か》ぎ回るのが、仕事でしょう」

「犬、と言ったのか？」と門司。

「まさか。違いますよ」

「お前や藪田が知らないところで、若いやつが暴走してるってことはないか？　切れやすいのが何人もいるのは知ってる」

「切れるのは理由があるときですよ。いま深沢をやるやつなんて、見当もつきませんって」

「お前が言うように狭い町で、ヤクザの幹部がひとり殺されたんだ。そうなる前のトラブル、耳にしていないはずはないだろ」

「ほんとにわからないです。耳にしたら、すぐに門司さんのところにご注進するってことでいいですか？　組対の刑事さんじゃなくって」

門司がちらりと波多野に目を向けてきた。退《ひ》きどきか？と訊いている目だ。波多野はうなずいた。

門司は、タバコの箱を内ポケットに戻してから名刺入れを取り出し、聞き込み用の名刺を一枚、テーブルの上に放った。

「情報は、確実におれにだ。いいな」

「耳にしたら、まちがいなく」

「もうひとつだけ」

「はい、はい」

「お前らの仲間で、いまも蒲田でしのいでるやつはほかに誰だ？」

「どうしてです？」

「小橋組の報復が心配じゃないのか？」

「蒲田署の組対は知っていると思いますけどね」

「おれに言えって」

「城島《じょうじま》。環八沿いで、中古車ディーラーやってます」

「会社の名前は？」

「ビッグジェイ興産」

「ほかには？」

「そんなとこですよ」

門司が立ち上がったので、波多野も続いた。

石黒も立ち上がり、軽く頭を下げてから手にしていたサングラスをかけ直した。表情が消えて、薄い唇だけが目立った。

石黒を残して二階に下り、さらにカラオケ店を出ると、門司が面白くなさそうに言った。

「芝居だとしたら、なかなかのものだな。素人《しろうと》が、あそこまでとぼけるのは、難しいだろう」

波多野は言った。

「どうでしょうか。事前に電話があったんだし、何か事情を知っていたとしても、あのぐらいの芝居はやれると思いますよ」

「何か隠してると思うか？」

「藪田もそうでしたけど、昨夜、あまり言いたくないことをやっていたのは確実ですね」

「お前が、深沢をめぐる噂を訊いたときも、一瞬反応が微妙だった。調子がちがった」

「何か見当はつきますか？」

「フィリピン人ホステスの一件かな。わからん」

波多野はビルを振り返り眺めてから言った。

「このあとは？」

「裏を取るさ」

車に戻ると、その前に小型のセダンが停まっていた。蒲田署の捜査車両の一台だ。ほかの捜査員が近くにいるようだ。

波多野が首をめぐらすと、通りの反対側をふたりの組織犯罪対策課の捜査員が歩いていた。看板を確かめながらだ。どこかの店に聞き込みらしい。ふたりとも面白くなさそうだ。あるいは、不可解という思いを表情に出している。ひとりが波多野たちに気づいた。

どうだ？という顔を向けてくる。

門司が小さく首を横に振った。捜査員たちはすぐに雑居ビルの入り口に入っていった。

車の運転席に身体を入れると、門司が助手席で言った。

「組対も、いい情報取れてないって顔だったな」

波多野も言った。

「地取りも、もう手当たり次第って様子に見えましたね」

「おれも、自分の協力者を作らなきゃならないな」

波多野は自分で取ったメモを門司に見せた。

「どこから行きます？　飲み屋から？　同棲相手の橘ユカリ。環八沿いの中古車屋、城島」

「城島のところだな」

波多野はエンジン・キーを回した。


松本章吾たちが寺井明人の身柄を十一係に引き渡し、警視庁本庁舎に戻ったのは、もう少しで午後五時三十分になろうという時刻だった。綿引が自分のデスクに置かれたメモを読んで、どこかに内線電話をかけた。短いやりとりを終えると、松本に言った。

「伏島《ふせじま》管理官がお呼びだ。一緒に来い」

綿引は、班員のひとりに寺井の逮捕に関して報告書を書くよう指示してから、松本をうながした。

管理官の伏島信治《のぶはる》警視は、捜査一課の松本たちの係を監督する上司だ。異動間もない松本は、このフロアで一度顔を見たことがあるだけだった。

同じフロアにある管理官の部屋に行くのかと思ったが、違った。綿引は、六階の渡り廊下へと向かったのだ。その先は、警察総合庁舎である。警察庁と警視庁の一部の部局が使っている。

「どちらへ？」と松本は訊いた。

「警視庁職員信用組合のある階と指示された。その奥の会議室だと」

「信組のフロア？　何でしょう？　それも主任とわたしというのは？」

「さあな」綿引も怪訝《けげん》そうな顔だ。「きょうは譴責《けんせき》などあるはずもないよな。捜査費使い過ぎってはずもないし」

信組のあるフロアに降り、会議室の並ぶ廊下を進んだ。廊下のもっとも奥まったところで、松本たちは立ち止まった。ドアに手書きの名札がつけられている。

〈捜一伏島〉

綿引がドアをノックして言った。

「綿引です。松本も連れてきました」

「入ってくれ」と、低い声で返事があった。

ドアを開けて中に入ると、そこは窓のない、小さな部屋だった。会議用のテーブルが向かい合わせに置かれている。

伏島が、テーブルの向こうで腕組みをして立っている。長身で、体格のいい五十男だ。英語が堪能《たんのう》で、一年間ワシントンの日本大使館に出向していたことがあるという。

グレーのスーツ姿だ。

テーブルの上には、数冊の書類ファイルがある。ノートPCが一台、テーブルの横に置いてあった。ケーブルが部屋の隅に延びており、プリンタともつながっている。片側の壁に寄せてホワイトボード。隅にPCの段ボール箱。PCはセットアップされたばかりなのかもしれない。固定回線の白い電話機も一台。

綿引が伏島に一礼して言った。

「いま、うちの班が、殺人の指名手配犯を確保してきたところです。遅くなって申し訳ありません」

伏島が訊いた。

「内縁の妻を殺した男のことか?」

「はい。名古屋で密行していた捜査員をまいて、東京に戻ってきたんです。品川駅での身柄確保でした」綿引は松本を手で示してつけ加えた。「松本は、着任五日目での手柄です」

伏島が松本に目を向けてきた。

「きみは七年前にも一度、城南島の大捕り物で、殺人犯を逮捕しているな。人質になった警官も救っている」

そのような情報まで覚えてもらっているとは。

「はい」松本は誇らしい思いで答えた。「自動車警ら隊配置のときです」

「そのときの功績で、大崎署の刑事組対課に移ったそうだな」

「警視庁に入ったときから、できれば刑事課と希望しておりましたので」

横で綿引が言った。

「大崎署でも有能さを評価されておりました。五反田のスナック・ママ殺しのときに、親族に被疑者がいると割り出したのが松本です。それで今回の異動となった次第です」

伏島が、綿引の顔を見つめた。

「綿引さんは、所轄《しょかつ》のときに、恋人を殺した警官の身柄を確保したと聞いている」

「はい」綿引が答えた。「留置場で自殺されてしまいましたが」

松本は再び驚かされた。伏島は、ふたりの捜査員の履歴を下調べしていたのだ。つまりいま自分たちは、指名されてここに呼ばれたことになる。手すきの捜査員なら誰でもかまわない、ということではないのだ。

「座ってくれ」と伏島がうながし、椅子《いす》に腰をおろした。

松本たちはパイプ椅子に腰掛けて、伏島に向かい合った。

伏島が、ふたりの顔を交互に見ながら言った。

「今朝、蒲田署管内で、暴力団幹部の射殺体が発見された。小橋組の深沢隆光という男だ」

伏島が書類ファイルのひとつを開いて、クリア・ファイルに収められたプリントアウトを松本たちのほうに押してよこした。目の細い、ごつごつとした顔だちの男の写真が載っている。

松本は綿引と一緒にそのプリントアウトを見た。深沢隆光に関する記録だ。暴力団員で、傷害と恐喝で前科二犯。小橋組自体は、指定暴力団、稲森会系の二次団体である。組事務所は蒲田一丁目。

プリントアウトには二枚目があった。死体の写真である。簡単な検死の結果も記載されていた。拳銃弾による失血性のショック死。手錠をかけられていた。左脇腹《わきばら》に、ふたつの火傷痕《かしょうこん》。スタンガンを押しつけられてできた火傷と推測しうる。

「どう思う？」と、伏島が訊いた。

綿引がプリントアウトを手に取って言った。

「抗争ですか。暴力団の手口ですね」

「この報告だけ見るなら、そう判断するのが妥当だろう」伏島はもうひとつの書類フアイルから、べつのクリア・ファイルを取り出した。「この件を知っているか？」

松本はそのクリア・ファイルを手元に引き寄せた。

それは変死体の検案書だった。およそ二年前、東品川海上公園の岸壁近くで見つかった死体。死後三日たっての発見だった。死んでいたのは室橋謙三《むろはしけんぞう》という男で、五十二歳。住所は東五反田二丁目、五反田で外国人パブを経営していた。暴力団の準構成員で、恐喝での逮捕歴がある。死体には目立った外傷はなく、事件性はないと判断されている。酔って運河に転落しての溺死《できし》、という報告。

松本は、伏島がなぜその検案書を見せたのか、理由がわからなかった。顔を上げて、伏島を見つめた。綿引も首を傾《かし》げて、説明を請《こ》う顔となった。

伏島が言った。

「検案書で付記されているところを読め」

松本は綿引と一緒に、その部分に目をやった。こう書かれていた。

〈両手首に擦過痕。金属様のものによる拘束？〉

〈左脇腹に、二カ所の点状の火傷痕〉

その部分の写真がある。室橋の死体の写真は腐敗が始まってからのものなのだろうか、さほど鮮明ではないが、それでも深沢の写真とその痕跡部分がよく似ていた。

伏島が言った。

「きょう、深沢隆光の死体を担当している解剖医が、二年前の室橋のときは、監察医務院で研修を受けていた。東京女子医大の法医学教室の医師だ。サブで監察医についていたんだ。深沢の死体を見て、事件性ありと判断されなかったこの一件のことを思い出し、一課長に連絡してきた。自分は似たような死体を扱った記憶があると」

その意味をすぐには理解できなかった。松本は黙ったままでいた。綿引も無言だ。

伏島は言った。

「室橋もまた手錠をかけられ、スタンガンを押しつけられたと解釈することもできる。事故死である、事件性なしという判断は誤りだったのかもしれない」

綿引が、ごくりと唾《つば》を呑《の》み込んでから訊いた。

「他殺だったとして、深沢と室橋は同一犯による殺害ということですか？」

「まだそこまで断定はできない。室橋のほうでは拳銃は使われていない。まさか銃痕の見落としはなかったと思うが。それに」

伏島が、咳払《せきばら》いした。顔がいましがたよりも深刻なものになっている。

「そのふたりには、もうひとつ共通点がある」

松本は椅子の上で、背を少し起こした。

伏島は言った。

「ふたりとも、それぞれべつの殺人事件の重要参考人だった。当然だが、そのことは警察関係者しか知らない」

松本は思わずまばたきした。部屋のファンの音が、妙に大きく聞こえてくる。それまでまったく意識できていなかった音なのに。

「しかもだ」と伏島。「ふたりにはつながりがある。人身売買がらみで、室橋はブローカーの田所宏樹《たどころひろき》という男と一緒にタイやフィリピンに行く仲。深沢は、田所から女の斡旋《あっせん》を受ける側だった」

偶然？　そうだとすませるには、あまりに不自然だ。この共通項が意味するところは何だろう。

綿引が訊いた。

「べつの殺人というのは、どの事案のことでしょうか？」

伏島が、顎《あご》でふたつの書類ファイルを示した。

「そこにあるが、ひとつは四年前の、品川の女性医師が飛び下り自殺した件」

「自殺？」と、綿引が漏らした。

伏島が言った。

「そう処理された。品川署は他殺と見て、発生の翌日昼には、室橋を重要参考人として呼ぶことを決めていた。室橋自身は行方をくらましていたが」

「それがどうして自殺として処理されたんです？」

伏島は、ほんの少し額を前に突き出し、上目づかいとなった。それは警視庁のずっと上の役職、という読み方ができるしぐさだ。もうひとつ、刑事部にとってアンタッチャブルな事案を示すこともある。つまり公安の案件。

「事実だけ言う」と伏島は少し早口になった。「その女性医師、開業医だったが、不法滞在の外国人を支援する組織に入って、夜間はそうした外国人の診療に当たっていた。組織の名前は、レインボーネット東京という」

思い出した。その事案のことは記憶にある。たしかあの大震災と原発事故の少し前に起こったはずだ。

伏島は続けた。

「発生当日、所轄は女医が何者かに突き落とされたのではないかとの読みから、周辺に聞き込みを始めた。すぐに、その組織と何度かトラブルになっていた室橋が重要参考人として浮上した。組織は、アジアから買われてきた女性たちを救出、帰国させる活動を行っていたんだ。しかし死体発見の翌日には自殺という判断が下され、捜査は終了した」

そうだった。どこかのテレビ局のニュース番組でも、この警察の判断はおかしいのではないかと、取り上げられていた。

松本も、同僚と何度か話題にしたことがある。松本自身はメディアを通じての情報しか見聞きしていなかったから、他殺か自殺か、判断することは保留した。刑事事件が起こったとき、メディアに明かされる情報など、ごくごくわずかなものでしかないのだ。テレビのコメンテーターのように、発表されている事実だけで刑事事件を解釈するのは無謀である。あのときも、何か公表されていない事実があったのだろうと受け取った。その事件から二、三週間後に、あの大震災が起きた。メディアも事件を忘れた。その後取り上げることはなかったはずだ。

伏島は、反応を確認するかのように松本たちの顔を眺めてから言った。

「所轄が他殺とみなして捜査を開始したのに、翌日には自殺で処理。警視庁の職員なら、何があったのか想像がつくだろう？」

質問ではなかった。松本は黙ったまま、伏島の次の言葉を待った。

「所轄の捜査に横やりを入れられる部署、それを押し通すことのできる部署の介入だ。レインボーネット東京という組織は、その部署の監視対象だった」

伏島も慎重に固有名詞を出すのは避けているが、その部署というのがどこなのかは明瞭《めいりょう》だ。警視庁の中で、刑事事案の捜査指揮に口を出せるのは、そこだけである。

綿引が言った。

「でも、監視対象になっているなら、むしろその事案を理由に家宅捜索でもなんでもできたでしょう。どうしてその部署は、そうしなかったんでしょう？」

「その支援組織は」と、伏島は同じ口調で続けた。「市民団体だ。市民団体だから、一般論として構成メンバーの出身、所属、思想などは雑多だ。中には、必ずしも組織の理念には賛同しているわけでない者も混じっている。そういうことだ」

理解できた。その組織には、中に警察協力者がいる。組織の活動実態のみならず、構成メンバーのものまで含めて、きわめて重要な情報を伝えてきているのだろう。女医の死亡が刑事事件として捜査対象となった場合、その協力者にもほかのメンバーと同様に事情聴取が行われる。公判に証人として呼ぶ必要も出てくるかもしれない。そうなると、協力者の存在が組織側に明らかになる心配がある。協力者が特定される。だから公安は、立件しないこと、飛び下り自殺で幕を引くことを所轄に求めた。公安から所轄に対してそのような要請があった場合、所轄は従うしかない。絶対にだ。

ただ、さっき伏島は、室橋が重要参考人だったと言い切った。捜査一課の幹部の中でも、その裏事情は共有されているということだった。

綿引がまた訊いた。

「こんどの被害者の深沢も、何かの事件の重要参考人だったんですね」

「二年前の事案だ」と伏島は言った。「京浜運河に浮かんだスーツケースから死体が見つかった件だ。女は蒲田のパブで働いていたフィリピン人女性と見られた。室橋が仲介した女だ。行方不明になり、ひと月後に死体が出た。当時大森署が深沢を事情聴取している。容疑濃厚だったが、どうしてもアリバイが崩せず、しかも死体の身元がそのフィリピン人女性と断定できなくなった。大森署は逮捕をあきらめた」

この死体遺棄事件についても、思い出した。被害者の働く店の客による犯行ではないかと、死体発見の日は周囲で噂になった。その後、捜査がどうなったかは知らなかった。

綿引が言った。

「読めてきました。外国人支援団体かその活動家が、室橋と深沢の二件の殺人に関与しているわけですね。女医さんやホステスが殺されたことへの報復としてやったと」

「市民団体は、もし暴力団と対決するときでも、拳銃《けんじゅう》を使うまい」

「動機は十分です。支援組織の女医を殺され、フィリピン人ホステスもひとり殺された。なのにどちらも立件されず、殺害犯はのうのうと生きている。その報復を外国人の犯罪組織に頼んだのかもしれない」

「つまり外国人の殺し屋を使ったと？」

「ええ」

「考えにくい。これまでそういう例もない」伏島が松本に目を向けてきた。「きみはどう読む？」

松本は、狼狽《ろうばい》した。いま、突然恐ろしいことを想像してしまったのだ。でも、それを口にしていいのか？

ためらっていると、伏島が言った。

「想像がついたようだな」

「もしかして、これは警察関係者の……」全部は言い切れなかった。

「そのとおりだ。このふたつの事案、警察関係者による犯行という可能性が出てきている」

綿引が、驚いた声を出した。

「どういうことなんです？」

「女医の飛び下り自殺という処理を、現場の警察官ならどう思う？　状況証拠は他殺を示し、重要参考人まで挙がっていたのに、上があっさりと自殺として処理すると決め、捜査の終了を命じたとしたら。しかもその参考人は、人身売買に関わる準暴力団員だというのに」

綿引は無言だ。松本も、黙ったままでいた。

「もうひとつの件、フィリピン人ホステスと思われる他殺体が発見され、捜査線上に暴力団員が浮かんだ。しかし、証拠不十分。送検しても公判維持は不可能と判断された。捜査体制は縮小、事実上のお宮入りとなった。その捜査指揮に対して、現場には反発があった」

「だとしても」と、綿引がやっと言った。「現場の警察官が、捜査指揮への反発という動機から、参考人を殺すところまでやりますか？」

「きみは恋人を殺害した警察官を逮捕しているんだぞ。絶対にありえない話か？」

「いえ、それは」綿引は口ごもった。「でも、わたしには、ちょっと大胆すぎる読みに思えます」

「もしかすると、被害者への同情、共感が強かったのかもしれない。動機はひとつとは限らない」

「そういう動機で、警察官が殺人まで犯すかと考えると……」

「世の中のすべての刑事事件で、動機と犯行の重さとの関係が見合っている例は、どの程度のものだ？」

「それは……たしかに。でも、深沢という男については、手口がマル暴のものです」

「警察官なら、手錠も拳銃も扱い慣れている」

「スタンガンは使いません」

「外国人の殺し屋も使わないだろう」

「室橋のほうは、スタンガンや手錠が使われたとは判断されなかったのですよね」

「二年前には研修中だった解剖医は、その可能性も考えていた。そのときの監察医の判断が絶対だったのだろうが」

「検死にも圧力がかかった、ということでしょうか？」

「ないとは言い切れない。連中は、女医の自殺の件を蒸し返されたくはなかったろうからな」

「だとしても、なぜいまなんです？　フィリピン人ホステスの死体が見つかったのは、二年も前のことなのに」

伏島が松本に顔を向けてきた。

「きみなら、どう解釈する？」

　松本は、慎重に言葉を選んで言った。

「たしかに被疑者は、室橋や深沢の行状をよく知っていた捜査員なのかもしれません。どちらの事案のときも、所轄の現場にいた誰かだとすると、その動機は想像できます。けっして共感するわけではありませんけれども」

「時期の件は?」

「重要参考人がのうのうと、あるいは羽振りよく暮らしているのを、最近見てしまった。それで、殺意に火がついた、ということでしょうか。手続き上、完全にお宮入りとなった、というようなことも、きっかけになるのかもしれません。ただ」

「なんだ?」

「両方の事案に関わった捜査員による連続殺人、という解釈は、やはり少し受け入れにくいものがあります」

「当然だ」と伏島はうなずいた。「現職警察官による連続殺人だなどとは、誰も想像したくない。そうであって欲しくはない」

　綿引が言った。

「東糀谷の深沢の件は、所轄の捜査ですぐに実行犯が特定されるでしょう。死体遺棄の状況から見て、遺留品は多そうですし、目撃情報もこれから出てくるのでは?」

「警察関係者なら」と伏島。「裏をかくノウハウは持っているはずだ。もし警察官による犯行だとしたら、解決は容易とは思えない。それできみたちを呼んだのだ」

松本は、綿引と顔を見合わせた。いよいよ本題だ。

「所轄とはべつに、室橋謙三、深沢隆光ふたりの殺害犯を突き止めろ。結果として、警察官の犯行ではないと確認できたならそれでもいい。というか、それを期待したいというのが本音だ。警察官だった場合は、所轄より先に身柄を確保しろ」

綿引が訊《き》いた。

「捜査本部は設置しないのですか?」

「東糀谷の件は、まだ様子見ということになる。明日になっても蒲田署は、捜査本部設置まであと数日の猶予《ゆうよ》が欲しいと要請してくるだろう。面子《メンツ》にかけても実行犯を特定する、できれば出頭させると保証して」

「でも、まだ何の手がかりもないんでしょう?」

「きょうはまだのようだ。だけど彼らは、マル暴同士の抗争という構図で解決しようと躍起になっている。一課長も、あと二日、ないし三日は蒲田署に当たらせるつもりでいる」

「管理官の読みで捜査本部を動かせば、一日で真犯人逮捕ではないでしょうか」

「いや、警察官による犯罪の可能性がある、と何十人もの捜査員に伝えるわけにはいかない。しかも捜査の過程では、女医の飛び下り自殺の件を蒸し返すことにもなる。いまはそれはできない。スキャンダルになる。これは、まず特命の捜査で挙げる」

「犯人が警察官であった場合、逮捕して起訴、公判ということになれば、どっちみちスキャンダルになります」

「それまでに、衝撃を小さくする手だては取れる」

松本は、伏島がその手だてとしてどの程度のことを考えているのか想像した。もしかして、伏島が毛嫌いしているあの部署なみのことまで、やる気なのかもしれない。運河に転落して溺死したとされている室橋の一件については、立件さえ見送るというかたちで。

松本は訊いた。

「では、わたしたちは蒲田署とは完全にべつに、警察内部の犯行という仮説で、真犯人を探すのですね？」

「そうだ」

「わたしと主任と、ふたりだけで？」

「当面は」

「たったふたりでは、できることは限られます」

「すでに、確認すべき範囲は相当に狭まっている。人海戦術を取る必要はない」

綿引が懇願するように言った。

「せめて、わたしの班を全員使ってやらせていただけないでしょうか」

「だめだ」伏島は首を振った。「繰り返すが、警察官による連続殺人かもしれない、などという捜査情報が、いまこの時点で警視庁、刑事部の内部に広まってはならない。スキャンダルだから、という理由だけじゃない。真犯人と誰がどうつながっているかわからないんだ。妨害、証拠隠滅のおそれがある。捜査が始まったことすら、いまは悟られてはならないんだ」

伏島は立ち上がり、ズボンのポケットに両手を入れて、テーブルのまわりをゆっくりと歩き始めた。

「幸いまだ、室橋の事故死とのつながりは疑われていない。深沢隆光の死体との共通点に気づいた者は、ごくごく少数だ。解剖医、一課長、それにわたし。三人だ。真犯人には油断がある。隠密《おんみつ》の捜査とする。きみらだけが、捜査にあたる」

綿引が訊いた。

「わたしたちが、この捜査を担当する理由を伺ってもかまいませんか？」

伏島が真顔のままで答えた。

「どちらの事案の捜査にも関係していない。室橋、深沢とも接点はない。それに、いまのわたしの仮説を聞いても、きみたちはほんの少しもこの犯人には共感していないはずだ。それはわかっている。警察官同士の連帯感よりも、法を優先させるだろうこともわかる」

なぜわかる？と質問する必要はなかった。警察官採用試験から始まって、警察官は昇任試験や研修のたびに、心理テストや性格テストを受ける。知らないうちに、適性や思想について、警務部は情報を蓄積している。警察官のタイプや志向を見分けるのは容易なのだ。さらに綿引の場合は、所轄にいた当時の、恋人を殺した警察官を逮捕した実績から、警察内部の捜査を指示しても安全とみなされたのだろう。

綿引が言った。

「そう見ていただいて、光栄です」

「係長には、わたしが緊急にきみたちふたりを借り出すことにしたと伝える。いまはまだ内偵段階の事案を担当させると」

「わたしは、そのあいだ、班をどうしたらよいのでしょう？」

「係長が直接監督する。きみたちには、係長とも顔を合わせて欲しくないというのが本音だ」

「ここで、隠密裏に捜査を始めるのですね」

「不足か？」と伏島。

「いえ」と綿引は首を振った。「いい場所です。ひと目を気にしなくていいですし」

松本は言った。

「この捜査では、まず警務の資料や記録を読むことが必要になります。警務には協力してもらえるのでしょうか？」

伏島はテーブルの上のPCを顎で示した。

「そこのパソコンは、警務のデータベースにもアクセス可能だ。もちろん警察庁のデータベースにも入れる。パスワードもそこにある。電子化されていないもので必要な資料は、わたしに言ってくれ。探す」

「はい」

伏島は腕時計を見た。

「明日の朝いちばんで判《わか》ったところまですべての報告を。では、頼む」

伏島は、くるりと踵《きびす》を返すと、会議室を出ていった。

松本は綿引と顔を見合わせた。つまり、このままこの部屋で徹夜をしろということとか。

　綿引が、いま一度部屋の中を見渡してから言った。

「まず一連の事件の情報を整理するか。四年前の女医の飛び下り自殺。そして二年前の、フィリピン人女性死体遺棄事件」

　松本は綿引の言葉に付け加えた。

「二年前の、室橋謙三の変死の件も」

「それから、それぞれの事案のときの捜査員。いや、対象はもう少し広げてもいいな。刑事課、組対も含めてだ。すべての事案に関わっている捜査員がいれば、明日、管理官に報告。そいつへの事情聴取が指示されるかもしれない」

　松本は、いままで伏島管理官の腰掛けていた椅子に移動し、手元に捜査関係資料を引き寄せて言った。

「どれかに関わっていて、その後処分されたり、退職した警察官。警察に恨みを持っている者とも想像できませんか？」

「処分歴から、要注意人物を洗い出すか。どれかの事案に関係していたら、やはり被疑者適格者だ」

　松本は綿引に提案した。

「徹夜が仕方ないなら、晩飯食べに行きませんか」

「コンビニ弁当ですませよう」

松本は、黙って同意した。これが捜査一課流のスタイルなのかもしれない。そうだとしたなら、異動五日目の自分は、慣れるしかないのだ。

4

その中古車ディーラーは、環状八号線を西に走って、東急多摩川線と交差するアンダーパスをくぐった先にあった。東急線矢口渡駅に近く、蒲田署から見て多摩川一丁目方向という言い方もできる場所だ。ここの所在地を、石黒裕太は環状八号線沿いと言っていたが、正確には環八から東急線側に折れた中通りに面している。タイヤショップの並びだった。

波多野がまごつかずにそのディーラーの前に車を進めたせいか、門司が訊《き》いた。

「ここ、知っているのか？」

「ええ、一応は」

「城島とは？」

「直接話をしたことはありませんが」

波多野はこの城島の中古車店のことを、蒲田署盗犯係の捜査員として頭に入れている。盗難車の売買はしていないと、確信が持てる店だ。これまでその容疑がかかったこともない。

それを言うと、門司が首を振った。

「表の稼業《かぎょう》では、慎重にやってるってことだな」

事務所は駐車スペースの奥に建つ軽量鉄骨造りの無骨な建物の二階にあった。駐車スペースはわずか五台分しかない。そのうち三台分には、ドイツ製の乗用車が展示されていた。ただし事務所真ん前に停まっているのは、アメリカ製の四輪駆動車だった。

中古車ディーラーでありながら、この程度の敷地で営業できているのは、このディーラーがもっぱらオークション代行業で稼いでいるからだ。客から注文を受けた車をオークション会場で探して競《せ》り落とし、販売する。だから駐車スペースは最低限でよいのだ。それを波多野は、盗犯係の先輩捜査員から教えられていた。

石黒から電話が入っていたらしく、経営者の城島隼人《はやと》は捜査員の訪問に驚かなかった。とくに動揺も警戒も見せずに、応接セットの向かい側に腰を下ろした。やや小柄な、痩《や》せた男だった。波多野たちが事務所に入ったのと入れ違いに、若い女が出ていった。従業員なのだろう。

ここでも波多野たちは、藪田や石黒に訊いたのと同じ質問を繰り返した。城島も、小橋組とも深沢ともトラブルはなかったという。それどころか、小橋組の組員に国産セダンを安く斡旋《あっせん》してやったことがあると城島は言った。昨夜は店を閉めたあと、夜九時すぎに下丸子で新しい客と会い、注文を受けた。そのあと東矢口の自宅に戻って車を置き、同棲《どうせい》相手と一緒に西蒲田の寿司《すし》屋に行った。自宅に戻ったのは、午前二時近くだったという。もちろん行った店と女から確認を取ることになるだろうが、不審を感じさせる言葉ではなかった。城島の車は、表に停めてあるアメリカ製の四輪駆動車だった。

門司が、最後に、と言ってから質問した。

「深沢が、組の稼業とは関係ないところで、誰かに恨まれていたというような話を聞いていないか？　些細《ささい》なことでもいい」

波多野も、城島を見つめた。答えが一瞬遅れている。それまで、ほとんど考えることなく、ただ反応するかのように何も知らないと答えていたのに。でも、いまわずかに言葉に詰まった。

「いや」けっきょく城島は首を振った。「何も知りませんね」

門司が言った。

「いま、思い当たったという顔をしたぞ」

「いえ、べつに。考えてみただけです」

そのとき門司の携帯電話が震えた。門司が城島を見つめたまま携帯電話を耳に当てた。

「ああ、一件。いま終わります」

携帯電話をポケットに収めると、門司が波多野に言った。

「戻るぞ」

波多野は、手帳を畳んで立ち上がった。

城島が波多野たちを呼び止めた。

「ひとつだけ教えてもらっていいですか？」

「何だ？」と門司。

「深沢が殺された場所は、どこなんです？」

「死体が見つかったのは、東糀谷だ」

「ポンプ場のあたりですか？」

「北前堀の脇《わき》だ」

城島が一回瞬《まばた》きしたが、それ以上は訊いてこなかった。

事務所を出て捜査車両に戻ると、門司が言った。

「この半グレたち、とりあえずはみな生業を持っているというのが面白いな。たいした稼ぎにもならない商売だろうに」

波多野はエンジン・キーを回してから言った。

「闇金《やみきん》も、風俗も、オークション代行も、やりようによってはそこそこの利益が出るんじゃないですか」

「この不景気で？　裏の稼業があるはずだ。あの手の連中じゃないと手が出せない商売が。ハイリスク・ハイリターンってやつ」

「いまの電話は？」

「係長からだ。いったん戻って報告しろってよ」

波多野は車を中古車店の駐車スペースから中通りへと出した。

環状八号線を蒲田署方向に走り出してから、門司が顎《あご》をさすりながら言った。

「深沢とヤブイヌたちがトラブっていないというのは、たぶん本当なんだろうな。だけど、深沢自身は誰かに恨まれていた気配がある。そいつは何だろう」

「組対なら、当然把握していますよね」

「そのための部署だからな。だけど、気になる」

波多野は同意してうなずいた。

アンダーパスを抜けたところで、また門司が訊いた。

「暴力団員が個人的に恨みを買う場合って、どういう時だと思う？」

「個人的に？」波多野は、少し考えてから答えた。「一般論で言えば、近隣トラブルですかね。迷惑駐車、騒音、ゴミ出しルール違反」

「暴力団が、不動産を買い叩《たた》くときの常套《じょうとう》手段だ。個人的な恨みにはつながらない」

「じゃあ、男と女の仲かな」

「捨てられた女は、売り飛ばされなくてよかったとほっとするんじゃないか」

「女性によると思いますが」

門司は助手席で前方を見つめたまま、少し背を起こした。

「女か。組対は軽く見る情報だろうな」

「射殺には結びつきませんが」

「自分で手を下さなくたっていいんだ。いや」門司は、やっと気がついたという顔になった。「それが女だったから、深沢は油断して助手席に乗る気になったのかな」

信号が黄色に変わった。瞬時迷ってから、波多野はアクセル・ペダルを踏み込んだ。

松本はひととおり資料と捜査報告書に目を通すと、ふたつの事件の関係を整理してPCのメモ帳に入力してみた。

まず品川の女医飛び下り自殺の件。

発生は平成二十三年（二〇一一年）の二月十六日。現場は品川区南品川三丁目の集合住宅。所轄《しょかつ》は品川署。午後十一時二十分に近所の住人から警察に通報。死体発見。すぐに検死。全身打撲によるショック死。

死んだのはその集合住宅七階に住む大内恵子《おおうちけいこ》。三十七歳の独身女医だった。品川区北品川に診療所を持つ開業医で、市民団体・レインボーネット東京のメンバー。この団体は、人身売買組織の被害外国人を支援しており、しばしば人身売買組織や暴力団から脅迫を受けていた。団体の事務所は、大内恵子の診療所と同じビルの中にある。

品川署刑事組織犯罪対策課は最初、女医の所属する市民団体とトラブルを起こしていた室橋謙三という男を事情聴取する予定だった。この時点では、自殺、事件両面からの捜査である。室橋の所在は不明。

翌日夜、品川署は、女医が鬱《うつ》病であったという情報を得て、自殺と断定、捜査を打ち切った。帰宅後、自宅のある集合住宅の非常階段から飛び下りた、という判断である。

遺族が、殺人事件として捜査するよう、警視庁に要望書を提出。警視庁は事件性はないと回答している。


女性死体遺棄事件。平成二十五年（二〇一三年）八月二十日、京浜運河の昭和島一丁目付近。運河から引き上げられたスーツケースの中から、かなり腐乱の進んだ死体が発見された。パスポートや身分証明書はなかったが、遺留品の名刺から、この女性は当初、蒲田駅東口のパブ「ベルベット」で働いていたアイザ・レジェス・クルーズというフィリピン人女性と判断された。アイザはひと月ほど前から行方がわからなくなっていた。

検死報告では、女性は身長百四十八センチ前後。小柄である。二十代と見られた。死因までは特定できなかった。扼殺《やくさつ》を示す舌骨の骨折もなく、目立った骨の損傷もない。他殺とは断定できないままに、死体遺棄事件としての捜査が始まった。捜査本部は設置されていない。

捜査報告書によれば、所轄の大森署はその二年前にアイザが入国したときの身元引受人であった田所宏樹という男に事情聴取した。アイザは外国人ホステス・ブローカーである田所の芸能事務所に所属するために来日、草津温泉のスナックで働くが、契約期間満了を待たずに草津から消えたことがわかった。消えたあと、同胞を頼って蒲田のパブで働き始めたという経緯のようだった。

アイザは、蒲田で同胞と共同生活をしていたようだ。ただしパブの経営者もその場所を把握してはいなかった。

店からは、アイザのDNAを確認するための試料も見つからなかった。死体が、その店で働いていたアイザだと特定できる証拠はなかったのだ。死体と店との接点は、スーツケースの隙間《すきま》に入っていたアイザの名刺だけだった。

蒲田の暴力団幹部・深沢隆光が、客としてアイザの勤める「ベルベット」にきて、数度、席に呼んでいる。執着していた様子があったらしい。大森署は、深沢を二度、事情聴取しているが、深沢は店以外では会っていないと、関係を否定した。アイザが失踪《しっそう》した当日のアリバイもあった。

しかも死体発見から一週間後に新しい事実が出た。アイザ・レジェス・クルーズが失踪四日目の七月二十二日に成田空港から出国していたという、入国管理局の記録が出てきたのだ。被害者の身元はまったく特定できなくなり、当然ながらアイザと深沢との接触の事実も、意味を持たないものとなった。捜査の陣容は縮小され、いまは担当の捜査員が、新しい情報が入ってくるのをただ待っているだけの態勢だった。

死体発見から一カ月の時点での捜査報告書の作成者は、大森署刑事組織犯罪対策課の南貴志《みなみたかし》という警部補だった。


女医の飛び下り自殺の件で名前の出てきた室橋謙三は、平成二十五年（二〇一三年）十一月八日、変死体で発見されている。東品川一丁目、東品川海上公園の岸壁近くで見つかったのだ。死後三日たっての発見だった。所轄は品川署。

検死結果は、溺死《できし》、というものだった。アルコールの血中濃度が高く、酔って運河に転落したものと推測された。

室橋の住所は、東五反田二丁目だった。五反田東口で外国人パブを経営しており、外国人ホステスの斡旋業にも手を染めていた。同業の田所宏樹とは親しく、何度も一緒に東南アジアに旅行する仲だった。稲森会系暴力団・真誠会《しんせい》の準構成員。

死体発見時は事件性なしという判断であったが、このとき監察医務院に研修にきていた解剖医から、深沢隆光の死体にあった擦過痕《こん》、火傷痕《かしょうこん》によく似たものが、室橋にもあったことがきょう伝えられている。

そうして今朝の、深沢隆光の射殺体発見。

松本はこの四件について整理した情報をプリントアウトすると、主任の綿引にも一部を渡した。

綿引はざっと読んでから言った。

「もしかしてキーワードは、外国人、ってことになるのか。不法滞在とか、ホステスって言葉も加わるのかもしれないが」

「共通しますね」と松本もプリントアウトに目を落としながら言った。

「それと、尻取《しりと》りができます。女医の大内恵子が外国人支援団体に関わっていて、その団体とトラブルのあったのが室橋謙三。室橋謙三はひと買いの田所宏樹と親しく、田所宏樹が身元引受人であったアイザというフィリピン人女性は、深沢という暴力団員とも関わりがあった」

「所轄で言うと、女医さん飛び下り自殺の件と、室橋謙三の溺死が、品川署」

「女性の死体遺棄事件は大森署」

「深沢は蒲田署」

「室橋の溺死現場は、こいつの店とも自宅とも少し離れているな」

「このあたり、たしか飲食街じゃないはずですが、それも妙ですね」

「死体遺棄事件がよくわからないな。アイザという女のパスポートで出国したのは、別人ってことはないのか？　出国審査では、指紋照合ってのはやらないのか？」

「生体認証というのは、たしか入国審査のときだけです。いったん入国すれば、出国審査はさほど難しくはないと思います」

綿引がプリントアウトに目を落としたまま、どうしても合点がいかないという顔で言った。

「ほんとにアイザって女が出国したのか、フィリピン警察に照会したり、試料を念入りに探してDNA鑑定もできる。遺体の身元特定は、不可能ってわけじゃないと思うが」

松本は言った。

「大森署のこの捜査報告書では、フィリピン警察に照会していますね。アイザの旅券で出国したのはほんとうにアイザ・レジェス・クルーズという女性なのか、と。フィリピン警察からは、そのアイザの所在自体がつかめないという回答です」

綿引が首を振りながら言った。

「あの国なら、そもそも別人のパスポートを手に入れることだって、できるんだろう？」

「やれそうですよね」

「だとしたら、そもそもアイザの名前で入国したのは誰なんだって話にもなるか」綿引はプリントアウトから顔を上げると、松本を見て言った。「死体遺棄事件では、蒲田の小橋組の深沢が取り調べられている。アイザの勤めていたパブは蒲田東口だ。これはたぶん、蒲田署の組対も把握していることだよな」

「でしょうね。死体遺棄事件では、捜査情報の一部は蒲田署の組対も知っていた」

「ことによると、刑事課も」

「職員の配置を、調べます」

松本は、あらためてノートPCに向き直った。

波多野は、門司と一緒に係長のデスクの前に立った。

午後の七時になろうとしていた。しかし刑事課フロアは、捜査員や職員たちの姿が多く、出入りも活発だった。ただし、やはり解決につながるいい情報が入ったという様子ではない。何人かの捜査員は、明らかに途方に暮れた顔をしている。

門司が、加藤係長にまず訊いた。

「どこまで行っています？」

加藤が目をつり上げた。

「お前が心配することじゃない」いらだっていた。「ヤブイヌ連中は、どうだ？」

門司があわててメモに目を落として、報告を始めた。ヤブイヌの藪田、石黒、城島から、深沢をめぐるトラブルについて聞いたこと。揉《も》め事はなかったとのことだけれども、石黒と城島が、含みのある言い方をしたことがひとつある。深沢は個人的に恨みを買っていたのかもしれない、ということ。はっきりと口にしたわけではないが、やりとりの印象では何かあるようにも感じられた……。

加藤は報告を聞き終えると、門司を見上げて言った。

「それが何かを聞き出すのが、地取りだろう？」

門司が恐縮した。

「そのとおりですが、言葉としては、知らない、なんです。ただ微妙な感触として、何かあったのかなと。表情とか、言葉遣いからの印象なんですが」

「何のためにお前たちをヤブイヌに振り向けたと思っているんだ？」

「はい、ただ、もしかしたらこれは組対がすでに把握していることではないかという気もしまして。個人的な恨みを買っていたのかもしれない、という線に絞って当たろうかと。今夜は石黒と城島のアリバイを確認します」

「ヤブイヌが無関係なら無関係でいいから、まずその確証を持ってこい。そうすれば、うちはお前たちをまたべつの方面に振り向けることができるんだ」

「はい」門司は口調を変えた。「ふと思いついたんですが、深沢の女関係を洗ってみるというのは、どうでしょうか。女がらみ、とも感じるんですが」

「深沢の周辺は、組対の領分だ。早く行け」

「はい。これから」

門司が一歩デスクの前から下がった。加藤が目を向けてきたので、波多野は質問した。

「捜査本部は、できるんでしょうか？」

「まだだ」と加藤は、いましがたにも増していらだった声で言った。「うちで解決する。捜査本部は必要ないと、署長は一課長に大見得切っているんだ！」

門司が耳元で小さく言った。

「行くぞ」

波多野は一礼して加藤のデスクから離れた。

門司は大股《おおまた》で、階段へと向かっている。波多野は追いついて門司に並んでから訊い

「最初は？」

「東口」と、門司は答えた。「石黒が行ったという店。そのあと、城島が女と飯食った。たという店だ」

「はい」

「係長、なんであんなにカリカリきてるんだ？」

「被疑者特定の目処《めど》がまったく立っていないということなんでしょう」

「組対やうちの課長の読みが、まるで違っているということか」

「まだ死体発見から半日しか経《た》っていないわけですし」

波多野は歩きながら、さっきまで使っていた捜査車両に、電子式のキーを向けた。

最後のプリントアウトが一枚、吐き出されてきた。

松本は、そのコピー用紙を綿引に渡した。

いま松本は、警務部のデータベースで、年度ごとの関係警察署の刑事課、組織犯罪対策課の職員配置を確認、プリントアウトしていたのだった。

ふたつの事案の捜査指揮に不満を持つ者がいるとしたら、それは女医の飛び下り自殺に関わっていた者だろうと想像できた。だからまず、四年前の時点での、品川署の刑事組織犯罪対策課の警察官名簿にあたった。

平成二十三年、二月十六日時点での品川署刑事組織犯罪対策課配置の警察官は、およそ四十人。

四年前のことなので、当然ながら警務部の人事関連の資料は電子化されている。ただ、年度と所轄名と組対、もしくは刑事課という条件で、職員名をソートできるようにはプログラムされていなかった。四年前の品川署の捜査員が、その後、大森署、それに蒲田署の事案にも関わってくるかどうかは、綿引とリストを読み合わせるかたちで探さねばならないだろう。アナログな方法だが、ひとりひとり捜査員の名前を、視覚と音声とで、意識下に入れねばならなかった。

松本は綿引の向かい側で、自分も同じプリントアウトのひと揃《そろ》いを手に取った。

綿引が、品川署刑事組織犯罪対策課の警察官の名前をひとりずつ読み上げ始めた。名前は階級の高い順に並んでいる。ついで異動の年月日である。早いほうがリストの先にくる。

「飯島久、原田宗弘、近藤義広、五十嵐邦夫……」

松本は、同じリストを目で追った。

組対およそ二十人の名前を読み上げたあと、読むのを交代した。こんどは刑事担当の警察官のリストを、松本が読み上げるのだ。

「加地雅人、松尾章一……」

綿引が読み上げを遮って言った。

「松尾章一は、池上署でおれの先輩だった。そろそろ定年のはずだ」

「……能条克己」

松本が言葉を切ると、綿引が顔を上げて訊いた。

「どうした？」

「いえ、以前の上司の名前が出てきたので」

「この能条のことか？」

「はい、自動車警ら隊で一緒でした。能条さんが、車長で班長でした」

「警ら隊から刑事畑に移ったのか。変わり種じゃないか」

「自分は最初から刑事課が夢でしたよ」

「最近、連絡取っていなかったのか？　お前の車長だったっていうのに」

「ええ」口ごもった。「正直言うと、あまり合うタイプではなくて」

能条という名を見れば、いやでもあの城南島の倉庫での逃亡犯逮捕の一件を思い出す。警察学校同期の波多野涼が、古い倉庫に逃げ込んだ殺人犯に撃たれて命を落としてもおかしくなかった。能条は、松本が救出に行くと申し出たとき、制止したのだ。応援を待て、いま行ってはならないと。しかし松本は指示を聞かなかった。一秒を争うときだ。処分覚悟で階段を駆け上がり、殺人犯を確保して波多野を救出した。さいわい波多野は撃たれてはいなかった。左膝頭《ひざがしら》の挫傷《ざしょう》と後頭部打撲という傷を負っていただけだ。いまはその外傷も完全に治癒したと聞いている。ただ、救出があと十秒でも遅れていたら、それですんだかどうかはわからない。

この件で、松本は警務から厳しく事情聴取を受けた。前後の事情、班長である能条とのやりとり、上司命令を無視した理由……。しかし逃亡犯を確保したことは評価されねばならなかったし、同僚を救いに出たことを厳しく処分すれば、現場警察官の士気を下げかねない。警務はけっきょく、松本を厳重注意処分とするに留めたのだ。自動車警ら隊ではしばらくのあいだ、事実上の謹慎処分という扱いになった。

あのあとも、能条が自分を許していないことは知っている。能条にとって、松本は上司に逆らった部下だった。結果は悪いものにはならなかったとはいえ、命令違反を許せるはずはない。そもそもあの結末は、能条の判断が誤りであったことを証明したようなものなのだから。

もうひとつ思い出した。能条が、波多野を人質に取った殺人犯を指して言った言葉。

「あんな連中、更生なんて絶対にしないのに」

あれはどういう意味だったのだろう。

七年前のことを思い出しているときに、綿引が訊いた。

「その能条はどうだ？　警部補なんだから、まったくの平よりも深い情報には接触できるが」

松本は我にかえると、少し考えて言った。

「不法就労外国人に対して、さほど同情的になるタイプではないと思います」

「捜査指揮に不平を言ったり、幹部批判をしたりする警官かということだよ」

「あ、その傾向は多少あるかもしれません。具体的に聞いたわけじゃありませんが」

「じゃあ、どうしてそう思うんだ？」

松本は、いまの自分の言葉の根拠を探ってから答えた。

「やり手で、自分のやり方に自信を持っていますよ」

松本はまたリストを読み上げた。

「東川元、久保淳二、長野賢二、福島透、樋口健志、篠原亘」

そこまでだ。組対担当と合わせておよそ四十人。

次は、女性死体遺棄事件の時点での大森署の捜査員のリストだ。

綿引がここでは刑事担当の警察官のリストを読み上げ始めた。

「南貴志、殿河一郎……」

警視庁の人事で、幹部職員以外の配置は、おおむね出身のエリアと希望が勘案されて決まる。警察官にとっても土地勘と人脈は重要であるし、通勤に二時間もかかるような配置は不合理である。大雑把に言って、管内を十に分けている方面本部の中での異動ということになるのが普通だ。品川署や大森署、それに蒲田署を含んでいるのは第二方面本部である。何人か重なっている警察官がいることだろう。

「……高橋操、山本繁、加地雅人」

松本は言った。

「加地《かじ》が重なっています。女医事件のときの品川署」

綿引が読むのを止めた。

松本はPCに向かうと、警務のデータベースから、加地の履歴を調べた。

昭和四十一年（一九六六年）生まれ。世田谷区内の体育大学卒業。平成元年（一九八九年）に警察学校入学。卒業配置が荏原警察署地域課だった。平成四年、田園調布署刑事組織犯罪対策課へ。平成十二年に品川署刑事組織犯罪対策課。巡査部長に昇任した平成二十四年から大森署刑事組織犯罪対策課である。

賞罰歴では、荏原警察署で、窃盗犯逮捕と、コンビニ強盗逮捕に功があり、署長表彰が二回。罰のほうでは、厳重注意が一回。その処分の理由は、データベースには記されていなかった。

写真は、大森署に異動になったときのものだ。髪が短く、眉《まゆ》が薄い。こわもてタイプの捜査員の顔だった。

身長は百七十八センチ。体重八十キロ。柔道四段。

綿引が画面をのぞきこんで漏らした。

「こいつなら、深沢ともサシでやれるな。組対向きに見える」

松本は言った。

「逆に、この男なら、スタンガンを使う必要もないのでは？」

「どこかに連れ出すには、スタンガンも必要になるさ」

松本はこの警務のデータもプリントアウトした。綿引があらためてリストの読み上げに戻った。

「清水直人、高橋輝」

刑事担当でほかに品川署のリストと重なっている名前はなかった。

松本が綿引に代わり、大森署の組対の警察官のリストを読み上げた。

「池田正彦、米田隆、田村正弘……」

こちらにも、品川署と重なる警察官はいなかった。

ついで、死体遺棄事件のときの蒲田署の組対警察官のリスト。松本が読み上げた。

「諸田剛、野口裕司、宮内友成、野中亘……」

いない。

また綿引と交代した。綿引がプリントアウトを手にして、蒲田署の刑事課の警察官のリストを読み上げた。盗犯係に、警察学校同期の波多野涼の名が出てきたが、重なる名前はなかった。

「こんなものか？」と、綿引が不思議そうに言った。「同じ方面本部内だから、もう少しいるかと思った」

松本は、プリントアウトされたリストをめくりながら、ふと思いついた。

「最初の女医さん飛び下り自殺のとき、自殺という処理に不満を持ったのは、刑事課だけではないのかもしれません」

「どういうことだ？」

「不法滞在外国人についての事案は、生活安全課です。保安係か、もしかすると少年係」

生活安全課では、外国人労働者の雇用関係捜査もおこなう。要するに人身売買の案件は生活安全課の受け持ちだ。それが未成年の場合は、福祉犯係が担当する。

女医が所属していた支援団体と、人身売買ブローカーの室橋がトラブルを起こしていた、とはさっき伏島が言っていた。支援組織は、所轄の生活安全課にも室橋とのトラブルを相談していたということはないだろうか。人身売買があると、はっきりと訴えていたかもしれない。

綿引が言った。

「女医の診療所は、組織の事務所と同じビルだ」

「北品川でしたね」松本は女医飛び下り自殺に関する捜査資料を手元に引き寄せた。

「北品川一丁目。京浜急行北品川駅近く」

「品川署の管轄だ。飛び下り事件以前に、品川署生安は支援組織や女医と関わっていたかな」

「東京入管が港南にあるし、品川駅は、外国人にはわりあい行きやすい場所です。この団体の事務所は、品川駅から歩いても行ける距離ですし」

「品川署生安だ」と綿引は納得したように言った。「生安の警官なら、不法就労の外国人に同情する。レインボーネット東京の活動にも多少の理解があったかもしれない。ましてやボランティアの独身の女医には」

「だから、飛び下り自殺という幕引きに納得できなかった。もしかすると、反発は刑事や組対の警官よりも強かったかもしれませんね」

「もうひとつ、フィリピン人ホステス死体遺棄事件がある」

「正確には、身元不明女性死体遺棄事件」

「濃厚にフィリピン人ホステス死体遺棄事件だ」

「ブローカーに買われてきて、働いていた温泉地から逃げて、蒲田からまた失踪。アイザの件も、身近に聞いていたとしたら、そいつはふたつの事案の捜査指揮や処理には、激しい憤《いきどお》りを覚えたはずですね」

「リストを出してくれ」

松本は品川署の平成二十二年度・生活安全課の警察官のリストを呼び出してプリントアウトした。

「おれが読む」と綿引。松本はモニター画面を見つめた。

「荒井勇樹、内藤道也、内田絵美、東山淳……」

およそ三十人だった。

読み終えてから、綿引が言った。

「大森署、蒲田署と重なる者はいないんだな？」

「いままで調べてきたのは、組対と刑事のリストですからね。大森署と蒲田署の生安を見てみましょう」

松本が大森署のリストをプリントアウトすると、綿引がすぐに見つけた。

「いた。異動していた。内田絵美《うちだえみ》」

松本はリストをのぞきこんだ。

「女性警官ですか」

「女医飛び下り自殺と、フィリピン人ホステス死体遺棄のふたつの事案で、発生時期、それぞれの所轄にいた。女医のときには、室橋が疑わしいと確信していただろうし、死体遺棄事件のときも、深沢が重要参考人だったことは耳にできた」

「むしろ、積極的に聞き耳を立てたかもしれない」

松本はＰＣに内田絵美の個人データを呼び出した。

昭和五十七年（一九八二年）生まれ。都立雪谷《ゆきがや》高校を卒業後、淑徳短期大学社会福祉学科へ進学。卒業後、平成十五年（二〇〇三年）警察学校入学。卒業配置は池上署地域課。平成十七年、田園調布署生活安全課へ異動。平成二十一年に巡査部長昇任、品川署生活安全課へ。平成二十五年四月から大森署生活安全課。署長表彰三回。合気道初段。未婚。

身長百五十九センチ、体重五十二キロ。

写真では眼鏡をかけている。額を出しており、切れ長の目。頬骨が高く、まっすぐに結ばれた唇。少し勝気な質《たち》と見える顔だちだった。

綿引が画面を見ながら言った。

「処理に反発を覚えても、彼女に深沢射殺は無理じゃないか」

「射殺の前に、スタンガンを使っています」

「拳銃をどう入手する？」

「その気になれば、警察官なら不可能ではないでしょう」

「女だぞ」

「入手自体は、誰か親しい組対の捜査員に頼んだとか」

「それぐらいなら、実行そのものを頼んだほうがいい。室橋のほうは、射殺じゃないんだ。女では絶対に無理だ」

松本は、綿引の指摘に同意した。

「そうですね。でも内田には動機があってもおかしくない。実行犯は、彼女と親しい警官とか」

「だとしても、女の頼みでひとを撃つってことは、そうとうの仲だってことだぞ。この女性警官、なかなかの美形だけど、そういう男がいるかな」

「動機に共感すれば、べつに男と女の仲でなくても。もしそういう意味なら」

綿引は苦笑した。

「捜査一課にいて、何を純情なことを言ってるんだ。お前、女とつきあったことはあるのか？」

松本は綿引の質問には答えずに言った。

「警察学校同期とか、親しい先輩警官とか、ありえないですか？」

「ねえよ」綿引は首を振ったが、すぐに真顔になった。「内田絵美がそういうタマかどうかは別として、男を手玉に取る女はいるな。寝なくても、男に鉄砲玉やらせることもできるような女が」

「それって、暴力団員を使ってということですか？」

「警官にやらせることは無理でも、暴力団員なら」

「彼女は生安です。単純な男の子を捕まえる機会がどこかであったのかもしれない」

「十五、六のチンピラとかか。ガキのころのヤブイヌの誰かと、接点はあるかな。平成十五年度に池上署配置なら、あってもおかしくはないが」

綿引は、あらためてPCのモニターを見つめた。

「眼鏡をかけているから、印象が全然ちがうのかもしれんな。こういう公式の写真は、仮面をかぶっているのと同じだ。本質もタイプもわからん」

松本は、内田絵美のデータを二枚プリントアウトして、一枚を綿引に渡した。

綿引はそのプリントアウトに目を落としてから立ち上がり、ホワイトボードの前に立った。

ホワイトボードには、いま楕円形《だえんけい》が四つ描かれている。問題となる事案が、右からそれぞれ楕円の中に記されていた。

A　大内恵子「飛び下り」
平成二十三年（二〇一一年）二月十六日　品川区南品川　品川署

B　室橋謙三変死体発見
平成二十五年（二〇一三年）十一月八日　東品川一丁目　東品川海上公園　品川署

C 女性死体遺棄
平成二十五年（二〇一三年）八月二十日 京浜運河の昭和島一丁目付近 大森署
当初、死体はフィリピン人ホステス、アイザ・レジェス・クルーズと見られた

D 深沢隆光射殺
東糀谷六丁目 北前堀沿いの路上 蒲田署
これはきょうの日付である。

綿引が、Aの下に四角をふたつ描いて、それぞれに名を書き入れた。
加地 刑事
内田 生安
Cの下にも、四角をふたつ。中に捜査員の名。
加地 刑事
内田 生安

松本もプリントアウトを持って立ち上がり、赤のフェルトペンを取って書き加えた。

Aの下に四角。「参　室橋謙三」

Cの下にも四角。「参　深沢隆光」

それぞれの事案の重要参考人がこのふたりということだった。

Cの下には、田所宏樹の名を記した。外国人ホステス・ブローカーである。この名前を円で囲んで、Bの室橋とDの深沢の名を線でつないだ。同業の仲間という関係だ。

綿引がまたホワイトボードの前に立ち、BとDの楕円を下からつないで、書き加えた。

スタンガン。手錠。

さらにDの下に、拳銃《けんじゅう》、と。

綿引が、そのホワイトボードを見ながら言った。

「たぶんこの関連図にも出ていない関係が、この四つの事件にはあるんだろうな。それは、公式の記録を突き合わせているだけでは、見えてこない」

松本は提案した。

「女医さん飛び下りの事案と、死体遺棄の事案、それぞれ直接担当した捜査員を調べましょう」

警務部の記録では、これらの事案をどの捜査員が担当したかまではわからない。当時の直接の上司に訊《き》くしかなかった。

時計を見ると、午後の七時三十分を回っていた。所轄に電話しても、幹部たちはすでに退庁していておかしくはない時刻だ。

松本が携帯電話を取り出すと、綿引が制止するように言った。

「女医の件は、気をつけろ。品川署もその件を訊けば神経質になる。答えをはぐらかしてくる」

松本は言った。

「品川署には、直接出向いたほうがいいでしょうね。何かうまい訊き方を考えるとして、まず大森署から」

松本は、プリントアウトをテーブルの手前に置いた。当時の大森署の刑事組対課長の名が記されている。茂原恭輔《もばらきょうすけ》。調べるといまも現職だ。松本は代表番号に電話をかけた。

「はい?」と、年配の男の声が出た。

「捜査一課十二係、巡査部長の松本と言います」松本は名乗ってから、伏島の名を出した。「伏島管理官の指示で、少し調べごとをしています。茂原刑事組対課長はまだ庁舎内でしょうか？」

　相手が訊いた。

「もう一度所属と官姓名を」

　松本はもう一度所属と姓名を名乗った。

「ご用件は？」

「平成二十五年当時の、大森署管内で起こった事案の担当者名を知りたいのです」

「お急ぎですか？」

「いま話せるようでしたら、大変ありがたいのですが」

「お待ちください」

　保留音がした。三十秒ほどたって、中年とわかる男の声。

「茂原です。捜査一課？」

「はい」と松本は答えた。「十二係の松本と言います。伏島管理官の指示で、少し調べております」

「伏島さんなら知っている。あのひとはまだ、禁煙を続けているのかな」

「管理官は、もともと煙草《たばこ》を吸っていないとうかがっていますが」

「うん、それはいいとして、平成二十五年の何の件？」

「京浜運河の死体遺棄事件です。覚えていらっしゃいますか？」

「ああ。最初はフィリピン人ホステスの殺人かと思えたやつね」

「担当した捜査員の名がいまわかるようでしたら、教えていただけませんか？」

「あれが、進展したんですか？」

「いえ、ちょっとまだ言えない案件とのからみで、確認しておきたいということなんですが」

「直接の捜査は、主任の南という男です。それに彼の部下たち。南が、捜査報告書をまとめた」茂原は、さらにひとりの捜査員の名前を挙げた。加地という男だという。

「そういった連中でした」

「ひとり、蒲田のマル暴を事情聴取していますね？」

「ああ、たしかそうです」

「その取り調べを担当したのは？」

「南が直接やっていた。加地もそうだったな」

「加地、ですね」

「そう。南も加地も、クロの心証を持っていたんだけど、被害者のはずのフィリピン人が生きているとわかって、捜査は最初からやりなおしということになった」

「いまもこの件を受け持っているのは？」

茂原は、ひとりの捜査員の名を挙げた。殿河一郎《とのがわいちろう》。情報が入れば裏を取る、という だけの役割だという。

「ありがとうございます」松本は礼を言った。

茂原が、まだ切るなというように早口になった。

「もしかして、今朝の蒲田の射殺体の件？　捜査本部ができたんですか？」

茂原も、今朝見つかった東糀谷の他殺体が、あのとき取り調べた暴力団員だと思い至ったようだ。

「いえ、まだ、そういうわけじゃないんですが」

その言い方で察してくれと、松本は願った。伏島管理官が、捜査本部を設置するかどうかで下調べを始めたのだと受け取ってくれて、不都合はないのだが。

電話を切ると、松本はホワイトボードに向かい、Cの楕円の下に書き加えた。

南。

書いてから、綿引に言った。

「刑事課長の話では、深沢を取り調べたのは、南と加地。ふたりとも、深沢がやったと確信していたようです」

「証拠は出ていないんだろう？」

「心証だけだったようですが」

綿引が席を立った。

「品川署の件だけど、管理官から釘《くぎ》を刺されたんだ。女医の自殺の件では、まだ問い合わせは避けておこう。品川署から公安にご注進が行けば、この捜査のことがばれる。管理官はいまそうなってほしくないはずだ」

「処理に不満を持ったはずの捜査員の名前、必要ですが」

綿引が言った。

「死体発見から翌日午後まで、捜査員は他殺の線で動いたはずだ。女医の診療所にも、当然聞き込みに行っている。そっちに当たれば、捜査員の名前がわかる」

松本はうなずいた。

「診療所より、所属する支援組織の事務所のほうでしょうね」

「レインボーネット東京」

「不用意に接触すると、警察協力者に当たってしまうかもしれません。やはり公安に連絡が行く」

「平メンバーじゃなくて、この組織の代表に会ってみるさ」

「いまからですね」

「こういう団体なら、九時五時で事務所を閉めることはないだろう」

納得できた。松本はＰＣに向かって、その組織のホームページを開いた。


その若いウエイターは、トレイを持って歩きながら答えた。

「いらしてましたよ」

仕事の邪魔をしてくれるなという調子だった。

波多野はカウンターの端で、門司と並んでそのウエイターが戻ってくるのを待った。

蒲田駅東口のスペイン料理を出す酒場だ。路面店で、入りやすい。客は若い女性が半数ぐらいか。小洒落《こじゃれ》た雰囲気がある。藪田ならこの店では違和感があるだろうが、ランジェリー・パブ経営の石黒なら馴染《なじ》んで見えるだろう。

黒いエプロンをつけたウエイターは、カウンターの脇《わき》まで戻ってきた。背が高くて長髪の男だ。

「ラストオーダーまでいましたよ」ウエイターは門司に顔を向けて言った。「一時半まで。たぶん十二時前ぐらいから」

「ひとりか？」と門司。

「ええ」

「ひとりで二時間近くも？」

「奥の席で飯食いながら、しょっちゅう電話してました」

「誰かと待ち合わせていたんだろう？」

「いえ、出て行くときも、おひとりでした」

「途中やってきた客は？」

ウエイターの答えが、一瞬遅れた。

「じっと見てたわけじゃないんで」

「誰だ？」

「だから、わかりませんよ」

厨房《ちゅうぼう》のほうから、声がした。

「こっち、お願いします！」

ウエイターは、ハーイと大声で答えて、門司に頭を下げた。

「覚えてません。仕事しますんで」

門司が波多野を見つめてきた。次だ、と言っている顔だった。波多野は門司の先に立って、入り口へと向かった。

門司が、店を出てから言った。

「石黒の野郎、やっぱり何か捌《さば》いてるんじゃないのかな。この店を営業所代わりにして」

波多野は、首を少しひねった。

「どうでしょう。そういうことに使うんなら、もっと客の出入りの多い店を使うんじゃないですか」

「まとまった金額のものなら、あんまりオープンな店はまずいだろう」

「まとまった金額のものと言うと？」

「わからん。店でやりとりできて、そこそこのカネになるもの。チャカってことはないと思うけど」

門司も、それが何かは想像できていないようだった。

「女、ですかね」と波多野は言った。

「かもしれない。それも、客に、じゃなくて、相手は業者とかだ」

「連中は、ＡＶ事業にも手を出しているようですからね」

「風俗営業で捕まえた女を、借金漬けにして下流に流す。ランパブ経営ってのは、そのためかもしれん。素人《しろうと》女には、わりあいハードルの低い入り口だ」

「それって、ヤブイヌたちより、小橋組がやっていそうなことですけど」

蒲田駅東口の飲食街のほぼ中心部近くまできた。中央通りと名のついた街路が伸びている。かつては映画館街でもあった通りだ。次に行く店は、その街路と交差する通りの飲食ビルの中にある。午後に行ったカラオケ店も近い。一帯は街路灯や電飾看板に灯が入って、人通りが多かった。

看板を見ていって、そのスナックの名を見つけた。フランスのタバコと同じ名前。目の前のビルの三階にあるようだ。

波多野がそのビルのエントランスへと向かうと、門司が呼び止めた。振り返ると、門司は歩道に立って、ひとつ隣りのビルの看板を見上げている。

門司の顔を見ると、彼が訊いた。

「大森署の、フィリピン人ホステス死体遺棄事件のこと、お前ほんとに何も知らないのか？」

波多野は訊き返した。

「どうしてです？」

「そこにベルベットって店がある。被害者だと思われてたフィリピン人ホステスが働いていた店が、そういう名前だったと聞いた」

「フィリピン・パブとは看板に出ていないですね」

「いまどき、東京じゃそういう看板出したって客は呼べないだろう」

「なのに、フィリピン人ホステスはいたんだ」

「安く使えるだろうしな。客には期待できることもある。深沢も通ったらしい」

「客として？」

「事情次第では、あらためて売り飛ばすつもりじゃなかったのか。仮にもマル暴の幹部だぞ。その女と寝たくて、通ったんじゃないだろ」

門司は不思議そうに波多野を見つめてきた。

「部署が違うにしても、多少はそういう情報、耳にしてもいいだろうに。大森署の事案だけど、大井署にいたおれの耳にも入っていたんだぞ」

「目の前の仕事をこなすのに精一杯で、あまり情報交換なんてしていないんです」

「酒が飲めなくても、同僚とのつきあいは必要だぞ。休みのときは、何をやってるんだ？」

「とくに何も」

「趣味もないってか？」

「強いていえば、車をいじって、その車で当てもなく走るぐらいです」

「車が好きだったか」

「パトカーに乗ったときから、好きになりましたよ」

「どんな車に乗ってるんだ？」

「古い車です」波多野はマツダの小型のスポーツカーの名を挙げた。「城島みたいな男と知り合って、安く売ってもらった。もう十五年落ちの車なんですけどね」

「その車に、女を乗せたりするのか？」

「ひとりで走ってます」

「いないってことか？」

「苦手なので」

「つきあいにくいやつだな」

「すいません」

「謝ることはないけどよ」

波多野は、いま入りかけていたビルのエントランスにあらためて向かった。けっして洒落てはいないが、しかしさほど古くもないビルだ。築十年ぐらいだろうか。

エレベーターで三階まで上がると、正面の廊下に左右ふたつずつドアがある。左手奥のドアの上に、そのスナックの看板がかかっていた。

門司が、ドアに貼《は》ってあるシール類を一瞥《いちべつ》してから波多野にうなずいた。

波多野がドアを引くと、すぐに女の大きな声。

「いらっしゃい！」

カラオケがかかっている。演歌ではなかった。最近の曲だ。

波多野と門司が店の中に入ると、右手のカウンターの中の中年女性が、おやという顔を向けてくる。客ではないと一瞬でわかったのだろう。ボックス席はふたつで、そのひとつで若い男がカラオケを歌っていた。ハットをかぶって、口ひげを生やした男だ。波多野たちを見ても歌をやめなかった。そのボックス席から、二十代前半と見える女が頭を下げた。

波多野はカウンターに近づいて、警察手帳を見せた。

「ちょっとお客さんのことで訊きたいんだけど？」

女性は、困惑気味だ。

「ええ」と、波多野たちの顔を交互に見てくる。彼女がママなのだろう。

「石黒裕太って男、知ってる？」

「ああ、ええ。昨日も来ていましたよ」

「何時ごろです？」

「二時前かな。三十分くらいいた」

「ひとり？」

「いえ、待ち合わせ。彼女を待ってて、来たんで一緒に帰った」

「女の名前は知っていますか？」

「ユカリちゃん」

門司が女性に訊いた。

「石黒は、常連？」

「ま、一週間に一回ぐらい来る」

「ここのおしぼりは、どこ？」

「どこって？」

「入ってる業者」

女性は、カウンターの下から一枚のリーフレットを取り出した。カマタ・クリーン・サービスと表に印刷されている。小橋組の企業舎弟ではない。小橋組にはみかじめ料を払っていないということだ。ヤブイヌの石黒が来ているぐらいなのだから、小橋組とは距離を置いている店なのだろう。

それでも門司が訊いた。

「深沢隆光って男は来ていないかい？」

「深沢？」女性は首を傾《かし》げたが、すぐに答えた。「ああ、いいえ。こっちのひとでしょ」

言いながら頬に人差し指を滑らせた。暴力団員を示すしぐさ。

「名前は知ってるけど、うちのお客さんじゃない」

深沢が死んだことは、まだ知らないようだ。

門司はうなずいて、店の中を見渡した。波多野も、つられてボックス席のほうに目を向けた。カラオケを歌っていた客と視線が合うと、彼は少しだけ声量を落とし、モニターのほうに向き直った。こちらが警官とわかって警戒したのか、それとも音量をとがめられたと思ったか。

店の中の様子は、門司にもとくに気になるものではなかったようだ。女性に名刺を要求して受け取ってから、波多野に、出るぞ、と合図してきた。波多野は門司に続いて店を出た。

石黒の昨夜のアリバイについては、とりあえず裏が取れたのだ。波多野はエレベーターの前で、それを手帳に記した。

エレベーターに乗ると、門司が言ってきた。

「ベルベットに行ってみよう」

波多野は驚いた。

「城島がいたと言ってる店は？」

「そのあとだ。せっかく東口にいるんだ。ついでだ」

「そっちは、組対が行っているんじゃないですか？」

「係長も課長も、大木戸組とか、マル暴しか目に入っていないはずだ。おれたちにヤブイヌを受け持たせたくらいだから。ましてやあの件なんか」

エレベーターの扉が開いた。門司が大股《おおまた》にビルの出口に向かって行く。ベルベットという店に行くと決めたようだった。波多野はあわてて門司を追って訊いた。

「行くんですか？」

「ついでだって」

「指示されていないことですが、報告するんですか？」

「いい話が聞けたらな」

出口を出て、門司が左手に折れた。歩道に出ると、波多野はあえて門司の斜め前に出て言った。独断専行はまずい。

「まずいですよ。どっちみち、深沢の立ち寄り先ってことで、いずれ組対も行きますよ。そのとき、自分たちが指示もないのに行ったとわかったら」

門司は足を止めて、うんざりだと言うように首を振った。

「わかってないな。刑事に必要なのは、指示だけ聞いて済ましてるサラリーマン根性じゃないぞ」

「自分たちは、平の捜査員ですよ」

「現場にいるんだ。現場では直感で動かなきゃならないだろう」

「だけど、まず城島の話の裏を」

「西口に向かう途中に、深沢に多少の関わりのある店があった。通りすぎることができるか」

「自分たちに指示されてるのは、ヤブイヌたちの動向の地取りです。深沢のほうは近づかないほうがいい」

「処分が怖いんなら、お前は帰っていいぞ」

「無茶を。組対の捜査員とも揉《も》めることになります」

「ひとりでも行く」

門司が波多野を右手で押し退《の》けて再び歩き出した。波多野も続くしかなかった。

そのビルのエントランスは、中華の食堂の隣りにあった。入っていった門司が壁の案内を見て言った。

「二階だ。ベルベット」

波多野は門司について階段に向かいながら訊いた。

「どうしてそんなに、古い事案に詳しいんです？　しかもよその所轄の」

「古くないだろ。死体遺棄事件は二年前だ」

「二年も前です。何か不審でも？」

「刑事としての好奇心だよ。日頃から、そういう情報は耳に入れておく。頭にためこんでおく。神奈川県警の事案だろうと、埼玉のだろうと。そういうことで、刑事勘が鍛えられるんだ」

門司が拳《こぶし》の裏で額をぬぐった。額には、汗か脂《あぶら》と見えるものが浮き出ていた。頬の輝きが強くなっているようにも見える。猟犬のような本能がフル回転を始めたのだろうか。

二階に上がると、階段室の左右にドアがあった。右側のドアの前に、「ベルベット」の看板が立っている。

こんどは門司がドアを開けた。

演歌が聞こえてきた。右手にカウンターが見えるところは、いま行ったスナックと同じだった。「いらっしゃい」という声にすぐ迎えられたところも。客はボックス席にふた組いるだけだ。それぞれに若いホステスがひとりずつ。

中年というよりは、初老と言っていい年恰好《かっこう》の女性が近づいてきた。香水をたっぷりと使っている。ママだろう。

「ええと」と言いながら、門司と波多野の顔を交互に見てくる。

門司が警察手帳を見せて言った。

「少しいいかな?」

ママが言った。

「立ち話で? お客さんもいるんだけど」

いくらか迷惑そうな声。

「外でもいい」

「そうして」

ママは店から廊下に出た。

波多野の背でドアが閉じると、ママは門司に訊いた。

「こんどは何なんです?」

「こんどはって、前は何だった？」

「アイザのこと」

「少し関係がある。深沢は、最近来ていた？」

「あの深沢さんのこと？」

「小橋組の」

「いいえ。あれ以来ずっといらしてない」

「あれ以来ってのは？」

「ほら、アイザがいなくなったあと、あのひと警察で調べられたんでしょ？　アイザを横に呼んでたことが何回かあったから、あたしもそれを警察に話したし。なんとなく深沢さんも敬遠してるんだと思う」

門司が言った。

「警察に話したのは、当然だ」

「けっきょくよかったよね。深沢さんは無関係だとわかって。アイザも無事に国に帰ってたんだし」

「小橋組のお礼参りなんてなかったのか？」

「それはない。若い衆が、ときたま様子を見にきてくれてるけど」

「様子を見にくる、って、それは脅しだろう？」

「いえ、そんなふうには思っていないよ。むしろ迷惑をかけたって、恐縮してるみたいなことを言ってた」

「迷惑って、なんだ？」

「店の子を怖がらせたかもしれないって。だから少し営業に協力するって言ってくれて」

「ただ酒飲んでるんじゃないのか？」

「割引きはしてるけどさ」

「組の若いのが来ていれば、ほかの客は引くだろ」

「かといって、こういう商売だし、女所帯じゃ、怖いこともないわけじゃないのよ。いい関係は作っておかなきゃ」

「おれたちには正直に言っていいぞ。小橋組にはおれから話をつけてやるから」

「ほんとに大丈夫」

門司は話題を変えた。

「いま外国人ホステスはいるのか？」

「ううん。ひとりピーナがいると、店が明るくなるんだけどね。いろいろ開放的な子たちだし」

「女目当ての客は呼べるよな」

「そういう意味じゃないけど」

「アイザって女の友達なんかは、いまいないのか？」

「友達はいないけど、アイザを知ってる子はひとりいる」

「そもそもどういうきっかけで、アイザは働き始めたんだ？」

「以前うちにいたピーナのツテ。その子は日本人と結婚して、永住権も取ってるんだけどね。働きたいって子がいるんだけどって紹介されたんですよ。なんか訳ありかなとは思ったんだけど」

「訳ありっていうのは？」

　ママは少し困った様子を見せた。口を滑らせてしまった、とでも思ったようだ。門司がちらりと波多野に視線を向けた。お前が訊け、ということかもしれない。たしかに門司の矢継ぎ早の質問は、いくらか尋問の調子になっていた。

　波多野は、ママに言った。

「むかしのことを蒸し返して事件にするつもりじゃないんです。迷惑はかけないから、心配しなくていい」

ママは、門司から波多野に視線を移して、言いにくそうに口にした。

「在留期限切れとか、不法就労とか」

「どうだったんです？」

「知らない。パスポートを見たこともない。ほら、こういう商売って、人助けってところもあるのよ。訳ありでおカネを稼ぎたい女性がいるなら、助けてやりたいって思うのが人情でしょ。来たときアイザ、こんな世の中なのに、携帯電話さえ持ってなかったんだから」

門司が言った。

「どっかから逃げてきたんだな」

ママは首を振った。

「あたしは何も聞いていないけどね。詮索《せんさく》はしなかった。住んでるところがどこかも聞いていない。紹介してくれたピーナも、アイザがいなくなってから、直接の知り合いじゃなかったってわかった」

ママはそこまで言うと、不思議そうな顔になって門司に言った。

「みんな、もう警察のひとには話したことですよ」

「わかってる。きょうは深沢の件で来たんだ。深沢って、最近の評判はどうだったんだ？」

「まあ、アイザのことで一回ああいう噂《うわさ》が立ったから、ますます怖がられてるんじゃない？」

「じっさいに深沢を怖がってる誰かを知っているか？　怖がっていなくても、恨んでいるとか」

「ああいう稼業《かぎょう》のひとなんだから、誰にでも好かれるってわけにはいかないよね」

「ひとりでも耳にしたことがあるなら、教えてくれ」

「もし知っていたとしても、言えるわけないじゃないですか」

門司が焦《じ》れったそうに言った。

「深沢は死んだ。何を言っても、お礼参りはないぞ」

ママの目が大きくみひらかれた。

「死んだ？　ほんとに？」

「嘘《うそ》は言わない」

「いつです？」

「今朝」

「あら」ママの顔に、かすかに安堵《あんど》が浮かんだように見えた。「あのひと、死んじやったんだ。事故？」

門司はその問いには答えずに訊いた。

「誰が恨んでた？」

「恨んでるひとは知らないけど」そう言いながらママは店のドアに近寄って開けた。

「ミカちゃん、ちょっと」

ドアノブに手をかけたまま、ママは言った。

「たぶん、深沢さんのほうがカリカリきてたひとはいたと思う」

ドアが内側から開かれた。顔を出したのは、ボックスにいた若い女性のひとりだ。長い髪を茶色に染めて、ひらひらとした、薄手の生地のドレスを着ている。はやりの化粧。ママのうしろから、不思議そうな顔を波多野と門司に向けてきた。

波多野は警察手帳を彼女に向けた。

その子は、かすかに渋い表情を作った。言葉にすれば、面倒くせえ、といったところだろうか。

ママが彼女に訊いた。

「ほら、アイザが働き出したころ、なんとかっていうＮＰＯだかＮＧＯに行きたいって言ってたよね。国に帰るための相談したいとかって」

門司が首を傾げた。

「ＮＰＯ？」

若い女が答えた。

「そう、いろいろ相談に乗ってくれるところだって」

「なんて言ってたっけ？」

「レインボーなんとか東京」

「それ、何だ？」

「不法滞在ってことになってる外国人を助けるボランティアの団体だとか」

「駆け込み寺か。それと深沢がどう関係するんだ？」

若い子が、ママに目を向けた。自分は知らないという意味か、それともママが答えてよと言ったのか。

ママが引き取った。

「アイザが店で、それを深沢さんに話したことがあるのよ。ほら、深沢さんも自分から、その筋の者だなんて言わないじゃない。だから、知らずに口にしてしまったんでしょ。こういうところに行くつもりだとかなんとか」

「深沢がこれもんだってことを、来たときにすぐ教えてやれよ」

「あの程度に柄の悪い客は、珍しくもないから。そしたら、深沢さんがいきなり切れて、そんなとこに行くとぶち殺すぞとか。アイザも震え上がっていた」

「それって、警察には？」

「伝えたよ。大森署の刑事さんだったけど。深沢さんが警察で事情訊かれたのって、そのせいもあるんじゃない？」

「そのせいで深沢から恨まれていたのか？」

「よくわからないけど、因縁がありそうだった。深沢さんも、直接そこのひとと何かあったような印象だったけど」

「何て言ってたんだ？」

「くそうるさい連中だとか、ひとの商売邪魔しやがって、とか」

「アイザはけっきょくそこに行ったのか？」

「聞いていない」

「深沢とアイザはそのあとは？」

「これも話したことだけど、二、三回来て指名して、何か小さい声で話してたことがあったのよ。パスポートとか就労ビザとか借金とか、そういう言葉を耳にした」

「はっきり聞いたのか？」

「前後はよくわからないけどね」

「前にも同じようなことがあったんだな？」

ドアから顔を出していた若い女がママに訊いた。

「もうあたし、いいですか？」

ママは振り返ってうなずいた。

ドアが閉じられると、ママは門司に顔を向けて訊いた。

「深沢、ほんとに死んだの？」

「今朝、死体で見つかった」

「それって、殺されたってことですか？」

「たぶんな」

「もうニュースか何かに出たの？」

「テレビが取り上げているかどうかは知らないけど」

ママは廊下の左右に目をやってから、少し緊張を解いた顔で言った。

「前にもピーナがいたとき、深沢がやってきて、不法滞在だってわかったら引き抜こうとしたのよ。どっか温泉地の、知り合いがやってるフィリピン・パブに」

ママの口調には、いまははっきりと嫌悪《けんお》が混じっていた。

ママは続けた。

「売り飛ばすつもりだったみたい。あの子たち、入管に通報されるぐらいなら、多少条件は厳しくても働けるほう選ぶしかないでしょ。お情けでもらう小遣いだって、国もとの家族にはありがたいおカネなんだし」

門司が波多野を見た。どういう事情か説明しなくてもいいなと訊いている。

もちろん警察官として、理解できている。

門司が口にした。

「そういう外国人女は、どっかの業者に借金して、逃げてる場合がある。深沢は、相手の業者に情報教えてカネにする気だったか、パスポートを取り返してやるから、自分の関係する店で働けって迫るつもりだったんじゃないか」

門司が、そうだろう？とでもいうように、またママに視線を戻した。

ママは口を濁した。

「詳しい事情は知らないけどさ。でも、あのひと、むかしは自分でもそういうお店やってたんでしょ。ときどきタイとかフィリピンにも行くって聞いてた。そういうことには詳しいよね」

「深沢がご執心になって、それから？」

「けっきょくその子は、レインボーなんとかに駆け込んで、うちにも来なくなった。あとから警察のひとに聞いたけど、国に帰れたんでしょう？」

「そうらしいな」

「深沢さん、いま一歩のところで魚を逃がしたみたいなもんだよ」

「そのボランティア団体は、深沢にとっては頭にくるような営業妨害をしたわけだ。深沢は、そこに脅しでもかけたか？」

「そこまではあたし、言ってないでしょ。ただ、なんとなくいま思い出しただけのことなんだから」

「レインボー、なんて言った？」

言いながら、門司が目で合図してきた。メモしろということのようだ。波多野は仕方なく手帳を取り出した。

「レインボー東京とか」とママ。「あたしはよく知らないのよ。警察のひとのほうが、すぐわかるんじゃないの？」

波多野は手帳に「レインボー東京」と書いて、そのうしろにクエスチョンマークを入れた。

そのときだ。波多野たちのうしろの階段を上がってくる靴音がした。複数の男たちのようだ。

波多野は振り返った。

現れたのは、ふたりの私服姿の蒲田署員だった。組織犯罪対策課の捜査員。とうぜん波多野も顔見知りだ。

ふたりの捜査員は、波多野と門司を見て、意外そうに足を止めた。

年配のほうの捜査員、酒田《さかた》が門司に訊いた。

「何をやってるんだ？」

門司が答えた。

「地取りですよ。ヤブイヌたちの件で」

ママがふたりに言った。

「どうも。おひさしぶりです」

酒田がママに訊《き》いた。

「こいつら、なんだって？」

「いえね、深沢さんが死んだって話を聞いていました」

酒田は、門司に顔を向け直して言った。

「余計なことだ。ここはうちにまかせろ」

「かまいませんよ」と、門司が素直にふたりに道を空けた。「ついでだったんで」

波多野も、廊下の脇に寄った。

ふたりの捜査員は、ママと一緒に店の中に入っていった。

門司が首をすくめてから言った。

「西口に行くぞ」

ビルの外に出てから、門司が不服そうに言った。

「お前も、なんか訊いたらどうだ。横で木偶《でく》の坊《ぼう》みたいに立ってるだけじゃなくよ」

「すいません」波多野は、小さく頭を下げた。「何を訊いたらいいのか、わからなかったんです。いまの話も、どういうことだったんですか？」

「フィリピン女をめぐって、どこかとトラブルがあったってことだ。深沢は金づるをつかみ損ねたんだ」

「駆け込み寺のことですか？」

「いいや。そんな団体が、深沢とトラブルになったからって拳銃《けんじゅう》は使わん。ブローカーか、アイザってピーナが逃げてきた組か、そういうところじゃないのか」

「そのピーナの件は、二年も前のことですよね。それがきょうまで尾を引いていたってことですか？　無理筋じゃないですか」

「ゴキブリを一匹見たらなんとやらってやつだ。あと三つ四つ、深沢が似たようなトラブルを抱えていたっておかしくないってことだ」

「アイザのところ以外と？」

「だろうな」

「あれば組対は把握してるんじゃないですか」

門司は振り返り、ビルのエントランスに目をやった。

「組対も、何か思いついて、ベルベットにすっ飛んできたんだ」

波多野も、門司にならってエントランスに視線を向けた。

ひとり、ジャケットを着た中年客が、時計を気にしながら赤い顔でビルに入っていくところだった。

つられて波多野も時計に目をやった。

午後の八時を十分ほど回ったところだった。

5

それは、京浜急行の北品川駅東口に近い雑居ビルだった。四階建てで、壁から道路側に看板が出ていた。二階に、レインボーネット東京の事務所がある。窓の内側には灯が入っている。ローマ字と日本語が併記されていた。

松本章吾は、綿引壮一と目を見交わしてから、その古いビルのエントランスへと向かった。

ビルの一階には、北品川友誠クリニックの案内。これが、かつて大内という医師が開いていた診療所なのだろう。ここも中に照明がついている。閉鎖はされていない。勤務の医師が代わって、診療自体はそのまま続いているようだ。

ビルの前の通りは旧東海道だが、幅は狭く、歩道と車道の区別もついていない。ビルの並びには、北品川郵便局がある。

表のガラスドアは施錠されていなかった。松本はそのドアを開けて、綿引と一緒にビルの中に入った。廊下の右手に診療所と表示のあるドア。突き当たりに階段がある。エレベーターはないのだろう。

松本は、廊下を階段に向かって歩きながら、先ほどプリントアウトしたその団体のホームページを思い起こしていた。

レインボーネット東京という外国人支援団体は、NPO法人格で、代表が岩永静夫《いわながしずお》という人物だった。警察庁のデータベースに当たってみたが、岩永という男に前科はない。東京の西にある単科の教養系大学を昭和四十八年に卒業し、青年海外協力隊員として三年間をラオスで過ごしている。そのあと日本赤十字社に入り、ネパールとバングラデシュに駐在した。昭和六十年に、難民や人身売買の被害に遭った外国人を支援する団体、レインボーネット東京を立ち上げて、以来ずっと代表を務めている。現在六十六歳。いわゆる団塊の世代の男だった。

団体の規模ははっきりとはわからないが、ホームページに記されている活動内容から考えるに、事務所には少なくとも四人か五人のメンバーがいるのではないか。親組織や関連団体も不明であるが、支援するメンバーは、おそらく百人規模でいることだろう。

階段を上がると、二階に廊下はなく、すぐにドアがあった。窓のないスチールドアだ。レインボーネット東京という表示が出ている。これにも、欧文表記が添えられていた。インターフォンがあるが、綿引はボタンを押さずにドアのノブに手をかけた。右に回すと、ドアは手前に開いた。

綿引が、おや、という顔になった。たしかに不用心だ。もっとも、外国人支援団体の事務所であれば、できるだけ入りやすいのがよいのかもしれない。支援を求めて駆け込んでくる外国人にとって、インターフォンはかなりの心理的バリアにもなるだろう。

中から女性の声が聞こえる。英語だ。

綿引が事務所の中に入ったので、松本も続いた。

デスクが七、八脚散らばって置かれた、あまりお洒落《しゃれ》とは言えないオフィスだった。

広さは二十坪ほどだろうか。この時刻なのに、四人の男女がいる。

手前のデスクで電話中なのは、三十歳前後と見える女性だ。英語で話しながら、ちらりと松本たちに顔を向けた。日に灼《や》けている。南国生活が長いのだろうか。彼女の言葉で、イミグレーション、という一語だけ聞き取れた。

その後ろのデスクでPCに向かっているのは、四十代のメガネをかけた男だ。彼もディスプレイから顔を回して松本たちを見てきた。メガネは黒いセルフレームのもので、なんとなく地方公務員か公立学校の教師を連想させる顔だちだった。

男の向かい側のデスクにいるのは、五十がらみの年齢の女性だ。地味な身なりで、髪が短く、ごく薄い化粧しかしていない。

オフィスの最も奥の、窓に向けて置かれたデスクには、六十代と見える男がいる。白髪で、白いシャツを腕まくりしていた。これが代表の岩永なのだろう。怪訝《けげん》そうな顔を松本たちに向けてきた。

髪の短い女性が、立ち上がってカウンターまでやってきた。ジーンズ姿だ。

綿引が警察手帳を示して言った。

「岩永さんにお目にかかりたいのですが」

髪の短い女性は、警戒する表情となって振り返った。視線の先の白髪の男性が立ち上がった。綿引の声が聞こえたのだろう。

「お待ちください」と、その女性は男のほうに歩いていった。

松本は、オフィスの中を見渡した。

スチール製のデスクもロッカーもかなり古いものだ。オフィス用品のリサイクル・ショップで揃《そろ》えたように見える。

壁に何枚か、ポスターが貼《は》ってある。英文のものが二枚。日本語のポスターには、世界人権宣言、と大書されていた。アムネスティ・インターナショナルの文字も目に入った。

奥の衝立《ついたて》の向こうに、数人のひとがいるのが見えた。テーブルに向かい合って、外国語まじりで話をしている。相談に来た外国人がいるようだ。年配の日本人男性の顔が見える。一瞬だけ、その男と目が合った。男はすぐに視線をそらした。

岩永と思《おぼ》しき男が、不審げにカウンターまでやってきて言った。

「岩永ですが、何か？」

綿引が言った。

「少しお話を伺いたくて」

「どんなことでしょう？」

「四年ほど前に、こちらに関係していた女医さんが亡《な》くなった時期のことなんですが」

髪の短い女性と、電話中の女性が反応した。ぱっと綿引を見たのだ。あの事件はこの団体にとって一大事だったはず。そのように反応しても当然かもしれなかった。

岩永の表情はいっそう不審げになった。

「もう終わったことかと思っておりました」

「終わっています。それに少し関連することを調べているだけです」

「すみませんが、もう一度そちらのお名前を」

「警視庁の捜査一課です」

綿引があらためて警察手帳を出し、身分証明書を見せた。岩永は目を細めて確認した。

「綿引さん、とおっしゃるのですか」

「ええ。お話を伺えますか。お時間は取らせません。ほんのふたつみっつです」

岩永がカウンターの向こうを歩き、左手から外に出てきた。ちょうどパンフレットなどが並ぶ棚の前だった。

岩永は松本たちふたりの前に立った。かすかに目に敵意めいた色が浮かんでいる。

綿引が言った。

「四年前、大内先生が亡くなられたとき、品川署の刑事も事情を訊《き》きにきたと思いますが」

岩永が言った。

「大内先生は、仕事熱心過ぎました。なんども注意していたんですが、オーバーワークで鬱《うつ》病にまでなっていたとは、気がつかなかった。わたしの責任です」

質問に答えていない。綿引の質問の意味を理解しなかったのかもしれない。

「その件を」と綿引。「蒸し返したいわけじゃないんです。大内先生がご病気だったと判断される前に、品川署の刑事がこちらにも来ていると思うのですが。たぶん亡くなられた翌日の朝に」

「ええ、事情を訊かれました」

「そのときの捜査員は誰か、覚えていますか？　名刺を出していたのではないかと思うのですが」

「名刺はもらっていませんね。身分証明書を見せられただけで」

「名前も覚えていません?」

「あいにくと。おふたり、来ていましたが、わたしも大内先生が亡くなったのに驚いて、かなりの過労状態だったと伝えるくらいしかできませんでした」

あとは話せることは何もない、という調子だった。綿引が松本を見た。

松本は訊いた。

「こちらでは、品川署の生活安全課とも多少関わりがあったのではないでしょうか。もしそうなら、品川署の担当者は、なんという者でした?」

岩永は松本に目を向けてきた。

「どうしてそのように思うんです?」

「生活安全課は、外国人の雇用関係で相談や被害を受け付けます。こちらとも協力して、被害に遭っている外国人を助けてきたのではないかと想像したものですから」

「協力して、ということはありません。うちにやってくるのは、警察にも相談できないような立場のひとたちがほとんどですから」

「まったく関わりはないと?」

「そうは言いませんが」

つまり関わりはあると認めているのだ。友好的か敵対的かは別として。松本は訊いた。

「保安係ですね？」

「ええ」

「当時の担当は誰です？」

「品川署で訊くべきことでは？」

「こちらで確かめたほうが、話が早いんです」

「女性警官でしたよ。名前は、なんと言ったかな」

カウンターの向こう側で、いましがた応対してくれた髪の短い女性が言った。

「内田さんです」

岩永が女性に顔を向けた。松本たちも彼女を見た。

女性は、岩永にうなずきながら言った。

「内田さんという女性の警官です。あのころ、何回か、事務所に来ていました」

岩永が、首を傾《かし》げて女性に訊いた。

「そうだったか？」

「ええ。何人かのアジア人女性が人身売買の被害者となっている件で、事情聴取に協力してもらえないかって」

「どれがどの件だったか、ぼくの頭は混乱してるな」

「お忙しい時期でしたから」

「けっきょくどうなっていたんだ？」

「どれも、被害者は穏便な帰国を願っていましたから」

綿引が言った。

「立件はされなかったんですね」

女性が答えた。

「ええ。大内先生が亡くなった前後には、どのひとの場合も」

岩永はまた松本たちに顔を向けてきた。

「お役に立ちましたか？」

松本は言った。

「なんという女性が人身売買の被害に遭っていたか、教えていただけませんか？」

岩永は首を振った。

「こういう活動です。相談者の個人情報をもらすわけにはいきません。ご理解ください」

「事件性はなかったのですね」

「だったら内田さんという女性警官がそのとき何とかしていたでしょう。品川署でお訊きになるべきことだと思いますがね」

「内田が関心を持っていたのは、どんなひととの件か、それを教えていただくだけでも」

「どうもその、どういう事情でうちに来られているのか、よくわかりません。その件は、内田さんという女性警官に訊くのが、いちばん手っ取り早いし、筋だと思うのですが。うちではなくて」

そのとおりなのだ、と松本は思った。岩永が言うのは道理だ。ただしいま、自分たちは何の件の捜査で動いているか、なぜ当時の捜査員の名を知りたいのか、それを所《しょ》轄《かつ》にも捜査一課にも知られてはならないのだ。この段階では、自分と綿引がある連続殺人の可能性について捜査を始めたとは、警察組織のどこにも気取られてはならないことだった。とくに自分たちがレインボーネット東京と接触したことは、できるならば伏島管理官にもしばらく知られたくなかった。

内田絵美が、当時の生活安全課の警官として、この団体と接触していることはわかった。それも不法滞在、不法就労の摘発ではなく、人身売買の被害者保護という立場からのものであったようである。とするならば、彼女は室橋謙三という男の裏ビジネスについても承知していた可能性が高い。この団体が、室橋による脅迫や恫喝《どうかつ》を品川署には訴えていなかったとしてもだ。

そのとき、カウンターの内側で声があがった。

「名刺、ありました」

髪の短い女性が、言ったのだ。引き出しが開けられている。

女性は、名刺を岩永に渡した。

「あの日、朝に来られた刑事さん、おひとりから名刺をいただいていました」

綿引が岩永に言った。

「見せてもらえます？」

岩永が無言で名刺を渡した。松本も横から覗《のぞ》きこんだ。

〈品川警察署刑事組織犯罪対策課　能条克己〉

聞き込みなどの場合に、いわばばらまくように使う名刺だ。記されている電話番号は、品川署の代表電話である。

綿引が名刺を岩永に返して訊いた。

「能条は、その日どういうことを訊いていきました？」

「覚えていません」

岩永の答えは、ほんの少しだけ早いように感じられた。

「こちらにとっては大事件のあった翌日のことですが」

「わたしも病院から戻ってきて、対応に追われていました。大内先生が亡くなった件で、何か思い当たることはあるか、と訊かれたように思いますが」

「それで、過労だったとお答えになったのですね」

「そのとき」と、綿引が言いかけたときだ。

岩永はズボンのポケットから携帯電話を取り出し、失礼、と言いながらその場を離れた。カウンターの後ろの通路を歩き、自席に向かいながら話している。

「わかった。確かめてみる。このまま切らないでくれ」

岩永は自分のデスクに戻ると、左手に携帯電話を持ったままＰＣに目を向けた。

綿引が微苦笑して松本を見た。見え透いた手を、と言っている。

予想したとおり、岩永が顔を上げて松本たちに言った。

「明日、あらためて来ていただけますか。思い出しながらお話しできるかと思いますが」

しかたがない。ここは引き下がるしかないだろう。それでもひとつの事実は確認できたのだ。収穫はあった。

大内恵子という女医の不審死があったころ、この団体には品川署の生活安全課・内田絵美が接触していたこと。不審死のあった翌日には、品川署の刑事組対課もやはり事情聴取に来ており、そのときの捜査員のひとりは能条克己であったこと。

加地の名が出てくるのではないかと思っていたが、この名が出てきた。能条と一緒に来たもうひとりの捜査員が加地であったかもしれないが、ともあれ能条も大内医師の死について、なんらかの推測が可能な立場にいた。職業的な嗅覚《きゅうかく》で、人身売買組織と団体とのトラブルによる事件という見方を、一瞬でも持ったはずである。それは品川署生安の内田絵美も同様であったはずだ。

綿引が、出るぞと目で合図してくる。松本はうなずき、入り口のドアのほうに身体《からだ》を向けた。一瞬、衝立のうしろにいた外国人の顔が目に入った。浅黒い肌で、彫りが深い。南アジアの男性だろうか。視線は合わなかった。

夜の通りへと出ると、綿引が言った。

「まったく左翼ときたら、どうして警察をあんなに目の敵にしてくるんだ？」

松本は歩きながら訊いた。

「あの岩永って代表のことですか？」

「気に入らねえからとっとと帰れ、って雰囲気がありありだった。まったく、えらそうに」

「警察も、左翼を敵視してるじゃないですか。警察学校では叩《たた》きこまれました」

「そりゃあ、何が世の中のいちばん危険な敵かって話だからな」

「レインボーネット東京は危険ですか？」

「外国人支援組織だぞ。外国人が増えれば治安が悪化するってのは、誰が考えてもわかる話だ。ああいう組織は危ないって」

「あの女性職員は、協力的に見えましたよ。能条さんのことを教えてくれた。内田のことも」

綿引がうなずいた。

「彼女が潜入してる協力者なんだな。おれたちに対して、親切が露骨すぎる。あれじゃあ、ばれるぞ」

「もうばれているかも」

北品川郵便局前までできて、松本たちは停めておいた捜査車両に身体を入れた。

エンジンを始動させてから、松本は訊いた。

「次は、大森署ですね？」

「ああ」と綿引がシートベルトを締めて言った。「死体遺棄の件は、伏島管理官からはとくに注意されていない。その件に関わった職員の誰かと、なんとか接触してみよう。内田絵美とも会えるなら会いたい」

車を発進させてから、綿引が言い訳がましく言った。

「こんな時間になってるけど、かまわないよな。明日の朝には、管理官に多少は中身のある報告をしなきゃならないし」

松本はうなずいた。

アーケードのある西蒲田の商店街のそのブロックまで来て、波多野は門司と顔を見合わせた。

波多野がメモした名前の寿司《すし》屋がなかったのだ。代わりに、回転寿司店がある。チェーン店のはずだ。メモした名前と見比べてみた。ひと文字違い。メモしたときは、チェーン店だとは気がつかなかった。ごく小さな寿司店を想像したのだ。門司も、聞いたときはチェーン店とは気づかなかったようだ。ということは、波多野の聞き違いではない。メモのミスではなかった。

門司が通りの左右を見渡して言った。

「そっちの角にも寿司屋がある。反対側にも、わりあい大きな寿司屋があった。入ったことはないんだけど、場所を聞いて、そのどっちかだと思い込んでしまったな」

門司が店のガラス窓に寄った。波多野もガラスごしに店内を覗いた。ほぼ満席と見える。四十人か、それ以上の客がいそうだ。カウンターの内側の店員の数は三、四人か。それに女性のホールスタッフが五、六人。

門司が言った。

「こんな店で、店員がやつを覚えているかな」

波多野は言った。

「ごまかされたかもしれませんね」

門司が先に歩いて、その回転寿司店の自動ドアを抜けた。らっしゃい、という元気のいいあいさつが、四方からかかった。中はかなり騒々しい。注文する声、注文を繰り返す声が重なっている。レジの脇《わき》のベンチに並んで座っている客が三人。席が空くのを待っているようだ。

門司がレジの前に進み、女性店員に警察手帳を見せて訊いた。

「昨日の夜、十二時前後の責任者は？」

まだ若い店員は答えた。

「チーフですね。あちらに」

指さす先に、重ねた皿を運んでいる男がいる。歳《とし》は三十代前半と見える。チーフ、というのが店長の意味であれば、若い。学生アルバイトがそのまま正社員になったという雰囲気だ。

「訊きたいことがある。呼んでくれ」と門司が言った。

店員はレジを離れて、チーフだというその男のそばに寄っていった。

男は、皿をその店員に預けると、前掛けで手を拭《ふ》きながら近寄ってきた。

胸に名札。「お客さま係　チーフ　新井《あらい》」と記されている。

波多野が警察手帳を見せて訊いた。

「昨日の夜十二時前後は、店にいた？」

新井は一瞬考える表情となった。即答できるはずのことだが、答え方を考えたのかもしれない。あるいは答えることの損得を。

新井は言った。

「昼の十二時にも、夜の十二時にもいましたよ」

少し小馬鹿にした調子があった。

門司が皮肉に言った。

「働き者だな」

「民間は、そのくらい働くのが当たり前ですから」

仕事の邪魔をしてくれるなと言っている。

波多野が訊いた。

「城島隼人って客は昨日来ていたかい?」

新井は首を傾げた。

「城島?」

「地元で中古車ディーラーやっている男だ。常連らしいけど」

「知りませんね。城島って客が誰かわからない」

「ビッグジェイ興産って会社の社長だよ」

「うちのお客は、社長か先生ばっかりなんで」

波多野は門司の顔を見た。こういう答えかたをされると、質問が続かない。

門司が新井に訊いた。

「写真があればわかるか?」

「刑事さん」と新井は門司に顔を向けて言った。「昨日、客が何人入ったと思います?」

「知らん」

「三百人ですよ。昼から八回転です」

「この不景気に、たいしたもんだな」

「そこをホールスタッフ六人で回してる。ひとりひとりの顔を覚えてられると思いますか」

「常連が来れば、顔は記憶に残るだろう」

「たとえ友達が来たとしても、それが昨日のことだったか、一昨日のことか、わかんなくなってますよ」

「客に神経向けるのが、お前の仕事じゃないのか?」

「おれが神経使ってるのは、客じゃなくスタッフに対してですよ」

「十二時過ぎても、そんなに混んでいる店か?」

「おかげさまで」

「そいつ、女と一緒に、二時くらいまではいたはずなんだ」

「うちは、ラストオーダー十二時半ですけど」

「二時までやっていない?」

「一時閉店です」

門司がさすがに当惑した顔となった。

「お前の下のベテラン店員は誰だ？」

新井は店内を振り返り、ひとりの店員を呼んだ。

「吉野、ちょっと来てくれ」

カウンターのそばで振り返ったのは、四十歳ぐらいの女性だった。吉野と呼ばれたその女性は、すぐに波多野たちの前までやってきた。細くねじった鉢巻きをしている。

新井が言った。

「警察のひと。昨日のこと訊きたいって。教えてあげて」

新井が離れていった。

波多野は新井に訊いたのと同じ質問をした。

その店員は、波多野の前にまっすぐに立って答えた。

「城島さんっていわれても、わかりません」

「常連じゃない？」

「お客さんに名前聞くことはまずないので。このとおり回転の速い店ですし」

門司が横から訊いた。

「女とふたりで来ていたはずだ」

門司が城島の同棲《どうせい》相手の名前を出した。

「ですから、どのお客さんのことだかわかんないですよ。写真はないんですか?」

「写真があれば、来ていたかどうかわかるか?」

「自信はないですけど。もしよくいらしてるお客さんなら、思い出すかもしれません」

門司は舌打ちして、店を出ると、波多野に言った。

「けっきょく、藪田のアリバイがあるのは十二時半過ぎから。石黒は十時以降、十二時までがない」

「城島も、裏が取れない」

「深沢の死亡推定時刻、幅はあったけど、ヤブイヌの三人には、その時刻のアリバイはないってことだ」

「東糀谷のあの現場なら、蒲田から近い。偽装や隠蔽《いんぺい》工作もしていませんから、犯行は短時間でできますね」

「だけど、やつらには動機がない。深沢を相手にしていないんだから」

「ヤブイヌはみんな、自分たちには動機はないと言っています。だけど、誰かが深沢と揉《も》めてることは、否定していなかった」

「組対が把握していないんだから、相手はマル暴じゃないのかな」

「しかし、手口は慣れたものです。見せしめみたいな殺しかただし、拳銃まで使っている。堅気じゃありません」

「だとしたら、組対が知らないわけがない。筋を読み違えているだけで、組対のアンテナには引っかかっているんじゃないのかな」

捜査車両に乗り込むと、門司がまた話の続きをし始めた。

「ヤブイヌは三、四十人いたはずだ。その七割はやんちゃを止《や》めた。二割は六本木や渋谷に出てしのいでる。地元に残ったのが、藪田に石黒に城島。だけどじっさいは、まだ何人か蒲田に残ってるんじゃないのか？」

波多野は言った。

「どうなんでしょうね。わたしはまったくそっちの情報を耳にしていなくて」

門司がくやしげに首を振った。

「おれも、エスを使うようにならなきゃ駄目だな。なんとかこういうでかい事件で組対を出し抜きたいな。石黒の店を当たってから、署に戻るぞ。何か進展があるかもしれん」

「そろそろあるでしょうね。死体発見から十五時間経《た》つんですから。でも、そんなにヤブイヌたちを疑うのはどうしてです？」

「ベルベットのママの話でもわかった。昔気質《かたぎ》の侠客《きょうかく》を気取っても、深沢はけっきょく女で食ってた。そういうしのぎが性に合ってるヤクザだ。憎まれてた。殺されるくらいにな」

「フィリピン人女性の件だけじゃなく？」

「ピーナを食い物にしていたってことは、日本人の女でもやっていておかしくない。ひとりだけのはずもない」

「それって、深沢を殺したのは女性だという読みなんですか？」

「ちがう。そういう女が、たとえば藪田みたいな半グレとくっついて打ち明けたとしたらどうだ？　昔、深沢にボロボロにされた。シャブ漬けにされて、ソープに売られた。そんなやつは殺されて当然だ、とか」

波多野は黙ったまま、門司の横顔を見つめた。

門司が言った。

「藪田みたいな男なら、深沢を放っておかない」

「自分の女を深沢に取られたというのならともかく、順序が逆では」

「女の傷が大きい場合とか、立ち直っていない場合、藪田ならどうするよ」

「ヤブイヌたちを買いかぶっていませんか？　自分たちもAVやったり、危険ドラッグにも手を出しているって噂《うわさ》なんですよ」

門司が唸《うな》った。それはたしかだけど、と言ったように聞こえた。

6

松本たちが大森署に到着したのは、午後八時四十分だった。一階の受付で訊《き》くと、茂原はまだ在庁していた。電話をつないでもらうと、すぐに課長席へ来てくれとのことだった。二階の刑事組対課のフロアに上がった。

十人ばかりの捜査員が残るフロアの奥へと進み、松本と綿引は茂原のデスクの前に立った。茂原が立ち上がって、デスクの脇《わき》の椅子《いす》を勧めてくれた。

茂原は、メガネをかけた小太りの中年男だった。濃紺のスーツが少し窮屈そうだ。ネクタイが曲がっていた。苦労人ふうに見える管理職だ。

「さっきの件ですね」と、茂原は椅子に腰掛け直してから訊いた。

綿引が答えた。

「そうなんです。あの当時主任だった南警部補、それに加地巡査部長に、少し確認しておきたいことがありまして。いまつかまりますかね？」

「南だけではなくて、加地にもですか？」

「当時の捜査を担当していたと、さきほど伺いましたが」

「それはそうなんですが、ふたりとももう退《ひ》けていますね」茂原は声をひそめた。「この件、監察とは関係がありますか？」

これは警務部案件なのかということだ。茂原は不祥事の内部調査なのではないかと勘繰っているのだろう。

「いえ」綿引は首を振った。「わたしたちは捜査一課です。電話でもお話ししましたとおり、伏島管理官の直接指示で、いま一度あの事件の周辺情報を確認しているんです」

茂原の疑問が気になったので、松本は訊いた。

「監察だと思われたのは、どうしてです？」

「いや」茂原は松本に顔を向けてきた。「いちおう警務からの報告を受けて、加地には注意してあったんです」

「ああ」と綿引が納得したように言った。「あの件と直接関係はないんですが。でもそう言われてみれば」

松本は綿引の反応に戸惑った。知ったふりをして、話を合わせたのか?

松本は訳がわからないままに、茂原に訊いた。

「具体的には、どういう注意だったんです？」

すでに知っていることではあるが、という調子を含ませた。

茂原が答えた。

「警務はもう把握してる。今後のことを考えるなら、前屋敷《まえやしき》さんの団体にはいっさい接触するなと」

前屋敷。松本にも聞き覚えがある。もしそれが前屋敷孟《はじめ》のことであるなら、警察庁のキャリアで、警視庁では最後に警備部長のポストに就いた男だ。そのあと内閣審議官となったが、その在職中に、現行の警察組織と刑法では組織犯罪や外国人犯罪に対処できないという論文を雑誌に発表した。自警団主義にも共感を示している。

この論文の内容が問題になり、内閣審議官、それも危機管理担当審議官の職にはふさわしくないとして、前屋敷は更迭《こうてつ》された。直後に警察庁を依願退職している。たしか六、七年前のことだ。その後、前屋敷は警察機構と刑法の改正を訴える団体を立ち上げて、熱心に政治活動をするようになった。支持者の一部は、前屋敷の主張に沿った自警団も結成している。このことから警察庁も警視庁も前屋敷を要注意人物としており、彼の団体に現職警察官が接触、参加することに神経質になっている。

加地という捜査員は、前屋敷の主宰する団体と接触している……。興味深い情報だった。加地は現職警察官でありながら、警察組織と刑法に対して不満を持っており、自警団主義にも共鳴しているということだ。

綿引が訊いた。

「ちょっと時間の前後を思い出したいんですが、その注意は、二年前の死体遺棄事件の捜査より前のことでしたっけ？」

綿引も、前屋敷という名前が何を意味するか、思い至ったようだ。

茂原は答えた。

「あとですよ。というか、その一年近くあとです。去年の九月でしたから」

「注意は効きましたか？」

「承知しました、という返事だった。自分が警務ににらまれていると知ったら、馬鹿《ばか》な真似《まね》はできません。もう止《や》めたでしょう。じっさいその後、警務からは何もないし」

「加地さんは、前屋敷さんの団体とはどの程度の関わりだったんでしょうね。正式メンバーとか？」

「集会に顔を出していた、ということのようです。少し寄付もしたのかもしれない。もちろん、署内で前屋敷さんのパンフなり本を配るといったようなことはやっておりません」そこまで言ってから、茂原は怪訝《けげん》そうな顔になった。「やっぱり加地のその件なんですか？」

「ちがいます」と綿引。「死体遺棄事件の関連情報です」

松本は確認した。

「前屋敷さんとの関係を警務から注意された職員は、ほかにもいます？」

「少なくとも、組対課にはおりません」

綿引が言った。

「加地さんと、捜査報告書を書いた南さんの連絡先を教えていただければ」

「あの件、再捜査が検討されているということでしょうか？」

「わたしたちは詳しい説明を受けていないんです。よくはわかりませんが、上のほうで何か気になる点が出てきたんでしょう」

茂原はデスクから書類ホルダーを取り出しながら言った。

「南が報告書をまとめましたが、死体が誰のものかわからなくなった時点で、行き詰まりでしたね。蒲田の店から消えたフィリピン女性がいたのはたしかなんだけど、どうしても同一人物とは確定できなかった。これが、南と加地の携帯番号、それに住所です」

松本はそのホルダーを手元に引き寄せた。職員配置簿の一ページだ。コピーを取る手間も惜しかったので、そのままメモした。

住所はふたりとも、第二方面本部の管内だ。南は大井町。加地は雪谷。

茂原が、もういいでしょうね、という調子で言った。

「わざわざこちらまで、ご苦労さまです」

松本たちは茂原に礼を言って椅子から立ち上がり、階段へと向かった。次は生活安全課に行き、内田絵美の携帯番号を教えてもらうのだ。もちろん、本人が在庁していれば申し分ない。

歩きながら、綿引が言った。

「前屋敷の名前が出てきたのは意外だったな。あのひとの言ってること、そんなに警視庁に浸透してるのか？」

松本は首を振った。

「前屋敷は、ある意味じゃ、法治主義を否定しているひとですよ。警察権をもっと強化しろ、外国人の人権を制限しろと言いながら、片一方で自警団主義を称賛する。警視庁にそんなに多くの支持者がいるとは思いません」

「だから警務も、本気で危険人物扱いしてるんだろうが」

綿引は何か考えごとをしているという顔になった。前屋敷と加地の関係が気になるようだ。

そのとき、綿引の上着の内側で、バイブ音のようなものが聞こえた。綿引が気がついていないようなので、松本は言った。

「携帯が」

綿引はあわてて立ち止まり、ジャケットの内ポケットから携帯電話を取り出した。バイブ音はもう消えていた。

綿引は画面を見て言った。

「管理官からだった。なんだろう」

すると、今度は松本の携帯電話が小さな音量で鳴り始めた。ごくふつうの、固定電話のベル音に似せた着信音。松本は携帯電話を取り出した。伏島管理官からだった。綿引の応答がなかったので、松本にかけてきたのだろう。

松本は携帯電話を耳に当てて名乗った。

「伏島だ」と管理官の声。感情を殺したような声音だ。「綿引くんは一緒じゃないのか？」

「一緒です。いま大森署にいるんですが」

「レインボーネット東京の事務所に行ったそうだな」

管理官がそれを知っていることに、松本は驚いた。

「はい。女医さんが飛び下りた件での、品川署の捜査担当者を知りたかったものですから」

「あそこは公安案件だと言ったはずだ。もうお前たちのことが、連絡されているんだぞ」

「あ」松本は思わず声が出た。誰かが、事務所訪問を公安に通報している。「申し訳ありません。どうしても確認しておきたくて、訪問理由は明かさないで行ったんですが」

「どうして品川署に確かめない？」

「立件されていません。ということは、捜査担当者も記録にはないだろうと思いました」

「必要な情報なのか？」

「そう思っています」

「とにかくだ」伏島の言葉にかすかに怒りが混じった。「あの団体には近づくな。公安からいま厳しく注意があったんだ。二度とこんな電話をさせるな」

「はい」

「綿引にも、そう伝えろ」

「はい」

「どうしても、というときは調整する。勝手に動くな」

通話が切れた。少しのあいだ、松本は携帯電話を耳に当てたままでいた。

「どうしたんだ？」と、綿引が心配そうに訊いてきた。

「管理官から」と、松本は携帯電話を畳みながら答えた。「わたしたちがレインボーネット東京の事務所に行ったこと、公安に通報されていました。絶対に行くなと、あらためての指示です」

綿引がまばたきした。

「通報って、内部の警察協力者が公安にご注進したってことか？」

「そうなんでしょう」

「まだあそこを出てから、三十分しかたっていない」

「やはりエスは、事務所にいたんですね」

「そのエスは、おれたちの名前も正確に公安に伝えたことになる。お前、あの女性職員に、所属と名前を伝えたか？」

「いいえ。伝えたのは岩永にだけ。でも聞こえていたんでしょう。主任の名前を岩永が声に出していましたから」

「女性職員は協力的だった。内田の名前も教えてくれたんだ。彼女がエスだと思いこんだけど」

松本の背筋にひやりとするものが走った。

綿引が、まばたきしながら言った。

「じっさいは、代表の岩永が協力者だったんだ。しかもたぶん、公安のかなり上のほうにも、直接連絡できるだけの関係だ」

その目は、自分の推測を否定してくれと言っている。

松本は、自分の思いを抑えて、あえて言った。

「代表が、そんな組織全体を騙《だま》し続けることなんてできますか。代表が協力者だってことは、組織の活動を妨害するってことですよ」

「外国人支援は本気でやっているんだろう。純粋に人道主義的な立場から。外国人ホステス売買をマル暴の資金源にはしない、っていう点では、警察だってそれを嫌がる筋合いはないんだ。やらせておける」

「だけど、極左を嫌っていたら代表は勤まりません」

「両立するさ。たとえばカトリック教徒は慈善活動に熱心でも、アカを嫌うんだろ？」

「それでも何十年も組織の人間を騙し通すのは無理でしょう？」

「岩永は、どっちにも真剣なんだ。外国人支援も、極左の活動の情報収集も。組織のメンバーが、岩永の支援活動の誠実さを疑う理由はない」

「だとしたら」松本は自分の想像をまとめながら言った。「あのレインボーネット東京という組織は……」

綿引が、あとを引き取った。

「おとり組織だな。たぶん極左を呼び寄せるための。ああいう外国人支援組織なら、極左のほうも組織を広げるため、東京の底辺の外国人労働者を利用できる。活動家の草刈り場にもできる」

「ということは、利用しようと潜入してきても……」

「その連中のプライバシーや裏の関係まで、筒抜けになっている。そういう組織の中の協力者なんだ、岩永は」

同意するしかなかった。松本は一回身体をぶるりと震わせて、うなずいた。

石黒の経営するランジェリー・パブ、ミラージュ・ワンは、中央通りの東寄りにあった。飲食店の数が少なくなり、少し暗い。人通りも減っている。

三階建ての小さなビルの二階が、その店だった。波多野と門司が赤い木製のドアを開けると、目の前がすぐクロークとなっており、店内は見渡せない造りだ。右手奥のほうで、昭和の歌謡曲がかかっている。笑い声も響いてきた。

すぐに黒いスーツの店員がやってきた。石黒よりは何歳か若いと見える男で、マネージャーだという。長髪で、ホストだと名乗っても通用しそうな顔だちをしている。

門司が、警察手帳を見せて言った。

「石黒を呼んでくれないか」

そのホストふうのマネージャーは首を振った。

「いま、社長はいませんよ」

「オーナーだろう？」

「店のことにはタッチしていないんで」

夕方カラオケ店で、石黒も同じようなことを言っていた。

門司が訊いた。

「やつの本業は何なんだ？」

「は？」

「いまどこにいるかってことだ」

「何も聞いていません。さっきちょっとだけ顔を見せましたけど」

「携帯で呼び出せ。来るまで店の中で待つって言ってやれよ」

「ほんとうに？」

「蒲田署のデカが店にいちゃまずいか」

「商売やってるんですよ。警察のひとにいられたら、客だって逃げます」

「だったらすぐに呼び出せ」

マネージャーはあわててスマートフォンを取り出し、門司と波多野を見ながら耳に当てた。

十秒も待たないうちに、首を振った。

「だめです。通じません。圏外です」

「圏外ってことあるか。出ないだけだ。メッセージ残せ。刑事ふたりが店にいるんで、客が帰ってしまいそうだとか」

マネージャーはもう一度スマートフォンを耳に当てると、門司が言ったことをほんとうに繰り返した。語尾をわずかに変えただけだ。

門司が、波多野を見つめてきた。

「店の中で、ランジェリー姿のお姉ちゃんを眺めてみるか」

マネージャーは、通路をふさぐように立って言った。

「勘弁してください」

「だったら、どこにいるか教えろ。思い当たるところはあるだろ」

「全然です」

「やつは、携帯一台しか持ってないってことないよな」

「おれが知ってるのは、この番号だけです」

「あいつの女を通じて、連絡してやれ」

そのとき、門司の携帯電話が着信音を立てた。マネージャーをひとにらみしてから、門司が一歩退いて携帯電話を取り出した。画面を見たときの表情で、署からだとわかった。

門司の顔が、少し緊張した。

「はい——はい」

えっ、という驚きの表情。

「ええ。じつはいま、石黒の店に来ているんです。もうひとつ確認したいことが出てきて」

話は、ヤブイヌの石黒の件なのだ。

「いいえ。それが、店にはおりません。連絡もつかない状態で、店で待とうかと」

「はい」

門司が目で波多野に合図してきた。顎《あご》を左右に振っている。店の中と事務所を確認しろということだ。

波多野はマネージャーを押しのけるように通路を進み、カラオケの響く客席を見渡した。いくらか照度の落ちた灯の中に、大きな円形を作るように、椅子とテーブルが配置されている。キャミソールを着た女が三、四人。さらに三人は、黒いブラとパンティ姿で、ガーターをつけている。客は四人だ。右手の壁には大きなカラオケのモニター。ちょうど客の男とキャミソールの女の子がフロアの中央に立って、ふたりで歌っているところだった。左手にカウンターだ。

キャミソール姿の若い女が立ち上がって波多野に近づこうとした。口が小さく、化粧の厚い女だった。少し幼い顔だちに見える。マネージャーが首を振り、来なくていい、と手で合図した。女は自分の腰掛けていたボックス席に戻った。たしかにここに石黒はいない。

波多野はマネージャーに訊いた。

「事務所は？」

「こちらへ」と、マネージャーがカウンターの裏に導いた。ドアを開けると、そこはひと坪もない狭い空間で、スチールロッカーがふたつ置かれている。男性従業員の更衣室も兼ねているのだろう。壁には、どこかのプロレス団体の興行ポスターが貼《は》ってある。その横に、額に入った風俗営業の許可証。店の責任者の名は、石黒裕太となっていた。奥にスチールデスクがあって、デスクトップＰＣが置いてある。ここにも、石黒の姿はない。

事務所を出てクロークの前まで戻った。

ちょうど門司が携帯電話を耳から離したところだった。目を向けてきたので、波多野は首を振った。いません、と。

門司が言った。

「組対と交代する」

署に帰ってこいと指示が出たようだ。

店を出ると、門司が言った。

「現場近くで、車の目撃情報が出た」

波多野は訊いた。

「どこです？」

「おれたちが話を聞いた鉄工所の近く。シルバーのセダン」

「自分たちが聞いたのと同じ車ってことですかね」

「そうかもな。その目撃者、ナンバーの下二桁《ふたけた》を覚えていたんだ」

「下二桁だけでは、持ち主は特定できないでしょう」

「石黒の車と、その二桁が一致したそうだ」門司がトヨタの高級車の名前を出した。

「車種も合う」

波多野は振り返って、店のドアを見た。

「石黒は自分たちと話したあと、ここに顔だけ出したんでしょう。営業時間中なのに、居場所がわからない」

門司が言った。

「逃げたか」

「でも、あのカラオケ店では、自分が被疑者になるとは夢にも思っていないようでしたよ。藪田から電話があったはずなのに、堂々と自分たちと会っていたんですから」

「芝居だったんだ」

「芝居だとしたら、今になって消えた理由はなんでしょう？　おれたちも、やつを被疑者扱いはしなかったのに」

「おれたちから質問を受けているうちに、自分に容疑がかかると悟った」

「逃げれば、容疑が濃厚になります」

「深沢の件とは無関係に、何か調べられて困ることが出てきたんだな」

「自分のしのぎに関係することですかね」

「車が目撃されたんだから、死体発見現場の近くに、何かあるんだ」

波多野は言った。

「城島だけ、死体発見現場はどこか訊いてきました」

門司が、合点がいったという顔になった。

「北前堀の脇だと教えたら、妙な顔をしていたな」

階段を下りてビルの外に出ると、目の前に車が停まった。狭い通りを半分ふさぐ格好だ。下りてきたのは、さっきベルベットを出るときに出くわした組対のふたりだった。

年配の酒田が、目を丸くした。

「ここにいたのか？」

「石黒はいませんよ」と門司。「交代しろという指示なんで、おれたちは署に戻ります」

組対のふたりとも、いまいましげな顔だった。出し抜かれつつある、とでも感じているのかもしれない。

波多野は時計を見た。八時三十五分だ。署まで五分で戻ることができるが。

停めた車に向かおうとした波多野を、門司が呼び止めた。

「もう一軒だけ行く」

「どこです？」

「さっきのカラオケ屋だ」

このビルの並びだ。

「どうするんです？」と波多野が訊いたとき、門司はもう歩きだしていた。

「ひとつ、確認だ。何て名前だった？」

「高安です」

ビルの二階にあるカラオケ店のフロントに向かうと、マネージャーの高安が、おや、また？という顔を見せた。

門司が、東口のスペインふうの酒場の名前を出した。このカラオケ店で石黒から話を聞いたあと、アリバイの裏を取るために行った店だ。

「知っていますよ」と高安は答えた。「二、三度、入ったことがあります。うまいピンチョスを出すんです」

門司が訊《たず》ねた。

「あの店に、若いウエイターがいるな。チーフなのかな。髪の長い、わりあい背の高い男」

「小塚《こづか》ですね。いま店長ですよ」

「石黒と親しい男なのかな」

「中学が一緒と聞いてます」

「同級生？」

「蓮沼《はすぬま》中学で、小塚のほうが何年か下」

「族だった？」

「そこまでは知りませんけど。石黒さんとそこそこ仲はいいんじゃないのかな。石黒さんがよく店を使ってるから」

門司が礼を言って、カウンターから離れた。

店を出たところで、門司が言った。

「中学の先輩後輩ってことであれば、嘘《うそ》を証言してもおかしくない」

波多野はメモを取り出して見ながら言った。

「自動車の目撃情報、石黒の車のことだとしたら、石黒は昨夜十二時十二分に東糀谷にいた。だけど石黒は、十二時前から店にいたと言っていた。小塚もそう言ってました」

「おれたちが小塚の店に着く前に話を合わせたのか」

「誰かと会っていたのかと訊いても、小塚は知らないと答えている」

「じゃあ、石黒は東糀谷で深沢を殺《や》ってたか」

「いずれにしても、石黒が何かを握っている気がしてきました」

「気がしてきた？　妙な言いかただな」

「車の件もあります。石黒が臭《にお》いませんか」

車まで戻り、波多野は運転席に身体《からだ》を入れた。

門司も助手席に乗って、波多野に訊いてきた。

「高安は、お前のエスなんだろうな？」

「いえ」車を発進させながら波多野は答えた。「盗犯のことで、前に相談を受けたことはありますが」

「おれにも必要だよ、いいエスが。せっかく刑事課に移ったんだからよ。蒲田に誰かいねえかな」

波多野は徐行気味に、蒲田東口の飲食街から捜査車両を出した。

伏島の電話の衝撃から立ち直って、松本たちは階段室の前までできた。このあと生活安全課に行くつもりである。内田絵美はたぶんもう退庁しているだろうが、連絡のつく電話番号を上司なり同僚なりに訊いておきたかった。

綿引が言った。

「先に加地に電話する」

この階段の前のスペースは、職員も近くにおらず、電話するには適当な場所だ。

松本と綿引は立ち止まった。次は加地雅人《まさと》に会うつもりだ。この時刻だから、自宅まで出向くことになっても仕方がない。

綿引が携帯電話を持ち直したので、松本はメモを手にした。番号を松本が読みあげて、綿引が入力し、通話することになる。

「〇、九、〇の」

相手は、コール音一度か二度で出たようだ。綿引が携帯電話を耳に当て直して言った。

「本庁捜査一課の綿引と言います。じつは二年前の京浜運河での死体遺棄事件に関連した件で、当時の捜査担当から話を伺いたいのです。いま大森署なんですが、茂原課長から、その件は加地さんが担当した、と聞いたものですので、お電話しました」

綿引の言葉遣いは、いくらかていねいだ。階級は綿引が上だが、加地のほうが年長である。気をつかっている。

綿引がうなずいてくる。とりあえず会えそうな様子なのだろう。

「はい」と、綿引は続けている。「いえ、そういうことでは全然なくて、わたしもその理由については知らされていないのですが、ただあの当時の捜査の細部を、捜査員から聞かせてもらっておけと」

「一課の伏島管理官です——はい、捜査報告書は読んでいます。南警部補がまとめたものを——ええ、今夜のうちに時間を取ってもらえるなら、どこにでも伺いますよ。部下の松本という者と一緒に行きます——大井町？　いいですよ、二十分かそこいらで」

松本は時計を確かめた。いまから二十分後ということは、ちょうど九時ごろということになる。

携帯電話をポケットに収めると、綿引が言った。

「いま大井町だ。風呂《ふろ》にいる。ちょうど上がったところだそうだ」

「風呂?」

「駅のそばのスーパー銭湯」

松本は思い出した。あちこちの駅でポスターを見たことがある。少し年配の警察官が、たまさか気分のリフレッシュに行くには手頃な施設のはずだ。あかすりやマッサージを受けることもできる。自分は行ったことはないが。

松本は階段に顔を向けてから、綿引に言った。

「生安に行ってから大井町に」

生安のフロアに上がって、松本は部屋の中を見渡した。男女合わせて十人ばかりの警察官、職員がいる。

カウンターの向こう側に、制服の女性警官がひとりいた。帰り支度をしている様子だ。まだ三十歳前だろう。

その警官と目が合ったので、松本はカウンターに近づき、警察手帳を見せた。

「捜査一課です。内田絵美さんの携帯番号をご存じないでしょうか」

女性警官が、フロアを見渡しながら言った。

「いま、ちょっと前までいたけど、帰ったかな」

「番号、誰かご存じでしょうか？」

「知ってます」

女性警官は、自分の携帯電話を取り出して、教えてくれた。松本は番号を登録すると、礼を言った。

横から、綿引が訊いた。

「こんな時刻だけれど、電話しても大丈夫でしょうかね？」

女性警官は不思議そうに言った。

「仕事の用件なら、いつでもいいと思いますけど」

「すでに退庁したなら仕事の電話はかけづらいので。内田さんは、仕事とプライベートを、きちんと分けてるひとかな？」

松本は綿引の顔を見るのをこらえた。彼も、内田が独身であることは承知しているはずだ。退庁後の行動を訊いたのだろうか。

女性警官は、微笑した。意味ありげにも見える表情だった。

「たしかに、きっぱり分けていますね」

「ありがとう」

松本は綿引と一緒に生活安全課のフロアを出た。

駐車場に出てから、松本は訊いた。

「最後の質問はどういう意味なんです？」

「べつに」と綿引は答えた。「言葉どおりの意味だ。内田は職場でも開けっ広げなのか、隠しごとがあると見えるタイプなのか」

「加地と会うのは二十分後です。話が短くすめば、今夜じゅうに内田にも話が訊けます」

松本は駐車場を歩きながらキーを取り出して、解錠ボタンを押した。

波多野と門司が署に戻ると、刑事課のフロアが少しあわただしかった。何か動きがあったという雰囲気だ。いま十五人ばかりの私服の捜査員がいるが、それぞれ電話をしたり、顔を寄せてささやきあっている。何人かは顔を上げて、波多野たちに視線を向けてきた。何かいい情報でもあったか？と、期待のこもったような目に見えた。

課長や係長クラスの姿がない。会議中なのかもしれない。波多野が上着を椅子《いす》の背にかけて腰をおろしたとき、係長の加藤が入ってきた。波多野と門司がデスクに呼ばれた。

「ヤブイヌたちのアリバイは？」と加藤が焦《じ》れったそうに訊いてきた。

門司が答えた。

「藪田は十二時半以前が、石黒は十二時以前がはっきりしません。城島は裏が取れません」

「石黒は、十二時以降はどうなんだ？」

「昨晩石黒がいたという店の店長は、石黒のダチです。一人でいたと言ってるんですが、あてにならない」門司が逆に訊いた。「車の目撃証言が出たとのことでしたが」

「下二桁の番号が一致しただけだ。まだ完全には同定されていない」

波多野は訊いた。

「わたしたちが拾ってきた証言と同じ場所なんですね？」

「同じ通りの、百メートル西だ。産業道路方向に走ってたそうだ」

「わたしたちの目撃証言は、十二時十二分ということでしたが」

「こっちは、十五分前後。誤差の範囲だ」

門司がやっぱりというように言った。

「同じ車ですね」

加藤が門司に訊《き》いた。

「石黒は、六本木で十時くらいまで一緒にいた相手の名前、出してないんだな？」

「ホテルの会席料理店にいたというだけで」

加藤はこめかみに手を当てて、悩む様子を見せた。鼻から荒く息が漏れた。

「その件、裏が取れなかったんですか？」

べつの捜査員が、確認を取りに六本木に向かったはずである。

「石黒がいたかどうか、はっきりしない。だけど、店の従業員はそこに」加藤は、東京の半グレ集団の中でも最大勢力で、もっとも暴力傾向の強いグループの名を挙げた。藪田たちのグループの、いわば兄弟組織に当たる。兄弟という意味では、あちらのほうが兄である。「あそこの平塚《ひらつか》が来ていたのは記憶していた。個室を使った」

門司が納得したように言った。

「石黒が会っていたのは、平塚だってことですね。ビジネスの話だと石黒は言ってましたが」

「平塚がやってるビジネスは限られる」

「危険ドラッグってことですか」

「ヤブイヌたちも、一時期それで小遣い稼ぎしていた。十年ぐらい前までは。あの当時は脱法ハーブ、なんていうのどかな呼び方だったけどな」

「そういえば」門司の声が少し高くなった。

「石黒は昨晩遅く、どうもひとと会っているようなんです。確認はできていないんですが、何かの受け渡しかとも想像できます」

「何時ごろだ？」

「十二時前ぐらいから一時半まで」

「いま、店にはいないんだな？」

「ええ、ランパブには。組対と交代して戻ってきました」

「何か、石黒か藪田を引っ張れる材料はないか？　いや、石黒だけでいい。いまから令状を請求しても、通るだけの材料。何でもいい」

加藤の口調は、かなり切羽詰まっていた。

門司が確かめた。

「直接深沢殺しとは関係がなくても？」

「かまわない。管内のマル暴や半グレたち、こっちはいつだってその気になれば引っ張れる、それだけのことは常日頃やってると見せつけたいんだ」

加藤は、どこに対して、という具体名は省略した。しかし、波多野も門司も、そこは聞き返さずともわかる。

門司が困ったように波多野を見つめてきた。

波多野は加藤に言った。

「やつのランパブ、たぶん未成年を使っています」

門司が、いつ気づいた？という顔をした。加藤が訊いた。

「確かか？」

「まず間違いなく。きょう、ひとり店に出ていました。店の責任者は石黒自身です。ダミーは立てていません」

加藤が腕時計を見た。

「未成年を使っていたことが確認できれば、風営法違反で逮捕状を取れる。今夜じゅうにだ」

加藤は立ち上がった。

「来い。生安と話をつける」

大股《おおまた》にフロアを歩き出した加藤に、波多野と門司も続いた。たぶん会議室に行くのだろう。そこには刑事課と組織犯罪対策課の中堅幹部たちが、苦虫を噛《か》みつぶしたような顔で集まっているはずである。ほどなく生活安全課の課長も、顔を出すことになる。

そこはスーパー銭湯というよりは、やはり巨大スパとか、都市型温泉とでも呼ぶべき施設と見えた。脱衣所でコーヒー牛乳を飲むような公衆浴場とは違う。

松本たちは、そこの食堂に入って加地を探した。写真を見ているし、たとえ浴衣《ゆかた》姿でもひと目でわかるはずだ。同じ警察官なら。

百四、五十席はありそうなその広い食堂の壁際の席で、ひとりの男が手を挙げた。近づいて行くと、加地のテーブルには、ビールのジョッキと、揚げ物の載った皿がある。加地の顔は風呂上がりのせいなのか、あるいはビールのせいか、ピンク色だった。

松本と綿引は、加地の向かい側で警察手帳を示した。縦に上下に開く手帳の上側に、身分証明書が収まっている。

加地は身分証明書の部分を目を細めて見て訊いた。

「ほんとに警務じゃないんだよな」

「違います」と綿引。「捜査一課」

綿引は手帳から名刺を取り出して、あらためて加地に渡した。加地はその名刺に目を落として、ようやく警戒を解いたようだった。

椅子に腰を下ろすと、綿引が前置き抜きで言った。

「京浜運河の女性の死体遺棄事件のことなんです。捜査報告書を読んでいますが、深沢隆光って暴力団員を調べましたよね？」

加地はうなずいた。

「じゃあ、立件できなかったことは知ってるんだよな。死体がフィリピン人ホステスだっていう前提が崩れたんだ」

そう答えてから、加地はふしぎそうに言った。

「蒲田の深沢隆光、今朝、死体で見つかったって聞いた。その件か？」

綿引が答えた。

「別の件です。捜査一課の関心事と、ちょっとだけ重なっているものですから」

「もう捜査本部できたのか？」

「いいえ。あちらの件についてはよく知りませんが、まだでしょう」

ウエイトレスが横に立った。注文を訊いている。ここで、まるで加地の取り調べのような雰囲気を作ってはならなかった。松本は、ウーロン茶を頼んだ。

綿引は、加地のジョッキに目をやってから言った。

「生の小を」

ウエイトレスが去ったところで、綿引が訊いた。

「何かひとつ事件が解決したんですね」

おめでとう、とでも言っているかのような口調だった。

加地はうれしそうにうなずいた。

「強盗の被疑者が、もう一件、恐喝の余罪を吐いたのさ」

「きょう？」

「吐いたのは昨日。きょう、裏が取れたんで再逮捕」

「祝杯ってわけだ。昨日はみなさんと何もやっていないんですか？」

松本は、綿引が加地のアリバイを確認しているのだとわかった。

「ま、相棒とはこの近所で少しやったけどな。きょうの裏取りがあるんで、祝杯ってほどの酒にはならなかった」

「大井町で飲むことが多いんですか？」

「もっぱらそうだ。きょうは、ひとりなんで、まずここに来た。温泉好きなもんでな」

アリバイ確認としては十分だろう。とりあえずその言葉を信じるなら、加地は昨夜は同僚と大井町で酒を飲んでいた。同僚と別れたあと、深夜に蒲田に移動して暴力団幹部を殺したというのは考えにくい。酒が入っていたから大胆になれた、とみることもできないことはないが。

松本は訊いた。

「あの事案、DNA鑑定でも、被害者は特定できなかったんですか?」

加地は、いまいましそうに答えた。

「アイザだとはっきりしている女のDNA試料が取れなかった」

「アパートからも?」

「アイザが店の女の子に教えていた蒲田の住所は、でたらめだった。同じピーナの友達何人かと暮らしていると、ママには言っていたんだけどな」

「店にも、痕跡《こんせき》ぐらいあったでしょう?」

「殺害現場ともわからないのに、店の捜索令状は出なかった。アイザは私物を持って消えていたし、任意で提出させるようなものもなかったんだ。そのうち入管から、出国記録が出てきた。身元の特定からやりなおしということになったのさ」

綿引が訊いた。

「死体の身元が特定できなくても、死体遺棄事件は捜査できたのでは？」

「やったさ。ただ、司法解剖でも、死因の特定はできなかったんだ。殺されたと断定できない。殺人の捜査体制にはならなかった」

「スーツケースの中から死体が出てきたら、少なくとも何らかのトラブルに巻き込まれたことは確実ですよ」

「言われなくてもわかってるって。だから、ベルベットって店をあたったんだ。そこでアイザって女を引き抜こうとしていた小橋組の深沢が浮かんだ」

「引き抜きって、その店で、堂々とやってたんですか？」

「あの手合いが、そういうことを遠慮するかよ。蒲田駅東口の、手前《てめえ》の組のシマ内なんだし」

「自分の持ってるフィリピン・パブかどこかに、ということだったんですかね」

「ちがう。よそに売り飛ばすつもりだったんだろう。不法滞在の女は、マル暴にとっちゃ、うまみのある商品だからな」

「アイザは、深沢からも逃げようとしたわけですね。そこで深沢が拉致《らち》、監禁して、過失致死ということかと」

「ああ。深沢は否定したけどな。ただ客として気に入っていただけだと。だが、やつは三回ベルベットに行って、アイザと話していた。アイザが店に出てこなくなったのは、三回目に深沢が行った翌日からだ」

「三回も手間かけたというのは、紳士的かもしれない」

「どこの組の商品なのか、確認を取りたかったんだろう。いまは紐《ひも》なしでは、芸能ビザでの入国も難しいだろうから。だから、深沢も少しは慎重だった」

「最終的に紐なしと確認が取れた？」

「逆に、どこの組が関係しているか、わかったのかもしれない。ママの話では、アイザはその三回目のときはかなり深刻そうな顔だったというんだ」

「脅された？」

「アイザはパスポートを持っていなかったらしい。どこかのマル暴の監視の下で働かされていたんだ。逃げて蒲田にやってきた。深沢はそれを突き止めたんだろう」

「守ってやるから、うちで働けと？」

「条件はいろいろ考えられるさ。借金を肩代わりしてやる。パスポートも取り戻してやるから、その分だけ働けとか」

「アイザは拒んだ？」

「ベルベットで働くより条件がよくなるはずもない。アイザは逃げようと決め、深沢も逃げられる前に拉致しようと決めた、ってのが、うちの読みだった」

「事情聴取は一回だけですか？」

「署に二回呼びつけた。だけど、三回目に店に行った夜も、次の日も、深沢にはアリバイがあったんだ」

「完全な？」

「その夜は、店を出たあとは事務所に戻り、三時過ぎに帰宅だ。子分たちも、女も確認してる」

「子分や女じゃ、証言は信用できないでしょう」

「一致してたし、不自然じゃなかった。次の日は朝から、義理かけで組長と一緒に熱海だ」

綿引の質問が途切れたので、松本がまた訊いた。

「深沢以外には、トラブルを起こしそうな客はいなかったんですか？」

加地は、ビールで少し赤く染まった顔を松本に向けてきた。

「ママが覚えていた客の男を、四人調べた。真っ白だったな」

「捜査は大森署だけで？」

「ああ」

「捜査本部ができてもふしぎはない事案に感じますが」

「科捜研からの死因特定を待っていたはずだ。他殺と断定されたところで設置する心づもりだったんじゃないか。一課は設置のきっかけを逃したんだ」

「けっきょく捜査体制が縮小された理由は、何です？」

「入管の出国記録が出てきたことだ。アイザ死体遺棄事件じゃなくなったんだ。身元がわからない死体じゃ、捜査の手がかりもなくなる」

「というと？」

「動機からたどっていくことができなくなった。課長には、死体の入っていたスーツケースの持ち主を割り出せって指示されたけどな。国産で、八千個流通しているスーツケースだぞ。調べ切れるものじゃない。そのうち、田園調布の老夫婦殺傷事件が起きて、うちからも刑事課はみな応援に出た」

田園調布の老夫婦殺傷事件。その事件のことは、直接関わらなかった松本にもまだ記憶は生々しい。田園調布でふたり暮らしの老夫婦宅に、その日地方から出てきたばかりの男が侵入、刃物で夫を殺害し、妻に重傷を負わせた。強盗殺人事件として立件され、裁判も終わっているが、ほんとうに行きずりの強盗殺人だったのか、いまだに警視庁内部でも不可解という声がある。怨恨《えんこん》説も根強いし、一部では黒幕が別にいて、逮捕された男はヒットマンであるという見方さえ出ている。東急線の田園調布駅周辺の防犯カメラなどから、事件発生七日目には被疑者が特定された。逮捕はさらにその一週間後だった。警視庁は、新潟空港でロシア行きの飛行機に乗る直前だった被疑者を逮捕しているのだ。たしかにあの事件が第二方面本部の管内で発生した以上、大森署では女性死体遺棄事件の捜査はあとまわしになる。

加地が、松本と綿引の顔を交互に見て続けた。

「そういうことだ。いったん報告書をまとめろという話になり、あとは情報待ちだ」

綿引がまた訊いた。

「アリバイがあったとしても、加地さんの感触では、深沢はどうでした？　シロ？」

加地はにやりと笑った。

「決まってるだろ」

「重要参考人？」

「二度目の事情聴取が終わったときには、完全に被疑者だった。おれの胸の内ではな」

「根拠は？」

「アイザには深沢から逃げる理由がある。深沢以外にトラブルがあった様子もない。

深沢が人身売買ブローカーとつきあいがあったこともわかっている。ただ、全部状況証拠だがな」

「そのブローカー、なんていう男です？」

「五反田の室橋謙三とか、田所宏樹って男だ。田所は、以前は芸能事務所をやっていた。そのノウハウを生かし、芸能ビザを取らせてフィリピンやタイから女を輸入してるんだ」

「室橋謙三。聞いたことがある名前です」綿引がとぼけて言った。「最近、何かの事件で、名前が出てきませんでしたか？」

「変死体で見つかったときのことかな。二年前だ。ただ、室橋は、おれが品川署にいたとき、ある事件で名前が浮かんだことがあった。人身売買やってて、救援組織なんかともトラブルを起こしていた。その救援組織の女ドクターが転落死体で見つかったとき、室橋の関与が取り沙汰《ざた》された。半日歩いただけで、状況証拠はたんまり集まった。担当の捜査員のあいだでは、真犯人はこいつと決まったような雰囲気だったな。任意同行求めて、叩《たた》き割りで解決だろうと」

「ちがったんですか？」

「そのドクターは飛び下り自殺したとわかった。鬱《うつ》病だったらしい。事件性なし。捜査終了」

「担当のみなさん、拍子抜けされたんでは？」

「正直なところ、自殺という判断が早すぎたんじゃないかとは思う。昼過ぎには、課長も、任意同行をオーケーしていたんだ。状況証拠があれだけあれば、本人が否認しても立件できたんじゃないかと思ってるよ。警察はこのところ、人権派連中の言い分に譲歩しすぎだよな」

加地の言い分はともかく、品川署では組織としても、室橋は重要参考人だと認識していたということだ。

綿引がさらに訊いた。

「深沢とその室橋との接点も、加地さんたちの捜査で浮かんだんですね」

「ああ」答えてから、加地は首を振った。「正確にいえば、うちの生安の職員が教えてくれた。深沢を最初に署に呼んだときに、たまたま深沢の車を見て、何かあったのかとおれに訊いてきた」

「その職員の名前をうかがっていいですか？」

「内田絵美。女性警官だ。前は品川署。課は違うけど、おれの同僚だ」

松本は綿引と顔を見交わした。深沢に関する情報提供が、生安の内田絵美からあった……。

「ちょっと待ってくださいよ」綿引が確認した。「内田は、深沢と面識があったのですか？」

「いや、ただ、駐車場に深沢の車が停まっていたんで、何があったのかと刑事課に顔を出したといってた」

「面識はないけど、深沢の車を知っていた？」

「そうだ。運転してきたのは深沢の子分だったけど、とにかく車を知っていた。おれが呼んだ理由を教えてやると、深沢のそっち方面のつながりについて、教えてくれた。田所ってブローカーの件は、内田からの情報だ」

内田絵美は、品川署に配属されていた当時、外国人女性の人身売買や不法就労の取り締まりを担当していた。だから、女性医師、大内恵子に対して、室橋が嫌がらせや脅迫をおこなっていたことも承知していたはずだ。またいまの加地の言葉では、室橋が同業者の田所を通じて、深沢とも関係があったのを、内田は知っていたことになる。室橋さらに、深沢が乗っている車まで把握していた。室橋や深沢に対して、通り一遍ではない関心があったのだ。

深沢とつながりのあった室橋は、二年前に変死体で東品川海上公園の運河に浮いていた。その死については事件性なしという判断となったが、解剖医は今朝の深沢の殺害死体と同じような火傷痕と擦過痕があったことを思い出している。事件の相互の連関が、少しずつ見えてきたように思えた。そしていま、キーパーソンとして浮上してきたのは、大森署生活安全課の内田絵美である……。

加地が、ふしぎそうに訊いた。

「どうした？　内田が何か？」

「あ、いえ」綿引が首を振った。「それで、内田は、深沢についてほかには何を言っていたんです？」

「あとは、たいしたことじゃない。自分が品川署の生安で外国人女性の人身売買事案を担当していたとき、深沢の名前が出てきた、ってことだけだ」

綿引が、質問を引き継げと目で合図してきた。彼も、少し考えをまとめる時間が欲しいのだろう。

松本は、ひとつの可能性を口にしてみた。

「いま、深沢やブローカーの名前が出てきましたけど、アイザはピーナ仲間とのトラブルで死んだ、ということは考えられませんか？　アイザのパスポートで出国したのは、その友達のひとりとか」

加地はビールのジョッキを少し脇《わき》によけ、両肘《りょうひじ》をテーブルについて身を乗り出してきた。

「あんたも一課の刑事ならわかるだろう。どんなに完璧《かんぺき》なアリバイがあろうと、真犯人はわかる。真正面で向かい合えば、刑事の勘が、こいつだと教えてくれる」

松本は首を振った。

「あいにくと、自分はまだその境地には達していないんですが」

加地の目の光が鋭くなった。松本の答えが、加地への批判のように聞こえたのかもしれない。松本は加地の視線をそらさなかった。気に入らないというなら、それでもいいのだ。これからのこちらの質問が、きついものになるだけだ。深沢の死に何か心当たりはないかと。

綿引が、松本と加地とのあいだの空気に気づいて割って入ってきた。

「根拠をもう少し具体的に教えていただけますかね」

加地は綿引に視線を戻した。

「アリバイが完璧過ぎた。子分に指示して拉致させていてもおかしくない。そのとき、子分たちが加減をわきまえずにアイザを痛めつけたんだ。おれは、そう読む。もっとそこのところを突《つつ》いてみてもよかったんだよな」

「検死報告では、大きな外傷はないようでしたが」

「一ヵ月、水の中に浸《つ》かっていた死体だ。打ち身の痕はわからないだろう。ショック死だよ」

「では、アイザの出国記録が出てきて、スーツケースから当たれと指示されたときは、現場はそうとうに不満だったでしょうね」

「まあな。科捜研が、もっと役に立つレポートを出してくれるんじゃないかとも期待してたし」

「現場、全員不満でしたか？」

「少なくとも、深沢を直接取り調べた刑事はそうだ」

「加地さんと、南さんですね」

「課長だって、やつが重要参考人だってことについては納得していた。ただ、それも死体がアイザだってことが前提だったけどな」

　松本も訊いた。

「内田さんはどうだったでしょう？」

「彼女の読みか？　深沢で立件できなかったことをどう思ったかって話か？」

「そうです」

「知らない。刑事課が、取り調べの情報をよそに漏らすわけもないしな。おれも、生安の職員とそんな話をしょっちゅうしてるわけじゃないから」

加地は、ジョッキを持ち上げて、ビールをひと口喉《のど》に流し込んだ。そろそろ質問にうんざりしてきたようだ。

松本は綿引を見た。

綿引は小さくうなずくと、財布を取り出して伝票を手元に引き寄せた。

「全然飲んでないぞ」と加地が言った。

財布からカネを出しながら、綿引は加地を見ずに、世間話のように言った。

「深沢は、因果応報ですかね。立件されていなくても、ひとり殺したのならば、こういう罰を受けるのがふさわしいかと」

加地が言った。

「殺された状況、知らんけど、蒲田のマル暴にやられたのと違うのか？」

綿引の言葉の裏には、気がつかなかったようだ。そこに神経質になっていない。

綿引は、財布を上着の内ポケットに戻しながら答えた。

「たぶんそうなんでしょう。詳しいことは知りませんが」

「まあな、ああいう稼業《かぎょう》の男なら、いい最期《さいご》にならないのはわかりきってるよな」

綿引は立ち上がった。

「せっかくのリラックス・タイム、申し訳ありませんでした」

「もういいのかい？」

「参考になりましたよ」

「再捜査になるなら面白かったろうにな。だけど、被疑者が死んでしまっちゃ、どうしようもない」

松本も綿引に続いて立ち上がり、頭を下げて加地の席から離れた。

スーパー銭湯のエントランスを出ると、綿引が言った。

「やつはやっていないな。前屋敷の思想に共鳴してはいても、手前《てめえ》が自警団になるというところまでは、行ってない」

松本は、携帯電話を取り出して言った。

「次は、内田絵美ですね」

時計を見た。午後九時二十分になっていた。公式捜査というわけでもないのに、生活安全課の警官に会うにしては、やや遅い時刻かもしれない。

7

その店の前の通りに停まったのは、合計で五台の警察車両だった。波多野や門司ら刑事課の捜査員が乗る車が二台。生活安全課の車が二台。一台は、地域課のパトカーである。組織犯罪対策課の捜査車両は、小一時間前、波多野や門司と交代してからここに停まったままでいる。

波多野たち捜査員が車を降りると、通行人が興味深げな視線を向けてくる。中年の酔漢がひとり、制服警官に何ごとか訊《き》いた。なんでもありません、と警官はていねいに男を追い払った。ついいましがたまで道の角でポケット・ティッシュを配っていた若い女性は、すでに消えている。

生活安全課保安係の係長、平松《ひらまつ》が、ビルのエントランスの前に並んだ捜査員を見渡した。いまこの場を指揮監督するのは彼だ。波多野たち刑事課の捜査員はその応援にあたる。ただし実質的には、深沢隆光殺害事件の捜査の応援に、生活安全課が駆り出されたということだった。制服姿の女性警官がひとり、この場にきている。

平松が、保安係の五人の部下に言った。

「いまから、風俗営業法第三十七条第二項にもとづき、ミラージュ・ワンの立ち入り検査をおこなう。従業員全員の身元、年齢を確認し、未成年がいたら保護。身元不明、年齢不詳の者は未成年者として扱っていい。店の責任者もしくはその代理は、任意で署に同行する。男の従業員全員からも事情聴取」

場馴《ばな》れした口調の指示だった。平松は体格もよく、組対の捜査員に共通する風貌《ふうぼう》をしている。

平松は、波多野たちに視線を向けてきた。

「店の責任者は、半グレの石黒裕太だ。いま店にいるかどうかわからないが、刑事課の門司、波多野がきょう近所で事情聴取している。一緒に店に入る」

門司がうなずき、波多野も合わせた。

平松は時計を見てから、指示した。

「行くぞ」

保安係の捜査員と制服の女性警官が、エントランスに入っていった。波多野たちはその最後尾についた。

階段を上がると、踊り場に酒田ら組対の捜査員が立っていた。ふたりは、平松たちに通路を空けた。

店の前に達すると、平松が赤い木製のドアを開けて、中に入った。続いてその部下たち。クロークには、さきほど波多野たちに応対したホストふうのマネージャーがいた。

平松が警察手帳を示して言った。

「蒲田署だ。立ち入り検査だ」

「ちょっと」と彼が制止しようとした。しかし平松たちが足を止めたのは一瞬だった。なだれ込むように全員奥に入っていった。マネージャーが、困惑した顔でそのあとに続いた。

何か器物の倒れるような音がした。女の悲鳴も。

「警察だ。動くな」と、平松の声。

波多野たちも、店の奥へと踏み込んだ。

照明が明るくなっている。白々と、事務室のような光が店内を照らし出していた。ソファも壁紙もそのほかの調度類も安っぽく見える。石黒はこの店を居抜きで借りたか、飲食店向けリサイクル・ショップあたりで何もかも揃《そろ》えたのだろう。
五、六人の客も、キャミソールや下着姿の女性従業員も、席で固まっていた。不安そうに警察官たちを見つめてくる。

平松の部下が、従業員は奥の壁の前に並ぶように指示した。女たちがふてくされた様子で立ち上がり、壁ぎわに移動した。

波多野は幼い顔だちの女性従業員を探した。奥のボックス席で、客のうしろに身を隠すようにしていた。キャミソールの上に、男もののジャケットを羽織ろうとしている。女性警官が目ざとく見つけて、その女に近寄っていった。

平松が、石黒を呼ぶようにマネージャーに言った。

「ちょっと連絡が取れないんです」とマネージャーは言いながら、門司を指さした。「さっき、あちらの刑事さんたちにも訊かれたんですが、居場所がわかりません」

平松は、聞く耳を持たないという調子で言った。

「店に立ち入り検査が入ったと伝えたら、三分ですっ飛んでくるだろうよ」

「何を調べるんです？まだ十時前だし、うちは風俗営業の許可を取っています」

「違法行為がないかどうかの確認だ」

「そんな苦情があったんですか？」

「いいから従業員名簿を出せ」

「社長がいないと」

「出す気はない、と言ったのか？どういう結果になるか、承知か？」

「待ってください」

マネージャーは平松から数歩離れ、携帯電話を取り出した。さすがに真顔だ。深刻な事態だと認識しているようだ。

マネージャーは小声で電話している。

「石黒さんとなんとか連絡をつけたいんです。店に立ち入り検査です。警察ですよ。至急、なんとか心当たりを探してもらえませんか。ええ、至急」

彼自身も、ほんとうに石黒の居場所がわかっていないようだ。

女性警官の声が聞こえる。

「あなたは従業員ね？　歳《とし》はいくつ？」

波多野はその声のほうに目を向けた。

あどけない顔の女が答えた。

「ええと、十八です」

「何年《なにどし》生まれ？」

「ええと」

年齢を答えさせるとき、干支《えと》も訊くのは職務質問の基本だ。女の子は答えられなかった。

「ほんとうはいくつなの？」と、女性警官。

マネージャーは、通話をやめて女性警官のほうに近づこうとした。保安係の捜査員が彼を押しとどめた。

「身分証明書、何か持ってる？」と女性警官がなおも畳みかける。

女の子は、救いを求めるような目でマネージャーを見た。マネージャーは無言だ。うなずくこともなかった。

平松がマネージャーに言った。

「従業員名簿を出せって。あの子の年齢を確認してるはずだ」

「それが」マネージャーは口ごもりながら言った。「従業員というよりは、社会見学とかで」

「何？」

「専門学校の課外学習とかで、雇ったわけじゃないんです」

「あの下着姿で、社会見学だって？」

「ちょっと冗談で脱いだんじゃないですか」

「石黒がそう言えと言っていたのか？」

「いや、違います」

「いつから社会見学やってるんだ？」

「つい最近からです」

女性警官が女の子に言った。

「私物を持ってるでしょ。年齢を証明できるものはない？」

「ある。更衣室に」

「何なの？」

「学生証」

「どこ？」

女の子と女性警官が、波多野たちの前を横切って、更衣室に通じる通路に向かった。

客が立ち上がり、保安係のひとりに訊いた。

「おれは、帰っていいかな」

マネージャーが、黒いスーツの従業員を呼んで小声で言った。

「ひとり二千円だけもらって帰してやれ」

従業員が、レジカウンターの中に入った。平松は黙っている。客にかまっている暇などないという顔だ。

帰れると分かり、ほかの客たちも立ち上がった。中年客が、黒い下着姿の女からジャケットを受けとり、いまいましげに袖《そで》を通した。

最後の客が店を出たときに、女性警官が若い子と一緒に戻ってきた。女の子は、私服とバッグを手にしている。

女性警官は平松に報告した。

「十六歳。高校生。働き出して二週間だそうです」

その手には、生徒手帳のようなもの。顔写真の載ったページが開かれている。

平松が女性警官に言った。

「保護しろ。署へ」

「はい」

女の子が女性警官に訊いた。

「うちには連絡するんですか？　ファミレスで働いてることになってるんですけど……」

「あなた次第よ」と女性警官は答えて、女の子の腕を軽く押した。女の子は唇を突き出して、店を出ていった。

平松がマネージャーに向き直って言った。

「風俗営業法第二十二条違反だ。児童福祉法違反の疑いもある。全員、署にきてもらう」

「全員？　店、営業できなくなります」

「この状態で営業できると思っているのか」

「いきなり営業停止ですか？」

「処分はまた別だ。全員から事情聴取ってことだ」平松は、壁ぎわに並んで立つ女たちを顎《あご》で示した。「まだ未成年がいるかもしれないしな」

ひとりが、不服そうに声を出した。

「いやだ、そんなの。未成年のわけないでしょ」

平松はその声を無視して、マネージャーに訊いた。

「石黒はつかまったか？」

「まだです」

「いまの子の供述次第では、石黒には児童福祉法違反容疑で逮捕状が出るぞ」

「見学させたのは、社長じゃないんですよ。おれが勝手にやったことで」

「そういう弁解も聞いてやるから、とにかく石黒を出頭させろ」

「伝えます。いま心当たりを探してもらってますから」

そのとき、門司がジャケットのポケットに手を入れた。携帯電話に着信があったようだ。

「はい」と、門司が携帯電話を耳に当てた。「ええ。石黒はいないんですが」

係長の加藤からのようだ。

「ええ。はい、覚えています。はい、すぐに向かいます」

波多野は門司を見た。

門司が、携帯電話をポケットに収めながら言った。

「今朝地取りにまわった町工場から、署に通報があった。得体の知れない連中が、並びの工場から何か運び出してるそうだ。向かえと」

「北前堀のところですか？」

「死体遺棄現場の近くだ」

門司が、平松に小さく頭を下げて出口へと向かった。波多野も続いた。

表に停めた車に乗り込んだところで、波多野はあらためて訊いた。

「得体の知れない連中がいるって、なんでしょう。地元の住人じゃないんでしょうか？」

門司が顎をかきながら言った。

「廃工場か空き家か、って建物が一軒あったな。扉がロックされていたところ」

「ありましたね。並びの一番端に」

「あそこ、臭《にお》ったろ？」

「怪しい、という意味ですか？」

「臭気がした、ってことだ」

「堀がすぐ裏手ですからね。ドブの臭いかと思いましたが」

波多野は車のイグニッション・キーを回した。地域課の制服警官が、通行人を道路端に寄せて道を空けた。

車を発進させると、門司が訊いてきた。

「児童福祉法違反って、罰則はどの程度だった？」

波多野は運転しながら、警察学校で受けた講義を思い起こして答えた。

「あの店が従業員に売春させていなければ、つまり店の中で飲食の接待しかさせていないなら、三年以下の懲役または百万円以下の罰金だったと思います」

「三年以下？　じゃあ、前科《まえ》がなければ、判決では執行猶予《ゆうよ》がつくか。石黒にとっては痛くも痒《かゆ》くもないな」

「ほかの要素も勘案されるでしょう。店の営業停止処分のほうが痛いかもしれません」

「だけど、マル暴殺害犯を追うっていうときに、いくら別件でも児童福祉法違反ってのはしょぼいな」

「どんな罪状であれ、参考人の逮捕状がとれたら、捜査本部設置は猶予してもらえるということなんでしょう」

「石黒は参考人なんかじゃねえよ」

「ずいぶん臭くなってきたように感じますが」

「石黒の逮捕状にこれだけ躍起になるってことは、組対も刑事課のほかの連中も、まったく手がかりを見つけていないってことだな。まだ団子レースだ」

「団子レースですって？」

「参考人割り出しと真犯人確保。おれたちにも、まだまだ優勝杯の可能性はあるってことだ」

「レースのつもりはありませんでした」

「レースなんだよ」と門司は言った。「おれは本気だぞ」

前方、第一京浜との交差点の信号が青になった。波多野は車を加速した。

たしかに、自分もレースに加わっているわけだが。

捜査車両の運転席で、松本は綿引に顔を向けて首を振った。

「出ませんね」

内田絵美の携帯電話にかけたのだ。十分前にもかけている。二回とも、応答なし。電波の届かないところにいるか、電源が切られているか、という自動メッセージが返ってきただけだった。

綿引が鼻から息を吐いて言った。

「公務に使っている電話だ。電源を切っているということはありえないんだがな」

「捜査員とは違って、いったん退庁したら、もう完全にプライベートタイムということでしょうかね」

「家庭のある女性警官ならそれもありだろうけど、独身だったよな」

「警務のデータでは、既婚ではありませんでしたね」

「今日はもう無駄だな」

松本は、きょうプリントアウトしてきた資料の束にさっと目をやってから、綿引に提案した。

「解剖担当のドクターと話してみませんか？　室橋の検死のときのことを、少し詳しく訊いてみたいんですが」

「まだ深沢の解剖が続いているんじゃないか？」綿引は腕時計を見てから言った。「死体発見から十六時間か。そろそろ司法解剖は終わっていていいな」

「もう帰ってしまっているかもしれませんが」

司法解剖は、東京女子医大の法医学教室でおこなわれているはずだ。もし解剖が続いているとしたら、新宿区の河田町まで行かねばならないが。

解剖医の名前は、針生弘樹《はりうひろき》だった。携帯電話番号まではわかっていない。松本は東京女子医大の法医学教室に電話した。時間が時間だから、誰も出ないこともあるだろうが。

すぐに女性が出た。

「東京女子医大、法医学教室です」

年配の女性だろう。聞きやすい明瞭《めいりょう》な発音。有能な職員だと想像できた。法医学教室の事務補助といった立場の女性か。

警視庁捜査一課の松本だと告げてから、針生先生はまだ解剖中かどうか訊《たず》ねた。

「少し前にお帰りになりました」

「きょうの事案のことで、直接伺いたいことが出てきたものですから。たったいまお帰り？」

「二十分ほど前です。報告書を書き上げて、こちらにいらしていた蒲田署の刑事さんに説明されていました。警視庁というと、蒲田署の方とはまた別なのですか？」

「違うんです。こちらは警視庁の捜査一課。深沢隆光という暴力団員の殺害について、蒲田署の捜査とはまた別に、気になることがありまして」

「針生先生と連絡を取りたいということですね？」

「できれば、お目にかかりたい。遅いのは承知なのですが」

「こちらから先生に連絡を取ってみます。ご自宅に向かっていると思いますが」

女性は、松本の携帯電話の番号を訊いた。松本は番号を伝えてから、針生の自宅所在地を訊ねた。高輪《たかなわ》だという。いま松本たちがいる大井町からは、河田町より近い。

松本はほっとした。

女性は言った。

「こちらからお電話しますので、しばらくお待ちください」

通話を終えると、松本はいまのやりとりを綿引に伝えた。

「会ってくれるかな」と綿引が言った。

「女性の声の調子では、取りつく島もないという感じではありませんでした」

「自宅は高輪？」

「さすがに医者ですね」

「そっち方面に向かっておこうか」

松本は携帯電話をシャツの胸ポケットに入れてから、捜査車両を始動させた。

ほんの数分後に、未登録の番号から電話があった。松本は第一京浜の路側帯に車を止めて、電話を受けた。

「針生です」と相手は言った。解剖医だ。想像よりも若い声だった。「ご用件とか」

「そうなんです」松本は名乗ってから続けた。「先生は、きょうの深沢隆光の検死をしていて、二年前の変死体のことを思い出されたと伺いました。捜査一課長に連絡されたとのことですが」

「そうなんです。一課長さんからはすぐに、当面蒲田署にはその件は伏せておいてくれと要請がありました」針生は口調を変えた。「この件、お話ししてしまっていいのかな」

「こちらは一課の管理官からの指示で動いております。この件、一課長は承知しております」

「そうですか」針生は納得したようだ。「前のときはわたしは監察医務院で研修中で、小さな火傷痕が気にはなったんですが、そこを精査しなかった」

「そのことも伺いたいんです。死体検案書は読んでおりますが、先生の所見をぜひ」

「警視庁まで行ったほうがいいんでしょうか？」

「いえ。先生のご都合のよい場所で。高輪のご自宅に向かわれているところですね？

そちらに向かいますが」

「いま、浅草線に乗るところです。泉岳寺駅ではいかがでしょう」

「かまいません」第一京浜をまっすぐだ。都合がいい。「お時間は？」

「十五分後くらいに」

A2出口で、と決めて、松本は電話を切った。

北前堀水路までは、朝は別の班の車に便乗してきたのだった。こんどは捜査車両を使っており、堀の北側、かろうじて両方向から通行可の狭い道路を入って、その町工場に到着した。

T字路の街灯の明かりの下に、人影がふたつ見えた。近づくと、ひとりは今朝、最初に話を聞かせてもらった工場主の老人だとわかった。作業着姿で補聴器をつけている。ズボンのポケットに手を入れていた。

その隣りに、同年配かと見える小柄な老人がいる。車のヘッドライトに気づいて、こちらに目を向けてきた。

波多野は車を減速し、ふたりの手前で道路際《ぎわ》に寄せて停めた。

門司がすぐに降りていった。波多野も続いた。

補聴器をつけた老人が言った。

「遅いじゃないか」

門司が言った。

「ご指名だったからです。何かおかしなことが、と聞きました」

「そうなんだ。ああいうことがあったから、ちょっと神経質になっていてね。そうしたら、夜になって、この並びの工場《こうば》に妙な若い連中が出入りし始めた。それで何か関係があるかもと思って電話したんだ」

小柄な老人が言った。

「うちの持ち物だ。春に廃業して、いまひとに貸してるんだけど」

門司がその老人に訊いた。

「お父さん、お名前は？」

「大島《おおしま》って言うんだ。大島製作所って工場やってたんだけど。そこの端の建物だ」

今朝は無人かと思えた町工場だ。

「何の工場です？」

「ローレット加工」

「え？」

「金属にギザギザの切れ目を入れる加工です」

「春に廃業？」

「ああ。円安も味方にはならなくてさ。赤字が小さいうちにと思って、倒産する前にやめた。来年の夏には更地になる。それまででいいからってひとが出てきて、貸してやったんだ」

「じゃあ、貸したときは中は空っぽですね？」

「ああ。金目のものなんて何も残していないよ。設備は全部売っ払った。そういう意味なら」

門司が大島に訊いた。

「妙な若い連中ってのは、その借りてた誰かってことですかね？」

大島は首を振った。

「おれは見ていないんだ。こちらの山岸《やまぎし》さんから」と大島は補聴器の老人を示して言った。「何かおかしいよって電話をもらって、いましがた着いたところだ。羽田の大鳥居のほうに移ったんでね」

門司が、山岸に訊いた。

「どんなふうに妙だったんです？」

山岸は、顔をしかめて言った。

「何か運び出していた。夜逃げするみたいな調子でな」

「妙な連中だというのは？」

「風体とか、雰囲気とか。金髪もいたし、迷彩の服着た男とか」

「ふつうじゃないかな」

「このあたりじゃ、あまり見ない連中だよ。堅気じゃない雰囲気もあって」

「暴力団ということですか？」

「いや、そういう感じじゃない。暴走族とも違うな」

「ヤンキー？」

「ちがう。もうちょっといまふうだ。中折れ帽なんかかぶって」

「中折れ帽？」

波多野は、それがたぶんソフトハットのことを指していると気づいた。ヤブイヌの石黒裕太もかぶっていたが。

「ああ」と山岸は続けた。「だけど、まともじゃない連中さ。このあたりの若い工員はたくさん見てるから、あいつらがどういう手合いか、おれにはわかるよ」

「妙なのは、雰囲気だけ？」

「いや、ひと目をすごく気にしていた。物を運び出しているとき、男がひとり見張りに立っていた。おれが見ていると、やばい、って様子を見せてたし」

大島が横から言った。

「おれが貸した相手は、女だよ。若い女。アーチストだって言ってた。キャンドル・アーチスト。工房として使わせてくれって。解体が始まるまでのあいだでいいからって話だったんだ」

山岸が大島に言った。

「そうだよな。そう聞いていたし、だからさっきの連中が奇妙に思えたんだ。その女はいなかった」

門司が大島に訊いた。

「キャンドル・アーチストって、ろうそくを作るってことかい？」

「ああ。ろうそくを作って、個展で売ったり、イベントなどで使ったりするんだそうだ」

「火を使うのか」

「家庭の台所よりも安全だって言ってた。それより、いろいろ香料とか顔料を溶かしこむんで、少し匂《にお》いがするんだそうだ。だからなかなか、工房として貸してくれるところがないと言ってたね」

門司が波多野を見つめてきて、唇を動かした。

声には出していないが、あれだ、と言ったように見えた。

波多野は山岸に訊いた。

「その男たち、何人でした？」

「四人。ワゴン車で来て、段ボール箱やら何やらを積んでいった」

「時間は？」

「いまから三、四十分ぐらい前かね。いなくなったのは、つい十五分くらい前だ」

門司が大島に訊いた。

「キーを持ってきてる？」

「ああ、持ってきた」

「中を見せてくれますか」

「火事でも水漏れでもないのに、立ち入ること、できるのかい？」

門司が答えた。

「空き巣が入ったのかもしれない。緊急事態だ。大家なら、確認のため入り口を開けることはできる」

大島がジャンパーのポケットからキーホルダーを取り出した。五、六個の鍵《かぎ》がついている。大島はそのうちのひとつを選ぶと、歩き出した。波多野たちも続いた。

通りの南側、北前堀水路に背を向ける格好で、四軒の町工場が並んでいる。その西端に、大島の工場があった。かつてはローレット加工をしていたという小さな工場。壁全面に波形鋼板が貼《は》ってある。間口はわずかに一間半で、左端にアルミのドア、右側一間分はシャッターだった。二階もある。かつては二階が大島の住居だったのだろう。

大島はドアの前で少し背を屈《かが》め、鍵を鍵穴に入れようとした。鍵は鍵穴に入っていかなかった。

「錠がそっくり取り替えられているぞ」

「無断改装だ」と門司。「立ち入る理由がもうひとつ増えた」

キーホルダーの別の鍵に持ち替えると、大島はシャッターの前に歩いた。シャッターの鍵穴に鍵を差し込み、回してから、シャッターの下部の手掛けに両手をかけた。

持ち上がらなかった。

大島は山岸のほうを振り返って言った。

「中から何か細工してある」

山岸が言った。

「さっきは、シャッターを開けて物を出していた」

門司が愉快そうに言った。

「キャンドル作る程度のことにしちゃ、用心しすぎだな」

波多野は大島に訊いた。

「裏に回れますか？　堀に向いて窓がありますよね？」

「窓は内側から施錠だ。ガラス割るわけにはいかないだろ？」

「開くかもしれない」

波多野が右手にある更地に向かおうとすると、大島が後ろから言った。

「金網がある。回れないよ、刑事さん」

かまわず更地に出た。町工場二軒分ほどの広さだ。軽トラックが一台、隅に駐車している。その先からはまた二階建ての建物が並んでいる。

工場の建物に沿って、波多野は更地を堀側の端まで歩いた。たしかに金網があった。

堀を囲むフェンスの一部だ。高さはひとの背よりもまだ五、六十センチ以上ある。波多野は、建物とフェンスの隙間《すきま》から身体《からだ》を入れられないか確かめたが、狭すぎた。そこを通り抜けられるのは猫ぐらいだろう。

金網をつかんで揺らすと、横に門司が立った。

「深沢の死体のあった場所まで、近いな」

死体の載っていたセダンは、左手方向、堀の向こう岸で発見されたのだった。夕方ぐらいまではそこで現場検証が行われていたはずだが、いまは警察官の姿もパトカーもない。真正面にはＡＮＡの訓練センターの巨大なビル。そのビルを囲んで、塀が続いている。通りにはろくに街灯もなく、堀もその周辺も暗く静まりかえっていた。

門司が波多野に並んだまま言った。

「この時刻になると、もうひと気もなくなるんだな」

門司が波多野をうながして、金網から離れた。四人が更地を出たときだ。通りの西方向から車が入ってきた。波多野たちは足を止めた。ヘッドライトが近づいてきて、波多野たちを照らし出した。波多野は目を細めて、その車を見た。

車は、停止した。ちょうど街灯の下だ。波多野たちに気づいたので停まったように見えた。車を道路の端に寄せていない。ただ、走行をふいに中断したのだ。距離は三十メートルほどだろうか。車の種類がわかった。白っぽいワゴン車だ。

山岸が車を見て言った。

「あんなような車だったよ」

次の瞬間だ。そのワゴン車は急に後退した。狭い道だ。Uターンはできない。まっすぐに後退してゆく。

門司が叫んだ。

「追うぞ！　車に」

門司が捜査車両に向かって駆け出した。波多野も駆けた。

波多野と門司が車に同時に飛び込んだ。波多野は、すぐに車を後退させ、更地に車体を入れて向きを変えた。

ワゴン車も、建ち並ぶ民家の一角に隙間を見つけたようだ。車の向きを直角に変えた。強引に向きを変えると、その狭い通りを反対方向に走り出した。波多野は捜査車両を加速させた。

前方に交差点が見えてきた。この通りは、その先から西向きの一方通行になる。道はいっそう狭くなるのだ。

交差点の北側から車が折れてきた。すれ違うには、徐行しなければならない。しかしワゴン車は徐行しなかった。強引にその車とすれ違おうとした。入ってきた車は、ライトをパッシングさせた。ぶつかるぞ、という警告だ。車が停まった。衝撃音が響いた。接触したようだ。ワゴン車も、狭い通りに、はさまるようにして停まった。

門司が助手席で、少し高ぶった声で言った。

「確実だ。やばいもの、積んでるぞ」

ワゴン車はいったん後退した。もう一度、車の左側を突っ切ろうとするようだ。再度急発進した。また大きな音。こんどは金属同士が激しくこすれあうような音だった。ガラスの砕ける音も混じった。ワゴン車は再び停まった。

助手席のドアが開いた。しかしドアを全開できるだけの空間はなかった。その半開きのドアから、男がひとり飛び出した。交差点へ逃げてゆく。

ワゴン車の真後ろに急停車した波多野たちの車から、門司が飛び出した。

門司は、逃げてゆく男に怒鳴った。

「警察だ。待て！」

波多野も車を降り、助手席の側からワゴン車の中をのぞいた。

運転席にいるのは、三十歳ぐらいの男だ。キャップをかぶり、胸に派手な絵柄のあるトレーナーを着ている。眉《まゆ》を剃《そ》っていた。観念したような顔で、前方を睨《にら》んでいる。

荷室には段ボール箱が三個見える。丸められたブルーシートもあった。

「逃げ切れないぞ」と波多野は男に指を突きつけて命じた。「ここにいろ」

キャップをかぶった男は、横目で波多野を見てから、かすかにうなずいた。

それから車と建物とのあいだの狭い隙間を抜け、門司を追った。門司は駿足《しゅんそく》とは思えない体形をしている。靴音がやたらに重く聞こえた。次第に歩調がゆるくなってきた。やがて門司の背が、交差点を左に曲がった。

波多野が交差点に出ると、門司は北前堀緑地の上にかかる橋の上にいた。このあたり、かつての堀は埋められ、緑地として整備されている。灌木《かんぼく》のあいだに、蛇行するように歩道が延びているのだ。緑地の内側に街灯はなく、黒々とした空間が前方へと続いていた。

門司は手を膝《ひざ》において、ぜいぜいと息をしていた。

「追いつけなかった」と、あえぐように門司は言った。

耳をすましてみた。一瞬だけ、遠ざかる靴音が聞こえたような気がした。でもすぐに聞こえなくなった。もう追い詰めることは無理だろう。

「あっちは？」

「運転席に。怪我《けが》したのかもしれません」

「知ってる顔か？」

「初めてですよ」

「どういうことなのか、吐かせよう」

波多野は携帯電話を取り出しながら、いま駆けてきた道を走りだした。

交差点を右折したところで、電話に係長の加藤が出た。

「さっきの件の通報現場です。不審車両と遭遇。男がひとり、車を捨てて逃げました。北前堀緑地を西方向。たったいまです。男は三十代ぐらい。黒っぽい服装。わたしは不審車両に戻ります。もう一人、運転手が残っています」

「確保したのか？」

「いいえ。でも、すぐに。こっちにも、応援を」

「やる。確保したところで、もう一回電話しろ」

はいと答えて携帯電話を畳み、波多野はさらに足を速めた。後ろから門司の靴音が追ってくる。

前方、街灯の下には二台の車が接触して停まったままだ。ぶつけられた車の運転手が道端に立って呆然《ぼうぜん》としている。ワゴン車の運転席は暗くて見えないが。

ワゴン車まであと十メートルほどに迫ったときだ。助手席側で影が動いた。その影は車を下りると、通りを向こう側へと駆け出した。靴音は乱れていない。すぐに全力疾走となった。

後ろから門司が叫んだ。

「逃げたぞ！」

波多野は追った。ワゴン車と建物とのあいだの隙間を抜けたが、影は見えなくなった。通りにはいない。靴音だけが聞こえた。

更地に曲がった？ フェンスを乗り越える気か？ 北前堀水路に逃げる？

波多野も更地に入った。右手前方、黒い影が金網をよじ上ろうとしていた。波多野は金網に駆け寄って、その影の腰のあたりに両手を伸ばした。ベルトをつかむことができた。男が、後ろ向きのまま蹴《け》ってきた。頭に衝撃があった。波多野は顔を背けてから、男の右足を取って、ひねった。男がもう一度蹴った。鼻に鈍い痛み。一瞬目がくらんだが、かまわずに男のベルトをつかんだまま、左手で足をぐいと持ち上げた。男が足を激しく振った。男の股《また》の間に肩を入れてから、金網を思い切り蹴った。

男が金網から手を離した。身体がそのまま後ろに倒れてくる。波多野は宙で身体を半分ひねった。男が肩から地面に落ちた。ふたり分の体重が、男にかかった。ごつりと固い音がして、男がうめき声を上げた。波多野が素早く身体を離すと、男は仰向けになって硬直した。キャップが頭から脱げた。短髪だった。

鼻から熱いものが流れ落ちて、波多野は思わず左手で鼻を押さえた。激痛ではない。骨は折れていない。手を鼻から離すと、てのひらは黒っぽく汚れている。ねばついていた。鼻血が顎に伝うのがわかった。血の味がした。

波多野は、男の身体の上に覆《おお》いかぶさった。男は抵抗しない。肩だけではなく、横腹もしたたかに打ったようだ。両手はだらりと身体の横に投げ出されている。目をみひらいていた。痛みに耐えているような表情だ。

波多野は男の腹に馬乗りになると、右手で拳《こぶし》を作り、その顔面を払った。拳に固い感触があった。男が、うっと呼気をもらして横を向いた。波多野はこめかみに、今度は真上からもうひとつ拳をくれた。男の顔の下の地面で、ジャリッという音がした。

男の襟首をつかんで、顔を正面に向かせた。鼻と口の周りが真っ赤だった。男の顔に恐怖の色が浮かんだ。波多野は拳を振り上げた。

「やめろ!」という声。同時に波多野の右手が押さえられた。門司だ。門司が波多野の上肢に左腕をからめ、右手で手首を締めつけたのだ。拳は宙で止まった。

波多野は拳を止めたが、門司は腕の力をゆるめない。まだ万力のように締めつけてくる。

われに返った。

「もういい。殺してしまうぞ！」

力を抜いた。

「はい」

「立ち上がれ」と、門司が言って腕の力をゆるめた。

波多野は男の左に立った。首をめぐらすと、門司が少し口を開けて自分を見つめている。驚いたように目がみひらかれていた。

門司の視線はすぐに波多野の鼻のあたりに移った。

「やられたのか？」

「蹴られたんです」息がまだ乱れていた。「骨は折れていないでしょう」

「公務執行妨害だ。まずそれで逮捕できたな。車から、捕縄取ってこい」

きょう波多野たちは、手錠を携帯していなかった。とりあえず捜査車両の装備品で身柄を確保することになる。

車に戻ろうとすると、山岸と大島が呆《あき》れたような顔で波多野を見つめてきた。

波多野は鼻を押えながら言った。

「荷物を持ち出していたひとりかどうか、確認してもらえませんか？　それとドアの鍵も」

ふたりは倒れた男のほうに歩いていった。

捜査車両から捕縄を持って、波多野は更地に戻った。山岸と大島はもう男のそばから四、五メートル距離を置いている。

門司が、仰向けになったままの男の背の下に右手を入れていた。腕をねじ上げているのだ。男は身動きできない。

波多野が捕縄を手に門司の横にしゃがむと、門司が言った。

「来ていたひとりだそうだ」

「名前は言いましたか？」

「言わないが、免許証を見た」答えながら、門司は男の身体をひっくり返した。男が小さくうめいた。

波多野は手早く男の両手を後ろ手に縛った。

門司が言った。

「蒲原《かんばら》郁也《いくや》。公務執行妨害現行犯で逮捕」

波多野は腕時計に目をやって言った。

「午後十時二十二分」

パトカーのサイレンの音が聞こえてきた。西方向からだ。ほどなく、地域課の制服警察官が到着するだろう。それに刑事課や薬物対策係の応援も。

波多野は薄明かりの下で、あらためて自分の左のてのひらを見た。鼻血で赤く汚れていた。

8

針生弘樹は、スーツにタイ姿で都営浅草線泉岳寺駅のA2出口に現れた。携帯電話を耳に当てている。左手には、ビジネスバッグを提げていた。

「先ほどの針生です」と針生は、外に出たところで立ち止まり、左右を見渡しながら言った。「駅を出たところです」

松本章吾は、針生の姿を助手席側のウインドウごしに見ながら言った。

「目の前の白いセダンです」

針生が車に目を向け、わかったという表情になった。助手席から綿引壮一が下りて、この車と言うように右手を振った。針生は携帯電話を耳から離し、歩道を渡ってきた。

松本たちは、数分前に第一京浜からA2出口のある都道に折れ、いったんその先の交差点で切り返して、出口の前に車を停めたのだった。

針生はガードレールをまたぎ、後部席に乗ってきた。細面で脂気《あぶらけ》のない髪。ドクターというよりは、理系の研究者に見える雰囲気があった。声は三十前だろうかという印象だったが、顔を見ると、松本と同い年ぐらいかと思える。

松本はバックミラーの中の針生を見ながら言った。

「お宅までお送りします。どちらです？」

伊皿子《いさらご》坂下交差点の近くだ、と針生が答えた。逆方向だ。松本は、高輪大木戸跡交差点から入ると伝えて、車を発進させた。途中どこか車を停められるスペースがあれば、そこでじっくり話を聞かせてもらうことになる。

車が第一京浜に入ったところで、針生が訊《き》いてきた。

「わたし、消毒薬臭くないですか？」

「いいえ」と綿引が答えた。

「全然」と松本も言った。

「そうですか。司法解剖やった日は、念入りにシャワーを浴びてから教室を出るんですが、消毒薬の匂《にお》いが鼻にこびりついているのか、いつも気になるんです」

「大丈夫ですよ」と綿引は言い、逆に質問した。「解剖は、針生先生おひとりでされていたのですか？」

針生が答えた。

「いえ、もうひとり、アシスタントがついていました。今年国家試験を通ったばかりの男です」

「お昼の時点での蒲田署への連絡は、まだ暫定《ざんてい》的なものだったのですよね」

「はい。蒲田署の刑事さんがいらしていたので、特定できた死因と、推定の死亡時刻をまずお知らせしました。目立った外傷などの特徴も。解剖自体は夜までかかりました」

「そのあと、報告書を書かれていた？」

「ええ。交代の刑事さんがいらしていたので、解剖のあとの詳しい結果を説明して、小一時間前に終わったところです」

「二年前の東品川海上公園の溺死体《できしたい》の検死も、先生がされたとか」

「そのときは、わたしは東京監察医務院に出向していました。研修医という立場です。医務院の主任監察医が正式の担当でした。わたしは去年ひとり立ちしたばかりなんです。うちの大学では最年少の解剖医ということになります」

「蒲田署の刑事たちには、その変死体のことは全然話されていない？」

「ええ、最初の刑事さんたちがお帰りになってから、気になっていたこととの関連を一課長の三重野《みえの》さんに。それですぐに、伏せておいてほしいと言われましたので」

「三重野一課長とは、直接連絡できたのですね？」

「異動されたときにごあいさつを受けました。そのとき、解剖医は警察の下請けではないと、強調されていたんです。警視庁と対等の関係なのだと。何かあった場合、いつでも直接連絡をして構わないと言っていただきましたから」

「失礼ですが、これまでにどのくらい変死体の解剖をされてこられたんです？」

「研修の時期も入れて、この三年間で百体ぐらいでしょうか。行政解剖とはちがって、司法解剖の方はさほど多いものではありません」

「ひとチームで担当されているということはありませんよね」

「もちろんチームは複数あります。うちに回ってくる司法解剖をすべて受け持っているわけではありません」

「そのうち他殺体というのは、どのくらいの数でした？」

「十体ぐらいでしたか。警視庁管内で発生する殺人事件の数が年間百件前後ですから」

松本はふたりのやりとりを聞きながら、高輪大木戸跡交差点を左折した。左手に、道路から少し引っ込んで建っているビルが見えてきた。建物の前には、車をしばらく停めておいても迷惑にならないだけのスペースがある。松本はそのスペースに車を寄せて停めた。

「席を代わりましょう」と綿引が助手席から下りた。針生が助手席に乗ってきた。針生は、連行される被疑者ではない。助手席で話してもらうほうがよかった。針生は助手席で身体を半分ひねり、松本と綿引の両方に向きあう姿勢となった。

綿引が訊いた。

「ということは、二年前の室橋謙三の検案書には、先生の所見は全然反映されていないのですね？」

針生はうなずいた。

「はい、その場で気がついたことは申し上げましたが、判断するのは監察医です」

「このときは、手首の擦過痕《こん》と、スタンガンによる火傷痕らしきものがある、ということは、そのときの監察医に話された？」

「話しました。ただ、手首の傷というか、痣《あざ》のほうはさほど目立ったものではなかったんです。左脇腹《わきばら》のふたつの点状の火傷痕もです。スタンガンによるものか、というわたしの推測については話していません」

「監察医の反応は？」

「致命傷ではない、ということで、検案書にはごく簡単に書かれただけだったと思います」

その死体検案書は、伏島から見せられた資料の中に入っていた。松本たちも、不鮮明な写真を含めて、目を通している。付記には、金属様のものによる拘束とあったのではなかったろうか。

綿引がそれを指摘すると、針生は言った。

「変死体は、ゴールドのブランドものの時計とブレスレットをしていました。監察医は、そのせいだろうと」

「傷になっているのに？」

「時計もブレスレットも残っていることが、逆に事件性のないことの証明だと、監察医は判断したのです。あのときは、溺死であることとの確認に、監察医の意識が集中していた」

「最初から、事件性なしという結論だったように聞こえますね」

針生は同意とも否定とも取れるあいまいな顔になって言った。

「ほかに、防御創なり、骨折なり、内出血なりはなかったのです」

「でも先生は、その傷、とくに火傷痕が気になったのですね？」

「ええ。ただ、当時はスタンガンについての知識も十分ではありませんでした。スタンガンを使えば、手荒なことをしないでも、ひとを溺死させることができるとは、想像力が働かなかったんです。あの火傷の原因はなんだろうということを、しばらく、いや、ときどき、考えていたんです。それがあるとき、学会で」

「学会と言いますと？」

「法医学会です。そこで、医大の先輩に会いまして」

針生は、自分が卒業した大学医学部の名を口にした。御茶ノ水にある医科大学だ。

「神奈川県警の事案を引き受けている先輩がいて、学会で会ったものですから、雑談できるときに質問してみたんです。こういう火傷痕があったのですがと。そうしたら」

松本は針生を見つめて、次の言葉を待った。

「先輩は、たぶんスタンガンによるものだろうと。自分もじっさいに二件、診たことがあると教えてくれて」

綿引があわてて訊いた。

「神奈川県警扱いの司法解剖で、ですか？」

「ええ。最初の一件は、溺死という判断になったそうです。もう一件は殺人事件として捜査が行われたと聞きました」

松本は綿引と顔を見合わせた。これは予想外の情報だ。

針生は、不思議そうな顔でふたりを見てから続けた。

「溺死したのは学校教師で、もうひとつは暴力団員が被害者だったそうです」

綿引が訊いた。

「その暴力団員殺しは解決しているんですか？」

「いえ、たぶん未解決でしょう。ですからその先輩も、火傷がスタンガンによるものかどうかは、あくまでも推測とのことでした。犯人が、使ったと自供したということではないそうです」

「溺死のほうの火傷は？」

「先輩の診るところではスタンガンですが、これも証明されているわけではありません。事件としての捜査はなかったわけですから」

「でも、スタンガンが使われたことは間違いないのですね？」

「いえ、あくまでも、スタンガンと想像しうるものによる火傷、だそうです。先輩も、学校教師の溺死体を診たときにはまだ、スタンガンによる火傷はじっさいには見たことがなかったそうで」

「警察庁か大学のデータベースなどに、過去の使用例があるんじゃないかと想像もしますが」

「あることはあります。わたしも今回、外国のデータベースのものも含めて参照しました。ただ、スタンガンは、法医学教室に実物が揃《そろ》えられているわけではありません。百パーセントの確信で言えるわけではないんです」

「科捜研は調べなかったのでしょうか？」

「ええ。海上公園の変死体のときは、どなたも監察医務院までは来ていませんね。早々と事件性なしと判断されたせいでしょう」

ほんの少しだけ、当時の監察医に対する不満が含まれているような口調だった。

綿引の質問が途切れた。何か記憶の底を探っているような表情だった。

松本も訊いた。

「神奈川の事件、いつごろのものか、先輩は話されていました？」

「この五、六年のあいだのことだと思います。先輩と言っても、わたしの四年上ですから」

「暴力団員の殺害事件、詳しくご存じですか？　被害者の名前とか、時期とか」

「いいえ。あいにくそっちの情報には関心がなかったので」

綿引が言った。

「五、六年前ですか。たしか、川崎駅の近くで暴力団員が撃たれて死んだ事件がありましたね。あれのことかな」

「よくは知らないのです」

「溺死と判断された死体のほうについては、どうでしょう? 身元はご存じ?」

「いいえ」と針生は困りきったように首を振った。「先輩も、そういう部分を話してくれたわけじゃないものですから」

また松本は訊いた。

「その先輩のお名前、さしつかえなければ、伺えますか」

「杉原一真《すぎはらかずま》。横浜市立大学の医学部、法医学教室にいます」

松本は、その名前をメモした。

針生が、真正面からメモをのぞきこんで言った。

「杉原先生は、最初の溺死体を診たあと、気になってスタンガンを二種類手に入れ、ブタで実験してみたそうです。だから、その次の死体では、これはスタンガンによる火傷だと、確信を持って言うことができたんだそうです」

松本は針生の目を見つめて言った。

「そして先生も、今回については」

針生ははにかんだ。

「ええ。確信持って言えます。研修中だったときの海上公園の変死体についても。だから三重野さんに一報入れたんです」

綿引が引き取った。

「先生、お忙しいところ、ありがとうございました。お宅までお送りします」

「こんなものでいいんですか？」

「十分です。伊皿子坂下でしたね。この道を行って」

「左折です。すぐ五十メートルくらいのところのマンションです」

松本は車を発進させた。

伊皿子坂下交差点に近い針生の住む集合住宅まできて停めると、針生がまた訊いた。

「わたし、ほんとうに消毒薬、匂っていないですか？」

「全然」と松本は答えた。

「そうですか。よかった。妻がときどき、匂う、と顔をしかめるんです」

針生は車を下りると、松本たちに軽く一礼して、その集合住宅のエントランスへ入っていった。

逮捕した男が所持していた鍵《かぎ》で、最初にその町工場の中に入ったのは、オーナーの大島だった。波多野はそのすぐ後ろにいた。

門司や、応援の捜査員もふたり中に入ってきた。蒲原郁也は、すでに刑事課の捜査員たちに引き渡している。いまごろはもう蒲田署に着いているはずだ。まずは留置の手続きが取られることになる。

この町工場については、まだ家宅捜索令状は取れていなかった。大家の権限での立ち入りに、警察官が同行しているという形でしかない。刑事課の鑑識係はこの場にはいなかった。

しかし、捜索令状こそ取れていないものの、ここで何か薬物関連の見逃せないものが発見される可能性は大だった。それで薬物対策係から捜査員ふたりが応援に来ている。何があるか、何がありそうか、運び出されたものは何か、ざっと工場内を見るだけでも、彼らは判断できるはずだ。捜査員のうちのひとりは定年間近と見える年配で、もうひとりはまだ二十代だった。ふたりとも、ゴムの手袋をはめている。

ドアの前に、スチールロッカーが置いてある。中を見通すことができない。直進できない。東口のあのランジェリー・パブと同じ造り。つまり非合法な商品なりサービスなりを扱う場所だと言っているようなものだ。

「まったく」と舌打ちしながら、大島がドアの脇の照明のスイッチを押した。天井の蛍光灯が二、三度またたいて点灯した。

右手がシャッターだった。そのシャッターには、ロッカーが立てかけられている。重し代わりだ。いましがた、シャッターを外から開けることができなかったのは、このせいだとわかった。

大島が、ドア正面のロッカーの横にまわり、工場の中に入った。中は、がらんとしている。奥行きのある空間で、高い天井は軽量鉄骨の梁《はり》がむき出しだ。正面に窓。窓の手前には、流し台があった。床にはコンクリートを流しこんである。

左手の壁に沿って、スチールのデスクやら、厨房《ちゅうぼう》で使う作業台のようなものが並んでいた。右手の壁には、ロッカーやスチール製の棚だ。段ボール箱などが無造作に積まれていた。

大島が、鼻をひくつかせてから言った。

「果物の匂いがするよ。熟れた果物かな。これが香料の匂いなのかな」

門司が室内を見渡して言った。

「だけど、どこにろうそくがあるんだよ」

スチール棚の脇には、強力な吸引力で知られるドイツ製の掃除機が置いてある。

大島が左手のデスク類の上の、換気用ダクトに目をやった。大島の視線に気づいて、波多野も見た。ステンレスの輝きはまだ新しい。設置されてさほど日が経《た》っていないように見える。

大島が言った。

「この換気設備は、元からあったものじゃない」

波多野はダクトの先に目を向けた。換気扇がデスクの上の空気を吸い込み、ダクトを通じて外の北前堀水路に排出するように設置されている。

門司が言った。

「それでもこの臭気は残ったんだ」

右手の棚を調べた年配の捜査員が言った。

「ミキサーの空き箱が五、六個ある」

「ミキサー？」と門司。

「薬物を混ぜるのに使ったんだ」

もうひとりの若い捜査員が、棚の奥を確かめて言った。

「こっちには、ステンレスのボウルです。撤収のときに、忘れたんでしょうね」

年配の捜査員が、そのボウルの中をのぞきこんで言った。

「攪拌《かくはん》したあとの残留物が少しこびりついているぞ」

波多野は訊いた。

「危険ドラッグですか？」

「わからん」

「確認は難しい？」

「覚醒剤《かくせいざい》と違って、簡単に確かめるようなキットは開発されていないんだ」

「科捜研に送れば、わかりますね？」

「もちろんだ」

若い捜査員が言った。

「この設備から想像すると、合成カンナビノイドと、もしかしたらニトロアンフェタミンも出るかもしれません。作っているのが一種類ってことはありませんね」

門司が大島に訊いた。

「何か備品でなくなっているものはないか？」

「要らないものしか置いていなかったけど」

「なんでもいい。安いものでも」

大島は、棚の脇の壁を指差した。

「消火器」

「なくなってる？」

「ないね。火を使う仕事らしかったから、そのまま置いておいたものだ」

門司が大島に言った。

「被害届を出してもらえるか？」

「消火器の？」

「危険ドラッグ作っていた連中を逮捕するんだ。協力してよ、社長」

「おれとしては、ドアの新しいロックに腹が立つけどな」

大島は工場の奥まで歩いた。波多野たちもあとに続いた。きちんと掃除されている。床にも、壁や棚にも、埃《ほこり》は目立たなかった。きょう大慌《おおあわ》てで掃除機をかけたのではないようだ。たぶん工場内部は、常日頃、かなり清潔に保たれていた。ちょうど調理場のように。いや、理科実験室のように、か。

波多野は大島に訊いた。

「女性に貸した、とのことでしたね」

「ああ。キャンドル・アーチストだっていう女」

「なんて名前でした？」

「タチバナ。タチバナユカリ、と言っていた」

波多野は門司と顔を見合わせた。

石黒裕太の女だ。同棲《どうせい》していると聞いたから、住所は石黒と同じところということになる。

門司が言った。

「やつの部屋を捜索できるってことだ。危険ドラッグが見つかれば、石黒には薬事法違反がつくぞ」

年配の捜査員が言った。

「毒物及び劇物取締法違反、薬物乱用防止条例違反も」

門司が大島に言った。

「署に来てくれるかな。すぐにも被害届を出してもらいたい」

大島が、しょうがねえな、というような顔でうなずいて言った。

「賃貸契約書、うちから持っていこうか」

「そのほうがいいな」

若い捜査員が、棚の隅から半透明のものをつまみ上げた。何かの薬でも小分けするのに使えそうな、小さなビニール袋だった。

伊皿子坂を発進してから、綿引が携帯電話を取り出した。

「今度は、おれがかけてみる」

内田絵美に、ということだ。松本はインパネの時計を見た。午後十時三十五分。彼女がごく近くにいるなら別だが、警官とはいえ女性に非公式の捜査で会ってよい時間ではなかった。電話がつながっても、今夜は話を聞かせてもらう約束を取りつけるだけになるだろう。

綿引は少しのあいだ携帯を耳に当てていたが、首を振った。

「出ないんですか？」と松本は運転しながら訊いた。

「電源を切ったままだ」

松本は、少し疲労を感じながら言った。

「どうも伏島管理官の読みの証明は、明日の朝までには難しくなってきたという感触なんですが」

「管理官は、警察官の関与がないとわかったならそれでもいいと言っていた。それより気になるのは、神奈川の事案との関連だな。スタンガンを使われた死体がふたつ。ひとつは暴力団員」

「そっちは抗争でしょう。深沢殺害は、むしろそっちに関係しているのかもしれない」

「もしそうだとしたら、所轄《しょかつ》の組対が、きょうすぐに相手に思い至っていないか。連中は、近隣の暴力団の動向も探っているんだ」

「いまから本部に戻って、神奈川の事件がどんなものか当たってみますか？　学校教師の溺死というのも、気になってきました」

綿引はまた別の番号にかける様子を見せた。

「次は？」

「神奈川県警の医者。杉原一真先生はどうかな」

「この時刻では、遅すぎませんか？」

「監察医や解剖医なら、二十四時間勤務があるんじゃないか。だめで元々だ」

「法医学教室に電話するんですね」

「さっきと同じようにな」

第一京浜との交差点が近づいてきた。松本は車を左に寄せて停めた。右折か左折か、綿引の電話次第だ。

綿引が携帯電話のボタンをいくつか押してから、耳に当てた。相手はすぐに出たようだ。

綿引は、部下に言うような口調で名乗ってから言った。

「中村《なかむら》、ひとつ至急調べてくれ。横浜市立大学の法医学教室。わからなければ、大学代表電話」

係の最年少の中村が、部屋に残っていたようだ。松本は手帳を取り出して、綿引が番号を口にするのを待った。

「法医学教室、直通だな？」

松本は綿引の言う数字を書き留めた。

通話を切ってから、綿引が松本のメモした番号を入力した。

「夜分恐れ入ります。警視庁捜査一課の綿引と言います。きょうは、杉原先生は当直だったでしょうか？」

綿引の顔が輝いた。

「そうですか。このままお待ちしてかまいませんか？」

松本を見つめてくる。いた、ということだ。

「あ、先生ですか」と綿引が背を起こして、また名乗った。「じつはいま、東京女子医大の針生先生から、ある事件について助言をいただいたところでした。スタンガンが使われた変死体、殺害死体の件です。先生も二件司法解剖されているとか」

綿引は、松本に顔を向けてうなずいてきた。

「はい、少しお話を聞かせていただければと思いまして。先生の明日の朝のご予定などはいかがでしょうか？　いまですか？　品川あたりなんですが。車です」

綿引は、しきりに頭を下げた。

「恐縮です。はい、参ります。一時間弱かかると思いますが」

通話を切ってから、綿引が笑いながら言った。

「気さくな先生だ。明日と言わずに、いまはどうかと。当直で、運びこまれた仏さんもなくて、退屈しているんだそうだ」

「運びこまれた時点でストップですね」

「それなら仕方ない」

「横浜のどのあたりでしたっけ？」

「金沢区」

松本は車を発進させた。第一京浜を右折して、湾岸線に乗るのが最短距離だろう。

綿引がもう一度、一課の中村に電話した。

「もうひとつ頼まれてくれ。五年か六年前に、川崎で暴力団員が撃たれて未解決の事件があったはずだ。おれの記憶では、現場は川崎駅近くだ。神奈川県警が公開している範囲でいい。調べて教えてくれ」

信号が青になった。松本はそのT字の交差点で車を右折させた。今の時間帯なら、横浜市金沢区にある横浜市大まで、小一時間で着くだろう。

波多野たちが駐車場から通用口に入ろうとしたとき、庁舎から五、六人の女性が出てきた。上着を引っかけてはいるが、脚の露出度は高い。ランジェリー・パブの従業員たちだとわかった。

波多野はあの未成年の女の子を探した。その中にはいない。まだ事情聴取を受けているのだろう。それとも別に帰宅させられたか。

女性たちがぶつぶつと不平を漏らしながら、ワゴン車に向かっていく。いったん店に帰されるのだろう。店自体はもう営業は終了しており、男性従業員の何人かが立ち会いで家宅捜索が行われているはずである。いや、それもそろそろ終わるころか。

門司と一緒に刑事課のフロアに上がると、係長の加藤がデスクで驚いた顔を見せた。

いったん洗面所に寄ったのだが、シャツとジャケットの血はそのままだ。あの北前堀水路のそばの暗い道では気にならなかったが、たしかにこの血の量は、周囲を驚かせるに十分だ。

加藤が言った。

「ヤブイヌ逮捕のときにか？」

彼はいま上着を脱ぎ、シャツの腕まくり姿だ。額が脂で光っている。目が充血しているように見えた。幹部は幹部で、この一日、かなり振り回され、多忙だったのだろう。

「はい」と波多野は答えた。

「医者に行け。診てもらってこい」

「大丈夫です。石黒は確保できたんですか？」

「まだだ。児童福祉法違反で、逮捕状を請求している」

東京地裁の当番判事のもとに、生安の課長補佐あたりが向かっているのだろう。

「そっちは？」

門司が答えた。

「応援の薬対が、工場で危険ドラッグが作られている状況証拠を確認しました。ここも、家宅捜索ができれば、確実な証拠を採取できます。何か薬物関係の容疑で石黒の逮捕状が取れます」

「どうして石黒の逮捕状が？」

「工場の借り主は、橘ユカリという女なんですが、石黒の同棲相手です」

加藤は目を剝《む》いて言った。

「賃貸契約書には、女の住所も書かれているのか？」

「たしかだそうです」

「家宅捜索する根拠はあるか？」

「オーナーの持ち物である消火器が盗まれました」

「消火器？」加藤は顔をしかめた。「そんなしょぼいものしかないのか？」

「ええ。何も」

「しかたがない。それで被害届、出させろ」

「いま、呼んでます。その賃貸契約書を持って、もうすぐ署に着きます」

波多野は加藤に訊いた。

「蒲原という男は、あの工場で何をやっていたのか、もう供述したのですか？」

加藤は首を振った。

「いいや、まだ何もだ。黙秘してる。ただし、車の中にリスキーアップルと印刷された袋があった。危険ドラッグだ。逃げようとした理由がそれだろう」

門司が訊いた。

「危険ドラッグだと、鑑識が確認ずみなんですね？」

「まだだ。すぐには、違法薬物とは断定できない。覚醒剤とはちがう」

「蒲原の取り調べは、おれたちがやりましょうか？」

加藤は時計に目をやってから首を振った。

「お前たちには、まだやることが残ってる。ほかの者にやらせる」

フロアに急ぎ足の靴音が響いてきた。波多野が振り返ると、あの町工場のオーナー、大島だった。クラフト紙の封筒を手にしている。波多野と門司は、大島を迎えるように加藤のデスクから離れた。

大島が封筒から取り出したのは、工場の賃貸契約書だった。

波多野は契約書をざっと読んだ。居住用ではなく、あくまでも作業場としての契約である。期間が明記してあった。今年の八月から、来年五月末まで。契約の更新はしない。賃料は一カ月十八万円。大島にとっては、土地を売るまでの期間、その賃料が入ることはやはり魅力だったのだろう。

波多野は、賃借人の名義が橘ユカリであることを確認した。保証人は、蒲原郁也だ。さっき公務執行妨害の現行犯で逮捕した男。橘ユカリの住所は、東矢口二丁目となっていた。波多野はその部分を指で示して、門司を見た。

門司がそこに目をやってから言った。

「石黒の住所は蒲田五丁目だ。橘ユカリが石黒と同棲しているなら、ここに書かれてるのは蒲田のはずだろう」

波多野は言った。

「石黒とは半同棲で、橘ユカリは、別に部屋を借りてるってことでしょうか」

「この契約書じゃ、石黒の部屋の捜索令状は取れない」

「工場の令状は取れるんです。ここで危険ドラッグが出たら、次は橘ユカリの逮捕状。半同棲の事実があれば、石黒の家も捜索できる。数珠《じゅず》つなぎです」

「この件、おれたちの目標は、危険ドラッグの売人摘発じゃないぞ。深沢殺害犯逮捕だ」

門司は大島に、契約書を借りる、と言って加藤のデスクに向かった。波多野も続いた。

門司が、契約書上の橘ユカリの住所の件を伝えると、加藤は言った。

「石黒を追い込むには十分だ。被害届、すぐ出してもらえ。契約書には、保証人として蒲原の名前もある。危険ドラッグの件と合わせれば、確実に工場の捜索令状は出る」

「今夜じゅうに？」と門司。

「おれが地裁に行ってもいいさ。二時か三時には出る」

家宅捜索令状の請求権者は、こんどの場合、刑事課長になる。しかし請求手続きはその下の階級の者でいい。盗犯係長の加藤が疎明《そめい》資料の説明に当番判事のもとに出向いてもいいのだ。それにしても、加藤がそのつもりでいることに波多野は驚いた。絶対に捜査本部は設置させない、数日中に署だけで殺害犯を挙げるという、トップの決意がわかる。時間稼ぎに、まずは半グレのひとりを逮捕するという姑息《こそく》な手を使っているにしてもだ。

加藤が言った。

「令状が出たら、薬対と一緒に工場に入って、さらに証拠追加。明日の朝には、橘ユカリの自宅を捜索だ。とにかく被害届を」

波多野は門司と共に加藤のデスクから離れようとすると、加藤に呼び止められた。

「被害届ができたら、お前は病院に行け」

波多野は首を振った。

「大丈夫です。鼻なんで血が出ましたが」

「蒲原を傷害で起訴することになるかもしれないんだ。診断書が必要だ。レントゲンを撮ってこい。その傷なら、全治一週間ぐらいの診断は出るだろう。骨にヒビでも入っていれば二週間だ」

「はい」

答えてから思った。今夜の救急当番病院はどこだろう。東京蒲田病院か、東京蒲田医療センターのほうか。自分はどちらでもかまわない。

9

松本章吾の運転する捜査車両は、大井南ランプから首都高速湾岸線に入ったところだった。午後十一時に近い時刻なので、車の流れは円滑だ。流れに乗って、時速八十キロを維持できそうだった。

助手席で、綿引壮一が内ポケットから携帯電話を取り出した。

「綿引だ」

おそらくは、さっき電話していた中村からだ。横目で見ていると、綿引はいくつか質問をはさみつつ、五分ほどで通話を終えた。携帯をポケットに戻してから、綿引は言った。

「川崎の暴力団員殺しの件だ」

松本は訊《き》いた。

「何か関連はありそうですか？」

「まだわからない。未解決だ。平成二十一年の十二月の事件」

松本は、きょう作った事件の関連表を思い出しながら言った。

「二〇〇九年ですか。大内女医自殺の一年二カ月前」

「被害者は、川崎の暴力団、水田《みずた》組の若い衆だ。吉武伸也《よしたけしんや》。二十六歳。川崎駅近くの自宅マンションで撃たれて殺された。傷害で前科一犯」

「水田組というと？」

「稲森会系の二次団体だそうだ」

「深沢の小橋組も、同じ系列ですね」

「神奈川県警は当然暴力団同士の抗争と見たけれども、殺害犯逮捕には至っていない」

「若い衆ということは、そもそもの標的じゃなかった？　幹部か組長襲撃の前に、やられたんでしょうか」

「神奈川県警は、そうした読みの発表はしていないようだ」

「兄貴分とか幹部のマンションに住んでいたんでは？」

「幹部が、吉武の隣りの高級マンションにいた。吉武はエレベーターのない四階建てのビルの二階の部屋。エレベーターがないぐらいだから、監視カメラもなかった」

「犯行現場は、自宅の前？」

「中だ。深夜ひとりで帰宅したところを襲われ、スタンガンを押しつけられて、部屋の中に入られたらしい。そこで胸に拳銃弾《けんじゅう》を一発」

「拳銃は出たんですか？」

「出た。現場に残っていたそうだ。トカレフ」

「凶器が出ているんだったら、深沢の殺害とは関係ないかな」

「神奈川県警は、トカレフは吉武に預けられていたものだろうと判断した。殺害犯が持ってきたものなら、スタンガンを使うなんていう手間は必要ない」

「でも、いくらなんでも、拳銃を自宅に置いておきますか」

「用心棒なら、身近に置いておくさ。川崎駅前は、暴力団事務所がひしめきあってるようなところだし」

　しかし、と松本は思った。何かの拍子に家宅捜索になれば、拳銃は即座に発見される。累《るい》は組の幹部たちにも及ぶ。その危険を冒すほど、川崎では抗争が深刻だったか。それとも組には、絶対に吉武の部屋は捜索されないという自信でもあったか。

　その解釈は置くとして。松本は言った。

「胸に一発となると、素人《しろうと》じゃありませんね」

「拳銃を扱い慣れてる」と綿引は言った。「いや、ひとの命を扱い慣れてる男か」

「単独犯？」

「神奈川県警は断定していない。複数犯の可能性もあるだろう」

「同じ系列の暴力団。スタンガン。拳銃。キーワードが三つ重なりますね」

「深沢の件とはな。共通点が三つあると、無関係とは考えにくい」

　話を整理して、松本はまた訊いた。

「殺害犯は、吉武が拳銃を自宅に隠し持っているのを知っていて、押し入ったことになりますか？　だとしたら、組内に真犯人がいることになりませんかね」

「神奈川県警だって、そう読む。だけど、その線はなかったんだろう」

「外の誰かの犯行だとしたら、そいつはスタンガンしか持たずに、まず用心棒の若い衆を襲いに行ったことになる。でもせっかくトカレフを手に入れたのに、隣りのマンションの幹部は襲わなかった。不自然では？」

「威《おど》しのメッセージなら、若い衆をひとり殺せば十分だ。すぐ近くでここまでやれるんだ、ってことを見せてやれば、相手は萎縮《いしゅく》する」

「それにしても、スタンガンひとつで？　せめて刃物を持って、というならわかりますが」

「複数の犯行かな。使われなかったが、襲った側も拳銃は持っていたのかもしれない」

「やはり、抗争ですかね」

いま、わずかに伝えられた情報だけでは、暴力団同士の抗争という読みにならざるを得なかった。神奈川県警も、そう判断している。対立する組か、組内の対立する者同士の抗争。その線から殺害犯を追ったはずだ。でも、六年たっても未解決。いま自分たちがすぐに思い至った読みも、違っていたということではないのか。もっとも、組織犯罪対策のセクションが、管内の暴力団の動向を百パーセント把握できるわけではない。構図は明々白々なのに、どうしても実行犯にも殺人を教唆《きょうさ》した者にもたどりつけない場合はままある。事件の未解決が、必ずしも担当する捜査員の無能を示すわけではない。それは承知している。

きょうの蒲田署管内の深沢隆光殺害事件の捜査は、どの程度進んでいるのだろう。蒲田署の刑事課と組織犯罪対策課は、どこまで殺害犯に迫れただろうか。伏島管理官の推理が正鵠《せいこく》を射ているなら、そう簡単な捜査ではないはずだが。

松本は、警察学校同期の友人のことをまた思いだした。波多野涼。彼はいま、蒲田署刑事課だ。重大な刑事事件発生ということで、盗犯係ではあるが、彼もまた、被害者周辺の地取り、聞き込みに動員されているはずだ。なぜかふいに胸がしめつけられるような思いがした。同期もまた同じ事件を追っている。まるで七年前の再現のように。

ふと思いついた。

「どの事件にも、もうひとつ共通項があります」

綿引が、何だ?という顔を松本に向けてきた。

「女医さんの飛び下り、身元不明の女の死体遺棄事件、室橋謙三の溺死《できし》、きょうの深沢殺し、そして六年前のその吉武って若い暴力団員の殺害、線を引いたみたいに現場がつながってます」

「品川がふたつに、大森、蒲田。そして川崎か。東海道線沿いだ。京浜東北線沿い」

「第一京浜沿いだっていう言い方もできるかもしれません」

綿引が顎《あご》に手をやった。何か思い当たったようだ。少し早口で言った。

「伏島管理官の言っていた裏警察組織、県警の枠を超えてつながっているということか。少なくとも、警視庁と神奈川県警には、同じことをやっている連中がいる。手口を共有するような仲なのかもしれない」

「前屋敷孟の警察庁退職は、六、七年前でしたか」

「そのあと支持者たちが自警団まがいの団体を作った。時間的には、符合するな」

「だけどあの自警団には、こんな犯罪を実行できる人間はいないでしょう。写真を見たことがありますが、警官ごっこをやっているだけの」松本はネット上で使われる侮《ぶ》蔑《べつ》用語を使った。「……たちですよ」

綿引にもその言葉は通じた。

「そうだな。どこの県警の採用試験にも落ちた連中だ。それでも憧《あこが》れて警官ごっこを楽しんでいるんだ。だけど、表面に出ていない凄《すご》いのがいるのかもしれない。前屋敷の熱い信奉者で」

「でも」

「無理筋か？」

「川崎の吉武という男は、室橋や深沢と較《くら》べて被害者としては格が一段低いと感じます」

「どういうことだ？」

「室橋も深沢も、担当していた捜査員は殺人の重要参考人と確信していた。つまり、殺害犯にも、三分とは言わないけれど一分くらいは理がある。無力な警察や法に代わって、処罰を執行したのだと。だけど吉武って男は、何か重大犯罪に関わっているんでしょうか。組の三下でしょう？」

「下《した》っ端《ぱ》だから、指示されてやっていたことがあるんだろう。担当の捜査員だけが知っている事実なんだろうが」

「その場合、処刑の対象になるのは、教唆した幹部のほうじゃないでしょうか。実行犯じゃなく」

「どっちにせよ、暴力団員だ。歳《とし》が二十六なら、自分のしのぎを持っていてもおかしくはないんだ」

右の車線を、白いスポーツタイプの車がかなりの速度で追い抜いていった。その車は、前方を走っていたセダンにすぐに追いついたが、セダンは車線を譲らなかった。スポーツカーはいったん走行車線に移り、車の列の隙間《すきま》から無理やりに追い越し車線に戻っていった。

車の前面に広がっているのは、東京南部、ウォーターフロントの夜空だった。地表付近には、熱のない人工灯の光が満ちている。右手、ひとが多く住む陸地部分は、日没直後と較べるならかなりその光の数も減っているはずだが、前方や左手の埋め立て地は、昼夜の別のない産業エリアだった。この時刻でも、眠ろうとはしていない。むしろこんな時刻こそ活気づいているのかもしれなかった。湾岸線には、トラックや大型トレーラーの数が多かった。もしかすると、走っている車のうち七割以上は、そうした業務用の自動車だろう。もう少し進めば左手前方には、羽田空港の明かりが見えてくる。さすがに空港は、この時刻になると照明をかなり落としているだろうが。

松本は、前方に視線を向けたまま言った。

「やっぱり川崎のその事件、こっちの被害者ふたりとは、肝心の部分で共通点はないように思えます」

綿引が言った。

「暴力団員だ」

「殺人事件の重要参考人ではない」

「それは分からない。さっき中村が教えてくれたのは、神奈川県警が発表した、あたりさわりのないことでしかないんだぞ」

「その三つにもし共通点があるとしても、もうひとつはどうなります？」

綿引の反応が少し遅れた。どれのことか、判断がつかなかったのだろう。

「神奈川の溺死体の件か？」

「ええ。教師の死体。同じようにスタンガンが使われていた」

「死に方は室橋と同じだぞ」

「この死体については職業以外の情報はなかったですけど、何かの事件の重要参考人ってことは考えにくいですよね。職業を言うのがいちばんわかりやすいから、針生先生もそう言ったのでしょうし」

ふむ、と綿引は溜《た》め息《いき》をついた。

「とにかく、もっと詳しく聞きたいな」

また一台の車が、松本たちの車を追い抜いていった。こんどはトラックだ。重いトラックに追い抜かれるとは情けないが、こちらは警察車両だ。無茶な速度オーバーはできない。黙って制限速度で走る車の列の中にいるしかなかった。

しばらくのあいだ、ふたりとも無言のままでいた。

やがて車は京浜大橋を渡った。京浜島の上で、道は大きく左手にカーブしている。

その先が羽田空港になる。

綿引が腕時計を見てから、携帯電話を取り出した。

「もう一回だけ、内田絵美に電話してみる」

松本はインパネの液晶表示を見た。午後十一時になろうとしていた。

「ちょっと遅すぎませんか？」

「何度も電話したんだ。きょうのうちに解決するほうが、向こうも気持ちがいいだろう」

言いながら、綿引はもう内田にリダイアルしていた。

携帯電話を耳に当てると、綿引はすぐにシートベルトの下で背を伸ばした。

「ええ、何度もお電話しました。捜査一課の綿引と言います。はい、大森署にもうかがってきたんです」

内田絵美がようやく電話に出たのだ。たぶんもう自宅に帰っているのだろうが。

「ええ、じつは一課が気にしている事案がありまして、捜査というほどの段階でもないのですが、まず下調べを命じられているんです」

「ひとつは、室橋謙三という男の仕事をめぐる情報を探しているのですが」

その死の事情、とはいま明かさないほうがいいだろう。綿引の言い方で間違いはない。

「ええ、承知しています。酔っぱらっての溺死でしたね」

「それともうひとつは、身元不明の女性の死体が京浜運河で見つかった件なんです」

「いいえ。捜査ではありません」と綿引は繰り返した。「ただ、上のほうから、いくつか確認しておけという指示がきて、多少なりとも関わった捜査員に、いま片っ端から事情を聞いてまわっているところなんです」

「ええ、指示は、できるだけ周辺情報を拾ってこいと、わりあい漠としたものでして」

「加地さんにも話を伺いましたよ。ええ、死体遺棄事件を直接担当した捜査員ということで」

「もちろんこんな時間であることは承知しています。まさかいまからなんてことは、考えておりません」

もう夜も遅いと指摘されたのだろう。綿引は、目の前に内田がいるかのように小さく頭を下げた。

「ええ、明日の朝でかまわないので、アポイントだけでもと思って。大森署のほうに出向きます。もし何か用事が入っていなければ、二、三十分」

明日の朝にはまず伏島管理官に報告し、次の指示を待つ必要があった。そのあと、内田絵美から話を聞けるのは、どうしても午前十時以降になるだろう。

「はい。かまいません。はい」

「どうも、では、明日十時に」

綿引が、通話を切って携帯電話をジャケットの内ポケットに収めた。

「なんと？」と松本は訊いた。

「明日午前十時、大森署で会う。上司を通してほしいと」

「しゃべってみて、どんな印象です？」

「どうしてだ？」

「頭を下げていたから」

綿引は苦笑した。

「ポンポンと、歯切れのいい調子で言ってくる女だ」

前方の車両が少し速度を上げた。松本も車を加速して、車間距離を詰めた。

波多野が病院から帰ると、ちょうど門司が洗面所を出てきたところだった。壁の時計を見ると、午後十一時を十分ほど回っていた。

波多野たちは、係長のデスクに近づいた。

加藤がシャツの腕まくり姿で、書類に目を落としている。脇《わき》にふたりの盗犯係の捜査員が立っていた。

門司はいましがたまで東糀谷の町工場のオーナーの大島に付き添っていたのだという。作業場として貸した元町工場に、契約違反の改装、簡易錠の取り付け、備品の盗難があるとして、被害届を出させたのだ。これで警察は、賃借主である橘ユカリの許可を得ることなく、町工場の中を徹底的に捜索できる。加藤がいま読んでいる書類は、その捜索令状請求書のはずだ。盗犯係の捜査員ふたりが、このあと霞《かすみ》が関《せき》の東京地方裁判所に出向くのだろう。深夜ではあるが、当番の判事が捜索令状や逮捕状の請求に対応してくれる。

「よし」と加藤が、顔を上げて言った。「すぐに行ってきてくれ」

主任と若手のふたりの捜査員が、書類を紙封筒に収めると、デスクから離れていった。

帰って来た波多野に気づいて、加藤が声をかけた。

「どうだった？」

「レントゲンを撮りました」と波多野は報告した。「骨折はしていません。全治一週間という診断です。ロキソニンと化膿《かのう》止めをもらってきました」

波多野は加藤に医師の診断書を渡した。もし蒲原を公務執行妨害で立件、起訴する場合は、この診断書が不可欠だ。

加藤が波多野に言った。

「もうお前と門司は帰っていいぞ。その鼻、今晩はよく冷やしておけ」

「はい」

門司が言った。

「わたしは、工場の家宅捜索に出なくていいんですか？」

加藤は首を振った。

「ほかの者にやらせる。薬対の応援もある。休め。二人ともきょうは十分に働いている」

たしかに、自分たちは危険ドラッグ関連で半グレのひとりを逮捕した。石黒の逮捕状を取ることもできた。蒲田署は管内の犯罪組織の動向を把握していると、本部にもそこそこアピールできるだろう。

自分たちのデスクまで戻って、門司が波多野に訊いた。

「あのカラオケ屋のマネージャー、なんという名前だった？」

波多野は首をかしげた。

「高安ですけど、どうしてです？」

「あいつ、蒲田東口の情報に詳しいようだった。もう少し話を訊いてみたくてよ」

「あの男、べつに蒲田の情報なんて詳しくはないと思いますよ。一日じゅう、あの店のカウンターの中にいるんですから」

「石黒のダチのことも知っていたぞ」

「たまたまでしょう」

「タカヤスだな。どういう字を書くんだ？」

高安、と波多野が教えた。

「行くんですか？」

「お前は怪我《けが》をしたけど、おれはまだ気力も体力も残ってるんだ」

門司が、自分の椅子《いす》の背もたれにかけておいた上着を手に取った。

「こんな時間なのに」

「まだきょうは終わっていない。だけど、お前はほんとに、帰って休んだほうがいいぞ」

「でも」

波多野はフロアを見渡した。

さすがに刑事課のフロアも、いくらか静かになっていた。いま残っている捜査員は、全部で十人ほどだ。もちろん、ここにいない者がすべて帰宅してしまったわけではない。まだ夜の蒲田近辺で聞き込み、地取り捜査を続けているのだ。石黒を追っている者、蒲原の取り調べに当たっている者もいる。

波多野は門司に訊いた。

「抜け駆けなんて、しませんよね？」

門司が苦笑した。

「何を心配しているんだ？」

「一緒に行きます。やっぱりここでおれだけ帰るわけにはいかないでしょ」

「かまわんけどよ。その前に、高安について身元照会やっておこう」

門司は、残っている若い捜査員のデスクへと歩いていった。

波多野がフロアの出入り口で待っていると、三分ほどで門司が戻ってきた。

「何かわかりました？」

「うちの生安が一度逮捕していたぞ。風俗営業法違反。ただし処分保留で釈放」

「いつごろです？」

「四年前。処分保留だってことは、たぶん名義上の店長ってことで引っ張られたからなんだろうな。誰に名前貸したか、知ってるか？」

「いえ」

「ヤマをかけて当たってみるか」

波多野たちはあらためて蒲田警察署を出た。

カラオケ店に着いたのはそれから十分後だ。

ふたりがカウンターの前に立つと、内側で高安が、おやという顔になった。

門司が高安に言った。

「また情報が欲しくて来たんだ」

「ずいぶんお仕事熱心なんですね」

高安はカウンターに上体を近づけてきた。

門司が訊いた。

「蒲田の裏の情報に詳しい人間を知らないか？」

「裏っていうと、その筋のひとたちのことですか？」

「それを含めて、半グレとか、中国人とか、ピーナとか、あるいはそういう連中のやってることに通じてる人間を、あんたなら知っているだろうと思って」

高安はすっと目をそらし、天井を見上げてから言った。

「いろいろいますよ。ホステスの悩みなら、駅前の占い師の清風《せいふう》先生。飲み屋の閉店情報なら、崎山《さきやま》酒店の若社長」

「そういうのじゃなくだ」

門司の言葉が少し威圧的になった。

「じゃあ、ノミ屋の高峰《たかみね》さんとか？」

「ノミ屋の高峰なら、小橋組と近すぎるだろ」

「あと、もしかしてと思いつくのは、流しのギターの木場《きば》さんですかね」

「木場？」

「もう七十超えてる爺《じい》さんです。京急蒲田からあやめ橋あたりまでのスナックを回ってるひとですよ。あのひとは、五十年以上蒲田を知ってる」

「その爺さん、もう警察の協力者ってことはないか？」

もしそうだとしたら、波多野たちが接触してもたいした情報は得られない。すでにきょう、署の刑事課や組対が情報収集にあたっていただろうから。

「わかりません」と高安は首を振った。「だけど、違法営業の店でも、その筋にも無害だと思われてるひとですよ」

「携帯わかるか？」

「いいえ」

代わりに高安は、そのギター弾きがよく行っているというスナックの名を教えてくれた。

門司が波多野に顔を向けてきた。どうだ、という表情だ。

何がです？と、波多野は目で訊いた。

「こちらさんは、蒲田の情報通を何人も知っている。そういう連中の持っている情報の価値が判断できるってことだ。つまり、こちらさん自身も、そうとうな情報通ってことだ。歩き回る必要はなくなったな」

波多野は高安に目を向けた。高安は、居心地が悪そうだ。

門司がまた高安に顔を向けて訊いた。

「深沢隆光って男が死んだことは知ってるよな？」

「ええ」と答えながら、高安はカウンターの左の端へと移動した。「聞きました」

「石黒が教えてくれたか？」

「そうです。刑事さんたちから聞いたと」

「親しいんだな。やつの後輩のことも知っていたし」

「小さな町のことですから」

「じゃあ、石黒に逮捕状が出たのは知っているか？」

「ええ、それもさっき耳にしました」

「それは誰から？」

「警察の車が何台も来ていたでしょう。地元の商売人たち、話題にもしますよ」

「石黒には貸しがあるだろう？」

高安は首をかしげた。

「なんのことです？」

「身代わりの店長として、パクられたことさ」

高安は、言葉を返さなかった。否定もしない。

門司は続けた。

「お前が身代わりだってことは、うちの生活安全課だって百も承知だ。だから処分保留だったんだ。わかってるか？」

「おれはほんとに名義だけの店長でしたからね」

「釈放されるとき、処分保留は不起訴処分とは違うってことは、説明されたか？」

「ええ」

不起訴処分は、嫌疑不十分の場合の決定だが、処分保留はあくまでも「保留」である。容疑が消えたわけではない。無実が証明されたわけでもなかった。公判維持は微妙なケースだが、補強証拠でも出た場合はいつでも再逮捕する、ということだ。

高安はまだ周囲を気にしている様子だ。ほかの従業員にも聞かれたくないのだろう。

「長くなりますか？」

「お前次第だ」

高安が、従業員に訊いた。

「二十二番の部屋、空いているか？」

「ええ」とその従業員。

高安がカウンターの中から出てきて、階段室のほうへ歩いた。波多野と門司も続いた。

夕方石黒に会ったときと同様の、少人数用の部屋だった。高安はカラオケ装置に近寄って音量を少し下げてから、波多野たちに向き直ってソファに腰を下ろした。両手を腿《もも》のあいだで組んでいる。その様子には、石黒のような警察への敵意は見られなかった。

波多野たちがソファに腰をおろすと、高安のほうから口を開いた。

「もう石黒さんとは関係がないんです。あの逮捕で、懲《こ》りました」

門司が言った。

「きょう、石黒はこの店を使ったじゃないか」

「部屋を貸せと頼まれたら、断れませんよ。一時は従業員だったんだし、それに」

「それに、何だ？」

高安は視線をそらし、少し小声で言った。

「怖いひとたちなんだし」

「何かあれば、蒲田署に駆け込んでこい。この波多野だって、そう言ってなかったか？」

高安は波多野に視線を向けた。

「波多野さんは、窃盗犯担当でしょう？　そういう話はしていません」

「おれだって、同じ係の同僚だ。だけど、刑事課だ。警察としてやるべきことはやる」

「それで、何を知りたいんでしたっけ？」

「小橋組の深沢をめぐる情報だ。やつの殺しにつながるような、ちょっとした噂《うわさ》とか」

「おれはただの堅気のカラオケ店のマネージャーですよ」

そのとき、高安の身体《からだ》のどこかで、短く電子音がした。高安は右手を腰に回して、スマートフォンを取り出した。画面をちらりと見てから、ポケットに戻した。

門司は言った。

「ここにいたって、そういうものも使えるわけだし」

高安は顔を上げて言った。

「友達同士の雑談ですよ」

「ラインとかなんとか、いろいろ便利な世の中だよ。情報が集まるのは、お前の人徳ってこともあるだろうしな」

人徳と言われたせいか、高安は苦笑した。

「だけど、この町の地回りのことで何か耳にしたとして、おれがそれを話さなきゃならない理由って何です？」

「処分保留の意味、説明受けたって言わなかったか？　生活安全課が、いつお前を再逮捕する気になるか、心配じゃないか？」

「それって、脅しなんですか？」

「善良な市民に対しては、精一杯味方になってやろうっていう申し出だ。どうだ。深沢が殺されたことで、この近辺で流れているのはどんな話だ？」

「もう石黒さんを手配したってことで、決まりなんだと思ってましたよ」

「石黒がやっていないのは、わかってるんだ。あいつがいま逃げてるのは、危険ドラッグの密造がばれたからだ」

高安の顔には、何の変化もなかった。まばたきひとつしない。高安は、石黒が危険ドラッグの密造を手がけていたと知っている。

「ぐずぐず言ってないで」と門司は少しだけいらついた声を出してみせた。「知っていることがあるはずだ」

高安は、門司の視線を受けとめたまま黙っている。

門司が質問を変えた。

「深沢がへたを打ったことがあるだろ。恨まれても仕方がないくらいに」

ようやく高安が言った。

「ピーナの件ですか？　引っ張られて取り調べ受けたって聞いていますが」

「日本人でだ」

「あの男には、いくつもあるんじゃないですか。女を捕まえたら、しゃぶり尽くすって噂ですし」

「仮にも組の幹部っていうのにな。チンピラみたいなしのぎをやってる。お前の知っているのは、なんて女のことだ？」

「いや、噂ぐらいしか知りませんって」

「その噂を知りたいんだって」

「電車に飛び込み自殺した女がいたって聞きましたよ」

波多野はまた門司を横目で見た。

「ああ」門司が軽く咳《せき》払いした。「あれは深沢がらみの自殺だったのか」

「売り飛ばしたら、逃げて蒲田に戻ってきて、深沢を刺そうとした。失敗したんで、自殺したとか」

「ほかには？」

「京急蒲田駅西口の再開発がらみのことは、ご存じですよね」

駅の西口は、いま再開発工事の真っ最中だ。何十棟もの小さなビルが取り壊された。そのあとに大きな商業ビルが建つことになっている。

「地上げの一件か。詳しくは知らない」

「地主のひとりから委任状もらって、業者と交渉したとか」

「なのに、地主にはろくにカネを渡さなかったんだな」

「よくご存じじゃないですか」

「警察にいれば、やりくちは思いつくさ。だけどその件、地主は蒲田署に訴えていないはずだ」

「西口の大木戸組に、解決を依頼したみたいです」

「いちばんの悪手を使ったのか」

「けっきょく、両方からいいようにむしられて、蒲田から消えたって聞いていますよ」

「地主の名前は？」

「佐野《さの》。床屋の三代目」

「連絡先は？」

「おれが知るわけないでしょう」

「ほかには？」

「そんなに知りませんって。それより、再逮捕なんてことは、これでもうなくなるんですよね」

「生活安全課には話を通しておく。もしものときは、おれの名前を出せ。協力者だと」

「当てにしています」

高安が立ち上がり、先に部屋を出ていった。

門司が波多野に訊いてきた。

「深沢を刺そうとした女がいた、ってのは気になるところだな。知っていたか?」

波多野は答えた。

「飛び込み自殺って言ってましたね。自殺したなら、深沢殺しとは無縁でしょう」

「飛び込みなんて、最近あったか?」

「管内では、訊いたことがないですね」

「地上げの話は?」

「初耳でした」

門司が波多野の顔を見つめて、心配そうな声で言った。

「やっぱお前、顔色悪いぞ。帰るべきだな」

「助かります」

「おれは、せっかくだからそのギター弾きと会ってみる」

門司が立ち上がったので、波多野も続いた。

解剖医の杉原一真は、零時十五分前になろうかという時刻の訪問にもかかわらず、愛想よく松本たちを部屋に招じ入れてくれた。

杉原は、医師が仕事中に着るブルーの術衣を着ている。死体がいつ運びこまれてもすぐに解剖にかかれるようにだろう。三十代後半の、ひとあたりのいい男だった。少し太り気味だ。

横浜市立大学医学部の法医学教室、その研究室である。司法解剖のためには専用の解剖室があるはずで、杉原医師のこの研究室には書棚があるだけだ。解剖用の器具も実験器具の類《たぐい》もない。大きなデスクの前に小さな応接セットがあり、松本たちはその椅子に腰を下ろしたのだった。

杉原は、自分でコーヒーメーカーのポットからコーヒーを注いでくれた。

「退屈なんですよ」と言いながら、自分もコーヒーカップを手にして、デスクのうしろの椅子に着いた。「わたしはもうひと月、変死体に当たっていません。ま、自分の仕事が暇だというのは、喜んでいいことなんでしょうけどね」

綿引が同意して言った。

「おっしゃるとおりです。たまたまほかの先生が当たっているのかもしれませんが」

「そうなんですよ。偶然なんですが、三日おきに死体は運ばれてきているんです。わたしの当直の日に当たらないだけで」

「それで」と、松本が本題に入った。「先生が担当された二件、スタンガンの使われた死体の件を、少し詳しくお話しいただけますか。暴力団員と、学校教師の件ですが」

「用意してあります」

杉原はコーヒーをひと口飲むと、デスクの上のPCのディスプレイを少しずらした。

「ご覧ください」

松本と綿引は、応接椅子から立ち上がり、デスクの横にまわって、ディスプレイが見える位置に立った。

杉原が言った。

「川崎の暴力団員の死体です」

ディスプレイには、ひとの顔が映っている。目をつぶった、短髪の男だ。青ざめている。外傷は見当たらないが、死んでいる、とわかる。

画像の横には、変死体のデータが記されている。吉武伸也。二十六歳。身長百七十五センチ。体重七十二キロ。

二〇〇九年十二月十七日午前十時十五分、知人が、川崎市川崎区日進町にある被害者自宅マンションの玄関ドアを開けて死体を発見。発見時、死後およそ十時間。

杉原がマウスを操作した。画面には、裸の上半身と、部分のアップの画像が現れた。腹部が、寄りと引きとで撮影されている。

鎖骨の上から胸の中央にかけて、Yの字に切開した跡があった。これは外傷ではなく、司法解剖の際に開けられたものだ。左胸に、赤い小さな穴があった。

杉原が指で示して言った。

「銃弾による傷です。弾は心臓のやや上寄りから入り、肋骨《ろっこつ》に当たり、さらに心臓の左心房を貫いて、左肩甲骨《けんこうこつ》の下部に当たって止まっていました。死因は失血です。現場の写真もありますが、死体の下に血溜まりができていました」

綿引が訊《き》いた。

「弾傷は、この一カ所だけですか？」

「ええ、これだけ」

「角度はどのようなものでしょう。つまり、被害者がどういう姿勢のときに、どういう向きで銃弾を撃ち込まれたのでしょうか」

「やや上から、心臓に対していくらか右寄りからの発射だと考えられます」

「この男よりも背の高い男が撃った、ということになりますか？」

「被害者は、床に倒れたところを、上から撃たれたようです。現場写真もあとでお見せしますが、床の血溜まりから、そう判断できます」

松本は、部分のアップの画像に目を移した。右脇腹の部分を、正面と、斜め上から撮影したものだった。日に灼《や》けた肌に、六個の小さな赤い点がある。スケールが下腹の上に置かれていた。一瞬不規則に散らばっていると見えたが、ふたつずつ並んだものが、三カ所だ。それぞれ火傷《やけど》の程度が違うようにも見えた。二カ所は、わずかに肌が赤くなっている程度のもので、火傷痕のようには見えない。残りの一カ所、二点だけが、火傷痕ではないかと思われるぐらいだ。点の直径は二ミリから五ミリほどで、ふたつの点の間隔は三センチほどだった。最も大きな痕《あと》は、室橋謙三の死体検案書に添付されていた画像のものとよく似ていた。

松本は訊いた。

「これがスタンガンを使った痕ですね？」

杉原が答えた。

「そうです。たぶん五万ボルトぐらいの電圧のものでしょう。死ぬ直前にできたものです」

「この傷だと、三回押し当てられたということでしょうか」

「そう思えます。最初は、被害者がびくりと反応してすぐスタンガンから離れた。飛びのいた、というか。ですから通電は短かったのでしょう」

「一瞬ということですか？」

「たぶん。二回目もそうです。一瞬しか電気は通じていません。だから肌がちょっと赤くなった程度の痕しか残らなかった」

「効果はなかったんでしょうか？」

「びりりと刺激を受けて、身体は反射的にスタンガンから離れたでしょう。でも、倒れるまではいかなかった。それで二度三度と繰り返したのだと思います」

「最初のときは、まだ抵抗する力があった？」

「意識はあったはずです。ただ動きは、鈍くなっていたと思います。反撃はできなかった」

杉原は、その場で身体を左右に揺らしながら、右腕を前方にゆっくりと突き出した。疲労困憊《こんぱい》の男が、何か身体を支えるものを探しているかのような仕種《しぐさ》に見えた。せいぜいこの程度の力、ということのようだ。

「こんな感じだったはずですから、殺害犯も、二度三度と押し当てることができた」

「この一番大きな火傷が、最後ですね」

「そう判断できます。じっくりと、焦《あせ》ることなく押し当てることができた。たぶん三秒から四秒、通電させたのだと思います」

「三回目では、被害者が受けたダメージはどの程度のものでしょうか」

「たぶん失神して倒れ、数分から十分間程度、意識を失っていたかと思います」杉原は笑った。「もちろん、自分で人体実験したわけじゃありません。あちこちのデータベースを参照しました」

「つまり、殺害犯はまずスタンガンで被害者の抵抗力を奪い、被害者が倒れたところで銃を発射した、という順序ですね」

「そのとおりです」

さらに杉原は、次の画像をディスプレイに呼び出した。

男の頭のアップだ。側頭部に、赤い斑《まだら》がある。その斑の中に、長さ一センチほどの小さな裂傷。

「この傷は、転倒したときについたものでしょう。玄関の靴箱の角に、被害者の血がついていたそうですから、そこにぶつけてできた傷かと」

次の画像は、死体発見現場のものだった。これは神奈川県警の鑑識係が撮影したものだろう。狭い玄関口で、身体をねじるようにして被害者が横たわっている。身体の左側を下にしていた。その周りに、赤黒い染《し》みが広がっている。血溜《だ》まりだ。ただしその血溜まりは、靴などで荒らされていない。玄関の床にも、血で汚れた靴跡のようなものはなかった。

別の角度からの現場写真が、ほかに五枚あった。そのうち二枚に、廊下に残された拳銃《けんじゅう》が写っていた。殺害犯は、拳銃をこの場に置いていったのだ。

次に画像は、黒いセミオートマチック拳銃のアップの写真となった。ソ連で開発されたトカレフだ。中国でライセンス生産されたトカレフは、いっとき日本の暴力団がかなりの数を密輸入した。安物だと馬鹿《ばか》にされることの多い拳銃だが、入手のしやすさから、いまだに暴力団同士の抗争では頻繁に使われている。松本には、それがソ連製なのか中国製なのか、画像を見ただけではわからなかった。

また、別の写真には、廊下の隅にバスタオルのようなものが写っている。わずかに血の痕がついているように見えた。

「このタオルはなんでしょう？」と、綿引が訊いた。

杉原が答えた。

「殺害犯は、拳銃をそのタオルでくるんで発砲したようです。発砲音を消すためだろう、と説明を受けました」

「撃ったあと、殺害犯は拳銃をこの場に残して立ち去ったのですね。この拳銃が凶器と確認されました？」

「ええ。死体から取り出した銃弾は」杉原は、摘出した銃弾の画像を示した。「まちがいなくこの拳銃から発射されたものだったそうです」

それは先端がつぶれた銃弾だった。ステンレスの皿の上に載っている。表面に血がついていた。

「数日して、警察のひとから説明を聞きました。七・六二ミリの拳銃弾だそうです」

「この被害者が室内に隠し持っていたものだと耳にしましたが」

「さあ」と杉原は首を振った。「わたしにはそれはわかりません」

当然だった。杉原は解剖医だ。鑑識係ではないし、ましてや捜査員でもない。拳銃の出所について調べることは、仕事の範囲外だ。

綿引が質問した。

「被害者はスタンガンを押しつけられて倒れ、失神しているあいだに撃たれた、ということでしたね」

杉原がうなずいた。

「そう想像しうるということです。刑事さんの話では、部屋の入り口前で加害者に待ち伏せされており、ドアを開きかけたところで、スタンガンを押し当てられた。それが二回、三回とあって、被害者はドアの内側に倒れ込み、加害者も玄関の中に身体を入れた。被害者が失神しているあいだに、タオルで拳銃をくるみ発砲、拳銃をその場に置いて逃走したのだろう、ということでした」

「現場にスタンガンは残されていなかったのですね？」

「聞いておりません」

「捜査員たちは、単独での犯行という読みでしたか？」

「複数犯の可能性もある、と聞きましたが、そのあたりのことになると、解剖医からはなんとも言えません。たぶん神奈川県警の科学捜査研究所が、何らかの判断を出しているのだろうと思いますが」

松本が質問を代わった。

「学校教師の溺死体《できしたい》にも、スタンガンによる火傷があったとか」

「ええ。この事件の七カ月前のものです」

ということは二〇〇九年の初夏ということになるか。

杉原はマウスを動かして、べつのファイルを開いた。

また男の写真が出てきた。頭部の大写し。目をつぶっている。年齢は四十歳ぐらいに見えた。

こちらも画像の横に、死体のデータがある。

鳴海《なるみ》俊郎《としろう》。四十四歳。身長百七十八センチ。体重八十二キロ。

二〇〇九年五月十八日、同僚が被害者と連絡が取れないのを不審に思い、横浜市鶴《つる》見《み》区生麦の自宅を訪ねて死体を発見。浴槽の中で、水に浸《つ》かって死んでいた。死亡推定日時は、十七日の深夜である。溺死。

次は、吉武伸也のときと同様に、裸の上半身の写真だった。胸に大きくYの字のかたちの切開の跡がある点も一緒だ。

火傷の痕は二点だけだった。右脇腹にあるところは、吉武と同じである。

杉原が次の画像を開いた。鑑識係が撮ったものだろう。浴槽の中で脚を曲げ、仰向けの姿勢で上体が完全に水に浸かった死体。目を剝《む》いていた。自分が窒息しつつあることに驚いているかのような表情だ。浴槽の水は汚れておらず、死体に外傷があったようではない。浴槽の外に、ビール缶が一本転がっている。

綿引が訊いた。

「この死体の司法解剖も、先生が担当されたのですね」

「はい」

「溺死という判断、つまり事件性がない、という判断も先生が？」

「そうです。そのときは、この火傷痕がスタンガンを押しつけられてできたものとは考えなかったのです。被害者の自宅室内の写真があります」

画面に現れたのは、座卓を置いた居間の写真だった。全体に散らかっており、座卓の上には十数本のビールのアルミ缶。ウィスキーのボトル。それに、吸殻が山になってあふれた灰皿がある。卓の表面にいくつかタバコによると見られる焦《こ》げた痕があった。

座卓の周囲には、衣類が脱ぎ散らかしてある。コンビニのレジ袋や食品のプラスチック容器も、床が見えないほどに散らばっている。教師の部屋とは思えない。四十四歳という年齢だが、勤め先の同僚に発見されたということは、独身なのだろう。あるいは離婚したのかもしれないが、どうであれ部屋の様子からは、かなりだらしない生活をしていたことがうかがえる。

杉原は言った。

「解剖してみると、肺の中には泡立った水が満杯でした。生きているときに水を飲んだ、ということです。心臓血の血中アルコール濃度は、〇・三五でした」

「泥酔《でいすい》というレベルですね」

「昏睡《こんすい》までは行きませんが、ひとによっては歩くことができません。意識は混濁していますす。その状態で風呂《ふろ》に入れば、ずるりと浴槽の中で体をすべらせ、完全に溺《おぼ》れてしまうことはありえます。じっさい、そのような死体を以前にも担当しています」

「このときは、スタンガンの件は気にならなかったのですか？　失神した男が水の中に沈められたのだとは？」

「ほんとうに窒息死なのかどうかを気にしていました。火傷痕の意味を考えることは、あとまわしでした」

それは針生医師も言っていた。室橋謙三の溺死体が海上公園から上がったとき、担当の監察医はやはり溺死かそうでないのかをまず気にしたと。このような状況で発見された死体を前にした場合、検死を担当する医師には同じ心理が働くものなのだろう。

杉原は言った。

「この日は部屋に客があったようです。一緒にお酒を飲んだのだと思いますが、早めに客は帰った。そのあとこの鳴海俊郎さんは風呂を沸かし、泥酔状態で浴槽に入って溺死したのでしょう。いまでも、この推測はおよそ間違いないだろうとは思っています」

「くり返しますが、スタンガンを押しつけられ、水の中に沈められたとは、判断されなかったのですね？」

「その時点ではスタンガンの傷とはわからなかった。不注意でタバコの火をつけてしまったかと思ったんです。裸で、泥酔していて、タバコを持つ手もおぼつかなくて。ずいぶん酒を飲む男性ですし、部屋じゅうタバコで焦がした痕だらけ。警察が事件性なしと判断したのも、とくべつ不合理ではありません」

「でも、いまはスタンガンの火傷痕と確信されている」

「そのとおりです。気になっていたので、あとになってから、スタンガンのことを調べたんです」

杉原は、デスクのファイルの束の中から、スタンガンのリーフレットを取り出した。

二種類だ。いずれも国内で、護身用として売られているものだという。ひとつは携帯電話のような形をしており、もうひとつはナックルダスターのようなグリップがついている。半グレたちなら、メリケンサックという名で、その喧嘩《けんか》用の道具を想《おも》い起こすだろう。

杉原が、リーフレットを開きながら言った。

「研究室で買って、ブタの死体で実験してみました。あの火傷痕はスタンガンのものと判断していいと思います。ただ、正直言いますとね、それでもこの変死体のスタンガンの火傷痕と、風呂での溺死とのつながりを、うまく解釈できないんです」

松本は、杉原に訊いた。

「どういう意味です？」

杉原は、もう一度解剖台の上の写真を示してから言った。

「たしかに、この死体にはスタンガンによるものと思われる火傷痕がありました。新しいものです。死亡したその日、死ぬせいぜい数時間前につけられたものであるのは、間違いありません」

「スタンガンは、吉武のときに使われたものと同じですか？」

「違います。火傷痕の間隔が狭かった。吉武という暴力団員のときは、たぶんもっと大型のものが使われています」

「新しい火傷痕ということは、吉武のときと同様に自宅前で待ち伏せされ、スタンガンを当てられて部屋で溺死に見せかけて殺された、ということになりますか？」

杉原は首を振った。

「鳴海さんは泥酔しており、風呂の中での溺死です。衣類は脱衣所に脱ぎ捨てられており、たとえば失神しているところを無理に風呂に沈められた様子はないのです。身体に、暴行の痕もなければ、防御創もなかった。火傷痕と溺死とは、無関係と思えるのです」

「失神しているあいだに、服を脱がせて風呂の中に放りこんだのかもしれない」

「殺害目的でのスタンガンの使用なら、べつに服を脱がさなくてもいいんじゃありませんか？　ただ顔だけ水の中に沈めてやればいい。それに、鳴海さんはかなり大柄な男性です。失神しているからこそ、服を脱がせて持ち上げて浴槽の中に入れるのは、かなり大変です」

「つまり事故死であるというご判断ですか？」

「いえ、わたしは検死結果を報告書にまとめて神奈川県警に提出しただけです。最終的に事故死、いや、事件性なしと判断したのは、神奈川県警です」

「神奈川県警は、火傷痕については、どういう解釈だったのでしょう。もしお聞きになっていれば」

「タバコの火傷痕のようだ、というわたしの報告書を、そのまま受け止めたようです」

松本は杉原に頼んだ。

「もう一度、死体の身元について読ませていただけますか？」

杉原がうなずいてマウスを動かした。画面に再び、死体の顔の大写しとデータが出てきた。

鳴海俊郎。四十四歳。身長百七十八センチ。体重八十二キロ。

二〇〇九年五月十八日、同僚が被害者と連絡が取れないのを不審に思い、横浜市鶴見区生麦の自宅を訪ねて……

勤め先は記されていない。それを訊くと、杉原は言った。

「この記述は、死体発見時の状況を警察の方から聞いて、検死の参考までにわたしが入力したものです。こちらに、警察の方から送ってもらったデータがあります」

杉原が別のファイルを開いた。

「鳴海俊郎。昭和四十年（一九六五年）、神奈川県藤沢市生まれ。日大藤沢高校を経て、日本体育大学体育学部卒業。大学時代は、柔道部に所属。昭和六十二年横浜市公立学校教員採用試験に合格。昭和六十三年四月から横浜市立東高校勤務。体育教諭。柔道部監督。平成四年（一九九二年）部員への体罰が発覚し、訓告処分。平成五年四月から、横浜市立橘中学校勤務。柔道部顧問。平成十一年から、横浜市立岡津中学校勤務。平成十八年から横浜市立錦台中学校勤務。独身。神奈川県柔道連盟委員」

これはおそらく、神奈川県の職員データベースに基づいた情報なのだろう。

学校教員としては特別に妙なところのある経歴ではなかった。体罰による処分歴が一回あるが、軽いものだ。体罰とは言っても、部員が怪我《けが》をしたわけではなかったのだろう。大学時代に柔道の選手で、勤めた公立高校では柔道部の監督という立場にあったのだ。格闘技の部活動なのだし、監督が部員に対して体罰をふるってしまっても、それが暴行や傷害にあたる犯罪だとは言いにくい場合がある。少なくとも、体育会系の文化の範囲である、と抗弁される風潮は、いまも残っている。だから処分も、訓告で終わっているのだ。ただし、翌年には中学校教諭への異動が行われている。これも処分と言えば処分にあたるのだろう。

綿引が訊いた。

「先生にお訊《たず》ねするようなことではないんですが、その晩、自宅に客があったという話でしたね。この客は、スタンガンとは無関係だったのでしょうか？」

「そのようですね」と杉原は言った。「このひとは、かなりの酒好きで、外でも飲むし、自宅でも飲む。この日は夕方、知人が来ていたと聞きましたよ。早めに帰っていて、溺死とは無関係だと」

「それが誰か、確認は取れていないのですか？」

「警察はその客も特定し、当たっているはずです」

「東京女子医大の針生先生が扱ったケースとの共通点はどうでしょう？」

「海上公園の溺死体のファイルを送ってもらいましたが、火傷痕の間隔が異なっておりました」

松本は、あらためて杉原に訊いた。

「さっきの暴力団員についての情報、あれだけしかありませんか。鳴海さんは地方公務員だったから、ここまでデータが残っていたのでしょうが」

「何か気になることでも？」と言いながら、杉原はまたマウスを動かした。

「スタンガン以外に共通点はないかと思いまして」

松本は画面をのぞきこんだ。

司法解剖に付された吉武伸也の遺体は、吉武信子《のぶこ》が引き取っていた。続柄は実の母となっている。吉武信子の住所は、横浜市保土ケ谷区初音ケ丘だった。「初音ケ丘」

松本は口の中でつぶやいて、その地名だけを頭に入れた。

杉原が鳴海の遺体についても確認した。鳴海俊子《としこ》が遺体引き取り。関係は母、と記録されている。

「共通点といえば」と杉原が言った。「このふたりの死体については、いくつかあります。死因に関係することではないんですが」

杉原は吉武の顔の大写しの画像を示し、ボールペンの先で画面を示して言った。

「左目の横に、古い裂傷痕。縦に二センチほどのものです。それに鼻が折れています。これも古いもので、十二、三歳ぐらいのときの怪我でしょう。右手の第四指の第二関節にも骨折の跡が残っています」

綿引が言った。

「ガキのころから、喧嘩ばかりしていたってことだろうな」

杉原は、また鳴海の顔の写真をディスプレイに表示させた。

「このひとは柔道選手ですから、耳の端がこのように縮こまっていることはおかしくないんですが」

松本は耳の部分に視線を向けた。耳たぶのあたりがつぶれた、いわゆる餃子耳《ぎょうざ》。警察でも、組対の捜査員などに多い。格闘技の練習などで寝技をよくかけられていると、内出血を繰り返して、このような形になる。暴力団員が、組対捜査員を見分けるときの目印になっている。

「この先生は、やはり左目の上に裂傷痕があります。口元、というか左顎《あご》の上にも、古い裂傷痕。ふつうこれらの傷は、柔道ではつきません」

綿引がまた言った。

「こいつも吉武と同じようなガキだったってことだな。そうとうなワルだったのかもしれん。公立学校の教師になれたのは、柔道のおかげだ」

そのとき研究室の固定電話が鳴り出した。杉原が受話器を取った。表情が少し硬いものになった。変死体が発見されたのだろうか。

通話を終えて杉原が受話器を下ろしたところで、綿引が言った。

「たいへん貴重なお話でした」これで引き揚げる、という口調だ。「さしつかえなければ、このふたりの司法解剖の報告要旨、プリントアウトなどいただけますか？　担当の捜査員の名前も、教えていただけると助かります」

杉原が言った。

「あとでメールに添付して送りましょう」

松本たちは杉原に礼を言って、彼の研究室を辞した。

駐車場から車を発進させると、綿引が話しかけてきた。

「スタンガンは、深沢、室橋、吉武、鳴海、四件とも別もの。変死体の身元に共通点はない。期待しすぎて遠出してしまったな」

松本は、運転しながら言った。

「いや、神奈川のふたつのケース、きょうの深沢のものとの比較はまだです」

「深沢と室橋には、手錠が使われていた。川崎では、手錠はない」

「でも、多摩川をはさんで暴力団員がふたり殺されている。このふたつについては、無関係には見えません」

「吉武、室橋、深沢。三人は事実上同じ稼業と言っていいしな。だけど、鳴海という中学教師はどうなる？」

「武道をやっていて、部員への体罰で処分歴がある、というのは、微妙に共通している要素かな、とも感じます」

「体罰を、暴力団の恐喝や傷害事件と一緒にするなって」

「もうひとつは、地理的なつながり。さっきも言いましたが、第一京浜沿いというか、東海道線沿いというか、連続殺人のパターンにあてはまります」

「通勤型か。こういう場合、犯人は自宅の遠くから始めるものだったか？」

「逆に近くから遠くへ、というケースもあるのかもしれません」

大学敷地の北側の道路に出て、首都高速湾岸線の入り口方向へと向かった。入り口までは二キロほどの距離だった。

湾岸線に乗ったところで、綿引が前方に目をやったまま言った。

「伏島管理官の読み、どう思う？　警視庁内部に、死刑執行人がいるということ」

松本は慎重に言葉を選びつつ答えた。

「管理官は、その理由として、室橋と深沢のふたりは殺人事件の重要参考人であったと言っていました。警察の直接の捜査担当者以外は知らない事実だったと」

「だけど、加地の話を聞くと、深沢とアイザ事件との関わりについては、わりあい知られている印象だったな」

「室橋のほうについては、女医の変死にすぐに公安が蓋《ふた》をしただけあって、関わりを知っている警察官は限られてきますが」

「だから、犯人が警察内部にいると感じるか？」

「まだ、皆目見当もつきません。夕方の時点より混乱している」

「川崎の吉武って男の殺しが出てきて、むしろ警察ではなくて暴力団の線も濃く思えてきた。見えないつながりが何かあるんじゃないか。おそらくやつらのしのぎのことで」

「教師の件は、どうなります？」

「スタンガンの火傷痕という見方自体が、どうなのかと思うぞ」

「杉原先生の見立てを信用していない？」

「教師はあれだけのヘビースモーカーで、しかも酔っていたんだ。あれはタバコをうっかりつけてしまった痕だ」

「二カ所、きれいに並べて？」

「偶然そうなることはあるだろう。おれは泥酔した男が、火のついたタバコを二度もくわえそうになったところを見たことがある」

松本が黙っていると、綿引が不服そうに言った。

「三件共通。鳴海は事件性なし。そうは考えられないか？」

「まだまだ判断材料不足です。わたしは、鳴海を含めたキーワードが何か出てきそうな気もするんですよ。根拠は特にないんですけれど」

「鳴海の一件も殺人事件だと？」

「スタンガンの使用があった、という点では、いまの杉原先生の見解を支持します」

綿引が深く溜め息《いき》をついた。

車はいま、首都高速湾岸線の杉田近くだ。道路はほぼ海岸線に沿って続いているが、このあたりから、大きく右へカーブしている。夜の人工光は、いっそう冷やかに熱を失っていた。

セダンが一台、松本たちの乗る車を追い抜いていった。いま、車は半時間前よりもずっと少なくなっている。流れは滑らかだった。とはいえ、少し運転に疲れてきたのも事実なのだが。

綿引が松本の横顔を見ていった。

「きょうはここまでにしておくか。明日朝一番に管理官に報告する。帰らずに眠る。お前は？」

「わたしもそうします」

収穫はろくになかったが、やっときょうが終わる。片道四十分かけてひとり暮らしのアパートまで戻るのは面倒だった。本部庁舎内で、ぎりぎりまで眠る。それがいい。着替えはロッカーの中にいつだって用意してあるのだ。松本は少しだけアクセル・ペダルを踏み込んだ。

波多野涼は馬込の小さな部屋に戻ってきた。警察学校を出て以来住んでいるワンルームだ。ベッドと小さなデスクとクローゼットのほかには、目立つものもない。テレビもないし、ノートパソコンもない。楽器も、コレクションの棚もなかった。デスクの上のブックエンドのあいだに立てられているのは、昇任試験のための参考書と問題集が少し、自分が持っている車についてのムックが数冊。それだけだ。

波多野は洗面所に入って、顔の傷を見た。さっきよりも痣《あざ》は目立ってきているような気がする。しかし一晩眠って、なんとか腫《は》れが引いてくれることを願うしかない。医師にも痛み止めと化膿《かのう》止めを処方されただけだ。ほかにやれることはないということだ。

波多野はシャツとアンダーシャツを脱ぎ、洗面台の脇《わき》の洗濯機の中に放り込んだ。ついで靴下を脱いで放り込むと、歯ブラシにペーストをつけてから、鏡に向かった。歯をむき出しにしてみた。あの北前堀での逮捕の一件のとき、自分は顔にひとつ蹴《け》りを食らった。鼻血が出たし、口の脇にもそうとうの打撃があったけれど、さいわい口の中は切れておらず、歯も無事だった。

波多野はグラスに水を満たすと、一回口の中をゆすいでみた。血はまじらなかった。波多野は背を起こし、鏡の中の自分を凝視したまま、いつもと同じ調子で歯を磨いた。磨いている途中、ふと気になって、洗面所を出た。デスクの上に置いた携帯電話を持ち上げると、中をのぞいてみた。着信はない。eメールもショートメールの着信もなかった。門司からも、係長からも呼び出しはない。

門司は高安の言ったギター弾きから何を聞き出しただろう。そこからまたどんなふうに筋を読んで、次の狙《ねら》いを定めただろう。署を出る直前、門司がまだ聞き込みを続けるというので、自分は思わず口にしていた。抜け駆けなんて、しませんよね？　無意味な質問だった。門司が同僚と別れたあとも、現場周辺で地取り、聞き込みを続けるといっていたのだ。抜け駆けする気は十分だった。門司はいままで地域課にいたのがおかしいと言えるくらいに刑事畑向きの捜査員だ。自分の嗅覚《きゅうかく》を信じて、ドブの中にも鼻を突っ込む男だ。それがきょう一日だけでもよくわかった。

彼は今夜のうちにも、抜け駆けできるだけの情報を手に入れることだろう。いや、少なくともほかの捜査員たちを出し抜けるだけの、レースで一歩前に出るための情報を手に入れることだろう。門司の刑事勘はあなどれない。

七年前の城南島事件のことが思い出された。あのときの門司も独断で逃走犯を追い詰めたのだった。同時に、松本のことが頭をよぎった。彼はいま何をしているだろうか。

携帯電話をデスクに戻して、目覚まし時計を見た。じきに午前零時になる。

なんとかきょうのうちに眠ろう。波多野は洗面所に戻り、口の中をゆすいだ。やはり血は出ない。波多野は歯ブラシを洗うと、そばのハンドタオルで拭《ふ》いてから、紫外線消毒器の中に収めた。

昨日が遅かった。今夜のうちに眠れるのはありがたかった。

波多野はクローゼットの引き出しからTシャツを取り出してかぶり、ベッドに身を横たえた。

10

松本と綿引が伏島管理官の部屋に呼ばれたのは、午前八時五十五分だった。

朝一番とはならなかった。刑事部の課長以上の幹部の緊急会議があったようだ。

松本たちが部屋に入ったとき、伏島はズボンのポケットに両手を入れ、窓に身体《からだ》を向けていた。窓の向こうは、桜田濠《さくらだぼり》と皇居だ。考えごとをするとき、眺めるにはふさわしい風景だ。松本たちに向き直ったとき、伏島はなぜかかすかにばつの悪そうな顔をしていた。苦笑しているようでもある。

伏島は、立たせたままの松本たちを見てから言った。

「昨日は、わたしが早とちりをしたかもしれない。警察内部の者による連続殺人、という懸念《けねん》を伝えたが、蒲田の暴力団員殺害の件、蒲田署は昨日、半グレの逮捕状を取ったそうだ。捜査本部の設置も保留となった」

松本は綿引と顔を見合わせた。半グレの逮捕状？　被疑者が特定されたのか？

綿引が伏島に訊《き》いた。

「殺人容疑で、ということですね？」

「いいや」伏島は首を振った。「罪状は児童福祉法違反。しかし、本筋は暴力団員殺しだ。その半グレは、死体遺棄現場のすぐ近くに工場を借りて、危険ドラッグを密造していた。危険ドラッグの利権をめぐって、蒲田の小橋組と、ヤブイヌと呼ばれている半グレ・グループが抗争した、と蒲田署は見ている」

「密造工場の近くに死体遺棄、ですか？」

「半グレたちは、昨日、死体が発見されたあと、あわてて工場の中のものを一切合切運び出したそうだ。関連は濃厚だ。蒲田署が家宅捜索に入って、残された危険ドラッグを押収《おうしゅう》している。蒲田署は工場の名目上の借り手の逮捕状も取った」

松本は訊いた。

「その半グレ、室橋謙三とは何かトラブルが？」

「聞いていない。蒲田署も、そちらとの関連については何も触れていない。今後の捜査次第だろうが、半グレは警視庁が想像する以上に、広い範囲でトラブルを起こしていたのかもしれない」

綿引が、伏島の真意を確かめるように訊いた。

「管理官はつまり、警察内部の者による犯行の線は消えた、とおっしゃっているのでしょうか。昨日いただいた指示はなしになったと」

「蒲田署の捜査を少し見守ってもいいという気持ちになってきている。きみたちのほうは、首尾はどうだ？」

「警察官の犯行、とする確証はまだ得ておりません」綿引は、レインボーネット東京の事務所を訪ねたことを謝ったうえで、ふたつの事件に共通する捜査員を洗い出し、調べているところだと報告した。死体遺棄事件に関わった捜査員からは話を聞いていると。「ただ、神奈川県警の管内でも類似事件があったことを知りました。あちらの解剖医とも面会しています」

伏島の右の眉《まゆ》が上がった。

「類似事件？」

「はい。二件です。一件は川崎の暴力団員殺し。スタンガンを当てられたうえで拳銃《けんじゅう》弾を撃ち込まれています。昨日の深沢殺しと手口が酷似しています。手錠は使われていないんですが、地理的にも近い。未解決です」

伏島の顔から少し血の気が引いたように見えた。

「もうひとつは？」

「鶴見の変死です。風呂場で溺死《できし》、事件性なしと判断されていますが、死体にはスタンガンのものと思われる火傷痕がついていました」

「そっちは、室橋の事案と似ているな」

「ただ、変死したのは中学の体育教師です。鳴海俊郎という中年男。こいつには、殺されるような理由の見当がつかないのですが」

「発生時期は？」

「川崎の暴力団員殺しは、平成二十一年冬。室橋の変死体が見つかる四年前です。体育教師の変死は、さらにその七カ月前」

「川崎の件は、未解決だと？」

「はい。この事件、詳しい情報にまだ当たっていないのですが、暴力団員が殺されたというのに、神奈川県警は殺害犯の当たりもつけられなかったようです」

「教師の変死体が事件性なしとされたのは、どうしてなんだ？」

「解剖医の話では、現場の状況から、事故による溺死と見てまったく不自然ではないとのことでした。火傷痕と溺死とのあいだに関連はないようだと」

伏島が、両手をズボンのポケットに入れたまま黙り込んだ。目はデスクの上に向いているが、焦点はそこには合っていない。

松本たちが次の言葉を待っていると、やがて伏島は顔を上げて言った。

「特命捜査の中止を伝えるつもりでいたが、まだ続けてもらう。何か管轄《かんかつ》を超えて動いているものがあるんだ」

伏島の顔は、懸念が確信に変わった、と言っているようだった。

綿引が、伏島に確認した。

「それは、警察官同士のネットワークが、という意味ですね？」

伏島がうなずいた。

「どの程度の規模のものかはわからないが、少なくとも警視庁の枠を超えたものであることはたしかだろう」

松本は、綿引の顔を横目で見てから言った。

「もしそうだとしたら、事件はこの程度で収まっていないという気がするのですが」

綿引がかすかにあわてたのがわかった。管理官に向かって、その判断は誤りだといわんばかりだからか？

「根拠は？」と伏島の声が鋭くなった。

「この三件、発生場所が地理的にも近く、手口も似すぎているからです」

「中学教師の事案ははずして、ということだな？」

「はい。もう少し前後の事情がわかれば、それも類似事件に入れてもよいかと思います。ただ、もし管轄を超えたネットワークが存在するなら、なおのこと手口は一件一件違ってくるように思います。わざわざスタンガンという目立つ道具を使う必要はありませんし」

「まるで違う手口の未解決事件が、ほかにもあるのかもしれない。すべての未解決事件を精査しての指示ではない」

「ネットワークがもしあるとしても、地理的には限定され、構成員もごく少数という印象を受けます。組織というほどのものではないのでは？」

「昨日言ったように、それならそれで構わないのだ。警察官たちによる私刑、という推測がわたしの杞憂《きゆう》なら、いつでも頭を下げる。忘れろときみたちに言う。今朝、蒲田署が半グレの逮捕状を取ったと聞いたときは、わたしの考え過ぎだったと喜んだんだ。だが神奈川県警管轄の事案があることを知って、その安堵《あんど》も打ち消された。やはり、という思いのほうが強くなった」

「しかし」

と言いかけたとき、綿引が割って入った。

「その半グレ、深沢殺しという本筋にどうからむか、まだわかりませんしね。きょうも、室橋、深沢のふたつの事案に関わる警察官から、事情を聞いてみるつもりです」

伏島が綿引に目を向けて言った。

「やってくれ。川崎のその暴力団員の件は、組対を通じてどれだけのデータを集められるか、問い合わせてみる」

松本は、あらためてていねいに伏島に言った。

「鳴海という鶴見の教師の件も、周辺の情報が欲しいところです。教職員データベースに載っている以上の」

「手立てを考える」

伏島はデスクの脇《わき》のノートPCに手を伸ばした。電源スイッチを入れたようだ。話は以上だ、という意味なのだろう。

綿引が、出るぞ、と松本に目で合図してくる。

「失礼します」と松本は言った。

綿引も同じ言葉を繰り返し、伏島のデスクから離れた。

総合庁舎の小さな会議室へ向かいながら、松本は綿引に訊いた。

「ほんとうに、管理官の言うようなネットワークがあると感じますか？」

綿引が答えた。

「現実に、暴力団員が同じ手口でふたり殺された」

「ただの連続殺人と解釈しては、いけませんか？」

「抗争相手のか？　神奈川県警だってその線から殺害犯を追わなかったはずはない。現実には、その線はなかったんだ」

「蒲田の半グレの線が出てきています。彼らは川崎の組とも、もめていたのかもしれない」

「おれたちは、かもしれない、が多すぎるぞ。神奈川県警は何か情報を持っているさ。ここで推測しているよりも、その情報を投網《とあみ》で集めよう」

「中学教師の件は、どう思います？」

綿引は首を振った。

「あれはわからんな。おれにも解釈不能だ。もっと情報があれば別だが」

ふたりは会議室に入った。さっき捜査一課のフロアに行く前に、松本たちはいったんこの部屋に入って、地下のコンビニで買ってきた新聞をまとめて読んでいる。きょうはこのあと、午前十時には大森署に行き、内田絵美から室橋謙三や深沢隆光との関わりについて話を聞かせてもらわねばならなかった。時計を見ると、九時十五分になろうとしていた。

綿引が室内を見渡し、小さく溜《た》め息《いき》をついた。昨日半日あちこち回ったが、管理官の期待に応《こた》えられるだけの結果は出していない。きょうじゅうに、何にたどりつけるかさえおぼつかなかった。

「出るか」と綿引が言った。

松本は、はいと短く応えて、いま入ってきたばかりのドアに向かった。

波多野涼が刑事課のフロアに駆け込んだときには、午前八時三十分を二分過ぎてい
た。久しぶりに、日付が変わる前に寝たせいか、かえって寝過ごした。
フロアではほうぼうで捜査員たちが私語を交わしている。係長クラス以上の幹部の
姿は見えなかった。会議が始まっているのかもしれなかった。
フロアの左手、廊下側の壁にホワイトボードが置いてあり、地図が貼《は》られている。
三人の捜査員たちが、その前で地図を指さしながら喋《しゃべ》っていた。地図は蒲田周辺のも
のと見える。いくつもの赤いマグネットが、その地図の上に留められていた。
三人のうしろに、門司孝夫がいた。腕を組み、不審気な顔で地図を睨《にら》んでいる。
波多野は門司にあいさつしてから訊いた。
「昨日はあのあと、いい情報でも？」
門司が、同僚たちの背に目をやってから、うなずいた。あまり質問するな、という

意味かもしれない。ここでは答えたくないと。

「わかりました」と言ったところで、三人がその場を離れていった。

門司が地図の前に立った。ちょうど目の高さに、深沢の死体遺棄現場と石黒の危険ドラッグ密造工場の位置が示されている。赤いマグネットは、接して留められていた。

波多野はあらためて小声で訊いた。

「昨日、また地取りに回ろうとしたのはどうしてです？　石黒とのトラブルということで、解決したのだと思いましたけど」

門司が、地図を見つめたまま言った。

「深沢が石黒の密造工場のことに気づいて、ゆすったってわけか？　それでヤブイヌに殺されたんだと」

「そういうことしか考えられませんが」

「それで高安にはもう何も訊かなかったのか。思い出せ。おれが石黒に電話したとき、やつはまだ深沢が殺されたことに気づいていなかった。工場を大慌《おおあわ》てで畳み出したのは、夜になってからだぞ。前の晩に深沢を殺したのなら、もっと早く対応したはずだ」

「でも」波多野は地図を指差した。「死体遺棄現場と密造工場は、こんなに接近しています。やはり関係があると見るほうが」

「そこが気にくわない。水路をはさんでいるけど、直線距離で五十メートルもない。近すぎる」

「これって、現場がふたつあるんじゃなくて、ひとつの事件の現場がここだ、というふうには見られないんでしょうか」

「石黒が工場のことでゆすられて殺したんなら、もっと遠くに捨てるさ」

「海老取川が近いし、この川に沈めるつもりだったのかも。水路の南側なら、人の目も少ないです。だけど目撃者が出るとか邪魔が入るとかして、やむなくここに車を放置することになったのでは？」

「工場撤収との時間差の説明がつかない」

また捜査員がふたり、地図の前に近づいてきた。門司が離れて自分のデスクへと向かった。波多野も続いた。

門司のデスクの上には、栄養剤の小瓶が置いてあった。口が開いている。今朝飲んだものなのだろう。

門司はその空き瓶を足元のゴミ箱の中に放ると、椅子《いす》に腰を下ろして言った。

「他にも、深沢を恨んでいる人間がいるんだ」

やはり小声だった。まだほかの捜査員とは共有したくない情報ということだろう。

波多野も、小声で訊いた。

「地上げの件ですか？」

「高安も言ってたが、欲の皮の突っ張った床屋の親父《おやじ》がいたらしい。売値をアテにして遊びすぎたあげく小橋組を頼り、逆にカネを貸し込まれて、次は大木戸組に頼った。双方のいいカモになって、蒲田から消えたそうだ。流しのギター弾きが詳しく話してくれた」

「そういう話って、組対が把握していることじゃないんですか？」

「組内のことや、抗争のことならともかく、細かなしのぎについては、把握しきれないだろう。この床屋、もめごとはマル暴に頼るという、困った男だったようだし」門司は口調を変えた。「傷、どうだ？」

「もう全然。まだ目立ってますか？」

「青タンになってる。誰か女の子から、染《し》み隠しクリームでも借りたほうがいいんじゃないか？」

「地取りで、怖がらせてしまいますかね」

「それほどじゃないが」

フロアの中の声がすっと静まった。波多野が見渡すと、管理職たちが入ってきたところだった。係長の加藤が、波多野と目が合うと、いくらかねぎらうような目でうなずいてきた。昨日の石黒の逮捕状と蒲原の逮捕、危険ドラッグ工場の摘発が、会議で評価されたのかもしれない。

管理職たちは大部分自席に着いたが、刑事課長の佐久間《さくま》がひとりだけ立ったまま話し始めた。

「聞いているだろうが、深沢隆光殺しの件では、捜査本部設置は見送られた。捜査一課の手を借りるまでもなく、蒲田署が把握している関係者のうちに殺害犯がいる。一日二日のうちには被疑者を特定、確保すると期待してもらえたということだ。この期待には全力で応えねばならない。きょうも、きみたちにはかなり無理を言う。事情を理解してくれ」

捜査員たちは、無言のままだ。しかし、その顔には、歓迎の色さえ走ったように感じられた。

課長は続けた。

「知ってのとおり、深沢と、工場を借りて危険ドラッグを密造していた半グレとの関わりが浮上して、半グレの石黒には逮捕状が出た。やつの車も手配ずみだが、まだN

システムには引っ掛かっていない。蒲田に潜伏中の可能性が大だ。うちは石黒確保に全力を挙げる。ただ、昨日、半グレ逮捕の際には、捜査員がひとり負傷している。連中、簡単には身柄確保できる相手じゃない。きょうは、私服の捜査員は、全員手錠と拳銃携行のこと。関係者にあたるときは、十分に注意しろ」

拳銃携行、という言葉に、捜査員たちが反応した。フロアの空気が緊張した。

「ただしだ」と課長は声の調子を変えた。「組対は、やはり指定暴力団同士の抗争という線もあるということで、独自に追う。あえて刑事課と組対の方針を一本化しない。殺害犯を確保したほうが正解だった、ということでいい。以上だ」

課長が自分の席に向かうと、フロアがざわついた。それぞれのセクションの幹部が、部下の捜査員たちに指示を与え始めた。

盗犯係では加藤のデスクを、部下たちが囲んだ。

「聞いたとおりだ」と加藤は捜査員たちを見渡しながら言った。「盗犯係は応援部隊だが、石黒の逮捕状請求のきっかけはうちが作っている。半グレの危険ドラッグ工場も発見した。死体遺棄現場のすぐそばでだ。昨日逮捕した蒲原という半グレの取り調べは、薬対にまかせる。きょううちは、昨日に引き続き、半グレとその周辺から石黒を追う。深沢殺害犯につながる情報を追いかける」

加藤が門司の名を呼んだ。

「門司」

「はい」と門司が間髪を容《い》れずに応えた。

「お前はきょうも波多野とふたりで動け。いちいちおれからの指示を待たなくていい。ただし、小橋組には首を突っ込むな」

門司と波多野の刑事勘にまかせると言ってくれたわけだ。ほかの捜査員たちが、うらやましげな顔を見せた。

加藤は、部下たちに手短かに指示を出してから背すじを伸ばし、いくらか興奮を感じさせる声で言った。

「行け！」

捜査員たちは一斉に係長のデスクから離れた。全員、まず拳銃を受け取っていかねばならない。

廊下に出てから、波多野は門司に訊いた。

「床屋の件、いまのうちに報告しておかなくていいんですか？」

門司が口の片側だけで笑って言った。

「いいのさ。係長はまかせると言ってるんだ。だいいち、おれが手柄を譲るような刑事に見えるか？」

波多野は首を振った。

内田絵美は、私服のグレーのジャケットと黒いパンツが似合う女性警察官だった。眼鏡はかけていない。

松本たちを歓迎していない雰囲気が感じられた。同僚の目もある場所なので、松本たちは内田と向かい合う格好は避けた。警務部による事情聴取だと周囲に誤解されている、とでも内田が感じるなら、返答も警戒気味になる。情報の提供をお願いしている、という雰囲気を作ることが必要だった。松本はテーブルをはさんで内田の向かい側に着席し、綿引は内田の右側の椅子に腰掛けた。

まず綿引が、昨日の電話で話したことをあらためて繰り返した。室橋と、彼がやっていたビジネスについて、捜査一課が関心を持っているのだと。また京浜運河の死体遺棄事件について、当初被害者だと思われていたアイザというフィリピン人女性の帰国の事情と、さらに彼女に関わった男たちについての情報も欲しているとつけ加えた。

それは事件そのものへの関心ということだけれども、ストレートにそう語ってしまっては、やはり内田は綿引たちの訪問の理由をいぶかるだろう。真意を悟られてしまうかもしれない。そもそも内田は、綿引や松本の想像では、大内恵子医師ともなんらかの接触を持って、人身売買組織を摘発しようとしていた。なのに、公安の介入でそれを断念させられた女性警官だ。本部への敵愾心《てきがいしん》がないわけはないのだ。

綿引の話を聞き終えると、内田が訊いた。

「それで、具体的には何をお話ししたらいいのでしょう？」

綿引が、松本の顔を横目で見てから、答えた。

「室橋謙三という男のことは、どのくらい知っている？」

綿引の口調は、年下で階級も下の警官に対してのものだ。

「少しだけ」内田は言った。「人買いでしたよ。ブローカー。フィリピンやタイから若い女性を買って、国内の業者に斡旋《あっせん》していた」

「直接接触したことはあった？」

「何度か。品川署の生安で人身売買の取り締まりを担当してましたから、あの男とはいろいろ接触する機会は少なくなかった。タチの悪い人買いでした」

「逮捕したことは？」

「いえ、ありませんが」そこまで言ってから、内田は逆に訊いてきた。「運河に落ちて死んだことは、ご存じですよね」

「ああ」綿引が答えた。「酔って溺死したとか。人買いにふさわしい死に方だよな」

松本は、内田の表情を注視した。人買いにふさわしい死に方、という綿引の言葉にどう反応するか、確認したかったのだ。そのとおりだと肯定するか、やっぱり刑務所送りにしておくべきだったと感じるか。しかし内田の顔には、読み取れるほどの感情は浮かばなかった。

綿引がまた訊いた。

「接触する機会というと、たとえば？」

「人身売買の通報があって、室橋の持っていたマンションで、タイ人の少女三人を保護したこともありました」

「通報というのはどこから？」

「あのときは市民団体。そういうアジアの女性の支援組織などから、ときどき情報が入るんです」

「レインボーネット東京のような？」

内田は、意外そうな顔を見せなかった。この固有名詞が出ることを予期していたかのようだ。

「そうですね。あそこの団体は、警察の目の届かないところにも、手を差し伸べてくれていましたね」

「医者の大内恵子先生が、救援活動には熱心だったな」

「あの先生からも、情報をいただいたことがあります」

「室橋が人買いをやっていると？」

「それを含めて、困った立場にいる女性たちを救うのに、協力してはもらえないかと」

「じゃあ、大内先生とは親しかったんだな？」

「いいえ、親しいわけでは。仕事のことで、何度か電話したり会ったりしただけです」

「でも、人買いなんか許さないという点では、敵は共通だ」

「ま、そう言えるかもしれません」

「室橋から見れば、大内先生は目の上のたんこぶだった」

「そうだったでしょうね」

「そういえば、先生もお気の毒な亡《な》くなられ方をしていた」

内田の反応は、少し遅れた。

「ほんとうにお気の毒でした」

綿引の言葉のオウム返しだ。何を気の毒と思っているのかはわからなかった。死に方か、過労による鬱《うつ》病だったという原因の部分か。まだ若いのに、という点か。

「鬱病だったと耳にしている」と綿引が続けた。「やはり室橋みたいな男たちとのやりとりに疲れた、ということがあったんだろうな」

「よくはわかりませんが」

内田は乗ってこない。どうとでもとれるような言葉で、答えをはぐらかしている。この件に関して、何か隠しておきたいことがあるのだろうか。

綿引が、それでも辛抱強く訊いた。

「アイザというフィリピン人女性も、たしか室橋がフィリピンから呼んだんだったな」

「アイザ・レジェス・クルーズのことですね」

「そう。知っているの？」

「直接は知りません。それに正確には、田所っていうやはり人身売買ブローカーが受け入れて、室橋に引き渡した女性です。アイザはパスポートを取り上げられて、草津のスナックに売られたんです」

「蒲田のパブで働いていたことがあったそうだ」

「そのあとです。草津から逃げてきて、最初はレインボーネット東京に駆け込んだ。あの団体が一時保護したけど、すぐに行方がわからなくなったと聞いています。そのうち、遺棄死体が彼女ではないかということになった」

「そのとき、この大森署の加地さんが、深沢という蒲田のマル暴を調べている。内田さんは、深沢のことも知っていたと聞いているけど」

「室橋や田所を摘発できないか調べたとき、田所と親しいマル暴として、深沢の名前が出てきました」

「車も知っていたとか」

「え？」

「加地さんの話だ。駐車場で深沢の車を見て、加地さんに深沢が来ているのかと訊《たず》ねたとか」

「ああ」内田はこのとき初めて動揺を見せた。そのことが伝わっていたとは思ってもいなかったようだ。「そういえば、そんなことがありました」

「どうしてまた、蒲田のマル暴の車のナンバーまで覚えていたんだ？」

「ええと、たしか田所の事務所に行ったときに、たまたまそこに深沢がいたんです。そのとき車のナンバーを控えたんでしょう」

「たまたま？」

「ええ」

「田所の事務所に行ったのは、何かの事情聴取とか？」

「不法滞在ホステス斡旋のことで、どうしても訊いておきたいことがあったんです」

「その深沢が、昨日殺されたのは、知っている？」

「夕方、署内で耳にしました」

「殺され方、聞いているかな？」

「撃たれたんですよね？」

「どう思う？」

「どうって、どういう意味です？」

「深沢が殺された理由について」

内田の声の調子は、少し苛立《いらだ》ちを感じさせるものになった。

「マル暴なんですから、抗争ってことじゃないんですか？」

そのとき松本の視界の端に、スーツ姿の男が映った。フロアの隅のほうからこちらを見ている。松本と目が合うと、そのスーツの男はくるりと背を向け、廊下に出ていった。

視線を戻すと、綿引が松本を見た。弱ったという顔だ。どうも内田は協力的ではない。いや、単にぶっきらぼうなもの言いのせいでそう感じさせるだけかもしれないが。

松本は質問を代わることにして、愛想笑いを作って訊いた。

「たしかにそうです。ただ、深沢については、加地さんは死体遺棄事件での重要参考人だったという言い方をしていました。この件、もしかすると、抗争というよりは、人身売買がらみのトラブルかなと考えてみても、おかしくないですよね」

綿引があわてて松本の言葉を遮った。

「いや、べつにそのことを捜査しているわけじゃない。室橋とか、死体遺棄事件の周辺で、見落としていた情報を手に入れておきたいだけなんだけどな」

松本が手の内を見せすぎたと感じたのかもしれない。

内田が綿引に訊いた。

「いちばんの問題になっているのは、室橋謙三のことでしたっけ？　死体遺棄事件？　それとも深沢殺しのことですか？」

「深沢殺しは、蒲田署が捜査中だ。そっちじゃない」

「全然見当もつかないんですが、たとえばどんなことなんでしょう？」

「たとえば」綿引がまた松本に目を向けてきた。「たとえば……」

松本がもう一度あとを引き取った。

「内田さんが品川署で担当した人身売買の事案や、室橋の周辺で起こったことと、何かつながりのようなものを感じませんか？　室橋、田所、深沢とつながる何かがあるのではないかと。なんでもいいんです。どんなに些細《ささい》なことでもいい」

「ひと、ということですか？」

「それも含めて、キーワードです」

「キーワード？」

「その三人、たとえば人身売買というキーワードが共通していますが、ほかに何かあるかなということです」

「思い当たりません」

「直感でけっこうなんですが」

内田は首を傾《かし》げてから言った。

「全然思いつきませんけど」

「そのうちふたつに共通するキーワードでもいいです」

「ふたり、死んでいますね」

「ここに大内先生を加えて考えると」

内田は、言葉に詰まった。かすかに頬がこわばったかもしれない。松本は、なお内田の反応を待った。

「わかりません」と内田は首を振った。

ひとつ確認できた。なぜ大内恵子の件と関連があると考えるのかと、内田は訊き返さない。大内医師の死が、話題とはまったく無関係であるとは、内田は考えていないのだ。少なくとも、松本の質問が見当はずれ、あまりにも飛躍した質問だとは思っていない。これで十分だ。

松本は綿引に視線を向けた。

綿引が話題を変えて質問した。

「田所っていうブローカー、居場所とか連絡先はわかる？」

そろそろ引き揚げるぞという合図だろう。

内田は携帯電話を取り出しながら言った。

「店は大井町にあります」

「飲み屋？」

「いいえ。アジア雑貨の輸入販売」

内田が数字を読み上げ始めた。松本はその数字を自分の携帯電話に入力した。

「いまのが店の電話」

「店の名前は？」

「プーケット共栄商会」

「いろいろサンキュー」

綿引が立ち上がった。松本も、内田に礼を言って、椅子から立った。できるだけにこやかな顔を作った。素直に答えてもらえずに不満だ、という思いはおくびにも出さなかった。ましてや、収穫はあった、という思いは。

生活安全課のフロアを出て、エレベーターに向かったときだ。

エレベーター・ホールにいたスーツの男が松本たちに近づいてきた。ついいましがた、松本と視線が合った男だ。四十歳前後かと見える体格のいい男。日に灼《や》けた顔で、口元だけ笑みを浮かべていた。

「監察ですね？」と彼が訊いた。

綿引が足を止めて訊き返した。

「そちらは？」

監察、つまり警務部の職員であるとの誤解を、綿引は正さなかった。松本も、綿引の意図を察して足を止めた。

男は言った。

「この生安、少年係の宮崎《みやざき》と言います。もしよければ、そっちの階段のほうへ」

「用件は？」

「いや、とくに。ただ、同僚の風紀に関して、警務のひとには耳に入れるべきかと思いまして」

宮崎は、松本たちを大森署の監察に来ていると思ったのだろう。きょうはとくに内田が対象だと。わざわざひと目のあるフロアの隅で話を聞いたのに、やはり何か不自然なやりとりに見えていたのかもしれない。

もっとも松本たちを監察と誤解した理由もわかる。いま警務部は、職場の風紀の乱れに関して、きわめてナーバスになっているのだ。これが十年前であれば、年に四、五件発覚する程度だった職場内の不倫、ダブル不倫や、上司と部下との男女関係のトラブルが、いまや当たり前のように噴出している。こともあろうに警察官同士で交番をラブホテル代わりにした、という事案まで出てきた。男女関係の様相は、警察が取り締まるべき業界のそれとほとんど変わりがなくなった。年配の幹部たちは、警察の文化が変わり過ぎたと頭を抱えている。

もちろん不倫であろうと何であろうと、職務に支障をきたさないものであるなら、警務部もひと昔前のような厳しい対応はしない。当事者同士の良識にまかせるというのが、現在の方針だ。しかし、このところ職場を混乱させ、職務に影響するほどのトラブルが多すぎるのだ。所轄の幹部もまた男女関係の不祥事は隠しがちなので、警務部は、トラブルとして表沙汰《おもてざた》になる前に処理すべく躍起である。そのため、職員の男女関係についての情報は歓迎なのだ。情報提供者の思惑がどうであれ。

松本たちは廊下を進み、階段室へと出た。ひと目の少ない場所だ。

宮崎が、松本と綿引に向き直って言った。

「内田は、正直に言いました？」

この距離でじっくり見ると、宮崎は男前だった。体形から見ると、格闘技よりは球技を得意としてきた男のように見える。スーツもけっして安物ではない。自分の見てくれにはかなり自信があるようだ。

綿引が首を振った。

「いいや、言わないんだ。認めない」

「ほんとうですよ。不倫です」

「これから、相手にも訊きにいくつもりだ。あんたの持ってる情報と重なっているのかな。誰のことを言ってる？」

「品川署刑事課。能条って主任ですよ」

能条。能条克己のことか。

松本は、自分の顔色が変わるのをなんとかこらえた。

綿引が、宮崎に訊いた。

「知りたいのは、ふたりが付き合い始めたきっかけなんだが、知っているか？」

宮崎は首を振った。

「いや、そこまでは。ただ、前に同じ職場にいたわけだし、きっかけはいくらでもあったでしょう」

「能条が粉をかけたんだよな？」

「さあ、内田はああいう女だし。よくわかりませんが」

「ああいう、というのは？」

宮崎は、それは答えたくはないのだが、という顔になった。

「内田は、その、男に誤解されがち、という評判なんですよ」

「どういうふうにだ？」

「本人は無意識なのかもしれませんが、まわりの男を誤解させる。そこから始まったのかも」

「あんたも誤解したくちだな？」

「まさか。ただ、同僚のそういう関係は、周囲もね、困ってしまうわけで」

松本は思った。昨日、綿引が内田の評判を女性の職員に尋ねたが、なんとなく噂《うわさ》は聞いている、という印象を受けた。ただ、宮崎はいま、不倫、とまではっきり口にした。そのこと自体に、嘘《うそ》はないのかもしれない。警務部職員と思っている相手に、まったくの偽《にせ》情報を伝えるはずもない。

そのとき松本の携帯電話が震えた。振動音は綿引にも聞こえたようだ。ちらりと松本を見つめてくる。

携帯電話を出すと、伏島からだった。今回は、綿引の携帯電話にではなく、直接松本にかけてきた。特に意味はなく、リダイアルしやすいほうを選んだだけかもしれないが。

松本は携帯電話を耳に当てた。

「松本です」

伏島は、名乗ることもせずに訊いてきた。

「いま、いいか」

「ええと、ちょっと待っていただけますか」

松本は目で綿引に合図した。大事な電話です、と。

綿引が宮崎に言った。

「裏を取る必要が出てきたら、また協力してくれ」

「かまいませんよ。知ってる範囲で」

綿引が目礼して、宮崎から離れた。松本も、携帯電話に耳を当てたまま、階段を降り始めた。

踊り場まで来て、松本は言った。

「大丈夫です。どうぞ」

伏島が訊いた。

「いま、どこなんだ？」

「大森署です。関連する事案を担当していた女性警官から話を聞いていました」

「何かあったか？」

「いえ、まだ確かなことは」

室橋謙三と職務上の接触があった内田絵美と、品川署の能条という男が深い関係だということはまだ伝える必要はない。

「こっちの用件だ。今朝の川崎の件で、ひとつ。川崎に、小野塚《おのづか》という神奈川県警の組対だった男がいる。こいつが何かしら情報を提供してくれるかもしれない」

「だった、というのは？」

「定年退職したあと、川崎の奥野《おくの》組の顧問をやっている。奥野組は、吉武という男のいた水田組とは兄弟組織だ」

県警を退職した後、かつて取り締まり対象だった組織の顧問となっている……。あまりほめられたことではないが、退職警察官の天下りコースとして、それが特別に異例というわけではなかった。

伏島は続けた。

「この小野塚が神奈川県警を定年になったのは、二〇〇八年。川崎の暴力団員殺しは、あっち側に行ってからだ。何かしらの周辺情報は持っているだろう。古い携帯の番号がわかった」

「番号が？」

綿引もすぐに察して、自分の携帯電話を取り出した。伏島が言い始めた数字を松本が繰り返すと、綿引がそれを入力した。

数字を言ってから、伏島は続けた。

「中学教員の件は、少し待て。調べさせている」

「はい」と、松本は答えて通話を切った。

綿引が、どんな話だったのかと目で訊《き》いてくる。松本は、伏島が伝えてくれたことを要約して話した。

綿引が言った。

「その小野塚って野郎、マル暴の顧問になったって、県警に顔が利《き》いて重宝されるのも、せいぜい十年。もうじき使い捨てにされるだろうに」

松本は言った。

「十年働けるだけでもありがたい、という気持ちなんでしょう」

「まともな働きじゃないんだぞ」

綿引は、吉武伸也の周辺情報よりも、小野塚という神奈川県警の元職員の身の振り方が気になるようだ。松本は強引に話題を変えた。

「それはともかく、水田組の兄弟組織の顧問なんです。吉武についての情報、多少は耳にしているでしょう」

「会うか。すぐに電話する」

松本は止めた。

「先に、品川署の能条と会いませんか」

「内田との関係を聞いても仕方ない。おれたちは警務じゃないんだぞ」

「内田はいま、大内女医とも少なからず交流があったことを認めました。室橋といい、深沢といい、大内女医と内田にとって共通の敵です。ふたりのあいだには、連帯感さえあってもおかしくない。大内女医の件を自殺として処理されたことで、内田には室橋を殺す動機ができた。アイザについても、同じです」

「だから、内田が深沢を殺した？」

「いえ」松本は首を振った。「内田の意を受けて、警察内部の誰かが実行犯となった」

「能条は、不倫相手というだけだろう？」

「不倫相手ということは、内田にとって実行を頼みやすい男ではありませんか。いや、内田自身が、前屋敷のような思想に共感しているのかもしれない。実行を頼んだ相手と、その後不倫という仲になったのかもしれません。順序はどちらでもいい」

こんどは綿引が大きくかぶりを振った。

「ベッドで内田が、殺してとささやいたから、能条が引き受けたと？　おれは能条って男を直接知らんけど、それをしてしまうような警官なのか？」

「少なくとも、わたしの前では、あんな連中は絶対に更生しない、と言っていた。凶悪犯は現場で撃ち殺してもいい、という意味でしたよ」

「いや、女の頼みなら、代わってひとを殺すような男か、ということだよ」

「自分は、女の頼みを聞いてやれるだけの能力を持っている男だ、という自信は持っていそうです」

綿引が階段を降り始めた。

「どうするんです？」と、松本は追いかけながら訊いた。

「次は、川崎だ。川崎にいれば、伏島管理官が鳴海って教師のことを調べてくれたとき、動きやすい」

「能条を先にしませんか。品川署に行っておけば、そのあと田所って人身売買ブローカーの聴取にも回りやすいですし」

「田所は、ふたつの事件とは無関係だろう。内田は、あっさりと連絡先を教えてくれた」

「知らないと突っぱねるわけにはいかなかったからです」

階段を降りきった松本たちは、大森署の通用口から駐車場に向かった。

歩きながら、綿引が不思議そうに言った。

「どうしたんだ？　さっきまでおれたちは、警視庁と神奈川県警にまたがる組織があるんじゃないかと読んでいたんだぞ。なのに、いまは能条って捜査員に絞っているのか」

松本は答えた。

「内田の不倫相手として、能条の名前が出てきたからです」

「そいつならやる、と思い込む根拠はなんだ？」

それは、と言いかけて、松本は喉《のど》まで出てきた言葉を呑《の》み込んだ。自分が自動車警ら隊の隊員で、能条克己が班長であり、かつ車長だったときに遭遇した事件。警察学校の同期の警官、波多野涼が、凶悪犯に殺されかけた一件だ。

あのとき能条は、現場となった城南島の倉庫で、救出に向かおうとする自分を制止した。銃声が聞こえて、一刻を争うときであったにもかかわらず、機動捜査隊の到着を待てと命じてきたのだ。自分は、その命令を無視した。処分は覚悟の上だった。同期の警察官が危機にあるとき、警察官としての身分など考慮の対象にはならなかった。自分には凶悪犯確保のためのスキルがあり、そのための道具も武器も持っていた。なのに、機動捜査隊の到着を待つ？　それは救出そのものを機動捜査隊にまかせるという意味になるが、そんな命令が聞けるはずはなかった。松本は能条を振り切るようにして、その暗い倉庫の階段を駆け上がったのだった。

結果として、松本は凶悪犯の身柄を確保し、波多野を救出することができた。あのときの波多野の蒼白《そうはく》で虚《うつ》ろな顔を、松本はいまも鮮明に思い返すことができる。波多野は後頭部と膝《ひざ》に怪我《けが》をしていたが、治療とリハビリの甲斐《かい》もあって職場に復帰でき、いまも現役の警察官である。松本自身には、上司の命令を無視して同僚の救出に向かったにもかかわらず、厳しい処分は下らなかった。天秤《てんびん》にかければ、命令無視という手続き上の問題は咎《とが》めるまでもない手柄だったのだ。

それでも聴取を受け、繰り返しその日の行動を供述しているあいだ、何度も思った。あのとき命令に従って機動捜査隊の到着を待ち、波多野の死亡という結末になっていたとしたら、自分は能条を許せただろうか。いまその瞬間にやらねばならぬはずの警察官の救出を、ひとまかせにしようとした上司。そんな男を、自分は許せるだろうかと。もっといえば、そんな命令に従った自分を、自分は許すことができるだろうか、と。

答えは、どの設問についても、ノーだ。最悪の結果になっていたとしたら、自分は能条を殴り倒したうえで、辞表を彼の横面《よこつら》に叩《たた》きつけただろう。

能条は、そんな上司だった。

だから、あの日以来、自分は能条を内心で侮蔑《ぶべつ》し、かたちの上だけで部下として接してきた。大崎署の刑事組対課に異動の内示を受けたときは、正直なところ、警察官として、捜査員として高く評価されたこと以上に、能条の監督下を離れられるということがうれしかった。

しかし、と松本は思った。あのような単純な権威主義の男だからこそ、法に則《のっと》って犯罪者に対処できなかった場合には、私刑にも出たくなるのではないか。もちろん一対一で向かい合っての私刑ではなく、スタンガンやら手錠やらを使い、警察官という立場さえ最大限に利用して、相手を無力にしたうえでの私刑。あいつはやるだろう。やれるだろう。ましてやそれで、つきあっている女に己れの有能さと逞《たくま》しさをアピールできるのなら。強い男を求める女の期待に、応えることができるのなら。

捜査車両の横まできた。綿引はまだ松本の答えを待っている顔だ。

松本は言った。

「そういう男ですよ。説明をすると、長くなりますけど」

「刑事としての勘なんだな？　何かの因縁ってことじゃなく」

「もちろんです」

車に乗ってから、もう一度綿引が言った。

「まず川崎のほうに電話するぞ。管理官が取ってくれた情報だ。すぐにも対応しなきゃならない」

それはたしかだ。

綿引が携帯電話を取り出した。

「小野塚さんですか？」

綿引がうなずいてくる。本人がすぐに出たのだ。古い電話番号ということだったが、番号は生きていたのだ。

「綿引といいます。警視庁捜査一課の者ですが、すでに死んだ川崎のマル暴について、周辺情報を集めています。もし差し支えなければ、ほんの十五分ほど、お話を伺えないでしょうか。ご指定の場所に出向きますが」

「吉武伸也という、水田組の若い衆です。そうです。撃たれて死にました」

「ええ。神奈川県警の扱う事件であることは承知しております。そこに口をはさむようなつもりはありません」

綿引が松本を見て、微苦笑してくる。小野塚の言いぐさが、暴力団顧問のものと言うよりは、神奈川県警の現職警官のもののように聞こえたのだろう。

「やつの前歴、交遊関係といったところです。なにぶん警視庁のほうには、何もデータがなくて」

「いえ、こちらのほうのある事件の、裏取りのようなものです。はい、かなり急ぎです」

「そうですか、助かります。で、時間は何時ごろがいいでしょう？」

「では、いまから伺います。たぶん三十分ぐらいで行けると思います。はい、ほんとうにお手数かけます」

通話を終えると、綿引は松本に顔を向けて言った。

「吉武のこと、自分はよく知らないが、聞いておいてやるとさ」

「すぐ行くことになったんですね？」

「向こうの気が変わらないうちに。鉄則だ」

「どこで会うことに？」

「東口のホテルだ。和食の店があるんで、そこに行ってると」

「情報、ただじゃなさそうですね」

「昼飯とビールぐらいは必要経費だ」

綿引が、すぐ車を出せと促す顔になった。松本は携帯電話を取り出しながら言った。

「能条に会う段取りは、いまのうちにつけさせてください」

松本が電話したのは、品川署の代表電話だった。捜査一課の松本と名乗ってから、刑事組対課の能条克己と話したいと伝えた。電話が転送されると、横柄《おうへい》そうな男の声が返ってきた。

「能条はいまいない」

松本は訊いた。

「外出中でしょうか」

「さあ。用件は?」

発信者の身元については、伝えられなかったようだ。

松本は続けた。

「捜査一課から電話しているんですが」

相手の声の調子がいきなり変わった。

「失礼、折り返しお電話させましょうか」

「それより、携帯電話の番号を教えていただけませんか」

「知らないんです。こちらがかけるほうが確実ですよ」

捜査員が、同僚の携帯番号を伝えることに、用心する理由はわかる。そっちから捜査一課に電話して、このおれの身元を確認しろと言うのも面倒だった。

松本は訊いた。

「確実にデスクに戻っている時間は、見当がつきますか?」

「正午前なら、たぶん」

松本は腕時計を見た。午前十時四十分だ。川崎で小野塚という神奈川県警の元組対捜査員の話を聞いてから電話すると、ちょうどいい。松本は通話を切ると、車両のエンジン・キーをひねった。

11

その理容師は佐野弘明という中年男で、京浜急行空港線の大鳥居駅に近い住宅街に住んでいた。

スチールの外階段と通路のあるアパートの二階が住居だった。波多野たちは京急蒲田駅振興会の事務所で、佐野の転居先を聞いてきたのだった。蒲田からあまり遠くないことは幸いだった。

玄関先に出てきたのは、四十歳ぐらいに見える、少しむくんだ顔の男だった。目が腫《は》れぼったい。寝起きなのかもしれない。グレーのスウェットの上下で、長めの髪はぼさぼさだった。息に酒が臭《にお》った。

門司が警察手帳を見せると、佐野は心配そうな顔で訊《き》いてきた。

「あの程度で、警察沙汰《ざた》になるの？」

「何のことです？」と門司が訊き返した。

佐野は安堵《あんど》した表情になった。

「いや、いいんです。何か事件でも？」

「深沢隆光って暴力団幹部が死んだことは、ご存じですか。たぶん知っている男だと思うんですが」

「ああ」佐野は、門司と波多野の顔を交互に見てから言った。「今朝のテレビで。撃たれたとか」

佐野はまた不安そうな顔になった。

「まさかぼく、容疑者だなんてことはないですよね」

「思い当たることでも？」

佐野は口をつぐんだ。高安と木場の情報は、どうやら事実だった。佐野は、深沢とのトラブル処理のために、別の暴力団にも解決を依頼していたのだ。

「いいや、とくに」

「話をここで続けてもいいですか？」

佐野は室内を振り返った。部屋には布団《ふとん》が敷かれたままだ。男三人が座るスペースはないようだ。

「長くなる？」と佐野は顔を戻して門司に訊いた。「下でもいいかな。ここは廊下だから」

門司が波多野をちらりと見てきた。

違う、と言っている。こいつじゃない。こいつにはあんな犯行は不可能だと。この男の自堕落な生活ぶりを見れば、暴力団の幹部殺害などできないとわかる。だらだら質問をすることも無意味だ。

門司が訊いた。

「ひとつだけ、教えてください。一昨日の深夜十二時前後は、どこにいました？」

「アリバイってやつ？」

「そう。聞かせてもらえれば」

佐野は居酒屋の名を出した。大島居駅のそばにある店だという。

「ラストオーダーが十二時半でさ、一時閉店。ぼくは看板まで飲んでいて、それからここに帰ってきた」

「お店の常連？」

「週に一回ぐらい行くからね」

「お店のひとも、佐野さんの顔はご存じですね」

「名前で呼んでくれてるよ」

「どうも」

門司が立ち去ろうとすると、佐野は拍子抜けしたように言った。

「これでおしまい？　その話、もう少し聞かせてよ」

波多野たちはその言葉を無視して、階段に向かった。

車に乗り、中通りに発進させてから、波多野は門司に訊いた。

「あれで十分でした？」

「ああ」と門司は答えた。「やつはやっていない。関与もしていないだろ」

「次は？」

「カラオケ店の高安にもう一度会う」

「高安に？」

「深沢を刺そうとしたっていう女の件を、もう少し詳しく聞きたくなってきたんだ」

「でも、その女、どんな恨みを持っていようと、自殺したんじゃ、こんどの事件とは無関係でしょう？　あまり範囲を広げすぎないほうがいいんじゃないですか」

門司は首を振りながら、いくらか年長者めいた物言いになった。

「とにかく、もう一度あのカラオケ店だ」

波多野は交差する通りで左に曲がった。正面に見えている交通量の多い通りが、環状八号線だった。

そこは、川崎駅東口に建つホテルの中では、たぶんもっとも格が高いのだろう。べつの言い方をすれば、柄のいいホテルということになる。

だからその和食レストランで、小野塚という男は目立っていた。短く刈ったごま塩の髪に、将棋の駒《こま》のような形の顔。ジャケットの柄も派手だ。大柄で、どこか威圧的な印象がある。暴力団の顧問ということだが、まったくの暴力団関係者そのものと見える。おそらく彼は在職当時から、このような雰囲気を持っていたのではないか。

指定してきたレストランのそのテーブルの上には、すでにビール瓶が一本とグラス、それにナッツの皿が置かれている。

松本と綿引が小野塚にあいさつし、警察手帳を見せた。小野塚はふたりの手帳を確認し、さらに名刺を求めた。松本たちは小野塚にそれぞれ自分の名刺を渡した。

小野塚が代わりに出してきた名刺には、こうあった。

〈川崎駅地区振興企画　小野塚則夫《のりお》〉

顧問になっているという奥野組の名は、名刺には記されていなかった。ふつうなら肩書に当たる一行は、単に自分の請負業務を示しているだけと読める。

ウエイトレスにコーヒーをふたつ注文してから、綿引が言った。

「川崎駅東口のマル暴のことなら、小野塚さんに聞け、と捜査一課のほうで聞いておりましてね」小野塚を持ち上げるセリフだ。「水田組の吉武伸也のことも、まず小野塚さんに伺うところから始めようと思ったわけです」

「少し聞いておいた」と小野塚が言った。ダミ声だ。「いまごろになって何なんだ？」

「べつの事件との関わりが、想像できるものですから」

「もしかして、蒲田の深沢の件か？」

「いえ、そちらとは直接関係はないんですが。結局吉武殺しは、神奈川県警もまだ構図が読めないとか？」

「ああ。おれが県警を辞めて一年ぐらいたったころの事件だ。最初、東口の組がどこもあわててた。何がどうなってるんだと、情報収集に躍起になったぞ」

「何か耳にしたことは？」

「抗争じゃないってことだけは、はっきりしている。おれも昔の同僚たちに何度か事情を訊かれた。あれは、吉武個人のトラブルだ。水田組は無関係だ。ほかの組も」

「でも、手口は暴力団関係者を匂《にお》わせますね」

「半グレか、外国人という読みもあったはずだ」

「吉武は、個人的にトラブルを起こしていたんですか？」

「どこかの組が関係しているなら、絶対におれの耳に入る。そんな情報は、かけらも聞こえてこなかったぞ」

「だから、個人的トラブルだと推測できる、ということですね？」

「そういうことだ」

小野塚はビール瓶に手を伸ばした。空になっている。ウエイトレスにビールの追加を頼んだ。

綿引が訊いた。

「吉武は、組ではどんな立場、役割だったんです？　二十六歳だったと聞いていますが」

「ただの若中《わかちゅう》だ。だけど、下にもっと若いのが三人いた」

「盃《さかずき》を受けたのは？」

「二十歳だったらしい。それ以前から東口で遊んでいるところを見込まれて、事務所に出入りしていたそうだ」

「前科はありませんか？」

「小田原少年院に入ってる。高校生のときだ」

「そうとうな悪ガキだったようですね」

「中学のときから札つきだった。いじめ、カツアゲ。川崎の生まれだけど、親の離婚で横浜の出の母親のほうに引き取られて育った」

横浜市保土ケ谷区に住む母親が遺体を引き取ったと、昨日杉原から聞いた。

松本は訊いた。

「水田組とは、もともと何かつながりでも？」

「少年院だろう。組にやはり小田原少年院に入っていた男がいる。吉武よりも二歳年上だ」

「少年院に送られた理由は、ご存じですか？」

「本人は、地元暴走族と喧嘩《けんか》して、相手をぼこぼこにしてやった、と自慢していたそうだ」

ぼこぼこ。語感は軽いが、少年院に送られたぐらいだから、成人で言うならば間違いなく暴行傷害というレベルのものであったはずだ。

「たしかに、ガキのころから、喧嘩をやり慣れている男に見えたそうだ。拳《けん》ダコがあったし、顔にも胸にも、喧嘩の傷がずいぶん残っていたとか」

綿引が訊いた。

「地元暴走族ってのは、どこのことです？　たとえば」

綿引は、警視庁でもよく知られている神奈川の暴走族の名を出した。

小野塚は笑った。

「そこいらは、いくらなんでも吉武がガキのころには解散してたろう」

「その流れの地元ヤンキーとか、半グレたちもいたでしょうから」

「耳にした自慢話では、そういった連中とやったと聞こえるよな」

「吉武本人自身は、どこかの半グレのメンバーだったんでしょうか？」

「聞いてはいないが、地元の保土ケ谷には」小野塚は、暴走族を意味する警察の隠語を使って言った。「……というグループがあった。そいつらの後輩に当たる半グレじゃないのか」

「そのころトラブった連中との確執が、ずっと続いていた、というのが小野塚さんの読みなんですね？」

「いいや。おれはそうは思わんね。ボコられた恨みを十年後にいちいち晴らしていたら、半グレだって身体《からだ》が持たない」

「その線はありえないと？」

「そうだとしたら、そうとうに執念深い相手だぞ。だとしても、十年以上もたってからのお礼参りの意味がわからん。もっと早くやっていてよかったはずだ」

綿引が言った。

「吉武の居場所がやっとわかったとか」

松本も、ふと思いついて言った。

「やっと仕返しできるだけの力を手に入れたか」

綿引が、どういう意味だ？という顔を向けてきた。松本はつけ加えた。

「子供のころは喧嘩の仕方も知らず、修羅場もくぐっていなかった相手が、十年後には成長して、吉武の前に出てきたのかもしれない」

小野塚がまた笑った。

「場数踏んでマル暴殺しができるほどの男になっていたんなら、そいつは堅気じゃないってことだ。川崎署の捜査に引っ掛かっていたはずだ」

綿引が小野塚に訊いた。

「そういう噂《うわさ》ひとつ出ていなかったのですか？　半グレでもマル暴でもない相手と何かトラブルを抱えていたと」

「なかった。そういう話は一切聞かなかった」

「もうひとつ、どうでしょう。吉武は、神奈川県警から睨《にら》まれていませんでした？　何かの事件の重要参考人だったとか。証拠不十分で立件されなかったとかで」

「聞いていない。思い当たるような件もないな」

「マル暴なのに、そういう話がまるで出てこないというのも妙ですね」

「水田組は、いまでも労務者斡旋《あっせん》がしのぎの中心だ。若い衆には、寄せ場で荒っぽいこともやらせていた。労務者の中には、マル暴以上に気性が荒く、度胸もある男がたまにいる。わかるだろ？　そういう男が、組ではなく吉武ひとりを恨んでいたんじゃないかと、いまは思う」

「そのときは、思わなかった？」

「あのときは、すわ抗争か、と、川崎駅周辺が騒然となった。吉武は、ときどき組長の運転手もやっていたんだからな。抗争じゃない、と誰もが確信するまで、しばらくかかった」

「神奈川県警は、いまの小野塚さんのようには読んでいないんでしょうか？」

「ああ。捜査員の一部には、あったかもしれないさ。だけど捜査の方針にはならなかった。いまはもう捜査本部は解散している」

「もしそういう男が殺害犯なら、たどりつくのも容易じゃない」

「だから、未解決なんだ」

小野塚のグラスが半分空いた。綿引が、ビールを注ぎながら訊いた。

「小野塚さんは、もう犯人のイメージ、具体的に思い描いているんでしょうね?」

「電話をもらって、よそに当たっているうちに思いついたことはある」

「吉武がいたぶった、日雇いの労務者?」

「そうだ。たぶん吉武と同い年くらい」

「そう思う根拠は?」

「若い労務者は、年上のマル暴にいたぶられても、しかたがないと泣き寝入りする。年配者も、こらえる。そういうことは、日常茶飯なんだからな。だけど同年配だった場合、悔しさや屈辱で激しく相手を憎む。そいつが若くて体力も度胸もあったら、という話になるが」

「事件当時、川崎にはいなかった男ということになりますよね?」

「いなかったろう。準備万端整えたうえで戻ってきて、吉武を襲ったんだ」

「ほかに、そいつについて想像がつくことというと?」

「チャカを使ってるんだ。そうとうな軍事オタクとか、元自衛官とか」

綿引が納得したようにうなずいた。

「あ、元自衛官ですか。なるほど」

「使われた拳銃《けんじゅう》、神奈川県警は、吉武が組から預けられていたものだと判断していた。おれが聞いた話ではちがう。水田組は吉武には持たせていなかった」

「そうすると、殺害犯が自分で調達して、現場に捨てていったということになりますか？」

「間違いなく自前のだよ」

「しかし、川崎で労務者をやっている男に、調達は難しいのでは？　カネだって、ろくに持っていないでしょうし」

「吉武を殺すことが人生の目標になってた男なら、カネを用意するくらい屁《へ》でもないだろ。車を買うのとは違う」

「人脈も必要でしょうし」

「留置場がそうであるように、寄せ場も裏社会の情報交換の場になる」

「堅気の誰かが拳銃を手に入れた、という情報もあるんですね」

「ここまでだ」と、小野塚は背を起こした。綿引の問いを否定していない。暗に認めたということだ。

松本と目が合った。お前もおれが答えなかった意味ぐらい察しろよと言っている。

「次はおれからの話だ」

小野塚の話は、予想どおり無料ではなかったのだ。

「どういうことでしょう」と、少し身構えて綿引が言った。

小野塚はグラスに残っていたビールを飲み干してから言った。

「そうびくつかなくてもいい。男同士の義理の話だ。おれはいまマル暴の顧問だし、あんたらの見方では、あっちの犬になっちまったと見えるかもしれん。だけど、おれに言わせりゃ、犬はお互いさまだ」

小野塚はいったん言葉を切った。綿引は、表情を変えない。

小野塚は続けた。

「おれはきょう、警視庁の捜査一課と、いい関係を作ったと思ってる。そうだよな」

綿引が言った。

「ええ」

「あんたたちには何かのときに、電話するか会いに行くことになる。そのときは、おれの名前を忘れた、と、とぼけたりするなってことだ。すぐに思い出してくれ。それは期待していいな？」

小野塚は真顔だ。まばたきもせず、口の端をゆるめることもなく、綿引を凝視している。

綿引は、一瞬ためらいを見せてから答えた。

「承知してますよ」

小野塚はうなずいて立ち上がった。

「この勘定はまかせた」

もう松本たちと目を合わせることもなく、小野塚は店を出ていった。

松本は綿引と顔を見合わせた。いまの言葉は、小野塚が自分たちを情報提供者として取り込んだということだ。互いに了解したと。たしかに、暴力団の顧問になった男に情報提供を求めたのだ。情報に値がつくことは覚悟していた。しかし、小野塚は将来の見返りの確約だけを取って去った。いずれそのときがきたら、頼みを断ることは難しくなる。それは以前もらった情報に見合わない、とは言えない黙契となったのだ。

もっと言えば、それは間違いなく、綿引たちに職務規定や職業倫理を問わせるだけの要求になるはずである。自分たちはそのとき、うまく対処できるかどうか。小野塚は、昔はどうであれ、いまは完全に向こうの世界の住人なのだ。警察官の掟《おきて》に従って生きてはいない。もっとも、情報提供が期待できる相手として小野塚の名を出してきたのは、伏島管理官だ。厄介が起きたときには、彼の助言なり指示なりを当てにできるだろうとも思うが。

松本は立ち上がって、レジカウンターで勘定を支払った。時計を見ると、午前十一時四十分を回っていた。

綿引が、松本の後ろで携帯電話を取り出した。

「捜査一課の綿引と言います。能条さんは戻られましたか？」

松本が見つめていると、綿引は首を振った。まだ品川署に帰ってはいないのだろう。電話が少し早すぎたのだ。

「昼直前にまた電話しよう。とりあえずどこかコンビニへ」

「コンビニ？」

「早飯だ」

「品川署に向かっておきませんか。やつがまだ帰っていなくても」

「ちょっと待て。管理官から連絡があるかもしれない。十二時までは待とう。もし横浜に行くことになったら、ここにいたほうが早い」

綿引が廊下をエレベーターのほうへと歩き出した。松本は追いかけて並んで言った。

「川崎の事件は、うちのふたつの事件とは無関係です。小野塚の情報と読みを信じれば、吉武は何かの重要参考人ということでもなかった。警察関係者が報復しなきゃならないような男じゃありません」

「教師の変死については、詳しい事情がわからない」

「それこそ事件性はないものですよ」

「スタンガンが使われてる。吉武にもだ。無視できる共通点じゃない」

松本は少し考えてから言った。

「何か人気のアクション映画とか、テレビ・ドラマの中で使われたんじゃないですか。効果も知られて、流行《はや》りになってるんですよ」

「たとえばどんなテレビだ？」

「わたしは知らないのですが」

綿引は、それでは関係を否定する根拠にはならない、という顔をした。

地下の駐車場に下りたところで、綿引の携帯電話の着信メロディが鳴り出した。

綿引は画面を見て首をひねってから、携帯電話を耳に当てた。

「綿引です」

相手も名乗ったようだ。綿引の目が光った。松本を見つめてくる。ということは、能条からの電話だろうか。

「ええ。そうなんです」と綿引はうなずいている。「捜査一課のほうで、ちょっと気になることがあって、周辺の情報を集めていまして」

「はい、能条さんもご存じじゃないかと。室橋謙三という人身売買ブローカーがやっていたことなんです」

「承知しています。酔って運河に転落死だったとか」

「うかがいますよ。いま品川署ですか？」

「ええ。そういうことでしたら。羽田？　穴守稲荷《いなり》？　もしよければ、そちらの用件が終わったあとにでも、その近くで」

「じつはいま、本庁にいないんです。羽田の近くなんですよ」

「はい、わかりました。はい」

綿引は通話を切って、松本に微笑を向けてきた。

「能条からだ。あっちがおれの携帯番号を調べてくれた。何か重要な用件かと」

松本は訊いた。

「会うことになったんですね？」

「ああ。一件、先に用事を済ませてからにしてくれとのことだ。穴守稲荷の近くの整備工場に何か確認に行くんだそうだ」

「ひとりで？」

「同僚とだ。用件が終わったら、また電話をくれるそうだ。そばまで行っていよう」

はい、と応えて、松本は捜査車両のほうへ歩き出した。

能条は、綿引の相棒が自分だとは知らぬままに、会うことを承諾したのだろう。そこにかつての部下が現れて、いくらかは驚くだろうか。同僚を救出しようとする部下を、ならん、と止めたあのときのことを思い出すだろうか。

そのとき、松本の携帯電話に着信があった。取り出してみると、伏島管理官からだ。

「はい」と、松本は足を止めた。綿引もその場に立ち止まり、身体をひねって松本を見た。

「神奈川の中学教師の件だ」今度も伏島は名乗らなかった。「柔道部の生徒が自殺して、顧問だった鳴海は両親から民事訴訟を起こされたことがある。横浜地裁の判決は、指導と自殺とに関連があるとは判断できない、というものだった」

それはつまり、子供の自殺は鳴海のせいだと両親が考えても不思議はないほど行き過ぎた指導があったということだ。たぶんネットで検索すれば、記事がヒットすることだろう。

そもそも鳴海という体育教師は、部員に体罰を振るったということで、一度処分を受けている。大学時代は柔道選手という経歴だから、よく言えば熱血系の教師なのだろうが、悪く言えば暴力で生徒たちを支配してきた指導者ということになる。その教師の教え子がひとり自殺していた……。被害者家族から恨みを買ってもおかしくないが、警察官が私刑の対象とするような相手だろうか。松本は、能条に向けた自分の疑念が、少しだけ揺らぐのを意識した。

伏島は続けた。

「ほかには、気になる情報は見当たらない。そっちはどうだ？」

松本は答えた。

「小野塚さんに会いました。得難い情報をいくつかもらいましたが、こっちは東京の事件とはあまり強い関連性はないように思います」

綿引が、目を剝《む》いた。そう結論を出してしまってよいのかと言っている目だ。松本は視線をそらして言った。

「このあと、品川署の捜査員に会います」

伏島が訊いた。

「なんて名だ？」

「能条克己です。室橋と深沢、ともに接点があります」

内田という女性警官を介して、とは伝えなかった。

「報告を待つ」と、伏島が締めくくる口調で言った。

松本はあわててつけ加えた。

「お願いがひとつあります」

「なんだ？」

「きょうだけでも、アシスタントをひとりつけてもらえませんか。あの会議室で、こちらが必要とする警務部と警察庁のデータベースに当たってもらいたいのです。それを電話で伝えてもらえれば、時間が節約できます」

「誰かを充《あ》てる。それだけか」

「はい」

通話を切ると、案の定、綿引が言ってきた。

「あの仮説を口に出すのは、まだ早すぎるぞ」

「いまだに暗中模索だと思われたくなかったものですから。ある程度、筋は読めてきたと」

「神奈川の件は、否定し切れていない」

「はい」松本は認めた。「いまの管理官からの情報です。鳴海という教師、柔道部の生徒が自殺した件で、両親から民事で訴訟を起こされたことがあったそうです。原告敗訴だったそうですが」

「ひとひとり死んでる?」

「見方によっては、鳴海はひとり殺している」

「恨まれてる男がここにもひとりか」

「だからといって、生徒の遺族がスタンガンを使って報復した、とも考えにくいですが」

綿引が通路を歩き出した。松本も続いた。たしかに、吉武の件が無関係だと言い切るのは、まだ早いのかもしれない。警視庁の事案には、能条が何かしら関わっているのではと疑えるのだが。

門司が、携帯電話から耳を離した。

波多野は、助手席の門司の顔を見た。JR蒲田駅東口の、高安のいるカラオケ店の前の路上だ。ここに着く前に門司は、蒲田署の交通課に電話を入れて、この三年以内の列車の人身事故を調べさせたのだ。蒲田周辺で起きたものがあるかどうか、ということを。交通課はすぐに記録に当たってくれたようだ。

門司が言った。

「わかった。蒲田署管内じゃない。というか、警視庁管内じゃない」

波多野は言った。

「じゃあ、覚えがないはずですね」

「JR南武線。尻手《しって》駅。去年の九月二十八日。若い女が終電に飛び込んだ。だけど、川崎の人身事故なら、記憶に残っていたっていいよな」

「去年の九月末というと、御嶽山《おんたけさん》の噴火があった時期です。ワイドショーも全部そっちの話題だったのかも」

「そうだったか。事故か自殺か、ということも、たいして問題にはならなかったんだろうな」

波多野が黙っていると、門司はつけ加えた。

「飛び込んだ女は、北島麻衣《きたじままい》。二十二だったそうだ」

「深沢との接点があったんですか？」

「そいつを高安に確かめる。あいつは、関連をほのめかしていた」

門司は、助手席のドアを開けて車を下りた。波多野も、エンジン・キーを抜いて門司に続いた。

店の受付カウンターの中には、若い男の店員がいた。高安はいるかと訊《たず》ねると、店員は、お待ちくださいと言って奥の事務室に入っていった。一分後、高安は上着の袖《そで》に腕を通しながら、眠たげな顔でカウンターの向こうに現れた。奥の事務室で仮眠していたのかもしれない。

門司たちの顔を見ると、大げさにため息をついた。

「またですか？　朝までのシフトだったんで、そろそろうちに帰ろうと思っていたところなんですが」

門司が言った。

「送ってやるよ。すぐに出られるのか？」

「明日じゃだめなんですか？」

「車に乗れって」

高安はいったん事務室に戻ると、ショルダーバッグを提げて出てきた。

高安を後部席に乗せ、波多野は車を発進させた。

「京急の雑色《ぞうしき》駅までお願いします」と高安。

門司が、身体を半分ひねって高安に訊いた。

「昨日あんたが言ってた、列車に飛び込んだ女の件だ。北島麻衣。もう一度詳しく聞かせてくれないか」

波多野は、運転しながらルームミラーごしに高安を見た。面倒だ、という顔だ。

「そっちのほうですか」と高安。

波多野は、ミラーの中の高安に言った。

「知っていることを、できるだけ詳しく教えてくれないか」

門司が高安に訊いた。

「深沢と、どういう接点があったんだ？」

「東口に、小橋組が関係してるデリヘルがあるのをご存じですか？」

「いや」

「羽田のホテルに女を送ってるところがあるんです」

「あの組は」と、門司が鼻で笑って言った。「空港にずっとひとを送り続けてるんだな。昔は人夫、いまは風俗嬢だけど。で、そこの女が？」

「専門学校に通ってて、大井町のエステの店でバイトしていた子だったんですけどね。ナンパ師に騙《だま》され、男の言うがままにかなりの借金を作って、そのデリヘルで働くようになったんです」

「鉄板の転落パターンだな」

「真面目《まじめ》な子だったんで、逆にどんどん壊れていって、太っちゃって、デリヘルもお払い箱になった。食えなくて、けっきょく飛び込み自殺です」

「深沢との接点だよ。刺そうとしたとか、言ってなかったか？」

「未遂、というか、失敗してます」

「刺そうとした理由は？」

「そもそも深沢の女が、彼女をカモにしたんです。エステの店にいたときに彼女に近づいて、元はホストだったっていうナンパ師に紹介したのが、深沢の女なんですよ」

「深沢の女房とは違うんだな？」

「違います。深沢の女のひとり、ってとこですね」

「名前は？」

「ソノダ、って聞いたかな。ソメダ、だったか。大井町とか品川周辺で、いろいろ詐《さ》欺《ぎ》まがいのことをやってる女だと聞いています」

「その女が、最初から小橋組のデリヘルに売り飛ばすために、北島麻衣を騙したってことか？」

高安は少し言いにくそうな口調となった。

「美形なんで、深沢は最初は自分でも楽しんだようです」

「はっきり教えろよ。誰も聞いていない」

「その、ナンパ師がまだウブだった北島麻衣を、深沢に斡旋した。やばいパーティにです。そこでクスリが使われて、男たちのおもちゃにされたら、ふつうの女なら壊れます。そんなことが何回かあったらしい」

「クスリってのは、危険ドラッグか？」

「知りません。小橋組ですから、覚醒剤《かくせいざい》かも」

「ということは、北島は深沢と、深沢の女と、元ホストを、殺してやりたいほどに恨んでいたってことだな」

「深沢にしてみれば、恨むんなら女と元ホストだろう、って思いだったでしょうけどね。なのに北島麻衣は深沢に包丁を向けてきた」

「深沢は、怪我《けが》もしていない？」

「ええ。北島は、包丁持って女のマンションの前で待ち構えていた。深沢と女が出てきたときに突っ込んでいったけど、深沢の運転手が取り押さえた。北島麻衣が列車に飛び込んだのは、その日の夜です」

「去年の九月二十八日か」

「日付は、きちんと覚えていませんが」

「南武線尻手駅で人身事故の記録がある」

「それです」

車は東邦医大通りに出た。地元の住民は鬼足袋《おにたび》通りと呼んでいる道路だ。しばらく走ると、環状八号線にぶつかる。波多野は車を直進させた。

門司が訊《き》いた。

「どうして尻手で飛び込んだんだ？　あっちに住んでたのか？」

「違うと思います。そのころは住所不定だったんじゃないかな。住む場所もなかったはずです」

「細かいところまで、よく知っているんだな」

「どの程度ほんとなのかは保証しませんよ。おれが見たことじゃないんですから」

「伝聞にしてもだ」

「知ってることは偏《かたよ》ってますけど」

「あんたは、北島を直接知っていたのか？」

「いいえ」

「美形と言ったぞ」

「聞いた話ですって」

「北島とのそのトラブルが、深沢殺しにつながったと思う理由は？」

「いや、つながったなんて思ってないですよ。深沢絡《がら》みのトラブルを知りたいってことだから、そういえばと思い出しただけで」

「刺そうとした件、広まってる話か？　ほかの組の連中とか、蒲田署の組対とかに」

「どうでしょうかね。じっさいには何もなかったんだし。女が恨みの遺書でも書いていなければ、知られていない話かもしれません。子分だって黙ってるでしょう」

「ナンパ師というのは？」

早川俊輔《はやかわしゅんすけ》という名前だと高安は言った。

「大井町にいるそうです」

「藪田や石黒と関係してるか？」

「知りませんが、関係ないでしょう」

門司がいったん視線を車の行く手に向けてから、また高安に訊いた。

「北島って女のそのストーリー、あんたに教えてくれたのは、誰なんだ？　本人に近いところにいた女だよな」

車は環状八号線に出る蒲田郵便局前交差点まで来た。正面の信号は赤だ。前を走っていた軽トラックが停まったので、波多野も車を停止させた。

高安が言った。

「勘弁してくださいよ。べらべら喋《しゃべ》る男だと思われて、得なことはひとつもないんですから」

波多野は、やりとりに割って入るように門司に訊いた。

「この事案、当事者が死んでいるのに、まだ何か聞き出すことはありますか？」

門司が波多野に顔を向けた。

「当事者がほかにいるかもしれない」

「というと？」

「北島の遺族が、深沢を恨んでいてもおかしくない。北島の傷害未遂、共犯がいたってことも、可能性としてあるんじゃないか」

信号が青になった。前の軽トラックに続いて、波多野も車を発進させた。

環八を左折して車が流れに入ると、右手に自分たちの職場、蒲田署の庁舎が見えてきた。波多野はまた門司に訊いた。

「当事者がほかにいると思うのはどうしてです？」

「こちらさんの話、細部がリアルだからだ。刺そうとしたときの様子、北島が話したのでなければ、あんなふうには語れない。死んだ北島と親しかった誰かの情報なんだ」

「そういう当事者がいたとして、深沢を殺せますか？　手錠かけて拳銃で」

「そこからまたどんな人脈が広がってるか、聞いてみる価値はあるさ」

「どんな人脈を想像しています？」

「早川俊輔被害者の会とか。ソノダなんとかの被害者の会とかだよ」

「そんなの、ありますか」

「被害者の会ってのは言葉の綾《あや》だ。食い物にされた、騙されたって被害者が、北島だけのはずはない。デリヘルには、北島と同じような経緯で落ちてきた女もいたんじゃないか」

門司が助手席から振り返って、あらためて高安に訊いた。

「誰から聞いた話なんだ？」

高安は答えた。

「なんとなく耳にしただけですって」

「いま蒲田署の横を通ったのわかるか。あそこで話を聞かせてもらってもいいんだぞ」

「おれは協力者なんですよ。精一杯門司さんに情報提供してるのに、それですか」

門司が訊き直した。

「北島麻衣と親しかったのは誰だ？　誰に聞けばわかる？」

高安は、答えをためらっている。

波多野はミラーで後方を確認し、右折車線に入った。さらに少しだけ視線を移動させて、ミラーに映る高安を見つめた。

けっきょく高安は白状した。

「同じころ、風俗の店で働いていたっていう友達がいるんです。うちの店にもときどき来てくれるんですけど」

「いま何をやっている女だ？」

高安は、大手宅配便業者の名前を出した。

「糀谷駅の近くです。このまままっすぐ行ったところに営業所があります。そこで働いていますよ。いまの話、その彼女から聞いたんです。北島麻衣が、おれに直接話したわけじゃない」

波多野が訊いた。

「その女、名前は？」

「森田《もりた》。たしか下の名前は友紀《ゆき》」

第一京浜との交差点がもう目の前だった。右折信号がちょうど消えたところだ。

「寄って行こう」と門司が言った。

波多野は、ちらりと門司を見ながら言った。

「雑色まで送ってからでいいですね」

高安が言った。

「第一京浜に出る手前で下ろしてくれてもいいですよ」

門司がまた波多野に指示した。

「ここで停めろ。その営業所に行く」

波多野はバックミラーを見た。左車線を走ってくる車が見えた。

「いったん右折しましょう」

「遠回りになる。歩道に寄せて、こちらさんを下ろせ」

先輩警官としての指示だった。

波多野はもう一度後方を確認した。すぐ左の車線にはタクシーが走る。距離は五メートル前後。波多野はウインカーをつけると、さっと車線を変更した。クラクションが鳴らされた。無茶だろ、とタクシードライバーが怒ったのだ。

路側帯に寄せるには、もう一回車線変更しなければならなかった。しかしもう左車線の車もすべて赤信号で停止するところだった。

「ここでいいですよ」と高安は後方を見ながらドアを開けて、降りていった。

やがて信号が青に変わり、波多野は車を再発進させた。京急糀谷駅は、この交差点から八、九百メートルほど先だが、環八には面していない。高安の言った運送会社の営業所は、おそらく糀谷駅につながる商店街の入り口近くにあるのだろう。

車を進めてゆくと、営業所はすぐに見つかった。コンビニの並びだ。狭い駐車スペースに、緑色の箱を積んだ配送用自転車が一台置いてある。波多野はその隣に無理矢理半分だけ車を入れて停めた。

中に入ると、いらっしゃいませと女性の声。淡いブルーの制服を着た、ふたりの従業員がいた。ひとりは五十代かと見える。奥のほうで、段ボール箱を整理している。もうひとりは三十歳前後だろうか。いや、地味な印象だが、じっさいはもう少し若いかもしれない。カウンターで伝票を書いている。

門司が警察手帳を示して、カウンターの女性に言った。

「森田友紀さんはいますか？」

上体を起こして彼女が言った。

「わたしですが」

細面で、あまり健康そうには見えぬ肌艶《はだつや》。長めの髪を、後頭部でまとめている。最近まで染めていたのだろう。不審げな顔だ。

「少しだけ、話を聞かせてもらっていいかな」

「どちらさんでしょう？」

門司があわてて警察手帳を示し直した。いま見せたものが警視庁のバッジと身分証明書だとは、わかってもらえなかったのだ。

「警視庁の者です。時間、大丈夫ですか？　北島麻衣さんのことなんですが」

森田はかすかに戸惑いを見せてから、振り返って奥にいる女性に訊いた。

「警察のひとなんですけど、少しはずしていいですか？」

門司の声は耳に届いていたのだろう。彼女は軽く答えた。

「あ、いいよ」

森田はカウンターの外に出てきた。警戒気味の表情はそのままだ。

「麻衣ちゃんは、もう一年も前に死んでしまいましたけど」

「知っています」と門司。「お友だちでした？」

門司の言葉は、かなり柔らかい。尋問ではなく、カウンセリングのような口調になっている。

森田は、奥にちらりと目をやった。女性に聞こえているかどうかを確認したようだ。うつむいて小声で言った。

「いっとき、勤め先が一緒でした」

「死ぬ直前まで、つきあいはあったんだよね？」

「そのころはもう、ラインとかで話すくらいでした」

「彼女が死んだ理由については、聞いているかな？」

森田の返事は少し遅れた。言葉を選んでいたのかもしれない。

「あの子、疲れてた。疲れ果てて、自棄《やけ》になってた」

「あれは事故じゃなくて、やはり自殺ということだね？」

「それ以外にないでしょ」

「深沢っていうヤクザに切りつけたとか」

「死ぬ前、そういうことをしたみたい」

「深沢を恨んでいたということだよね？」

「深沢とか、ほかにも何人か」

「騙されたって聞いているけど、そうなのかな」

「あの子の場合は、あたしと違ってほんとうに可哀相《かわいそう》なきっかけで、ああいう仕事に就いちゃったからね」

「詳しく言うと？」

「男に騙されて、借金を作って、風俗に勤めるようになって、借金がもっと増えて」

声がさらに小さくなった。「そうしてデリヘルに移って」

「騙した男は早川俊輔なんだろ。深沢を殺そうとしたのはどうしてなんだろう？」

「だって、後ろにいたのがあのヤクザでしょう」

「直接深沢に暴力を振るわれたのかい？」

「そういうことじゃなくて」

奥のほうで電話が鳴り出した。

森田は言った。

「園田《そのだ》って女と早川に騙され、クスリ打たれて、ひどいパーティにも連れていかれて、ボロボロにされたんだよ。そのパーティにも深沢がいたって聞いた」

門司は戸惑いを見せて言った。

「相談してくれたら、周りの男たちの犯罪を立件して、刑務所に送れたかもしれない」

「相談したとは言ってたよ」

電話はまだ鳴っている。

年配の女性が奥から大声で言った。

「友紀ちゃん、出てくれる？」

「はあい」

森田は、門司に頭を下げると、さっとカウンターの後ろに戻っていった。

波多野は、門司に小声で訊いた。

「この線、追うことに意味はありますか？　当事者は一年も前に死んでいるのに」

門司が、波多野を睨み返してきた。

「さっきも言ったろ。組対も把握できていないところで、深沢はやっぱり恨みを買っていたんだ。ほかにも女がらみのトラブルがなかったか、当たっておいて悪くはない」

「小橋組の関係する風俗店なんかを洗い直すほうが、よくありませんか？」

「そっちは組対がやってる。おれたちは違う線をたどる」

森田が戻ってきて、迷惑そうに言った。

「仕事中なんです」

門司が言った。

「これで終わりますよ。北島さん、警察に相談したんだって?」

「そう聞いたことがあります。男がひどすぎるんだけど、逃げられないって」

「そのとき、警察はどう対応したのか、知ってる?」

「いいえ。一緒にいたわけじゃないから。わたしも、麻衣ちゃんの友達から聞いた話なんです。警察のひとに紹介したとか」

「友達?」

「ええ」森田はまた奥の女性を気にした素振りを見せた。「店を移ってから、親しくなったひとみたい」

「その名前だけ聞いたら、終わりにしよう」

清水安里《しみずあんり》、と森田は教えてくれた。

「いま連絡はつく?」

森田はカウンターに戻ると、携帯電話を取り出して表示を見ながらメモ用紙に手早く数字を書き写した。

「これです」

門司がメモ用紙を受け取って訊いた。

「どこにいる?」

「いまは、無職」

「住んでる場所さ」

「池上」

波多野たちの後ろで、自動ドアが開いた。段ボール箱を抱えた男性客が入ってきた。

森田はいらっしゃいと客にあいさつしてから、波多野たちの前を離れていった。

門司が顎《あご》で、出ようと促した。波多野が先に自動ドアを抜けて、小さな駐車スペースに出た。

門司が、ちょっと待てと言った。いま森田がくれたメモを左手に持ち、右手に携帯を持っている。すぐに清水安里に電話する様子だ。

波多野は足早に近づいて手を差し出した。

「おれが電話しますよ。番号を」

門司はメモを波多野に渡してきた。

波多野はその番号を入力しながら、門司に訊いた。

「いまの森田に、深沢との関わりを訊かなくてよかったんですか？　北島麻衣のことだけ答えていましたけど」

門司は顔をしかめた。

「そういうことは、思いついたときに言えよ」

「すみません。いま思いついたんです」

門司はもう一度営業所の中に入っていった。波多野は携帯電話をいったん畳んだ。ガラスの自動ドアごしに、門司がまた森田に質問しているのが見えた。森田は二回、首を振った。門司が身体の向きを変えて、ドアのほうに歩いてきた。

駐車スペースにきて、門司が言った。

「あの子は、深沢を直接知らない。接点はないってよ」

波多野は運転席側に回ってドアを開け、身体を入れた。門司も助手席に乗った。

波多野は、エンジン・キーをひねる前に、携帯電話を耳に当てた。

門司が見つめてくる。清水にかけているのだなと確かめる顔だ。波多野はうなずいた。

三秒ほど待ってから、波多野は携帯電話を耳から離し、畳みながら言った。

「使われていないそうです」

「そうなのか？」門司はウインドウごしに営業所を見た。「あの子が嘘《うそ》を教えたのか？」

「そんなことはしないでしょう」

「つい最近まで、連絡が取れてたみたいな口ぶりだったけどな」

「高安なら、連絡を取る方法、知っているかもしれません」

「そうだな。あいつなら」

12

波多野はエンジンを始動させ、環状八号線に目を向けた。右手、西方向から左手、東方向へと、車が流れている。その車の列の中に、気になる車があった。トヨタの大型四輪駆動車だ。中央車線を走っている。黒い車体で、ルーフ部分が白だった。全体に、軍用装甲車にも見えるようなデザインだ。スモークフィルムを貼《は》っているため、中にどんな人間が乗っているのかまではわからなかった。

「どうした？」と門司が訊《き》いた。

波多野は、目の前を通過していく四輪駆動車を目で追いながら答えた。

「藪田の車と同じ車種ですよ」

「いまのごついやつか」

「なかなか見ない車ですけどね」

「名前、なんて言ったっけ？」

昨日、競艇場で藪田自身から教えられた車種名を、門司は覚えていなかった。波多野は、その車の名前を門司に伝えた。

そのとき、門司の携帯電話に着信があった。門司が表示を見て、係長だ、と言ってから耳に当てた。

「門司です」

「いま、糀谷駅近くです。環八沿い。聞き込み中です」

門司が目を見開いた。

「石黒が乗っていたんですか？　いえ、目指す先はとくには思い当たりませんが。はい」

通話を終えると、門司が言った。

「石黒の車が見つかったそうだ。都道十一号線。第一京浜方向に向かっているとか。何か指示があるかもしれない」

「指示というと？」

「臨場とか、追跡だろう。署長は、署の車を総動員させるつもりかもしれん」

「石黒はやっぱり蒲田に潜んでいたんですね」

「逃げるに逃げられなかったか」

　波多野は、もう一度環八の東方向に目を向けて言った。

「藪田の車みたいのがここを通っていったの、偶然かな」

「指示を待つぞ」

　波多野はシートベルトを装着した。

　車は蒲田署刑事課の捜査車両だ。覆面パトカーとは違う。警察無線は搭載されているが、位置情報を通信指令室に伝えるカーロケーターは搭載されていない。滅多なことでは、無線を通じて指示がくることはなかった。何かあれば、いましがたのように、捜査員個人が持つ携帯電話にくる。

　車の中でふたりとも黙ったままでいて一分ほどたったときだ。門司が左手で持つ携帯電話が鳴った。門司はすぐに耳に当てた。

「門司です」

「確保？　女ですか。女ひとり？」

「第一京浜を左折して？」

「いえ、石黒に関してはきょうは何も」

「はい。はい、わかりました」

門司が通話を終えて、波多野に言った。

「石黒の車を運転していたのは女だ。井形。石黒を拾いに行くところだったのかな。おれたちには、引き続きこっちの聞き込みをやれってよ」

門司は携帯電話を右手に持ち直して言った。

「清水安里。お前、番号、間違えて入れたってことないかな。メモをよこせ」

「それよりも」波多野は左手を伸ばし、門司の携帯電話に手のひらをかぶせて言った。

「井形って、井形沙織じゃありませんか。藪田の女」

門司がまばたきして波多野を見つめてくる。

「石黒の車を井形が運転しているなら、藪田の車には石黒が乗ってる?」

門司が左手方向に顔を向けて、納得したという声を上げた。

「さっきのごついやつだ!」

「たぶん橘ユカリも一緒です」

門司が大きくうなずいた。

「追います」

波多野は車を急発進させて、環八に入れた。追うことにはしたが、緊急車両の指定を受けていない車だから、サイレンを鳴らし、赤色灯を回転させて緊急自動車であることをアピールすることはできなかった。多少速度を上げて、先行車のあいだを縫うようにして追うしかない。環八はこのあたり、中央分離帯のある片側二車線だった。

門司があらためて係長の加藤に電話している。

「一、二分前に、ヤブイヌの藪田のと同じ車が環八、糀谷駅近くを通過しています。東に向かっています」

「運転者確認してはいませんが、蒲田に何台もある車じゃありません」

「そうです。車種は大型の四駆、トヨタの……」

波多野は、加速しながら門司の言葉にかぶせた。

「産業道路で蒲田を出るか、首都高に入るつもりか」

門司が加藤に言っている。

「産業道路に折れるのかもしれないです。ええ、いま追っています」

波多野はもうひとつ思いついた。

「空港？　高飛びかも」

門司がオウム返しのように加藤に言った。

「羽田空港かもしれません」

右車線が空いた。波多野は車線を移り、さらに加速した。

環状八号線と産業道路とが交差する大鳥居交差点に近づいた。前方の信号が青から黄色に変わった。

藪田の四輪駆動車は、たぶんもうその交差点を突っ切ったことだろう。もちろん左右どちらかに折れた可能性もある。しかし、石黒の車は、第一京浜を北方向に走行しているところを停められた。それがおとりだったとしたら、左手に曲がることはない。右手、多摩川を渡って川崎方面に向かうか、直進して羽田空港だ。

サイレンの音が聞こえてきた。後方からだ。

ちょうど近くを警ら中だったパトカーが、藪田の四駆を追うよう指令を受けて環状八号線に入ってきたのだろう。それとも、警視庁第一自動車警ら隊のパトカーが緊急発進したか。

環八と第一京浜の交差点のすぐ南には、蒲田分駐所があるのだ。

ミラーを見た。列を作っている車のずっと後方に、小さく点滅する赤色灯が確認できた。

前方の信号が赤になった。産業道路との交差点まで二百メートルほどある位置だ。すぐ前の軽トラックが停まったので、波多野も車を停めた。

門司が前方を見つめたままで言った。

「産業道路を越えたか？　だとすれば、首都高に乗るのかな」

波多野も門司に顔を向けずに言った。

「首都高だと、逃げ切れない。やはり空港でしょう」

「空港にも早く手配してくれないと。たぶんもう飛行機は予約ずみだろうな」

「でも、おとりの車の見つかるのが、早過ぎましたね」

サイレンの音が接近してくる。ミラーの中には、パトカーの姿がはっきり映ってきた。走行中の車両がパトカーのために進路を空けたのだ。波多野も、うしろの車に倣《なら》って車をゆっくり発進させて左側に寄せた。パトカーは右車線に入って加速している。

道を空けてください、という、スピーカーを通した言葉が聞こえる。

信号は青になったが、車列は止まったままだ。

門司が、ミラーに目をやってから言った。

「危険ドラッグの罰則って、どの程度のものだった？」

波多野は少し考えてから答えた。

「業としての製造、輸入、販売は、懲役なら五年以下、だったと思います」

「国外逃亡するほどの量刑じゃないな。やっぱり深沢をやっているのかな」

波多野が黙っていると、門司は自分から答えを見つけたように言った。

「それとも別の余罪か。逮捕されたら終わり、っていうぐらいの」

左手方向からも、サイレンが聞こえてきた。再び、前方の信号が赤に変わった。車列は動かない。波多野が見ていると、右手から一台のパトカーが交差点に進入し、タイヤの軋《きし》む音を立てて、環八を東へと曲がっていった。

信号がやっと青になった。ちょうどそのとき、波多野たちの乗る車を右手からパトカーが追い抜いていった。

「後ろにつけろ！」と門司が怒鳴るように言った。

波多野はさっとステアリングを切りながら車を発進させ、パトカーの後ろに車間を空けずにつけた。

松本章吾たちの乗る車は、ちょうど穴守稲荷交差点にかかるところだった。左手には、大手運輸会社の物流センターのビル群だ。

川崎で小野塚則夫と会って話を聞いたあと、能条克己と連絡が取れたので、彼が行っているという自動車整備工場に向かっているところだ。環八が少し上り勾配《こうばい》になって、海老取川河口近くを渡るその少し手前だ。交差点の次の横道を左折して細い通りに入ると、その先に整備工場があるはずだった。

サイレンの音が前方から聞こえてくる。坂道の真正面、反対車線のその頂き部分から二台のパトカーが飛び出してきた。ルーフの上の、バー・タイプの赤色灯が点滅している。正確には、点滅と見えるように赤色灯が回転している。

信号は青だが、松本は捜査車両を徐行させた。

パトカーの後ろから、もう一台、赤色灯を点滅させた車が現れた。セダンタイプの覆面パトカーだった。流れている車は左車線に寄って、中央車線を空けた。

「何かあったか？」と綿引壮一が言った。「反対車線、逃げて行くような車、あったか？」

松本は、ステアリングに手をかけたまま答えた。

「いえ、気づきませんでしたね」

直進する車は流れている。しかし、後方からもサイレンの音が聞こえてきた。

坂をかなりの速度で下ってきたパトカーは、この穴守稲荷交差点まで来て減速した。二台とも反対車線に、つまり松本たちのいる方に曲がる様子だ。

流れていた車の列も停まった。二台のパトカーは交差点に入ると、羽田に向かう側の車線を塞《ふさ》ぐ格好で停止した。ちょうどハの字を作るかたちだ。少し遅れて交差点に達した覆面パトカーは、その中央寄りで停まった。三台の警察車両が、交差点への進入を阻止している。松本も捜査車両を停めた。

綿引が、身体《からだ》をひねって後ろに目をやった。

「手配車両、後ろから来るんだ」

松本もミラーで確認した。

「空港進入阻止ですね」

交差点は、三台の車の赤色灯の点滅のせいで、にわかに緊迫した。ウインドウごしに見える運転者たちはみな戸惑い顔だ。

しかし、完全には塞ぎ切れていない。直進するにせよ、右折するにせよ、強引に突っ切ろうとするなら、なんとかできないことはないとも見える。反対車線では車がまた動き出している。

正面を塞いだパトカーから警察官がふたり飛び出してきて、その場に停止している車に、左路側帯に寄るよう誘導を始めた。警官のひとりが、松本たちの車両に近づいてくる。綿引がウインドウを下げて、警察手帳を見せた。

「何があった?」

「手配車両があります。左に寄せてください」

その警官の視線が、環八の西方向に向いた。

「あれだ!」と警官は叫んだ。

松本が後方を見ると、かなりのスピードで接近してくる車がある。車高のある大型車だ。その後ろに、赤色灯の点滅。大型車が手配車両なのだろう。

警官が「早く！」と怒鳴った。

松本はウインカーを左に出し、車を発進させて交差点の手前、左側端に移動させた。後ろからのサイレンの音が大きくなってくる。大型車はすっかり車のいなくなった中央車線を、法定速度をはるかに超えるスピードで突進してくる。エンジン音が大きく聞こえる。と、一瞬だけ低くなったように聞こえた。アクセルをわずかにゆるめたのかもしれない。交差点の封鎖に気づいたのだろう。しかし次の瞬間には、エンジン音はいっそう甲高い周波数となった。

松本は言った。

「突破するつもりだ」

「無茶過ぎるだろ」と綿引。

「パトカーをはね飛ばす気です」

正面のパトカーの警官たちも、同じ判断をしたようだ。車を降りて駆け出し、左路側帯に寄った。ひとりは腰の拳銃《けんじゅう》のホルスターに手をかけている。顔が緊張していた。もう一台のパトカーからも警官たちが降り、中央分離帯の脇《わき》に寄った。覆面パトカーの私服の警官たちは、車の後ろで腰を屈《かが》めた。

「どうします？」と、松本は訊いた。

「ここにいるしかない。下手に動くと邪魔だろう」

綿引が答えた。

大型車は、交差点までもう百メートルのあたりまで接近していた。小型トラックほどのサイズにも見える車だ。その背後を二台のパトカーが、急追していた。さらに二台目のパトカーを追ってくる車両がある。赤色灯は出していないが、これも警察車両か。

大型車は交差点にかかった。急制動がかかる音。つんのめるように減速した。松本は、それがトヨタの大型四輪駆動車だとわかった。黒いボディに白いルーフ。ごつごつとした外観で、軍用車にも見えないこともない車だ。カネのあるヤンキーが喜びそうな車。四輪駆動車は減速してから交差点手前で左手にふくらみ、それから右手に進路を変えた。右手のパトカーと中央分離帯との隙間《すきま》に突っ込もうとしたようだ。パトカーを押し退《の》けるつもりかもしれない。ドーンと鈍い衝撃音があった。四輪駆動車は、パトカーの前部にぶつかったのだ。パトカーは一メートルほど後退した。

「馬鹿《ばか》が！」と綿引が悪態をついた。

四輪駆動車は一度停止してから、急後退した。もう一度、隙間に突っ込むようだ。その後ろに、追ってきたパトカーが停車した。四輪駆動車はパトカーに後尾をぶつけて停まった。エンジン音が消えた。ぶつけられたパトカーから、警官がひとり飛び下りた。拳銃を両手で構えている。もう一台も、その横に並ぶように急停車した。パトカーを追走していた白いセダンもその場に停まった。

「気をつけろ！」と綿引が鋭く言った。「撃ち合いになるかも」

「はい」と、松本は運転席で身を屈めた。

四輪駆動車はもう一度正面のパトカーに体当たりした。また少しパトカーは後退した。中央分離帯とのあいだの隙間が広がった。四輪駆動車がその隙間に車体をねじこんだ。金属同士が擦《こす》れて軋む音がした。四輪駆動車は隙間を抜けると、反対車線へと方向を変えながら急発進した。

反対車線では車は流れている。四輪駆動車の右折で、何台もの車の急制動の音が響いた。流れが乱れた。一台のセダンが交差点中程で急停止し、これをよけようとしたワゴン車が、四輪駆動車と衝突した。再び大きな衝撃音が響き、ワゴン車が横転した。四輪駆動車の鼻先を封じるかたちだ。後ろから追ってきたパトカーが、もう一度四輪駆動車のすぐ後ろにつけた。四輪駆動車は完全に前後をはさまれて動けなくなった。

中央分離帯の脇にいたふたりの警官も、ひとりは拳銃を抜き、もうひとりは警棒を持って近づいてきた。松本たちの後方から駆けつけた二台のパトカーからも、三人の警官が下りた。四輪駆動車はいま、八人の制服警官に囲まれていた。

最初に拳銃を抜いた警官が、四輪駆動車に向けて怒鳴った。

「降りてこい！　手を上げて」

同じパトカーに乗っていた警官は、警棒を抜いて腰を落とし、拳銃を構えている警官に並んだ。

ほんの少し時間があって、四輪駆動車がエンジンを切った。後部席のスライドドアがゆっくりと開いた。拳銃を構えていた警官が少し腰を落とした。

降りてきたのは、若い女だった。サングラスをかけており、ジャケットにショルダーバッグの斜めがけだ。両手を上げている。口は不服そうに歪《ゆが》んでいた。

ついで助手席のドアが開き、ソフトハットにサングラス姿の男が降りてきた。三十代半ばに見える。男は両手を広げ、悔しげな顔で何か言った。悪態でもついたのだろう。

サングラスの男に警官ふたりが飛び掛かり、四輪駆動車のボディに身体を押しつけて、手を背中でねじ上げた。

「石黒裕太だな」と警官のひとりが言っている。

「そうだ」と男。

「児童福祉法違反容疑で逮捕状が出ている」

もうひとりの警官が後ろ手に手錠をかけた。

四輪駆動車の運転席から降りてきたのは、やはり三十代半ばと見える巨軀《きょく》の男だ。鼻が大きく、目が小さくて、どこか熊《くま》を思わせる顔立ちだった。無表情だ。彼も両手を上げた。熊を連想させるその男には、別のふたりの警官が近づいて、大声で言っている。

「後ろを向け！　道路交通法違反、現行犯だ」

男は素直に四輪駆動車のボンネットに両手をついた。ふたりの警官が男の身体を素早くまさぐって所持品を検査してから、手錠をかけた。

覆面パトカーからも、私服の警官がふたり降りてきた。女のほうに近づいてゆく。女は、男たちの仲間なのだろう。

交差点の一帯は騒々しい。

「事故だ！」「誰か捕まった！」「誰なんだ？」と、居合わせたドライバーや通行人たちが叫んでいる。サイレンの音も増えている。いまこの交差点に、続々と警察車両が集中しているようだ。

松本たちが車を降りると、パトカーの真後ろについてきたセダンからもふたりの男が降りてきた。年配のほうの男は、携帯電話を耳に当てている。

運転席から下りた男と目が合って、松本は驚いた。警察学校の同期、波多野涼だった。

七年前、城南島のあの倉庫で自分が救った警官。波多野も目をみひらいている。波多野はあの事件のあと、リハビリを終えてから蒲田署の刑事課に異動していた。盗犯係だ。あれから、波多野とは年に二度程度は会うように努めてきたが、ここ一年は会っていなかった。年配の男のほうにも見覚えがある。あのとき、波多野と同じパトカーに乗っていた警官ではなかったか？　彼らはいままた職場が一緒なのか？　いまの追尾の様子から見て、波多野たちは事の次第を把握しているようだった。

松本は波多野のほうに近づいた。

「久しぶりだな」

波多野が微笑して言った。

「ああ。捜査一課に移ったと聞いた」

「ああ。これは何だ？」

「蒲田の半グレたちだ」と、波多野はいま手錠をかけられた男たちを顎《あご》で示して言った。「危険ドラッグを製造、密売。昨夜関係者に逮捕状が出たんだ」

松本は驚いた。

「それって、蒲田のマル暴殺しの疑いもかかっている連中か？」

「知っているのか？」

「ああ。聞いてる」

波多野が逆に訊いた。

「お前たちは、どうしてここに？」

松本は、ちらりと横にいる綿引に目をやった。蒲田署のこの捜査員にも、秘密にしておいたほうがいいですか？　何か情報の見返りも期待できそうですが。

綿引は黙って見つめ返してきた。判断は松本に委《ゆだ》ねられたということだ。

松本は、波多野に答えた。

「蒲田の深沢殺しだ」

波多野が驚いた様子を見せた。

「お前たちも？」

松本はうなずいた。

波多野がまばたきした。

「どういう意味だ？　捜査本部の設置は見送られたと聞いたぞ」

携帯電話を耳に当てていた捜査員が通話を終え、一歩前に出てきて松本に言った。

「一度会ってますかね？」

松本は答えた。

「城南島の捕り物のときに。自動車警ら隊でした。松本です」

捜査一課、と付け加えた。

「おれは、門司。あのとき波多野と同じ車に乗ってた」

綿引もふたりに名乗った。呆《あき》れたような顔をしている。

「三人、妙な縁があるみたいだな」と綿引。

松本は、波多野と門司を交互に見てから、波多野の問いに答えた。

「捜査一課も関心を持ってるんだ」

波多野が言った。

「待っていれば、蒲田署が挙げる」

松本は、交差点を振り返った。

三人の男女が、それぞれ別々のパトカーと、覆面パトカーに乗せられて行くところだった。停まっている一般車両から、ドライバーたちが降りて、スマホで写真を撮りだしている。うれしそうに携帯電話で話している若い連中もいた。

松本はその様子を見ながら、波多野に訊いた。

「この半グレたちがやったと？」

「うちの」と波多野。「刑事課の見方はそうだ。危険ドラッグの密造をめぐって、地回りの小橋組と揉《も》めたんだ」

門司が松本に訊いてきた。

「捜査一課は、違う読みなんですか？」

答えるべきかどうか、一瞬迷った。

そのあいだに綿引が、逆に門司たちに訊いた。

「蒲田署は、深沢殺しは連中がやったという証拠でもつかんでるのか？」

波多野がうなずいた。門司はその横で首を振った。

「どっちなんだ？」と綿引がふたりに訊いた。

波多野が、門司をちらりと見てから答えた。

「あの半グレたちを追え、という指示なんです。状況証拠がある。密造工場と死体発見現場は、水路をはさんでいるけど、直線距離で五十メートルも離れていない。実質的に同じ場所です」

綿引が門司に顔を向けた。あんたは、違う意見を持っているようだが?

門司は門司で、ふしぎそうに波多野を見てから答えた。

「深沢は、組対が把握していなかったようなトラブルも抱えていた。あの半グレたちの犯行と決めつけるのは、まだ早い」

「見えない抗争があった、という意味ですかね?」

「ちがう。どうも堅気がからんでいる気配もあるんだ」

波多野が、松本にもう一度同じことを質問してきた。

「捜査一課の読みは?」

救急車のサイレンが、西方向から近づいてきた。松本は波多野の問いには答えないままに、サイレンの鳴る方向に目をやった。いま環八は完全に通行止めとなっており、道路上にいた車がみな、左と真ん中の車線に入って停まっている。西方向から追って来たパトカーと、その後ろの波多野たちの捜査車両だけが、右車線にいた。救急車はその右車線を走ってくるのだった。

「そこのひとたち!」と大声があった。

松本が首をめぐらすと、交差点の内側から制服警官がひとり、松本たちに向かって歩いてくるところだった。交差点の右手では、四人の警官が、横転したワゴン車を起こそうとしていた。

近づいてきた制服警官が言った。

「その車、どけて。移動して」

綿引と門司が、それぞれ警察手帳をその制服警官に示した。

「あ、失礼」警官は言った。「もし差し支えないのであれば、脇に寄ってもらえると助かります」

門司が波多野に言った。

「車、左に寄せろ」

波多野が、自分たちの捜査車両に戻っていった。

松本も、道路左に寄せて停めた自分たちの車に向かった。

門司が、松本の横に並んでまた訊いた。

「一課が独自に動くのは、どうしてなんです？　何か所轄《しょかつ》とは違う情報でも持っているということですか？」

門司の疑問ももっともだった。捜査本部も作らずに、捜査一課が動き出している。そのことが不可解なのだろう。

歩きながら、綿引が答えた。

「まだ組織として捜査が始まったわけじゃない」

「始まってない？　現実に、綿引さんたちが動いているのに」

「捜査以前の段階なんだ。データの読み直しというか」

「データ？」

綿引が黙っていると、門司がさらに訊いた。

「何か古い事案と関係する、ってことですかね？」

松本たちの前を、波多野の運転する車が徐行して横切っていった。交差点を渡った左に寄せるつもりのようだ。ちょうどガソリンスタンドの前だ。

救急車が到着した。グレーの制服の救急隊員が三人飛び下り、ストレッチャーを引き出してワゴン車の脇へと走っていった。ワゴン車の運転席のドアが開けられ、救急隊員がドライバーを運転席から下ろした。重傷ではないようだ。意識もあると見える。

波多野が車を停めて、松本たちの前に近づいてきた。

「一課は、この件をどう読んでいるんです？」

波多野がさきほどと同じ質問をしてきた。目の色が真剣だ。

どう答えるのが適切か。松本は迷った。深沢隆光殺害をきっかけに、危険ドラッグ密売グループをここまで追い詰めた波多野たちの能力は、なかなかのものだ。自分たちには持ち得ない情報に接している可能性もある。綿引も、いましがた門司に答えている。データの読み直しだと。自分もあとほんの少しだけ、言葉を足して答えてもかまわないだろう。

松本は言った。

「半グレでも、マル暴でもない、という可能性があるかという程度だ」

門司が言った。

「一課の読みも、拳銃が使われてるけど、堅気が関係していると？」

「堅気にも、いろいろあります」

「どっちにせよ、蒲田署とは違う読みってことか。捜査本部設置は確実かな」

波多野が首を傾《かし》げた。意味がわからないという表情だった。

「お前たちがここにいるのはどうしてだ？　半グレを追っているのではないとしたら」

松本は答えた。

「川崎に行ってた」

「川崎に？」

「情報屋と会ってた。その帰りなんだ。もうひとり、会う人間がこの近所にいる」

門司が、いよいよ解《げ》せないという口調で言った。

「警視庁の事案なのに、川崎の情報屋に？」

松本は門司に言った。

「川のすぐ向こうの話です。川崎では、拳銃の密売があったらしい。何か聞いていませんか？」

「何も」

松本は波多野に訊いた。

「お前、神奈川に土地勘はあるか？」

波多野が黙ったまま首を横に振った。彼はひどく疲れているように見える。

「そうか？　出身、横浜じゃなかったか？」

「子供のころだ」

「横浜のどこだったっけ？」

「保土ケ谷だ」

門司が横から訊いてきた。

「横浜にも何か？」

「いや」松本は答えた。「データを広い範囲から集めているというだけです」

「神奈川県警管轄の事案も、ってことですか。だから表立って警視庁としては動けないとか？」

そのとき、松本の携帯電話が鳴った。取り出すと、伏島管理官からだった。

「たったいま、蒲田の半グレたちが逮捕されたと聞いたが」

「はい」松本は答えた。「その現場に遭遇しています。国外逃亡を図った模様で、三人、いま身柄を拘束されました」

「蒲田署は、これで解決という自信があるようだな」

「そうでもありません」

「違う？」

「こっちの所轄は」と、松本はいちおう主語をあいまいに言い換えた。「別の線にも捜査員を投入しています。終わりではありません」

「そうか」少し安堵《あんど》したような声の調子だった。「頼まれていた件、無駄にならずにすんだ。このあと、きみのほうに、アシスタントから電話をさせる。尾崎《おざき》という女性警官だ。あの部屋にいて、警務のデータベースにもアクセスできる」

それだけで、伏島からの電話は切れた。

波多野と門司が、やりとりを聞いていた。いま自分は、さほどの重大情報をもらしてしまってはいないはずだが。

直後に、こんどは綿引の携帯電話が鳴った。

「はい」と、綿引が携帯電話を耳に当てて言った。

相手が名乗ったようだ。綿引は松本に顔を向けて、口の動きだけで言った。

能条だ。

綿引は能条に言った。

「場所を変える？　かまいませんが、通行止め？」

「知っています。現場まで来ています」

「そちらも、ここに？　覆面ですか？」

綿引が携帯電話を耳に当てたまま、交差点を見渡した。松本も、交差点の左手方向に目をやった。自分たちは、能条と会うために、この穴守稲荷交差点を通りすぎ、次の横道を左折するつもりだったのだ。綿引が、覆面かと訊いたのは、覆面パトカーで来ているのかという意味だ。

左手のガソリンスタンドの前、ひとだかりの中に能条がいた。携帯電話を耳に当てたまま、松本たちと同様に交差点に何かを探している。私服姿の能条は、同業者ならひと目でそれと見分けることのできる雰囲気を身につけていた。七年前は、彼は制服を脱ぐと、警官臭はあまりしなかったのだが。

松本は、波多野もいまの覆面という言葉に反応していることに気づいた。彼も交差点を見渡し、能条に目を留めた。それが捜査員だとわかったようだ。

能条が、綿引のほうに向けて手を振った。

綿引が言った。

「そこにいてください。車をそっちに回します」

能条と松本の視線が合った。能条は、意外そうな顔になった。かつての部下も一緒だとは、想像していなかったのだろう。

綿引が通話を切って、「行くぞ」と松本を促してきた。自分たちも警察官だ。交差点はまだ混乱しているが、ここから車を移動させることはできるだろう。

波多野が松本に顔を向けてきた。

「会う相手って、警官なのか？」

「ああ」松本は答えた。「あのときの、おれの上司だ。能条克己。あの場にいたんだ」

「どうして、きょう？」

「何か事情を知っているようだからだ」

「警官なのに?」

「やつがやったとは言っていない」

綿引が、車の脇から松本を呼んだ。

松本は波多野に、またな、と言ってから捜査車両の運転席に乗り込んだ。

「行くぞ」

車を発進させると、制服警官がひとり、松本たちの車を誘導してくれた。松本は車を交差点の先へと進めた。

波多野は、自分たちの車に戻った。

交差点では、通行止めが部分的に解除されている。左側の車線の車が、動き出していた。交差点の向こう側、反対車線でも、停められていた車が発進を始めた。交差点の中央部分で、四輪駆動車とワゴン車を取り巻くように制服警官たちが動いている。指名手配犯の逮捕現場ではあるが、交通事故の現場でもあった。検証の手続きが必要だった。

助手席では門司が通話中だ。あらためて係長に報告しているようだ。

「ええ、たしかです。連行されていきました。ほんの二、三分前です」

「女はたぶん橘ユカリでしょう。羽田の国際線ターミナルに向かっていたんじゃないでしょうか」

「気になることがまだ残ってまして、このまま続けさせてください」

「五時ですね。はい、会議までには戻ります」

通話を終えると、門司が波多野に顔を向けて言った。

「報告が一分遅れていたら、連中は国外脱出していたかもしれなかった。お前の手柄だな」

「藪田が、目立ち過ぎる車に乗っていたんです。署に戻らなくていいんですか？」

「ヤブイヌたちはまだ深沢殺しを認めたわけじゃない。組対も、小橋組の周辺を追ってる。おれたちは、北島麻衣の線をもう少し追う」

「石黒たちの供述を待ってもいいんでは？　やつら、門司さんが言うとおり、きっと大きい余罪があるんです」

「いまの捜査一課の読みも気になるんだ」

「というと？」

「過去の事案との関連。神奈川での情報収集。ヤブイヌでも、マル暴でもない、って読み」

「過去の事案？　そんなことを言っていました？」

「お前が車を移動させてるときかな」

「どんな事案です？」

「それは言ってなかった」門司もふしぎそうな顔になった。「過去の事案って、もしかして、連続殺人かもしれない、という意味なのかな。捜査一課はその読みだと」

波多野たちの捜査車両のそばに制服警官が近寄ってきた。あとから到着した交通課の警察官だった。

波多野はウインドウを下げると、警察手帳を示して言った。

「反対車線に移動します」

制服警官は、こちらにと、右手で進路を示した。波多野は車を発進させた。少し乱暴な発進となった。その警官の指示に従って、交差点の四輪駆動車とワゴン車を避けて反対車線に入った。Uターンの途中で、松本たちが車を下りて、ふたりの男と話しているのが見えた。

13

門司が携帯電話を操作し始めた。

「あれ？」と門司。「つながりそうだぞ」

完全に反対車線に入ると、波多野は車を左側に寄せて停め、門司に訊《き》いた。

「高安ですか」

門司は答えずに、通話の相手に言った。手にはメモがある。

「蒲田警察署の者です。清水安里さんですか？」

「ちょっとだけ、うかがいたいことがあるんです。北島麻衣さんのことで。ええ、もちろん警察も納得はしていません」

「そうです。そのあたりの事情を教えていただけると、うちのほうとしてもいろいろできることはあるんですが」

「かまいませんか？　そちらへ出向きますよ。どちらです？」

「そんなにお時間は取らせません。ただ、わりあい急いでいるんです」

「すぐ行けますよ。たぶん十五分ぐらいで」

門司が通話を終えた。

「どこへ？」と波多野は訊いた。

門司が、怪訝《けげん》そうに言った。

「清水安里。あの番号、生きてたぞ」

「そうですか？　ぼくが番号を間違えて入力したんでしょうかね」

「下丸子へ。多摩川清掃工場の並びに、宇田島製作所ってところがある。そこに」

「清水安里がいるんですね？」

「いま職場に向かっているところだそうだ。遅番の仕事が始まるまでなら、話ができるってよ」

門司が顎《あご》でうながした。波多野は車を再発進させた。インパネの時計を見ると、一時三十分になるところだった。

その交差点には、品川署刑事組対課のふたりの捜査員も来ていたのだった。これだけの騒ぎだ。捜査員が近くにいたなら、駆けつける。

能条克己と、もうひとり二十代の捜査員、田村《たむら》だった。

松本たちが降り、綿引が警察手帳を見せると、能条が松本に顔を向けて言った。

「お前も一課なのか？」

「異動になったばかりです」と松本は答えた。

綿引が能条に訊いた。

「このあと時間は？」

「多少はある」と能条。「おれたちのほうの用事は終わった」

能条の顔は、興味が半分、警戒が半分というところだった。捜査一課が自分から何を聞きたがっているのか、やはり気になっているのだろう。暴力団員殺害の件で捜査に必要な情報が欲しいというだけなら、電話での問い合わせで十分なのだ。

綿引が言った。

「相方さんには、外してもらってもかまわないかな」

能条は、田村を横目で見てから綿引に訊いた。

「あとで品川署まで送ってもらえるか。それなら田村を先に帰してもいい」

「送りますよ」と、松本が綿引の代わりに答えた。

能条が田村に先に帰れと指示した。田村は、では、と言って離れていった。近くに彼らの捜査車両が停めてあるのだろう。

そのとき松本の携帯電話が鳴った。登録のない携帯番号からだ。伏島の手配してくれた尾崎という女性警官だろうか。

「ちょっとだけ待ってください」と言いつつ、松本は能条たちから離れて、十分な距離を取った。

十数歩離れてから振り返り、携帯電話の通話ボタンを押して、松本は名乗った。

「尾崎と言います」と女性の声。「伏島管理官から、お手伝いをするようにと指示されました」

「早速だけれど、すぐ警務のデータに当たってくれないかな。品川署の刑事組対課、能条という捜査員の経歴」

「ノウジョウ、ですね」

「能率の能。条例とか条件の条」

三秒も待たないうちに、尾崎が言った。

「はい、出ました」

「読み上げてくれないか」

尾崎が読み始めた。

「昭和四十七年生まれ。平成七年四月に警視庁警察官に採用。同年十月、池上署地域課に卒業配置。平成十年に田園調布署の地域課に移り、平成十四年に巡査部長昇任。第一自動車警ら隊。平成二十年に警部補に昇任。翌年品川署刑事組対課へ」

「賞罰歴は？」

「はい。第一自動車警ら隊のときに、方面本部長表彰。城南島での殺人犯逮捕の功労に対してのものです」

「家族は？」

「平成十五年に結婚。相手は田園調布署の同僚だった宮口紀子《みやぐちのりこ》。宮口は十七年七月まで勤務して退職。十七年の秋に娘が生まれています」

「警察官になる前の学歴、学校は？」

尾崎は、市ヶ谷にある私立大学の名を読み上げた。法学部出身とのことだ。

「その前は？」

尾崎は、その大学の付属高校の名を告げた。

「その所在地は？」

「川崎の中原区です」

松本は驚いて言った。

「川崎の出身なのか」

「本籍が、川崎市幸区です」

松本は、二十歩ばかり離れた位置に立つ能条に目をやった。待たせるなよ、と咎《とが》めているような顔だ。

「ありがとう」松本は尾崎に礼を言って通話を終え、能条たちのもとに戻った。

綿引が言った。

「どこか喫茶店にでも行くか？」

松本は、能条を見つめて言った。

「少し立ち入った話になるかもしれません」

能条の顔から、ついさっきまであった興味深げな色が消えた。

「もしかして、おれは何かの参考人か？」

「いいえ。でも電話でもお話ししたとおり、昨日の暴力団員殺害をめぐってのことで、周辺の情報を聞かせてもらいたいんです」

「たいしたことは知らないって」

松本が能条に言った。

「それを全部聞かせてください」

少しきつい口調になった。

綿引が、少しあきれ顔で松本を見つめてきた。お前がこの聴取のイニシアチブを取るのかと言っているようでもある。

松本は綿引の視線には応えずに能条に訊いた。

「深沢隆光。室橋謙三。知っていますか？」

「室橋は知っている。深沢は名前だけだ」

「大内恵子は？」

能条は少し意外そうな顔を見せた。

「やはり名前だけは」

「三人の共通点はなんだと思います？」

「共通点？　おれの記憶にある大内恵子のことなら、彼女は医者だぞ」

「三人とも、死んでいるんです」

「室橋は事故死だろう。大内恵子は自殺だ」

「事件性はない、という警察の処理を、信じていますか？」

能条は、それまで少しだけ開いていた口を閉じた。その表情が返事だった。十分だ。

彼は、事故死だとは思っていない。

少しの間の後、能条が言った。

「それをどうこう言う立場にない」

「でも事情は知っているんですね？」

「おれは品川署の刑事課にいるんだ。いろいろ耳にすることはある」

「情報源はどこです？」

能条は答えなかった。

松本はさらに訊いた。

「昨日の夜、というか、一昨日の深夜はどこにいました？　十二時前後」

「おい」能条の鼻が膨らんだ。「おれを、本気で疑ってるのか？」

「教えてはもらえませんか？」

「言う必要はない」

「もし自宅にいたなら、奥さんに証言してもらってもいいと思いますが」

「関係ない」

「川崎に土地勘はありますか？」

綿引が横目で松本を見た。この質問は、予想外だったようだ。

能条が答えた。

「高校までは川崎だ」

その答えを聞いて、綿引が小さくうなずいた。松本の読みに、いくらかの合理性はある、とようやく納得したようだ。

綿引が能条に言った。

「本部まで来てもらったほうがいいな」

能条の目が吊《つ》り上がった。

「おれの何を疑えば、深沢殺しで任意同行ってことになるんだ？」

松本が答えた。

「捜査一課が関心を持っているのは、その件だけじゃないんです」

「室橋とか、大内恵子とか？」

「そのつながりを把握したいということなんです」

「逮捕状を取って出直せ、と言いたいけれども、行ってやるさ。おれの話、片っ端から裏を取ればいい」

「いま、一昨日のアリバイも黙秘だったじゃないですか」

綿引が言った。

「まだ任意同行を求めたとか、そんな段階の話じゃありませんよ」

松本は自分たちの車の横まで歩いてから、能条に後部席のドアを示した。


波多野は、捜査車両を多摩川沿いに進めた。

環八からいったん第二京浜に入り、多摩川大橋の手前で、堤防のすぐ外を走る旧堤通りに入ったのだ。午前中であれば、多摩川清掃工場に向かう青いゴミ収集トラックが列を作る道路だ。いまは前後にゴミ収集トラックは一台も見ない。

門司は穴守稲荷交差点を発進したあと、ほとんど口をきいていなかった。ずっと左手の肘《ひじ》をドアにつけ、顎に手をやっていた。何か考えている様子だった。

前方に多摩川清掃工場の巨大な煙突が見えてきて、ようやく門司が顎から手を離した。

「捜査一課の追っているのは何なんだろうなあ。能条って刑事、何を知っているんだ？」

波多野は門司に訊いた。

「宇田島製作所でしたっけ？　清掃工場の手前ですね？」

「清水安里はそう言っていた。若そうな声だったけど、女の子がなんとか製作所なんてところで、どんな仕事してるんだ？」

「さあ。製品の検査とかでしょうか」

「深沢の事件が、川崎や横浜にどう関係するのかもわからないな。川崎で拳銃《けんじゅう》の密売があったとも言っていたな。あの若い方の刑事」

「ぼくの同期ですよ。松本」

「そういえば何年か前に、川崎の暴力団員が撃たれて殺された事件があったな。あれは解決してるんだったか？」

「さあ、どうだったでしょう」

「たしか未解決だよな。深沢の件と一緒で、抗争だと思われたけど、どこの組にもたどりつけなかったんじゃなかったか」門司は記憶をたぐりよせるように言った。「あの男、元は横浜の保土ケ谷あたりのワルじゃなかったかな」

波多野は正面に目を向けたまま言った。

「工場みたいな建物が見えてますが、煙突の手前を右折すればいいんですね」

「ああ、たぶん」

波多野は清掃工場と、その工場の敷地とのあいだの道へ車を右折させた。交通量の少ない道だ。右手のブロック塀沿いには違法駐車の車が並んでいる。河川敷へ遊びに行くひとたちが、車を停めているようだ。

その道沿いには、工場への入り口が見当たらなかった。清掃工場のトラック出入り口は堤防沿いの道に面しているが、この工場の正門は北東側にあるのだろう。

敷地の端の道路まで出て、また右折した。すぐに右手に正門が見えた。そこから敷地内へと車を入れると、守衛がいて、いったん停まれと合図してくる。波多野は車を停めた。

車内をのぞきこんでくる守衛に、門司が警察手帳を示して言った。

「女性従業員に話を訊くことになってるんです。更衣室のある建物はどこですか？」

守衛は駐車スペースの奥の三階建てのビルを示した。窓が多い建物だから、事務棟なのだろう。その事務棟の横手、通用口と見える場所に、女性が立っている。グレーの作業服を着て、波多野たちの車を見つめていた。

「あれだな」と門司が言った。「もう二時になる。五分ぐらいしか時間がないぞ」

波多野はその女性の手前で、建物の壁に寄せて車を停めた。門司が先に降り、女性に近づいていった。

「清水さん？」と門司が訊いている。

波多野は、ステアリングに手を置いたまま呼吸を整えてから、車を降りた。

ふたりに近づいて行くと、清水安里が波多野の顔を見て言った。

「あ、お巡りさん」

門司がふしぎそうに波多野を振り返ってきた。

「知り合いだったのか？」

安里が言った。

「蒲田のカラオケ店で」

門司が波多野に言った。

「会ったことがあるなんて、言ってなかったぞ」

波多野は答えた。

「高安のところでは、いろいろ紹介もされるんです」

安里が、焦《じ》れったそうに言った。

「時間がないんです。あと三分。何を聞きたいんですか？」

門司がまた清水に顔を向けた。

「北島麻衣さんと友達だね？」

「うん。同じ店で働いていたことがあるんだ。デリヘルだけど、知ってるんでしょ？」

「彼女は、深沢隆光って暴力団員を恨んでいたとか」

「そりゃあそう。騙《だま》されて、借金漬け、シャブ漬けにされて、風俗やらされて、ぼろぼろになったんだもの」

「殺したいほどに？」

「自殺するほどに、でしょ。あの子、あたしなんかと違ってふつうの家の子だった。大人になったら身体《からだ》売る、なんて覚悟なしに育った子よ」

「深沢は、昨日殺されたんだ」

「ニュースで見た。いい気味だわ」

「深沢を刺そうとしたという件、あんたが麻衣さんから直接聞いた話なのか？」

「ううん。聞いたんじゃなくて、目の前で見ていた。話をつけるから一緒に行ってと頼まれて、ついていったら麻衣、いきなり包丁取り出したのよ」

「彼女がそこまで思い詰めていたのは、どうしてだ？」

「シャブ漬けにされた、って理由じゃ足りないんですか？」

「シャブを打たれたんなら、男を刑務所にぶちこむことはできた。警察に相談したとも聞いたけど、ほんとうか？」

「最初は、駆け込み寺みたいなところに行ったみたい。北品川の。クスリから立ち直れるのかって、お医者さんに相談したとか。あんまり親身になってくれなかったみたいだけど」

「警察には？」

安里は波多野に目を向けた。

「麻衣と会ってるんでしょ？」

波多野はうなずいた。

門司が波多野に訊いた。

「何だ？　どういうことなんだ？」

波多野は、門司に顔を向けて答えた。

「高安から、困ってるひとがいるって紹介されて、こちらの清水さんに会ったんですよ。それで北島麻衣ってひとのことを教えてもらって、ちょっと話を聞いたことがあります」

「自殺のどのくらい前になるんだ？」

「一週間かそこいらだったでしょう」

安里が訊いた。

「お巡りさんは、けっきょく何もしてやんなかったの？」

波多野は首を振り、安里に答えた。

「知り合いの、そういうことを担当している女性警官を紹介したんだ」

門司がまた波多野に訊いた。

「そういうことっていうのは？」

「そういう女性を保護してる部署、ってことです」

「うちの？」

「いえ」

安里が言った。

「もう時間だ。遅番の仕事、十時に終わるんだけど、そのあとでもいいですか。蒲田西口まで、送迎バスで送ってもらってるんです」

門司が言った。

「十時過ぎに、また電話する」

安里は、波多野を見つめて言った。

「すぐにも、何かしてくれるんだと思ってた」

咎める口調だ。

門司が安里に訊いた。

「どうしてだ？」

「行かなきゃ。あとでまた」

安里は、工場の建物の通用口へ、小走りで入っていった。

能条が、ふてくされた様子を見せて椅子《いす》に腰を下ろし、足を組んだ。

松本は、テーブルを挟んで能条の向かい側の椅子に着いた。綿引は能条の横に立ったままだ。警視庁六階捜査一課のフロアの小会議室だ。取り調べ室ではない。ただし、室内が簡素であることは一緒だ。気持ちを和ませるようなものは何もない。窓も、名勝地の写真が印刷されたカレンダーも。

松本が質問を始めようと息を整えたとき、能条のほうが先に訊いてきた。

「あの現場で半グレたちの大捕り物を見ていながら、どうしておれにそんな疑いをかけてくるんだ？」

松本は、綿引を一瞬だけ見てから答えた。

「あの半グレたちは、深沢殺しとは無関係ですよ。まだ深沢殺害犯はつかまっていない」

「確証でも？」

「捜査員の直感です。能条さんと深沢隆光、室橋謙三とのつながりが気になる。彼らがそれぞれ別の殺人の重要参考人だということは、承知していたんですよね」

「大内恵子の変死については、室橋は確かにそうだった」

「なのに、立件されなかった。それで納得していますか？」

「どこが捜査を止めたかを、知ってて訊いているのか？」

「承知しています。納得できます？」

能条は喉の奥で唾《つば》でも吐くときのような音を立てた。

「おとり組織を守るために、ひと殺しひとりを野放しにしたんだぞ。お前ならどうだ？」

「女性の死体遺棄事件もありましたが」

「あれは大森署の事件だろう？　おれは関わっていない」

「よその所轄《しょかつ》のことだから、気にも留めていない？」

「科捜研をきちんと使えば、あれだって立件できたはずだ。深沢を事情聴取までしているんだから」

「だけど、組織の出した結論には従う？」

「公務員には、それ以外に何ができる？」

「あんたには、警視庁職員という以外の人格もある」

「何をわけのわからないことを」

「前屋敷孟を知っている？」

能条は目を丸くした。

「警察庁キャリアのＯＢのことか？」

「彼の主張は知っていますね。どう思います？」

能条は組んだ両手でテーブルを叩《たた》いた。

「引っかけようとしているのか？　おれを懲戒処分にしたいと？」

綿引が左手で松本のそれ以上の質問を遮った。

「ぐだぐだやってるのは無意味だ」と綿引は能条に言った。「一昨日深夜のアリバイを言えば、もうそれ以上こんなやりとりを続ける必要はない。すぐ裏を取って解放する」

能条は荒く息を吐いて首を振った。

「もっと証拠を固めてから、それを質問してこい」

「言えない？」

「言う必要はない」

松本は言った。

「相手が内田絵美だから言いたくない？」

能条は、ぎくりと背を起こした。その名が出ることを、まったく予期していなかったのだろう。能条の反応に、松本は一瞬、あの宮崎という大森署員の情報はデマだったかとさえ感じた。

見つめていると、能条はすぐに動揺から立ち直った。逆に訊いてくる。

「警務みたいなことを訊いてどうする？」

「答えづらい、ということですね？」

「内田は無関係だ。一昨日の夜、彼女といたわけじゃない」

「確かな情報がある」

「一緒にいたと？」

「男と女の仲だと」

能条は鼻で笑った。余裕の笑みが出てきている。

「いつの情報だ？　もう終わってる。内田のいまの男は、おれじゃない」

主語が、能条自身ではなく内田になっている。松本は、そのことの意味を考えた。能条と内田の関係では、主導権を握っていたのは内田のほうだ、と言っているのか？あるいは、内田の男関係が派手だ、という意味にも聞こえた。もちろんそれは、責任逃れの言い回しでもあるが。

もうひとつ。能条の言葉に、内田がいまつきあっているのは、やはり警視庁職員だという含みはなかったか？　自分以外の警視庁職員が内田の新しい恋人だと。

松本が次の質問を出す前に、能条が言った。

「内田はシングルだ。部下でもないから、パワハラにも当たらない。監察を受ける理由にはならない」

松本は言った。

「あんたは妻帯者だ」

「余計なお世話だ。うちの夫婦のあいだの問題だ」

「もう終わっているとして、いまの男は誰なんです？」

「知らない。興味もない」

「警視庁職員？」

「さあ。だけどやつは、警官好きだ。それが誰かは、内田に直接訊けばいい。おれじゃなく」

「いま訊きたいのは、あんたの一昨日のアリバイなんだ」

「あんたら」と能条が口調を変えた。「同僚相手の捜査の手続きとしても、これが常識はずれだとわかっているんだろうな？　状況証拠さえないのに、おれにアリバイを言えと迫ってるんだぞ」

松本は言った。

「あんたには動機があるんです」

「どんな？　あの事案、立件しなかったことへの不満だと言っているのか？」

「そう。ただし、深い仲だった女性警官のほうが、もっと強い不満を持っていた。仕事は違っても信頼しあっていた女性医師を殺され、彼女が救おうとした外国人女性も、殺されて運河に捨てられたんだ」

「それはつまり、おれが女にそそのかされて、ひとを殺して歩いてるって言ってるのか？」

「はっきり言えば、内田絵美に」

綿引が横から言った。

「女からの頼みを断りにくい状況ってのは、いろいろ想像がつく」

能条が綿引に顔を向けて言った。

「もう終わってるって」

「始まったのはいつで、終わったのはいつだ。殺してよ、とベッドでささやかれたのはいつだ？」

能条は答えなかった。

松本は追い打ちをかけた。

「そそのかされたことは、事実なんですね？」

「そんなことはなかった」

彼は腕を組んで、いまいましげに、唇を嚙《か》んだ。

清水安里が工場の建物の中に消えると、門司が波多野を見つめてきた。いまのやりとりで、気になることが出てきた、という顔だ。目つきが少し険しい。

門司が訊いた。

「北島麻衣の相談に乗っていたこと、どうして黙っていた？」

波多野は答えた。

「北島を沈めたのは、直接には早川俊輔って男だと思ったものですから」

「恨みは、深沢に向いていた」

そのときクラクションが鳴った。一台の貨物トラックが門から入ってきたところだった。波多野たちが車を停めたスペースに向かってこようとしている。早く除《ど》けてくれと言っているようだ。

波多野は言った。

「いったん署に戻りませんか？　十時までは、することもなくなりましたし」

門司は黙って波多野の前から離れ、捜査車両へと歩いていった。

波多野が門司を追って車に戻り運転席に乗り込んだときも、門司の顔には不可解という色が表れていた。

波多野は助手席の門司に訊いた。

「次はどこへ？」

門司は波多野に顔を向けたが、質問には答えずに逆に訊いてきた。

「お前、さっき清水安里に電話したよな？」

唐突な質問だった。

「ええ。何か」

「ちょっとケータイ貸せ」

波多野は、少しためらってから自分の携帯電話を門司に渡した。

門司は携帯電話を見つめ、ボタンを押してから言った。

「どうして使われていないなんて言った？　お前、清水安里には発信してないぞ」

「発信記録は消したんですよ。かからなかったので」

門司は携帯電話を返してきた。波多野は受け取って、ジャケットのポケットに収めた。

「お前、保土ケ谷にいたのか？」

「子供のころですけど」

「いくつまで？」

「中二ですよ」

「ということは、小学校は保土ケ谷小学校か」

「横浜、詳しいんですね」

「どこなんだ？」

「初音が丘小学校ですよ」

「車出せ」

「どこに行きます？」

「旧堤通り」

いましがた走ってきた道に戻れということだった。波多野は言われたとおりエンジンを始動させ、その場から車を発進させた。

門司は顎に左手を当てて、また黙り込んだ。

工場の守衛に黙礼して門を抜け、波多野は車を左折させた。少し進めば、先ほど進入した道に出る。いま訪ねた工場と、清掃工場とのあいだの道だ。そこをまっすぐ進むと、多摩川沿いの旧堤通りだ。

その道に折れて、速度を抑え気味に車を進めた。歩道もなく、通行量もほとんどないせいか、左の側端には違法駐車の車が列を作っている。前方に隙間《すきま》があった。

門司が言った。

「あそこに寄せて停まれ」

波多野はちらりと門司を見た。彼の顔はいくらかこわばっている。波多野は言われたとおり、駐車している車の隙間に、自分たちの捜査車両を入れて停めた。

エンジンを切ると、門司が助手席でシートベルトをはずし、少し身体をひねりながら右手を腰の後ろに回した。

門司が腰の後ろから取り出したものは、拳銃だった。彼は右の肘をぴたりと自分の腹につけて、銃を波多野の横腹に向けてきた。ほとんど腹に銃口を当てられたようなものだった。門司は背中を助手席のドアに押しつけている。少しでも波多野から距離を取ろうとしているようにも見える。

「お前の拳銃《チャカ》を寄越せ。ゆっくりとホルスターをはずすんだ」

きょうは刑事課の捜査員たちには、全員拳銃携行の指示が出ていた。当然、波多野の右の腰にも、拳銃がある。

波多野は門司の拳銃に目をやってから訊いた。

「どうしてです?」

「おれが何を想像したか、見当はつくだろう？」

真顔だ。

波多野は右手を腹の前に伸ばしてシートベルトをはずした。門司は、拳銃をかまえたまま身じろぎもしない。

波多野はシートから腰を少し浮かしながら、バックミラーを見た。この道には、相変わらず通行人もなく、進入してくる車もなかった。車内は静寂が支配していた。

波多野は腰のホルスターから右手で拳銃を抜くと、ゆっくりと身体を門司のほうにひねった。

銃口を門司に向けると、彼のこめかみがかすかに引きつった。まさか波多野が拳銃を向けてくるとは、予想していなかったようだ。

波多野は訊いた。

「おれが拳銃を向けてるのに、どうして撃たないんです？」

門司は、波多野を睨《にら》んだまま、当惑したように言った。

「どうして違うと言わないんだ？」

「どうして撃たないんです？」

「警官を、撃てるか」

波多野は思わず小さく吐息をもらした。

「おれは、撃てます」

狭い車内の空気が、ふいに冷えた。


松本は、腕時計に目をやった。

午後の四時になろうとしている。能条の沈黙は続いたままだ。腕を組み、会議室のパイプ椅子に背を預けて、唇をきつく結んでいる。視線は松本の背後の壁に向いたままだ。顔からは感情を消している。

綿引も松本につられたか、腕時計に目をやった。彼は能条の左手の椅子に腰かけている。明らかにもううんざりという顔だった。

能条も、組んだ腕を解いて時計を見た。

松本は、能条に訊いた。

「何を待っているんです？　ひとこと、アリバイを言えばすむのに」

能条が顔を松本に向けて、皮肉っぽい顔で言った。

「真犯人が出ることだ。あのヤブイヌたちが深沢殺しを認めることだよ」

「きょう明日のものにはならないかもしれない。取り調べはまず薬事法違反のほうですから。それまでずっと待ち続けますか？」

「いいや。そろそろ署に戻ってもいいかと思い始めている」

能条が立ち上がった。

綿引もすぐに立ち上がり、能条の脇《わき》に寄って言った。

「まだ午後もこんな時刻だし、だんまりには、もう少しつきあいますよ」

能条が、顎を綿引に突き出して言った。

「こんなこと、無駄だということがまだわからないか？」

「自分じゃないなら、協力してくれたっていい。女性ドクターの件も、運河の死体遺棄も、あんたには無関係じゃない事案なんです。何も知らないわけがないんだ」

「いきなり深沢殺しの容疑をかけられて、どうして協力できる？」

松本が能条に言った。

「アリバイを明かすことが、最高の協力ですよ」

「だから、どうしても聞きたいなら、逮捕状を取ってからにしろ」

「どうして言えないんです？　内田絵美との過去の不倫まで認めたんだ。もう怖いものはないでしょう」

「知ったことか」

能条は会議室のドアに身体を向けて踏み出した。

綿引が行く手に立ち塞《ふさ》がるようにして訊いた。

「どこへ？」

「トイレだよ」

「ご一緒しますよ」

「逃げると思うか？　この庁舎から」

「おつきあいします」

綿引が退いてドアを開け、外に出た。能条があとに続き、松本はその後ろから会議室を出た。

洗面所へ向かって歩いているとき、能条はジャケットの内ポケットから携帯電話を取り出した。松本は緊張した。能条が電話をかけようとしても、止めることはできなかった。たとえ口裏合わせのための電話であってもだ。ただ能条の話すことに聞き耳を立てるしかない。これまで会議室で能条が携帯電話に手を伸ばさなかったのは、誰かと口裏合わせをする、と取られることを避けるためのはずだ。

能条が、斜め後ろを歩く松本をちらりと振り返ってから訊いた。

「電話も駄目か？」

松本は答えた。

「ご自由に」

能条は歩きながら、携帯電話で誰かの番号を呼び出して耳に当てた。

「おれだ。おう、本部に来ている。さっきのあの捜査員たちに、協力している」

その言い方だ。穴守稲荷に一緒に来ていた品川署の捜査員なのだろう。一昨日のアリバイについての口裏合わせのようではなかった。

「少し遅くなるかもしれない。それより、さっきのあの半グレたちの取り調べ、どうなったか耳にしていないか？」

相手の言葉を聞いてから、能条は言った。

「蒲田署の事案だってことはわかってるさ。ただ、情報が流れてきていないかってことだ。お前も蒲田署には、親しいのがいるんじゃなかったか？」

松本は、能条の横顔を注視しながら歩いた。

「蒲田署が」と能条が通話の相手に言っている。「動いてる？　別の何か？　どういう意味だ？」

「わかった。係長にはこの件、伝えておいてくれ」

洗面所のドアの前で、能条は携帯電話を再び内ポケットに収めた。

綿引が先に洗面所に入った。続いて松本。能条はまっすぐに並んだ便器へと歩き、ひとつの朝顔の前に立った。綿引と松本は、少しだけ距離を開けて、両側に立った。

能条が言った。

「蒲田署は、半グレたちを逮捕したのに、まだ全署、通常の態勢に戻っていない」

綿引が言った。

「自供前なら、戻るはずもない」

「蒲田署の読みどおりだったのなら、一部には、お疲れさん、ってことになるだろう」

能条が朝顔の前を離れ、洗面台の前に立った。松本には、能条がずいぶんゆっくりと、嫌味なまでに時間をかけて手を洗ったように感じられた。

洗面所を出たところで、能条がジャケットの内ポケットに手を入れた。こんど取り出したものは、タバコの箱だった。

「喫《す》わせてもらうぞ」

綿引が松本に目を向けてうなずいた。松本は、立場が逆転したような気分を味わっていた。いま優位にいるのは、能条のほうだと思える。参考人扱いで事情聴取している松本たちが、完全に押されている。能条が主導権を取って、進んでいる。

判断を誤ったか、と松本は苦々しく思った。綿引も、たぶん内心ではこの事情聴取を松本のフライングだとみなしている。ただ監督責任のある立場だから、いちおうは側面からサポートしてくれてはいるが。

自分は、いわば刑事勘に頼ったのだった。しかしその勘も、じつは私的な因縁がらみで曇っていたということなのだろうか。

松本は綿引に訊《き》いた。

「喫煙室に、連れて行くんでいいですね」

綿引が言った。

「ああ。お前は、外に残れ」

「彼を、ひとりだけで喫煙室に?」

「おれたちまで、あの煙の中にいることはないさ。携帯電話を使い始めたら、中に入る」

松本は、綿引がそう指示した真意に気づいた。能条には聞こえないところで話をしたい、ということだ。

ガラスのパーティションで囲まれた喫煙室まで、能条を伴って歩いた。喫煙室には、四人の職員がいてタバコを喫っていた。全員男だ。能条は中に入ると、タバコを箱から一本抜き出した。電話する機会よりも、タバコのほうを切実に求めていたようだ。

松本は、喫煙室の中の能条に視線を向けたまま、綿引に訊いた。

「やっぱり、早とちりだったでしょうか？」

「まあな」と、綿引も能条を見つめたまま答えた。「アリバイを頑として言わないことは気になるが、やつじゃないな」

「わたしはまだ、やりとりで気になるところがあるんです」

「どこだ？」

「内田絵美には動機があると言ったときの反応です。彼は、内田が動機を持っていることについては、否定しなかった」

「殺したい、という言葉を聞いているのかな」

「彼は、その言葉で腰が引けて、内田から逃げたのかもしれません」

「内田がいまつきあっている男が問題になってくるか」

「彼は、内田は警官好きだ、と言っていた。その相手が誰かはっきりと知らないにしても、警官だという確信があるように聞こえましたね」

松本は携帯電話を取り出して、伏島管理官がつけてくれたアシスタントを呼び出した。彼女はまだあの会議室にいるはずだ。松本たちからの次の指示を待って。

「はい」と尾崎の声。

松本は言った。

「内田絵美という女性警官のデータを持ってきてくれ。テーブルのフォルダーの中に、プリントアウトをはさんである」

「どちらへ？」

松本は、捜査一課のフロアの小会議室の番号を伝えた。

「いなければ、喫煙室の前」

「はい」

能条が喫煙室の中でタバコを灰皿にねじこみ、外に出てきた。

能条が松本たちに言った。

「さあ、何を言えば、協力できる？　言っておくが、おれは五時半にはここを出る。品川署に戻るぞ」

タバコを喫ったせいか、表情には余裕ができている。松本たちにもう何も手がないことを見抜かれてしまったのだ。五時半になったら、解放するしかないだろう。

能条が、いましがたまでいた会議室へ向かって歩きだした。松本たちもあとに続いた。

波多野のジャケットのポケットで、携帯電話が震え出した。着信だ。

波多野はその携帯電話を取り出して発信人を確かめた。係長の加藤だ。

波多野は通話ボタンを押して、携帯電話を耳に当てた。

「はい」

多摩川北岸の河原だ。旧堤通りから降りた河川敷の、緑地の端だった。目の前数メートルのところから川となっている。左手には第二京浜の多摩川大橋が見える。対岸、真正面の河川敷はゴルフコースだ。堤防を越えた向こう側は住宅街だが、さらにその向こうには東芝の小向《こむかい》工場がある。

多摩川はこのあたり、ほぼ東西に流れており、波多野の立つ位置から見て右手、上流の方向に、太陽が落ちようとしていた。午後五時を数分回った時刻だった。

加藤が言った。

「どうした？　五時には戻ってこいと言っておいたぞ。どこだ？」

波多野は、夕日の方向に目を向けた。川面《かわも》に照り返す陽光が、まぶしすぎた。波多野は目をそらしてから答えた。

「すいません。いろいろ事情があって」

「門司の電話も、ずっと電源が切られたままだ。一緒だよな？」

「いえ。違うんです」

「違う？　門司はどこだ？」

「よくわかりません。遠いところに行ったようです」

「どういう意味なんだ？」加藤の声に、苛立《いらだ》ちがこもっていた。「お前たち、何をやってる？」

「指示されていることを」

「いま、どこだ？」

「よくわからないんです」

「おい、波多野」

波多野は携帯電話を耳から離すと、通話を切った。

右手の斜面に、シートを広げて腰を下ろした、若い男女のカップルがいる。そのすぐ下の遊歩道を、三人のジョガーが固まって、上流方向に走って行くところだ。遠くで子供の歓声がした。はしゃぎすぎをたしなめる、母親の声が聞こえる。

波多野は電源ボタンを長押しして切ると、光る川面に向けて携帯電話を放《ほう》った。携帯電話は一度川面にはねて水飛沫《みずしぶき》を上げてから、水中に消えた。

松本は、またそのプリントアウトに目を落とした。

警務部の記録にある内田絵美のデータだ。

昭和五十七年（一九八二年）五月、東京都大田区東嶺町《ひがしみねまち》生まれ。

ということは、自分と同い年だ。でも、警察学校では同期ではなかった。彼女の名を同期生としては記憶していない。

平成十三年（二〇〇一年）三月、東京都立雪谷高校卒業。同年四月、淑徳短期大学社会福祉学科入学。

平成十五年（二〇〇三年）三月、同短大卒業、同年四月、警視庁警察官任官、警視庁警察学校入学。

警察学校では二年先輩ということになる。自分は四年制の大学を卒業した後、警視庁の警察官に採用されたのだ。

平成十六年（二〇〇四年）二月、警視庁池上警察署地域課に卒業配置。

平成十七年（二〇〇五年）四月、田園調布署生活安全課。

平成二十一年（二〇〇九年）四月、巡査部長に昇任。品川署生活安全課。

平成二十五年（二〇一三年）四月、大森署生活安全課。

署長表彰三回。処分歴はなし。

警視庁警察官としては、とくに可もなく不可もなくという職務歴だ。このデータからは、内田に室橋と深沢を私的制裁しようとする動機がほんとうにあるのかどうか、判断のしようもない。しかし、目の前にいる能条は、まず間違いなく耳元で、内田が捜査方針に不服を漏らしたのを聞いている。松本の想像するところでは、殺してやりたい、という思いまで込められた口調で、それは語られたはずだ。いま気がかりなのは、漏らした相手が能条ひとりではなかったようだ、という点なのだが。

松本は時計を見た。午後五時を十分回った。そろそろこの根比べも、限界かもしれなかった。完敗を認めるタイミングかもしれない。

「なあ」と能条が松本に声をかけてきた。

松本はプリントアウトから顔を上げた。

「さっきおれが川崎生まれだと聞いて、とつぜんお前たちの態度が変わった。あれはどういうことなんだ？」

綿引が横から言った。

「そろそろ取引きと行くか？　供述ひとつに、情報ひとつだ」

「それは、もうおれは参考人じゃなくなったということだな」

「なんども言っているだろう。協力者だって」

そうなのか？と能条が松本を見つめてきた。

綿引が、とうとうタオルを投げ入れたのだ。もうよせと。お前はＴＫＯされたのだと。

松本は姿勢を正し、テーブルの上で両手を結んで能条に言った。

「神奈川県警管轄下でも、奇妙な類似点のある事件がふたつあるんですよ」

「奇妙な類似？」能条は思い当たったようだ。「もしかして川崎のマル暴殺しのことか？　未解決の」

「ひとつは、それです」

「それも、内田の頼みでおれがやったと言っているのか？　内田は、川崎のことまで関心を持っていられないはずだ。どういう接点があると言うんだ？」

松本は、能条の質問には答えずにつけ加えた。

「当時、川崎で拳銃《けんじゅう》の取引きがあったという情報もある」

「取引き？　警官のおれが、川崎のマル暴から拳銃を調達したと思ったのか？」

「その情報では、半グレでもない、マル暴でもない相手との取引きだったとか。警官は、それにあてはまる。扱うスキルも持っている」

「警視庁には警官が四万人いることを忘れるな」

「川崎に、あんたは土地勘がある。刑事課の捜査員としても、川崎のマル暴とは接触しやすいはずだ」

「おれはしばらく、多摩川を越えたこともない」

「殺人のほうも、拳銃取引きの件についても、何も耳にしていない？」

「ない」

綿引が言った。

「こっちの情報は出した。お前がアリバイを言う番だ」

「その前に、もうひとつの類似事件というのは？」

「事件性なしと判断された一件がある。横浜の教師の変死だ。川崎のマル暴殺しの半年くらい前に」

「知らないな。もしかして、おれは一瞬、四件の殺人の容疑をかけられたのか？」

松本が答えた。

「いいえ。でも東京の二件には、濃厚な関わりがある。捜査員なら、思いついて当然でしょう」

綿引が、焦《じ》れったそうに促した。

「一昨日深夜のアリバイを」

能条が背を起こした。

「この事情聴取の中身は、警務には伝わるのか？」

綿引が首を横に振った。

「裏が取れたら、ここだけの話にとどめる」

能条は、やっと踏ん切りをつけたという顔になった。

「大井町の、スナックのママと一緒だった」

「名前は？」

「吉沢千佳《よしざわちか》」

「隠さなきゃならない理由はなんだ？」

「そいつは、田所っていう人身売買ブローカーの女だ」

綿引は最初、意味がわからないという顔をしていたが、すぐに口をあんぐりと開けた。

「田所っていうのは、深沢とつながってるあの田所か？　人買いの」

「そうだ」

「摘発対象だぞ。その女と寝ていたというのか？」

「結果として、そうなった」

「つきあいは長いのか？」

「一昨日が二度目だ。ふた月ぐらい前に事情聴取したことがあって、店に行くようになった」

「自分がもてるとでも思っているのか？　引っかけられたんだぞ」

「そこは弁解しない」

綿引はその吉沢千佳という名前の女の電話番号を能条に訊いて、自分の携帯電話に入力した。

能条が立ち上がって、皮肉を言った。

「協力できてよかった」

会議室を出て行く能条を、松本も綿引も止めなかった。

夕日が完全に沈むのを見届けて、美容師の住田《すみた》は留美《るみ》に、帰ろうとうながした。この休日、住田は同じ美容室に勤める留美を車に乗せ、多摩川沿いの旧堤通りをドライブしたのだ。ふたりとも、視界の開けたこの道をドライブするのが好きだった。天気のよい日は、狛江《こまえ》市のアパートを出てから河口に向かい、途中の河川敷でシートを広げ、コンビニ弁当を食べるのだ。

きょうは多摩川大橋に近い河川敷を散策した。近くに車を停められる場所があるので、何度も来ている。多摩川清掃工場と宇田島製作所とのあいだの、交通量の少ない道路。そこなら滅多に駐車違反の摘発がないことを知っていた。真夏の日曜日なら同じことを考えるドライバーは多いが、きょうは十月のウィークデイだ。二時間前にはここには空きがあった。住田は自分のワンボックス・カーを、小型のセダンと軽自動車とのあいだに入れて停めたのだった。

河川敷から堤防の上に上がり、旧堤通りを渡った。ふたつの工場のあいだのその道には、相変わらずひと気がなかった。道の堤防寄りは、少し勾配《こうばい》のついた下り坂になっている。駐車中の車の数は減って、隙間が目立つようになっていた。住田たちは、道の左側、駐車の列のない清掃工場の塀の側を歩いた。

車は、旧堤通りから三十メートルばかり入ったところに停めたのだった。住田は歩きながらキーのロックオフ・ボタンを押した。ワンボックス・カーのウインカーが一回だけ点滅した。住田は後ろを確認してから、道の中央へと寄った。駐車中の車の列の、運転席側を歩く格好となった。

白いセダンの脇を通り過ぎたときだ。ふと住田は、その前部席に、気になるものを見たように感じた。運転席から助手席へと、黒いシートのようなものが広げてあるのだ。この車の後ろに停めたときは、シートには気がつかなかった。そもそも車が、さっきあったのと同じものかどうかも、よくわからない。住田は二歩戻って、運転席側のウインドウから中を見た。

留美も気づいて足を止め、どうしたのと訊いてきた。

黒いシートの助手席側、床の部分に靴が見える。黒いビジネス・シューズ。そして黒っぽい靴下。もっとはっきり言えば、足が見えるということだ。つまり、シートの下には、ひとの身体《からだ》がある。上体を運転席に倒すようにして。足元のフロアマットが、濡《ぬ》れている。

「なあに」と留美が、ウインドウの内側をのぞきこんだ。「やだ、あれって足？」

留美が車から飛びのいた。

「やばくない、これ！」

住田も、車から離れた。旧堤通りのほうから、散歩着姿の中年の男が歩いてきた。いま自分たちは、車上荒らしでもしているように見えなかったろうか。

住田は、その中年男が近づいてくるのを待って、車を指差して言った。

「すいません。この中、ちょっと気になるんですけど」

中年男も足を止め、怪訝《けげん》そうに車の中を覗《のぞ》いた。

彼がすぐ背を起こして言った。

「あれって、血だろう？」

住田は、留美に顔を向けた。おれたち、ほんとにやばいものを見てしまったようだぞ。


松本は綿引と一緒に、昨日伏島管理官が用意してくれた部屋に戻ってきた。

捜査一課の女性警官、尾崎裕実《ゆみ》が、ノートパソコンの前で退屈そうにスマートフォンをいじっていた。部屋に入ると、彼女はあわててスマートフォンを脇によせた。せっかく彼女をアシスタントにつけてもらったのに、まだろくに仕事を与えていないのだ。

松本は尾崎に言った。

「またひとつ当たってください。蒲田署の波多野涼。履歴のデータを」

「ハタノリョウさん、ですね」

尾崎がパソコンに向き直った。

綿引が不思議そうに松本に目を向けてくる。

松本は弁解した。

「可能性を、片っ端から吟味してみようと思って」

綿引が言った。

「穴守稲荷のところにいた捜査員だろう？　やつも深沢殺害犯を追っているんだぞ」

「気になってきたことがあるんです。内田のいまの男が、波多野であってもおかしくはないので」

「神奈川県警の二件は？」

「波多野は横浜出身です。何かつながりがあるのかもしれない」

尾崎が、モニターを向いたまま言った。

「出ました」

松本は尾崎のすぐ脇で腰を屈《かが》めた。綿引も、尾崎の後ろからモニターをのぞきこんだ。

波多野についての警務部のデータが表示されている。

昭和五十七年（一九八二年）七月、横浜市保土ケ谷区仏向町《ぶっこうちょう》生まれ。

平成十三年（二〇〇一年）三月、東京都立雪谷高校卒業。同年四月、日本大学法学部入学。

平成十七年（二〇〇五年）三月、同大卒業、同年四月、警視庁警察官任官、警視庁警察学校入学。同年十月、警視庁荏原警察署地域課に卒業配置。

自分も現役で大学に入り、同じ年に警視庁警察官として採用された。波多野とは警察学校の同期である。

平成十九年（二〇〇七年）四月、大井署地域課。

平成二十一年（二〇〇九年）四月、蒲田署刑事課。

平成二十年には、逃亡犯を城南島の倉庫に追い詰めて逮捕に貢献した。そのことで、方面本部長表彰を受けている。地域課から刑事課への異動も、この功績に対する評価だ。刑事課に移りたいという波多野の希望を、警務部が受け入れたのだ。

松本は、綿引に言った。

「波多野も都立の雪谷高校卒業。内田絵美と同い年です。三年間、同じ高校に通った」

「同級生か」

「警察学校入学では、内田が二年先輩になります」

尾崎が、興味深げに松本を見つめてきた。説明してくれませんか、という顔だ。何を調べているんですか、と。

尾崎にはかまわず、松本は綿引に言った。

「内田は、能条の言いぐさを信じるなら、警官好きです。同級生に、同じ警察官がいる。それもなかなか格好いい男です。接点はいくらでもある」

「警視庁管轄《かんかつ》の二件が内田とのからみだとして、神奈川県警の二件はどういうつながりだ？」

松本は尾崎に頼んだ。

「横浜の地図を出してくれないか。保土ケ谷あたり」

尾崎は警務部のデータベースをいったん閉じて、ネット上の地図を開いた。

松本はモニターを注視してから、ある一点を指で示した。

「この仏向町のあたりを拡大してくれないか。少しずつ」

地図が拡大された。

松本は表示された地域を見つめて、瞬《まばた》きした。期待する事実が示されたのだ。

あらためてモニター上を指差しながら綿引に言った。

「波多野の通った小学校は、たぶん初音が丘小学校です。もしかしたら学区は違うかもしれませんが」

「それがどうかしたか？」

「川崎の吉武伸也が通っていたのと、同じ小学校です」

松本はさらに続けた。

「波多野が中学も横浜の公立に行ったのなら、たぶんこの橘中学校」

「そこは？」

「生徒を自殺させた体育教師、鳴海俊郎が勤めていました」

綿引が背を起こし、真正面から松本を見つめてきた。

「能条よりも、符合することは多いな。だけど、横浜、川崎のふたりは重大事件の重要参考人ではなかった。内田とも接点は見当たらない。波多野の動機は何だ？」

松本は、自分の直感だけで言った。

「個人的な恨み。たぶん吉武は、いじめ。鳴海については、自殺した生徒が波多野の友人で、その復讐《ふくしゅう》でしょうか。波多野本人もいたぶられていたのかもしれない」

「小学校、中学校のときの恨みで、十年以上もたってから復讐殺人？」

「不自然ですか？」

警察学校に入学した当時の、波多野の顔が思い出された。体育会系の顔つきの多い同期生の中では、波多野はどちらかと言えば繊細な印象があった。物静かで、何があってもけっして激昂《げっこう》したりしないような青年。不満やストレスは内に溜《た》め込んでしまうタイプだ。

そういえば、警察学校を出て以来、いや城南島のあの件のあとも、自分たちは年に一度ぐらいしか会っていない。それも、やつは酒が飲めないので、たいがいはランチを一緒にするか喫茶店に行くという会い方だった。この数年、休みの日は古い車をぼんやり走らせると聞いていたが、ほかにどんなことをしているのか、やつの私生活の細部を自分はほとんど知らない。ガールフレンドの話題を聞いたこともなかった。親しかったはずの同期の顔が、溶けていくようだった。波多野自身が、自分は子供のころはいじめられていた、と言ったことがある。あの城南島の大捕り物のときだったか。ずっと覚えていたのだから、そのときの絶望や無念は相当なものだったはずだ。だからといって、そのような体験を持つ男がみな、連続殺人を犯すわけではないとも承知しているが。

綿引が言った。

「まだ、能条の犯行と考えるほうが合理性があったように思うな」

「内田との関係さえ証明されたら、波多野は四件すべてに関わりがあることになるんです。これって、偶然そうなる確率は、おそろしく低いはずですよ」

綿引は納得したようだ。

「管理官に、報告だ」

綿引が部屋のドアを突き飛ばすように開けて出ていった。松本は尾崎に、もう引き揚げていいと伝えてから、綿引の後を追った。

伏島管理官の部屋のドアを綿引がノックしたが、返事はなかった。

「綿引です。入ります」

綿引が大声で言ってドアノブに手をかけた。

ドアを開けると、伏島がデスクの後ろに立ち、ちょうど有線電話の受話器を戻したところだった。

「ご報告が」と、綿引がデスクの前へ歩きながら言った。二歩遅れて、松本も続いた。

伏島が、立ったまま訊いた。

「進展したか？」

「はい」綿引は伏島の真正面に立って言った。「連続殺人の参考人が浮上しました。ただ、組織的な背景はないようです」

「警視庁の警察官か？」

「はい。現役です」

「名前を」

「波多野涼。蒲田署の刑事課捜査員です」

その言葉に、伏島の眉間《みけん》が引きつったように見えた。

「何か？」と綿引が訊いた。

伏島はうなずいて答えた。

「いま、蒲田署から捜査一課長に連絡があった。蒲田署の捜査員の射殺体が見つかった。多摩川の近くだ。相棒の捜査員が行方不明だ」

松本は思わず一歩前に出て訊いていた。

「もしかして、それは」

伏島が言った。

「消えた捜査員が、波多野涼。射殺されていたのは、門司孝夫という捜査員だ」

松本は、まさか、と言おうとしたが、声が出なかった。唇が震えただけだった。

伏島がつけ加えた。

「行方不明の波多野は、拳銃を携行したままだ。門司の拳銃も、ホルスターごとなくなっているそうだ」

松本は、自分の背中を、氷でも滑り落ちたように感じた。

14

意識が現実に戻った。

波多野は、ほんの一瞬だが、自分がどこにいるのかわからなかった。眠っていたのかもしれない。あるいは半覚醒《はんかくせい》の状態で、脳の半分では夢でも見ていたか。

いま自分がいるのは、両側に塀が続く道だ。左側がブロック塀、右側が鉄柵《てっさく》の塀。二車線だが、交通量はあまりない。左側の車線には、駐車している車が何台かある。

池上本門寺だ、と波多野は思い出した。境内のあいだを抜ける道路だ。そこに駐車して、ぼんやりと身体《からだ》を休めていたのだ。

多摩川に携帯電話を捨てたあと、旧堤通りを渡り、矢口渡駅近くのコンビニで、まずミニバンを盗んだのだった。コンビニにはときおり、エンジンをかけっぱなしで買い物しようとする横着な客がいる。エアコンを切ってしまうのがいやなのだ。盗む車にはさほど不自由しない。

だから多摩川の河原を離れたあと、波多野は第二京浜沿いのコンビニの前で少しの時間、手頃な車が停車するのを待ったのだった。そのバンが停まって、営業マンふうの男がエンジンを切らずにコンビニの中に駆け込むまで、十分も待たなかった。盗んだバンで第二京浜に出て、いったん多摩川を渡った。それから南武線尻手駅近くで、そのバンを乗り捨てた。そこは、自分が救うことのできなかった若い女が自殺した駅でもある。コンビニで白いビニールテープを買い、別に車を探した。すぐには見つからなかったので、南武線で武蔵小杉駅へ。日本医大の武蔵小杉病院近くで、商店の配達用の軽トラックを盗むことができた。ドライバーがキーを挿したまま、車を離れたのだ。盗んだ場所から十分に離れると、波多野はビニールテープでナンバープレートに細工し、数字の一部を隠した。それから中原街道に入り、神奈川県警中原署の丸子橋交番前を通過して丸子橋で多摩川を渡った。池上本門寺のこの通りに着いたのは、三十分ほど前である。

空はもうすっかり暗くなっている。インパネの時計の数字は、午後六時四十分を示していた。自分が蒲田署の捜査車両を放置して立ち去ってから、四時間以上たったことになる。

波多野は右側の腰に手をまわした。革のホルスターに、拳銃《けんじゅう》が収まっている。グリップの感触を確かめてから、右手をステアリングに戻した。ホルスターと拳銃はもうひと組あった。これを波多野は、バンの助手席に置いてあったサブバッグの中に収めている。バッグはあの車のドライバーの私物入れなのだろう。

その拳銃は、門司の装備品だった。

彼が自分に拳銃を向けてきたときのやりとりが思い出された。

「どうして撃たないんです?」と波多野が訊《き》くと、門司は答えたのだった。

「警官を、撃てるか」

「おれは、撃てます」と言うと、門司はその言葉を信じなかったのだろう、なお質問してきたのだ。

「やっぱり、そうなのか?」

「何がです?」

「深沢殺し」

「そう確信しているから、拳銃を向けているんじゃないんですか?」

「確信はない。だけど、思いあたった。もしかしたらと」

「すごい刑事勘ですよ」

「一課が動いているんだ。他にも?」

「ええ、室橋謙三。あと、吉武伸也って男も」

「それは誰だ?」

「鳴海俊郎っていう中学の教師も」

「誰なんだ？」

「話せば長くなります」

「お前、四人殺したと言っているのか？」

「ええ」

「どうしてだ？　殺す動機があったのか？」

「動機なんて必要ですか？」

「なくて殺しができるか？」

「思いついてやっただけです」

門司は深くため息をついた。不可解だ、という意味だったのか、それとも、とんだことを、という嘆きだったのか。

波多野はもう一度訊いた。

「四人の殺しを告白したんです。どうして撃たないんです？」

「警官は撃てない。寄こせ、その拳銃を」

門司が右手で拳銃をかまえたまま、左手を伸ばしてきた。

「おれは、警官を撃てるんです」

波多野は引き金を引いた。捜査車両の狭い車内に破裂音が響き、門司の目が驚愕《きょうがく》に大きく見開かれた。信じられない、という表情だった。警官を撃つ警官がいるなんて、到底信じることができないと、その目が言っていた。それから門司は苦しげに顔をゆがめ、目をつぶって身体をダッシュボードの側に倒した。

それが四時間余り前のことだった。

波多野はもう一度時計を見てから、軽トラックを降りた。この車もすでにA号照会されているはずだ。警察車両でなくても、タクシーにすぐ後ろにつかれたら、ナンバープレートの細工は見破られるかもしれない。即時に通報される。できるだけ早く、別の車を探さねばならなかった。

松本は、庁舎地下の駐車場に車両を入れた。後部席には、内田絵美が乗っている。大森署から、同行を求めて連れてきたのだ。会ったとき内田は、蒲田署の捜査員、門司孝夫が殺害されたこと、相棒の波多野が拳銃を持ったまま失踪《しっそう》したことをすでに知っていた。いや、もう警視庁の警察官の大半が、この件を知っている。そうしてひとつのことを想像、いや確信している。門司を殺害したのは、失踪した捜査員、波多野涼であることを。

松本たちが内田と話すのは、これできょう二回目だ。駐車場に入る直前に、助手席で綿引が伏島管理官に電話し、内田を同道してきたことを報告していた。車を停めると、綿引もちょうど通話を終えたところだった。

何か進展でもありましたか？と、松本は綿引に顔を向けて目で訊いた。

綿引は、ちらりと後部席に目をやった。内田に聞かせてよいものかどうか、一瞬、考えた様子だ。しかし、すぐに口にした。

「波多野は広域手配となった。コンビニで盗まれた車も見つかったそうだ。川崎の南武線尻手駅近くだ」

松本は思わず言った。

「神奈川に逃げているんですか！」

「現場があそこなら、おれも管轄《かんかつ》外に逃げる」

松本は、エンジンを切ってから訊いた。

「門司殺害は、波多野の犯行と断定されたんでしょうか？」

「まだ警官殺害犯としての手配じゃないが、そういう含みだ」

「波多野は尻手で車を乗り捨て、たぶんまた別の車を盗んだんですね。新しい盗難車の届けは？」

「武蔵小杉で軽トラが盗まれているそうだ。時間的には近接している。波多野だろう。ただし、神奈川県警のNシステムでは、この軽トラが丸子橋を渡った形跡はないそうだ」

「検問は？」

「神奈川県警側ではやっていなかった」

やむを得まい。車両盗難の発生から被害者による通報まで、どうしてもタイムラグが出る。手配は後手にまわる。追跡は難しくなる。門司の死体発見後、すぐに警視庁は神奈川との県境すべてで検問に入った。出る車を徹底捜索したのだ。その時点では、すでに波多野は多摩川を渡っていた。またこのとき、たぶん警視庁は警察官殺害の詳報を神奈川県警に伝えていない。神奈川県警はことの重大さを知らず、橋の向こう側では検問態勢に入っていなかったのだ。

松本は波多野の行動を読もうとした。いったん多摩川を渡って盗難車を乗り捨てた波多野は、そのあとどこへ逃げようとするだろう。警視庁の管内からできるだけ遠ざかろうとするだろうか。横浜にも土地勘がある。そっちへ逃げてもおかしくはない。しかも、やつは警察の手の内をすべて見通しているのだ。

しかし、次の車を武蔵小杉で盗んだという点が気になる。多摩川を渡ったあと、彼は県境から遠ざかっていない。むしろ、もう一度警視庁管内に戻るために、丸子橋近くで別の車を盗んだようにも思える。

そうだとしたら、と松本は思った。波多野が東京に戻る理由は何だ？　彼はどこに向かっている？　何をしようとしている？　殺害の対象がまだ残っているのか？　だとしたらそれは誰だ？　焦《あせ》りと不安とが喉元《のどもと》にせりあがってくる。

その疑問を解くためにも、内田からじっくり話を聞かねばならなかった。

綿引が続けた。

「管理官は、波多野が警視庁管内にいる可能性は五分五分と踏んでいる。神奈川県警は大張りきりらしい。しかし、たとえ川崎か横浜に潜伏しているとしても、身柄確保は絶対におれたちでやれという指示だ。蒲田のマル暴殺し、殺害犯までもう一歩のところまで迫っていたんだ。決着は、おれたちでつけろと」

できるだろうか。

松本は、身がすくむのを感じた。波多野は警察官であり、しかも有能だ。たいがいの犯罪者よりも十倍は賢く、狡猾《こうかつ》なはずだ。そんな彼の身柄を自分たちが短時間で確保できるとしたら、それは波多野が大きなしくじりをやったときか……。

松本はもうひとつの可能性を考えた。

やつがみずから逮捕されようと、覚悟を決めたときだ。

綿引が、後部席の内田をうながした。

「降りてくれ」

内田は、同行を求めたときから、こわばった表情をゆるめていない。

「何度言ったら、わかるんです？　わたしは関係ない」

「思い出してもらえることは、あるはずなんだ」

「訊かれたことには、答えましたよ」

それでも内田は、朝ほどには挑戦的でも警戒しているようでもなかった。午前中と違い、こんどは警察官射殺事件をめぐる事情聴取だ。同じ警視庁の警察官としては、協力せざるをえない。それに彼女もいま、自分が捜査一課の捜査員に同行を求められたのは、一連の殺人事件について、何かしらの関係を疑われているからだと知っている。殺人教唆《きょうさ》の疑いまでかかっているとは、思っていないにしてもだ。

地下駐車場から六階に上がり、伏島が合同庁舎に用意してくれた部屋に入った。すでに管理官から指示された任務は完遂している。この部屋を、ほかの職員の目から隠す必要はなくなったのだ。松本と綿引は、テーブルの反対側で内田と向かい合った。

綿引がまず言った。

「もう想像がついていると思うが、今朝話した深沢隆光射殺と、室橋謙三の変死は、連続殺人だ。いや、もう一件増えた。きょうの蒲田署捜査員射殺。全部で三件の連続殺人」

内田が訊いた。

「全部、波多野くんが？」

松本はその言葉に驚いた。内田は、波多野を「くん」づけで呼ぶほど親しかったのか、やはり。

綿引が答えた。

「断定はできないが」

「ちょっと信じられませんが」

「あいだにあんたを入れると、室橋、深沢の二件は結びつく」

「きょうの件は？」

「偶発的なものだろう。撃たれた門司という捜査員は、波多野の犯行だと気づいたんだ。それだけじゃない。これは、神奈川県警管轄のふたつの事件とも関連している可能性がある」

内田が瞬《まばた》きした。

「神奈川でも?」

「ああ。川崎で、未解決のマル暴殺しが一件。横浜で、事件性なしと判断された事件が一件」

「わたしは、しばらく多摩川を渡ったこともない」

同じような台詞《せりふ》を、聞いたばかりだ。

綿引は、内田のその反応に取り合わずに続けた。

「じつはおれたちは、室橋と深沢の二件、能条克己が関わっているのではないかと疑った。理由はわかるか?」

内田が、口元をわずかにゆるめて答えた。

「わたしと能条さんとは、関係があった。それにわたしにとって、室橋も深沢も、ほんとなら自分の手で挙げたい犯罪者だった。能条さんも思いは同じだし」

「能条本人は、あんたとはもう終わっていると言っていた。そそのかされたこともないと」

「していない」

「波多野とはどうだ?」

「関係があったかどうかという意味?」

「そのかしたか、ということだ」

「していない」と内田はもう一度きっぱりと言った。この事情聴取が録画されているといわんばかりに、明瞭《めいりょう》な口調だった。「波多野くんとは、男女の関係でもない。でも」

「なんだ？」

「彼とは、それなりに親しいです」

「高校の同級生だよな」

「ふたりとも、バレー部でした。警官になったと知ってから、ときたま会うことはあった。とくに七年前のあの事件のあとから、少し心配して食事をしたりしたことはある」

「寝たことはないのか？　一度も」

「下司《げす》な勘繰りはしないでください。それに、見るひとが見れば気がつくでしょうけど、波多野くんはさして女に興味がない」

松本は内田のその言葉を吟味した。それはつまり……。だとしたら、自分はまったくわからなかったが。

「最近はいつ会った？」

「もう半年ぐらい前」

「深沢の話題は出た？」

「出た。わたしから話した。それは認めます。でも、殺せなんてそそのかしていない」

「波多野は、どう言っていた？」

「彼からは、デリヘル嬢が列車に飛び込み自殺した件を聞いた。深沢がらみ。波多野くんが相談に乗ったことがあったそうだけど、救ってやれなかった、と」

「室橋については？」

内田は答えた。

「あの男のことも、ずっと前に話題にしたことはある。外国人女性を食い物にしている。なんとか刑務所に送りたいと」

綿引がさらに訊いた。

「大内恵子ドクターの自殺については、話した？」

「どういう事情で室橋への事情聴取が止められたか、ご存じですか？」

「知っている」綿引は右手の人差し指を天井に向けた。「あっちの案件だからと、立件にストップがかかったんだ」

「その不満も、少しもらしたことがあったかもしれない」

「かもしれない？」

内田は言い直した。

「もらしました。不満を言ったというよりは、愚痴ったんですけど」

「それは、どういう状況でのことだ？　場合によっては、教唆と同じ意味になるぞ」

「教唆！」内田はぐいと顎《あご》を突き出した。「そこまでの容疑がかかっているんですか？」

「あんたの関わった男がふたり殺されているんだ」

「波多野くんと会うのは、たいがい大井町あたりの喫茶店か居酒屋です」

松本が言った。

「波多野は酒が飲めない。なのに居酒屋でも？」

「居酒屋では、波多野くんはウーロン茶を飲む。同じ警官同士、愚痴ぐらいは言い合うでしょう」

「それにしても喫茶店や居酒屋で仕事の愚痴っていうのは、無警戒過ぎないか」

内田の目に、またかすかに挑発的な光が宿ったように見えた。

「まさか、ほかの客のいる前で、あいつは誰を殺したとか、刑務所にぶちこんでやりたいとか、言っていると思います？」

綿引が松本に対して、抑えろと言うように手を振った。松本は口をつぐんだ。

綿引が質問を続けた。

「室橋が死んだとき、波多野が殺したとは思わなかったか？」

「思わなかった。溺死《できし》だと思っていたし」

「昨日、深沢が殺されたと聞いたときも、波多野のことは思い出さなかった？」

「全然。波多野くんは、マル暴を簡単に殺せるようなタイプじゃない」内田が逆に訊いた。「室橋の変死、溺死に見せかけて殺したということなの？　波多野くんは、格闘技が得意ってわけじゃないのに」

「スタンガンを使っている。深沢にもだ」

「ああ」内田は納得したようにうなずいた。「それならできるかも。彼は腕力には頼らないから」

「愚痴を言ったとき、波多野の反応は？」

「とくに何も。いつも、ただ黙って聞いていただけで」

「波多野自身は、愚痴を言ったことはないか？　上の指示のせいで、重要参考人がのさばっていることについてとか」

「いいえ。何も言っていない。もともと愚痴を言うタイプじゃない。あったとしても、彼はためこむ」

綿引の質問が途切れた。松本がすぐに質問した。

「波多野は、子供時代のことを何か言っていなかっただろうか。いやな思い出があるとか、いまでも恨みに思うことがあるとか」

少し思い出す表情を見せてから、内田は答えた。

「一度、あった。そのときは居酒屋で、近くのテーブルにどこかの大学の運動部がいた。ひとり下級生がいじられていて、何度も一気飲みさせられていた。それを見て、波多野くんはぽつりと言った。あんなことをやっていると、いつか殺されるぞって。本気の口調だったので、驚いたことを覚えている。同じような体験をしたんだろうと」

「いつごろ？」

「三年ぐらい前かな。室橋が変死する前のことです」

松本は綿引と顔を見合わせた。それは、殺人の告白とも受け取れる言葉ではないだろうか？

綿引がまた内田に訊いた。

「それだけ親しいんだ。いま、やつがどこにいるか、どこに潜んでいるか、知らないか？　見当はつかないか？」

「わからない」

「あんたは、ほかにも誰か、なんとしてでも挙げたい男がいると愚痴ったことはなかったか？」

「どういう意味です？」

「波多野は、そいつを撃つために、逃げているのかもしれない。そいつを狙《ねら》って、接近しようとしているかもしれないんだ。いまこの瞬間も」

「ない。いま、それほどに思っている悪党はいない。少なくとも波多野くんには、このほかに愚痴ったことはない」

「行き先、隠れ家、逃走先、思いつかないか？」

「まったくわかりません」

「携帯を見せてもらっていいか？」

内田は鼻で笑って、バッグから携帯電話を取り出した。着信履歴でも発信履歴でも、いくらでも調べろという顔だった。

北品川二丁目で、京浜急行の高架をくぐった。

ここから天王洲《てんのうず》アイルを目指すのだ。天王洲アイルを抜けると品川埠頭《ふとう》。埠頭に入ってすぐに右折すると、大井埠頭だ。

自分が知る限り、大井埠頭の内側では検問が行われない。もちろん首都高湾岸線の出入り口は問題外だし、お台場や羽田空港手前でも厳しい検問が敷かれることはあるが、この海岸通りは安全なはずだった。

自分は七年前、東京湾岸の、大雑把に言えばこのエリアで、殺人事件の逃亡犯を追い詰めたのだった。あれは真っ昼間のことだった。あのときの記憶は鮮明だ。というか、車で走っているうちに、記憶は激しいほどの勢いで意識の表層に浮かび上がり、明瞭な像を結んで、奥行きのある情景を形作っていった。夜空の下に、あの日自分が見た光景が重なって見える。網膜に映るものは夜景であるが、意識が見ているものは昼間の様子だった。白昼の追跡劇だった。

いや、意識の表層に浮かんできたのは、あの日の光景だけではなかった。この七年のあいだに起こった、いくつかのこと。頭より身体が、そのときの空気の温度で覚えているいくつかのこと。

たとえばあの川崎駅に近い古いビルの二階で、子供のころの同級生に再会したときのこと。

「忘れたかい？　波多野涼というんだ」

相手は玄関口に倒れ、わけがわからないと言うように口をぱくぱくさせていた。

「お前に何度も小突かれ、蹴飛《けと》ばされ、カツアゲされていた波多野だよ。思い出してくれよ。おれはお前のことを、ずっと忘れたことはなかったぞ」。そして、トカレフを取り出して相手の顔に向けながら呼びかけたのだ。「吉武」

波多野はあのとき、吉武伸也が自分のことを思い出したのかどうか、自信がない。彼にとっては、小学校に何人もいたカモのひとりだったのかもしれない。いちいちカモのこと、暴力とカツアゲの被害者のことなど、覚えていられないかもしれない。それでも、次の瞬間に起こる自分の悲劇があの小学校時代に起因している、ということだけはわかってもらいたかったのだ。

「初音が丘小学校の、波多野涼だよ」

波多野は土足のままその住戸に上がり、バスタオルを探してトカレフをくるんだ。玄関口に戻ると、吉武が靴箱に手を伸ばし、奥から何かを取り出そうとしていた。拳銃だった。靴箱の裏側に隠していたのだろう。しかし、スタンガンのショックはまだ効いていた。吉武は拳銃を握ることができなかった。波多野は吉武の右手を靴で踏みつけると、バスタオルにくるんだトカレフを吉武の胸に押しつけて引き金を引いた。予想していた以上に大きな破裂音がした。吉武は一瞬だけ身体を痙攣《けいれん》させると、すぐに動かなくなった。波多野は自分が持ってきたトカレフを吉武の身体の脇《わき》に置くと、吉武が握ろうとしていた拳銃をつかんで、上着のポケットに突っ込んだ。

あれは六年前の冬のことだったか。思い出しても身体がぶるりと震えるような、乾いて冷えた空気の中でのできごとだった。

二台の大型トレーラーが、たて続けに右車線から波多野の車を追い抜いていった。邪魔だよ、とでも言われたような気がした。たしかに考え事のせいで、いつのまにか減速していたかもしれない。

この車は、小型のセダンだ。軽トラックを置いて池上本門寺を出たあと、波多野は第二京浜沿いに歩き、道に面した国産車のディーラーの駐車場で、キーを挿したままのこのセダンを見つけた。新車の契約に来た客が乗ってきたものなのだろう。波多野はためらうことなくその車に乗って、第二京浜を横浜方向に発進させた。最初の交差点、本門寺入口の信号で左折し、住宅街の中の細い道に車を進めた。たぶん盗難に気づいた被害者は、車は南へ走っていったと通報したはずである。そのあとは裏道から裏道へと走って、大田区を横断したのだった。サイレンの音が近づいてきたときは、裏道をさらに脇道に入ってやり過ごした。天王洲アイルに達したのは、ほんの二、三分前だ。

続けて、冷たい湯気の感触を思い起こした。中学時代、親友を自殺に追い込んだ教師のこと。ある夜、その教師を訪ね、先生の教え子で警官になった波多野と言います、と正直に名乗り、玄関ドアを開けさせた。その男、鳴海俊郎は、ちょうど風呂《ふろ》に入るところだったようだ。トランクスにTシャツという格好で、しかもかなり酔っていた。ひとり、客が帰ったばかりだという。波多野は、鳴海にスタンガンを当てて動きを封じた。

風呂場を覗《のぞ》くと、浴槽には湯が張られていた。波多野は鳴海の下着を素早くはぎとって、浴室へとひきずった。相手が重いせいで、浴槽に入れるときは多少手こずった。しかし抵抗らしい抵抗はなかった。やつは自分が何をされているか理解できないままに、浴槽に張った湯の中で溺死したはずである。

「覚えてませんか？　鳴海先生」と、このときも波多野は相手に呼びかけたのだ。「おれは橘中学に通っていたんです。先生が自殺させてしまった生徒、忘れてはいませんよね。川西勉《かわにしつとむ》。親友でした。おれは波多野涼です。おれも、あんたにはさんざんいたぶられました。きょうはそのときのお礼です」

鳴海の反応らしい反応といえば、ごぼごぼと気泡を水面に浮かべたことぐらいだった。湯が張ってあったのだから、浴室の空気は冷たいはずがない。なのに、身体にまつわりつくような、べっとりとした冷えた湿気の感覚を記憶している。あのときが、最初だった。

あとひとつの記憶は、つい二日前の深夜の件だ。脇の下に汗をかくほどの気温だったはずなのに、自分の身体は冷えきっていた。汗は脇の下に溜《た》まったままだった。車を運転しているあいだ、ずっとシャツの下の湿って濡《ぬ》れた感触を意識していた。

「わたしが運転しましょう」と、波多野は待ち合わせ場所に深沢がやってきたときに、自分から言ったのだった。「ちょっとわかりにくいところなので」

深沢は、波多野の申し出に安堵《あんど》したようだった。波多野が運転するということは、運転中、波多野には深沢を襲うことはできなくなる、ということだ。深沢は了解して、助手席に移ったのだった。

深沢をどのようにしてひとりにするか、この件では少し頭をひねらねばならなかった。深沢は、いつだって子分の運転する車で縄張りの中を移動する。子分が離れるのは、深沢が酒場に入るか、女の部屋を訪ねるときぐらいだ。波多野は最初に会うとき、深沢が女の部屋を訪ねるところを狙った。ロビーで待ち、乗ってきた車が建物の前から走り去ったところで深沢の前に出て、蒲田署刑事課の捜査員であることを名乗ったのだ。

何か訳があって、福岡から蒲田に逃げてきている男がいる。何とか力になって欲しいと、二重三重にひとを介して自分に伝言を頼んできた。一度会ってやってくれませんか、と。

深沢の反応は、妥当なものだった。自分は蒲田署の組対捜査員を何人も知っているが、どうして彼らを通じて話を持ってこないんだ？

彼らには職務があるからでしょう、と波多野は答えた。わたしは盗犯係。利害関係はないし、何があっても中立でいられるからでしょう。福岡のその人物は、最小限の人間の前にしか顔を出したくないようです。

波多野は用意しておいた封筒を取り出して、深沢に押しつけた。

「現金、名刺代わりということで、百万円あるそうです。この話が無理でも、カネはそのまま収めてくださいとのことでした」

深沢は、予想したとおりの反応を見せた。

「カネだけ受け取って、知らねえと言うことはできねえだろう。ただし、おれにできることは、詫《わ》びを入れる段取りくらいだ。あいだに入ってくれる大物に、話を通して

「十分ぐらいのことしかできない」

「十分だと思います。とにかく会うだけ会って、話を聞いてみてください。判断はそれからでいい。その人物は、カネで解決できることならすると言っています」

「どうすればいいんだ？」

「明日の夜、わたしが迎えにきます。潜んでいる場所までご案内しますよ。蒲田の近くです。子分は、遠ざけてください」

「その前に」と深沢は言った。「お前さんの身元を確認したい。ほんとうの警官かどうか。警官だとして、信用していい警官かどうか。誰に聞けばいい？」

波多野は、蒲田駅東口のカラオケ店の名前を出した。

「そこの高安ってマネージャーに聞いてください。盗難事件で、接触した。必要なら、わたしが以前逮捕した窃盗犯の名前も教えてくれるでしょう。蒲田署の知り合いの組対捜査員に聞いてもらってもいいですよ。妙なことを仲介してきたとは、言って欲しくないですが」

それが三日前のことになる。

松本は、腕時計を見た。午後七時四十分だ。

この部屋で内田の事情聴取を始めて、もう一時間以上たっていることになる。

いま机の上には、A4サイズのメモ用紙がある。松本はそこに、内田が担当した事案のキーワードや多くの関係者の名をメモしていた。彼女が思い出したひとつひとつについて事情を訊いていったが、波多野の次の行動につながりそうなものは見あたらなかった。出尽くしたところで、可能性の再吟味ということになるだろう。

内田の言葉も、もう五分以上途切れている。思い出す種さえなくなったということなのだろう。

内田が、疲れた、というようにため息をついてから言った。

「お手洗いに行かせてください。コーヒーも欲しくなった」

綿引が、腰に手を当ててさすりながら言った。

「おれも小休止だ」

そうすべきだろう。まずはふたりからだ。

綿引と内田が出ていってから三十秒後、伏島管理官から電話があった。

「どうだ？」

「まだです」と、松本は答えた。「殺人教唆があったかどうかも微妙です」

「していないと？」

「波多野のほうが、内田の愚痴に過剰に反応しただけかもしれません」

「神奈川の二件も、内田は無関係か？」

「はい。最初の二件は、おそらくですが、波多野自身の個人的な恨みが動機です」

「問題は、次だ。やつは次に誰を殺す気なんだ？　あるいは、何をやる気なんだ？」

「次の狙いは、まだわかりません」

「いま上がってきた情報だ。第二京浜沿いのディーラーの駐車場から車を盗んだ男、監視カメラで波多野だと確認された」

驚きはしない。それが前提だった。川崎の武蔵小杉で軽トラックを盗んだ男についても。

伏島は続けた。

「車はまだ見つかっていない。南に逃げたという通報だったから、すぐに多摩川手前の検問を強化したが、裏をかかれたかもしれない」

「波多野は、検問のある場所は承知しています。そこを避けて、警視庁管内のどこかに向かっていると思うんですが」

「内田にも、見当がつかないんだな？」

「まったく。深沢と室橋殺しについては、彼女の愚痴か仕事の話題が、波多野に何かしらスイッチを入れたのだと思っているのですが」

「いいか。きみたちは波多野にたどりついた。ご苦労と言いたいところだが、やつはさらにもうひとり殺して、おそらくは都内を逃げ回っている。いつまでもそこに閉じこもっているなよ。もう、当たりをつけていい時間だ」

「はい」

伏島が通話を切った。

松本は少しのあいだ、携帯電話を見つめたままでいた。

もう、当たりをつけていい時間だ……。

そのとおりだ。四件の殺害犯は波多野だと気づいたときには、彼はすでに五件目の犯行に及んでいた。しかも撃った相手は、相棒の捜査員だ。いくらなんでも、と思える犯行だが、自分たちがもう少しクレバーであったなら、五件目の犯行の前に、波多野の身柄を拘束できたかもしれないのだ。

昼間の穴守稲荷交差点でのことが思い出された。あのとき、波多野はこの自分の目の前にいたのだ。波多野は、松本たちも深沢殺害事件を追っていると知って、不可解そうな顔だった。なぜ捜査一課が出てくるのだと、疑問に思ったようだ。彼はあの瞬間、自分がすぐにも捜査一課の視野に入ると、覚悟したのではないだろうか。真犯人の特定はもう時間の問題だと。

　大井埠頭に入った。コンテナ埠頭や列車の貨物ターミナル、工業団地などが集積する産業エリアだ。このエリアの幹線道路である片側三車線の広い道路には、いまの時間ほとんど乗用車はなかった。都道三一六号線である。

　走っているのは、大部分が大型の貨物トラックだ。それも、コンテナを曳《ひ》くトレーラーがほとんどだった。少しワゴン車が混じる。バンタイプの商用車も何パーセントか。いずれにせよ、埋立地のこの道路は、裕福な自営業者や遊び人が走る道ではなかった。道路の性格は、昼間以上に完全に産業道路のそれである。埋立地の事業所に用があるか、その事業所を出たばかりという車が大半だ。

　ウォーターフロントの高層ビル群も、この道路からは遠い。水平方向に散らばる人工灯は冷やかで、きらめくこともない。左手のコンテナ・ターミナルのあたりは、オレンジ色のナトリウム灯の明かりに浮かび上がっている。観光地のライトアップのようだ。加えて、いま道路上を流れている車のヘッドライト、赤いテールランプ。ありがたいことに、回転する赤色灯は、前方にも後方にも見当たらなかった。交通量の少ない夜の道路を直進しながら、波多野は深沢との最後のやりとりを思い出した。

あの夜、第一京浜に入り、新呑川南岸で左折したところで、波多野は右手でスタンガンを深沢に押しつけたのだった。じっくりと、長めに。深沢は、しゃっくりでもするような声を上げて、凍りついた。目だけ動かして、運転席の波多野を見つめた。全身はしびれているはずである。あと五分や六分、彼は身動きができない。少なくとも、シートベルトをはずしたり、波多野に拳《こぶし》をたたき込むといった動作は不可能だ。それはこれまで三人に試してわかっていることだ。

いったん車を停め、手錠をかけてから、波多野は深沢に言った。

「あんたが、アイザってピーナを殺したのは知ってるんですよ。騙《だま》して借金漬けにして自殺させた女の子もいる。たぶんもっと、被害女性は多いんでしょうね。世の中には、あんたは生きてちゃならないと、強く思っている人間もいるんです。死んでくれなきゃ、被害者たちが浮かばれないと。まだまだ被害者は増えると」

さらに西糀谷の住宅街、町工場のあいだの細い道をたどって産業道路へと出た。産業道路を渡り、北前堀水路に通じる道に入った。そこから先は、左手は水路を埋め立てた緑地だから、ひとの気配は少なくなる。交通量も、その時間は事実上、三分に一台、車が通るかどうかという量だった。波多野は深沢のドイツ車をさらにＡＮＡの訓練センターの横まで進め、水路の側にぴたりと寄せた。

深沢は憎々しげな目つきだった。何か言おうとしている。くぐもった声で、キサマ、とか何とか言いかけたかもしれない。

波多野はフロアのバッグから、川崎の吉武の部屋で奪った拳銃を取り出し、タオルでくるんで深沢の左の横腹に突きつけた。深沢の目に恐怖の色が浮かび、身体をよじろうとした。波多野は、そこで引き金を引いた。

それが一昨日の深夜だ。

あの夜、車の中の空気は冷えきっていた。寒かった。引き金を引いたあとに、自分は大きく身震いしたのだった。


内田と綿引が戻ってきた。ふたりとも、コーヒーの紙コップを手にしていた。

内田が椅子《いす》に掛け、コーヒーをひと口すすってから松本に言った。

「七年前のあの事件は、やっぱり波多野くんを変えたんでしょうね。あの前と後では、印象がずいぶん違う」

「どんなふうに？」

「大げさに言えば、死んだみたいに。どんなことにも反応が鈍くなった。表情が乏しくなった」

「殺人犯に襲われて、膝《ひざ》を砕かれ、頭にも怪我《けが》をしたんだ。簡単に快活さは取り戻せない」

「過酷すぎる体験だわ」

綿引が言った。

「あのとき、現場に駆けつけて波多野を救ったのは、この松本だ」

内田が松本を見つめて、納得したという顔になった。

「それで教唆にこだわるのね。波多野くんが自分の意志で犯行を重ねてるわけはないと」

松本は取り合わずに言った。

「警官まで殺したんだ。波多野の犯行も、もうこれで最後だという気がしてきた。連続殺人犯が、逮捕される前に向かうところはどこだろう？」

「生まれ故郷」と綿引が言った。「やつに田舎があるなら。両親、祖父母がいる場所に向かうか」

松本は言った。

「波多野の生まれは神奈川。でもやつはいったん行きかけて引き返しています」

内田が言った。

「恋人がいるようでもない。逮捕される前に行きたい場所って、波多野くんの場合、どこだろう？　生まれた場所じゃないなら」

松本は思わず立ち上がっていた。

「わかった」

綿引と内田が、驚愕の目を向けてきた。

松本はふたりを交互に見ながら言った。

「波多野が目指している場所は、いまの波多野が生まれたところです。もっと言えば、それまでの波多野が死んだ場所です」

綿引が、どこだ？と目で訊《き》いてきた。

「拳銃《けんじゅう》携行の許可をもらいましょう」

「どこなんだ？」と、綿引はこんどは言葉で訊いてきた。

「場所はわかっています」

松本は会議室を飛び出した。すぐに綿引も追いかけてくるのがわかった。

波多野は、都道三一六号線の前方に現れた道路案内に目をやった。確かめるまでもないが、この道路はもう数百メートル先で右に曲がる。そのまま進めば、城南島へと通じる交差点にぶつかる。

波多野はまたひとつ、冷たい記憶を呼び起こした。あのひと買いにスタンガンを押し当てて、運河に突き落としたときのこと。女性医師の大内恵子を、ビルから突き落として殺した男。いや、警察がそれを立件できたわけではないが、重要参考人としてすぐに浮上した室橋も、自分が殺した。公安がらみということで捜査が止められたために、法の裁きが不可能となったワル。深沢同様に、大勢の女性を食い物にして肥え太った男。彼も殺したのだ。

「大内恵子さんを殺して、のうのうと生きていられると思うのかい？」

どうして？と問う室橋に、自分はそう答えてやったのだった。運河に突き落としたときに水しぶきを浴び、ズボンの裾《すそ》がずぶ濡れになった。それが乾くまで、自分は何キロも夜道を歩き続けたのだった。

折れるべき交差点が迫ってきた。波多野はセダンを左車線に入れた。交差点を左折し、五百メートルばかり直進すると、あのときの現場だ。自分が殺人犯を追い詰めた場所。追い詰めた殺人犯に逆襲された場所。同期の親友に救出された場所。いまの自分が生まれた場所。もう少しだ。

セダンは城南島に入った。

直進すると、やがて中央防波堤外側埋立地につながる幹線道路に出る。トンネルで海底に潜り、地上に出て、東京ゲートブリッジを渡ることになる道だ。東京南部と、江東区や江戸川区とをつないでいる。警視庁の警察官にとっては、新木場の第七方面本部前に出る道でもあった。途中、トンネルから上がったところで左折して、お台場方面に抜けることもできる。

自分が取るのは、その道ではなかった。城南島の西寄りで左折する。倉庫街へと入る道路に折れるつもりだった。

車の進行方向左手に、立ち並ぶ巨大な倉庫群が見えてきた。自分が逃亡殺人犯を追い詰めた倉庫も、まだ建っていた。

窓のない、灰色の巨大な壁面を持つ建物。あのときは解体工事でも始まるかと見えたし、じっさい使われていない様子だったが、いまも残っている。部分的な補修とか設備の取り替えで、延命したということなのだろうか。通用口の上に、小さく明かりが灯っている。ただし、駐車スペースの照明はない。

その南側、同じ敷地内の新しい倉庫のほうは、稼働《かどう》している。プラットホームに一台のトラックが後部をつけて、荷物を降ろしているところだった。

波多野は、作業中の倉庫の前を行き過ぎ、道路の突き当たりまで進んでからセダンを停めた。このあたり、街路灯はいちおうついてはいるが、手前の出入り口からセダンを駐車スペースに入れた。守衛らしき男が、これを見とがめて何か叫んだ。波多野は無視して、古い倉庫の通用口へと車を進めた。

セダンを降りると、守衛が駆け寄ってきた。警察官の制服に似せたグレーの制服を着ている。帽子の形も、警察官のそれにそっくりだった。歳《とし》は六十過ぎと見える。おそらく、定年後、再就職した元警察官だ。

「駄目だよ」と、その守衛が近寄りながら叫んだ。「何の用なの」

波多野はセダンの外に立って、近づいてくる守衛を見つめた。

守衛が足を止めた。その顔に、当惑したような、なかば怯《おび》えたような表情が浮かんだ。なおも高圧的になることを、彼の本能か何かが止めている。それは危険だと。

波多野は腰のホルスターから拳銃を抜き出すと、穏やかな調子で言った。

「こっちの倉庫のマスターキーを、出してくれませんか」

守衛は両手を胸の高さまで上げながら、一歩退いた。

サイレンを鳴らして松本たちの乗った車両がその倉庫前に駆けつけたとき、駐車スペースにはすでに一台のパトカーが停まっていた。ルーフの赤色灯は回転したままだ。

パトカーの脇で、制服警官ふたりが、守衛らしき男から話を聞いている。

松本は、制服警官に警察手帳を示して名乗った。

「捜査一課です。波多野がいるんですね？」

制服警官は小さく敬礼してから、奥の倉庫の駐車スペースに停まっているセダンを指差した。

「あの車で来て、倉庫の中に入っていったそうです」

「時間は？」

「五分ぐらい前だとか」

接近してくるサイレンの音がある。それも一台ではない。複数だ。三台。五台。あるいはそれ以上。もしかすると、警視庁はＳＡＴもこの現場に投入するかもしれない。拳銃を持った殺人犯なのだ。当然の対応だった。

松本はその警官に言った。

「応援はこの少し手前で止めておいてください。刺激しないように」

「どうするんです？」と警官が訊いた。

「投降するよう説得します」

「警官を撃っているんですよ」

「わたしは」松本は言葉を探した。「同期なんです」

松本は、波多野が逃げ込んだ倉庫に向かって歩き出した。七年前の情景が思い出された。昼と夜の違いはあるが、状況はあのときによく似ている。もっともあのときは、波多野は追跡する側だった。救出されるべき対象でもあった。なのに、七年の歳月の果てに、自分たちの立場は百八十度違ってしまった。

「待ってください！」と警官が後ろから止めた。

綿引の声も聞こえた。

「松本、よせ。応援を待て！」

そんなふうに自分を止める上司がいることも、あのときとそっくりだ。松本は立ち止まらなかった。むしろ足を速めた。

通用口のドアを開けると、中は真っ暗だった。

松本は一瞬戸惑ったが、右手で壁の照明スイッチを探った。すぐに見つかった。スイッチを押し上げると、蛍光灯がまたたいて通用口の周辺だけを照らした。一歩奥に入ったところの壁に、配電盤がある。松本はその配電盤を一瞥《いちべつ》してから、フロアの照明のスイッチ全部を押し上げた。

広く天井の高い空間に、冷やかな明かりが満ちた。いや、倉庫内の空気そのものが外気温よりも低いようだ。冷房が入っているといえるほどの涼しさではないが、間違いなくここの空気は冷たい。どこかに氷の柱でも置いてあるかのようだ。

通用口のドアを閉めると、サイレンの音が小さくなった。あの警察車両がここに到着するまで、あと三、四分だろうか。それとも、それほどの時間はかからないだろうか。

松本は、倉庫の奥に目を向けた。対角の隅には階段がある。その裏手にはエレベーターだ。外からはわからないが、倉庫内は三層となっている。天井高のある一層目と、さほど高くはない二層目、三層目。あのとき逃亡殺人犯はこの倉庫の三層目に逃れ、大井署地域課の波多野と門司が、人質女性の救出に駆け上がったのだ。自分は、上司である能条克己の指示で倉庫の扉の外で待機した。

ほどなく門司が人質を救出してエレベーターで降りてきた。波多野が逃亡犯の逆襲に遭ったという。波多野救出に駆け上がろうとすると、能条が止めた。局面が変わった、拳銃が奪われたかもしれない。すぐに機動捜査隊が到着する。それまで待てと。

そのとき、階上で銃声が響いた。つぎの瞬間、自分は能条の指示を無視し、階段に向かって駆けていた。階段を駆け上がっている最中に、二発目の銃声が響いた。「波多野！」と、呼びかけながら心臓が収縮した。こんどこそ波多野が拳銃を奪われ、撃たれたのではないかと。

三層目に到着して波多野を探すと、波多野は負傷し、拳銃を奪われていた。逃亡犯は、物陰で足を止めた松本に言った。派手に撃ち合いをして死にたい、だから姿を見せろ、出てこなければこの警官を撃つと。

三つ数えるから、それまでに出てこい、と逃亡犯はつけ加えた。となれば最善の方策は、カウントが始まった瞬間にふいをついて身をさらし、相手を確実に撃つことだった。「ひとおつ」と逃亡犯が数え出した瞬間に松本は飛び出した。相手は完全に虚を衝《つ》かれた。松本は逃亡犯の下肢を撃って倒した。

波多野は床に足を投げ出していた。

自分はあのとき、波多野を救出できたものだと思っていた。自分が救出のため、激しい靴音を響かせて階段を駆け上がったから、つまり危険もいとわず警官が急行したから、逃亡犯は波多野を撃つことをやめ、自分と対峙《たいじ》することにしたのだと。機動捜査隊の到着を待ち、逃亡犯に気持ちの余裕を与えていたなら、波多野は無事であったかどうかわからなかったと。

とにかく、波多野はいま、三層目にいる。あのときと同じように。

松本は、階段のほうに向かって大声を出した。

「波多野。おれだ。松本だ。上がるぞ」

返事はなかったが、かまわなかった。松本は積み上げられた荷物の山のあいだを縫って、エレベーターの前へと進んだ。表示を見ると、箱は三階で停まっている。波多野は間違いなくそこにいる。呼びボタンを押すと、ごとりと音がして、箱が下がり始めた。

その荷物運搬用のエレベーターで昇り、三階で降りた。箱の中の照明のせいで、真っ暗ではない。すぐに目が慣れて、ぼんやりとだが荷物の山や通路の見分けもつくようになった。スチールの棚が並んでいる。小物を保管できるように改修されたようだ。

「波多野。おれひとりだ。どこにいる?」

やはり返事はない。たしか、あのときは、と、松本は七年前の状況を思い出しながらフロアの奥へと進んだ。右側の壁近くの通路にいたのではなかったか。

二つ目、三つ目の通路を見て、四つ目をのぞきこんだときだ。焦点が合う前に声があった。

「松本。ここだ」

松本は奥に視線を移した。半分シルエットとなっているが、波多野だ。床に尻《しり》をつけて、足を伸ばしている。七年前と同じ格好だ。松本はなぜかふいに、少年が河原で夕日と向かい合っている情景を想像した。自分自身が幼少期に、こんな座りかたをして夕日を見たことがあったのかもしれない。隣りには、同じくらいの歳の友人もいたのではなかったか？

波多野は、松本を見つめてふしぎそうに言った。

「早かったな。通報を受けたのか？」

「いいや。勘だ」

松本は両手を開きながら、通路を慎重に進んだ。

薄明かりの中に、波多野の顔も姿もはっきり見えるようになった。右手に拳銃を握っているが、松本に向けているわけではない。

「おれを逮捕するか？」と波多野。

「出頭してくれ」

「拳銃は持ってきてるんだろうな？」

「ああ」

「どうして抜かない？」

「話をしたい」

波多野は微笑した。

「いいな。そこに座ってくれ」

波多野の顔は妙に青ざめて見える。

松本は波多野の向かい側へと歩き、床に尻をつけて、背をスチール棚に並ぶ木箱にあずけた。波多野と同様に足を床に伸ばして、向かい合った。ふたりのあいだの距離は、ほんの三メートルほどだ。

松本は訊いた。

「どうしてここに来たんだ?」

「わからない」と波多野が答えた。「こんなことになったのも、ここであったできごとのせいだと思うからかな」

「こんなことというのは?」

「知ってるんだろう? 五人も殺したことだ」

松本は驚いた。それをあっさりと認めるのか? さっきまでは、それはただの仮説でしかなかったのに、やはり事実だったのか? 横浜の教員と、川崎の暴力団員。それに五反田の人身売買ブローカーと蒲田の暴力団幹部。きょうの警官殺し。彼はやはり七年のあいだ、警察官として勤務しながら、次々とひとを殺していたのか。それをやった理由が、この場であったできごとのせい?

松本は訊いた。

「どうして？　どうして殺したんだ？」

「理由なんて、とくにないさ。ふと思いついた。どの場合も、そういえばあいつは殺してもいいなって」

「法に代わって、お前が罰を下してやるということか？」

「いや、そんなことは思っていない。ただ、連中ならひとりひとり、殺してやってもいい。おれはそれができるし、と思っただけだ」

「きょうの門司という同僚も、そうなのか？　理由もなく、動機もなしに撃ったのか？」

「いや」波多野は少しだけ苦しげな表情を見せて首を振った。「おれが連続殺人犯だと気づいているなら、撃ってくれることを期待したんだ。だけど、あのひとは、本気でおれに拳銃を向けたわけじゃなかった。撃つ気はなかったんだ」

「撃ってくれないから、しかたなく同僚を撃ったと？」

「しかたなく、という気持ちもなかった。おれはそのときもう拳銃を向けていたんだ。撃ってくれないなら、おれが引き金を引くしかなかったんだ」

「何のためらいもなかったのか？　同僚を撃つことには？」

「どんな感情もなかった。怒りもない。もちろん恨みもない。憎んでいるわけでもない。ただあんななりゆきで、向こうが撃ってくれないなら、自分が撃つだけだった」

「お前の言っていることがわからない」

「おれは拳銃を抜き返したんだ。門司さんこそ、ためらわずに引き金を引くべきだった」

松本は深く吐息をついてから言った。

「前から聞きたかった。あのとき、おれが駆けつける前、ここで何があったんだ？　二発の銃声がしたけれど」

波多野は、少し考える表情を見せてから言った。

「頭を殴られ、膝を砕かれた。気がついたら、ホルスターは奪われて、あいつが拳銃をおれに向けていた。おれは、痛みとしびれで、指を動かすこともできなかった」

「一発目は、お前が撃ったんじゃなかったのか？」

「いいや。あいつさ」

「何を撃ったんだ？」

「暴発みたいなものだ。やつは、ほんものの拳銃を触ったのは初めてだったんだろう。無造作に引き金を引いてしまったんだ」

「お前を撃とうとしてか？」

「ああ。最初、おれの胸に銃口を向けて、殺してやろうかと言った。警官には恨みがあるんだ。じんわりと殺してやるってな。薬をやってるみたいに、目がぎらぎら光っていた。テンションがやたらに高かった。怖いか？　とあいつは訊いた。心臓以外から撃ってやってもいい。手か？　もうひとつの膝か？　ってな。好きな順番で撃ってやる。五発目で心臓だ、とあいつは言った。

その程度の知識はあったんだ。やつは銃口をおれの胸に向けたまま、また訊いた。どういう順番がいいかってな。おれはやっとの思いで言った。ひと思いに撃てと。すでに殺したひとりと合わせて、お前は確実に死刑になる。だから、おれのこめかみを撃てと」

「挑発しなくたって」

「どうせ殺されるなら、警官がやれることは、犯罪者の罪をより重くしてやることぐらいじゃないか？」

「命乞《ど》いをしてもよかったんだ。ほんの少しの時間稼ぎでよかった」

「それが無理なのはわかっていた。だったら一発目で死にたかった。横を見ると、自信なげな顔で拳銃を見つめている。試し撃ちをすべきだと思ったのかもしれないな。

あいつは拳銃を見つめてから、引き金を引いた。銃声がして、やつがびっくりしたのがわかった。弾は、そばの荷物の中にめりこんだはずだ」

「その銃声を聞いて、おれは階段を駆け上がった」

「気を取り直したのか、あいつは弾倉をグリッグリッと回してから、こめかみに銃口を突きつけてきた」

「それって、ロシアン・ルーレットってことか？」

「そうだ。あいつは、ケラケラと笑うように言った。次の引き金で、お前が助かる確率って、どのくらいのものなんだ？　一回目が外れだと、二回目はもっと怖くなるんだろうな、とさ」

「生き延びた分だけ、耐えがたいものになる」

「こめかみに銃口が当たって、本気なんだと覚悟した。おれは息を止めた。ひとつ、ふたつと、数えたかもしれない」

「どうして？」

「わからない。無意識に数えていた。あと何秒生きられるのか、それが気になったのかな。三つ数えたとき、撃鉄を起こす音が聞こえた。ものすごくはっきりと、大きくだ。そのとき、おれは漏らした。ちびったなんてもんじゃない。じょろっと漏らしたんだ。そのあと、引き金が引かれて、撃鉄はかちりと鳴った」

松本は黙っていた。失禁のことは知っていたが、その前のやりとりはいま初めて聞くのだ。それは、内部での事情聴取のときにも語られたことなのだろうか。それとも波多野はいままで語ったことはなかったのだろうか。

「おれが漏らしていたの、覚えているだろう？　お前がきたとき、ズボンはまだあったかかった」

波多野は言葉を切って、天井を見上げた。松本も見た。グレーに塗られた、波形鋼板の天井があるだけだ。外ではサイレンの音。かなり近づいてきていた。七年前のあのときも、波多野はこうして天井を見上げたのだろうか。おそらくは動悸《どうき》を鎮《しず》め、呼吸を整えるために。

波多野が視線を戻して言った。

「階段を駆け上がってくる音が、大きくなった。あいつは暗がりの奥、階段の方向に向かって撃った。お前がもう三階に着いたと思ったんだろう。いや、あれはでたらめに撃っただけだな」

「それが二発目か」松本は言った。「おれはまだ、やっと二階についたあたりだった」

「お前の声がした。おれを呼んでいるのが聞こえた。気がつくと、あいつの表情が変わっていた。目の光が弱くなっていた。ふいに正気に戻ったような顔だった。ふたつ目の銃声が、平手打ちみたいな効果になったんだろう。あいつは不思議そうに拳銃を見つめて、状況が呑《の》み込めないという顔をしていた。拳銃をそこに置けとおれは言った」

「薬が切れたのかな」

　波多野がうなずいた。

「あいつが訊いた。おれは死刑になるのか？　その声はかすれていた。おれを殺せば、とおれは答えた。確実だ。お前はロープで吊《つ》られるんだと。そんな死に方はまっぴらだなと、あいつは言った。そのときお前が三階までたどりついて、おれを呼んだ。助けに来てくれた」

「きっと」松本は波多野の顔を見つめ、苦々しい思いで言った。「おれはきっと、間に合わなかったんだな？」

「涙が出るくらいにうれしかった。お前が助けにきてくれたんだからな。そうしてお前はなんの躊躇《ためらい》もなく飛び出してきて、あいつを撃った」

「三つ数えさせるわけにはいかなかった」

「だけど、おれはたぶんあのとき、もう、死んでいたんだ」

「すまない。遅かった」

波多野は大きくかぶりを振ると、銃口をまっすぐ松本の顔に向けてきた。

「もういい。拳銃を抜いてくれ」

「どうしてだ？」

「撃ってくれ。お前が、おれを殺してくれ」

「馬鹿《ばか》な。警官を撃てるか」

「おれは警官を撃てるし、おれはもう警官じゃない」

「お前を、撃てない」

「お前が警官なら撃て。目の前に拳銃を持った殺人犯がいるんだ。撃つのが、警官の務めってものだ」

「そんな務めなんて、あるものか」

「拳銃を抜くんだ。本気だぞ。門司さんは、おれの言葉を信用しなかったけど」

少しのあいだ波多野の目を見つめてから、松本はゆっくりと自分のホルスターから拳銃を抜いた。引き金に指をかけず、銃口も波多野には向けないままに。

「撃て」と波多野が言った。

「無理だ」松本は拳銃を持ち上げずに言った。「お前がやったことで立件できるのは、たぶん二件だ。それも、お前は心神耗弱《こうじゃく》でやってしまったんだ。とにかくきちんと、法の裁きを受けろ」

「撃てって。おれに撃たせるのか？」

「どうしておれが撃てる？　同期なんだぞ」

「撃つぞ」

次の瞬間、波多野の右手が弾《はじ》かれたように動いた。松本は恐怖をこらえた。息を止めた。

銃声は、松本の左手方向であがった。それもふたつ続いた。波多野は頭をごつりと後ろの棚にぶつけると、上体をひねるようにして、床に倒れ込んだ。

驚いて横を向いた。通路の端で綿引が、拳銃を両手で構え、腰を落としていた。口を開け、大きく目をみひらいている。いま高い断崖《だんがい》から飛び下りたばかり、というような表情にも見えた。

松本は波多野のもとに飛びつき、膝を床について波多野の上体を抱え起こした。胸から血が噴き出ている。脈動に合わせて、ドクッドクッという調子で。左手で傷口を押さえようとしたが、塞《ふさ》ぐことは無理だった。血は松本の指のあいだから、まったく勢いを止めずに漏れてくる。波多野のシャツが、みるみる赤く染まっていった。

抱き寄せて目をのぞきこんだ。

「波多野！　波多野！　すまない」

波多野の目は半開きだった。その目に松本の顔が映っているのかどうかわからない。かすかに唇が動いたように見えたが、言葉にはならなかった。顔には、怒りも憎悪《ぞうお》もなかった。どんな苦悶《くもん》も、後悔も。ただ、自身の内側に向けられた哀れみがあるだけと見えた。

綿引が、拳銃を構えたまま言っている。

「松本。離れろ。どけ」

松本はその言葉には応《こた》えず、自分の拳銃をホルスターに収めると、波多野の右手から拳銃をもぎ取って床に滑らせた。そうしてその指のあいだに、自分の指をねじこんだ。

「波多野、波多野！」

波多野の目は完全に閉じられ、反応はまったくなくなった。

階段を靴音が駆け上がってくる。五人か、あるいは十人ほどの男たちの靴音。

「ここだ」と綿引が叫んだ。「波多野は負傷。確保！」

通路に制服警官たちがどっと現れた。反対側にもだ。何人かは拳銃を抜いており、また何人かは警棒に手をかけている。彼らは身構えたまま近づいてきて、少し距離を開けて波多野と松本を通路の両側からはさみこんだ。

「救急車を！」と綿引が言っている。「警官は無事だ」

靴音が続いている。サイレンの音もますます増えていた。

波多野の胸の血の噴出が止まった。心臓がすっかり停止したのだろう。

「波多野」と、松本はその耳元にささやくように言った。「すまない」

誰かが、自分の肩を叩《たた》いた。

顔を上げると、伏島管理官だった。

伏島は松本を気づかうような目で見つめ、二度うなずいて、もう一度肩を叩いてきた。松本をねぎらっているのか、それとも松本の同期の死に対しての悔やみを伝えたのか、わからなかった。いや、悔やみのはずはあるまい。悔やむ理由は、彼にはないのだ。

綿引も近づいてきて、松本と波多野のからんだ指を引き剝《は》がした。松本は抵抗せず、波多野の身体《からだ》を床に横たえると、ゆっくりとその場に立ち上がった。両手が血にまみれている。松本はその手を少しのあいだ見つめてから、途方に暮れた思いで顔を上げた。

囲んでいた制服警官たちが、松本の様子に一瞬、戦慄《せんりつ》したのがわかった。一歩退いた者もいる。伏島さえ、かすかなおののきを見せた。綿引は、拳銃を持った手を下ろして、すっと視線をそらした。

松本はてのひらを上に向けて、両手を少しだけ広げ、警官たちの顔を見渡した。

お前たち、わかるか。いまここで何があったのか？　おれの足元に倒れている者がだれなのか？　彼が撃たれ、斃《たお》れた理由が何なのか、それがわかるか？　じつは七年前に、彼はここで死んでいたのだ、と言ったら、理解してもらえるか？　骸《むくろ》の彼の生は、かつて自分が死んだ場所でいま終わった。そういうことだ。長く続くはずもない骸の生だった。やっとそれを終わらせるときが来た。彼はきょう、骸の自分をひと前にさらして、みずから骸の時間を終わらせたのだ。

わかってもらえるはずがないことは、わかっていた。警官たちの誰も、そんなことを理解しようもない。わかるはずはない。

倉庫の外では、サイレンの音がようやく静まっていた。

解説

吉野仁

これは本格的でかつ型破りな警察小説だ。矛盾した形容にも思われるだろうが、全体の話運びはあくまで警察による事件捜査を丹念に追ったものでありながらも、最後に明かされる真相により、思いもよらない図があらわれる。『警官の掟《おきて》』は、「これぞ警察小説」といえる手応《てごた》えをそなえた出来映えにとどまらず、予想をこえた驚きをもたらす長編なのである。

もともと単行本刊行時(二〇一五年九月)の題名は『犬の掟』だったが、今回文庫化に際して『警官の掟』と改題された。初出は『週刊新潮』(二〇一四年七月三一日号〜二〇一五年八月六日号に連載された)。

ご存じの通り、佐々木譲は、これまで多くの警察小説を手がけており、それぞれ高い評価を得ている。『笑う警官』に始まり、最新刊『真夏の雷管』まで八作書かれている〈北海道警察シリーズ〉、やはり道警の刑事ながら現在休職中の男を主人公にした連作短編集にして直木賞受賞作『廃墟に乞《こ》う』、未解決事件の再捜査を通じ、その土地と過去をさぐる『地層捜査』『代官山コールドケース』など、スタイルもさまざまだ。

なかでも代表作といえる『警官の血』は、戦後の上野や谷中《やなか》周辺をおもな舞台として、父、子、孫とつづく警察官三代、それぞれの姿を追う大河警察小説である。警察官という同じ職業を選びながらも、時代や運命に翻弄《ほんろう》され、思わぬ道をたどる三人の人生がドラマチックに描かれていた。そして『警官の条件』は、『警官の血』第三部で登場した三代目の警察官・安城和也《あんじょうかずや》が再び活躍する長編作だ。だが、本作『警官の掟』は、前二作から受け継がれたものではなく、新たに描かれた単発の警察小説である。それでも本作には、これまでと同様、作者ならではの特徴がいくつも見られる。謎《なぞ》めいた事件に対峙《たいじ》した警官たちの捜査模様を克明にたどっていくなど、どこまでもリアリズムに徹しつつ、そこへフィクションとしての大胆な仕掛けを織り込んでいるのだ。

物語は、冒頭から緊迫した展開を見せる。殺人犯の必死の逃走とそれを追う警官とのあいだで息詰まるような攻防が繰り広げられていく。人質をとった犯人が運転するセダンを捕まえようと、まずは第一京浜国道の青物横丁近くからパトカーが追跡し、やがて何台もの警察車両が加わり、巨大な冷凍倉庫が建ち並ぶ城南島の行き止まりまで追い詰めた。セダンは水産会社の敷地につっこみ、逃走犯は人質をつれて古倉庫へ飛び込んだ。大井署の門司《もんじ》孝夫《たかお》巡査長と波多野涼《はたのりょう》巡査は、古倉庫のなかへ踏み込んだが、人質の女性を助けようとした波多野は、逆に犯人に襲われ、重傷を負い意識を失う。現場に到着した自動車警ら隊の松本章吾《まつもとしょうご》巡査は、波多野の警察学校の同期だった。上司の制止をふりきって波多野を救出すべく倉庫の上の階へむかった松本は、危機一髪のところで犯人を確保した。

ハリウッドの大作アクション映画などで、冒頭からいきなり派手な活劇シーンが始まる例がある。本作のプロローグは、まさにそうした迫力を感じさせる展開だ。また、巨大な倉庫でおこる活劇シーンは、ある種の香港《ホンコン》犯罪映画を思わせる。

それから七年後の十月初旬、東京・大田区の東糀谷《ひがしこうじや》で、路上に放置されていたセダンから銃殺された死体が発見された。被害者は深沢隆光《ふかざわたかみつ》、五十五歳。指定暴力団稲森《いなもり》会系の二次団体・小橋《こばし》組の幹部だった。小橋組は、最近、他の暴力団との目立った対立や抗争などはなかったが、深沢自身は、「ヤブイヌ」と呼ばれる半グレ集団と対立していたという。深沢の遺体にはスタンガンを押しつけられてできたらしき火傷《やけど》の痕《あと》があったと会議で報告された。蒲田署刑事課に異動していた波多野は、同じ署へ異動してきた門司と七年ぶりに先輩後輩という間柄でコンビを組むこととなった。ふたりは、「ヤブイヌ」のリーダー藪田《やぶた》とその仲間に対して聞き込みをつづけた。

一方、警視庁捜査一課に異動し巡査部長となった松本章吾は、上司の綿引壮一《わたびきそういち》警部補とともに伏島《ふせじま》管理官のもとへ赴いた。そこでおよそ二年前に東品川海上公園の岸壁近くで発見された変死体についての検案書を見せられた。両手首の擦過痕、左脇腹《わきばら》の火傷痕など、暴力団の準構成員である室橋謙三《むろはしけんぞう》と、深沢隆光の死体には共通点があった。二人は手錠をされ、スタンガンを押しつけられたうえで殺された可能性があるのだ。加えて、四年前に品川の女性医師が飛び降り自殺した件や京浜運河で発見されたフィリピン人ホステスと見られる女性の死体遺棄事件との関連も持ち上がってきた。自殺した女医の大内恵子《おおうちけいこ》は、不法滞在の外国人を支援する市民団体「レインボーネット東京」の一員だった。さらに、深沢、室橋の事案には警察関係者が関係している可能性も出てきているという。松本らは、秘密裏に捜査を始めるよう伏島に命じられた。

このように、波多野や門司といった所轄《しょかつ》の警官たち、そして松本をはじめ警視庁の捜査官は、それぞれの立場で変死事件に対峙《たいじ》し、殺害の真相にじりじりと近づいていく。これが本作の大きな特徴のひとつといえるだろう。双方向から同じ事件に迫るという構図なのだ。捜査対象として浮かんだ存在も、暴力団や半グレ集団ばかりか、不法滞在外国人支援団体、自警団主義を掲げる裏警察組織などさまざまである。さらに謎の女性警官の名が浮上してくるなど、単に暴力団員が抗争などにより殺された事件とは思えない広がりを見せていく。ところが、なかなか全体のつながりが見えてこない。いくつもの出来事の断片がいかにむすびつくのか。

また、今回の舞台も興味深いところだ。とくに門司と波多野のふたりが、現場周辺を丹念に地取りし、容疑者を訪ねまわる場面では、土地がもつ特有な顔が浮かび上がっていく。描かれているのは、品川区、大田区といった東京の南部、それも湾岸地区に偏《かたよ》っている。品川、蒲田、大森、大井町、さらに川崎ならば、JRおよび京急などの駅を利用し、周辺で働いている人も多いだろう。しかし、地元住民や仕事の関係者を別にすると、町工場の多い地域や巨大倉庫が立ち並ぶ地域へ足を踏み入れる機会はあまりないはずだ。射殺体が発見された東糀谷の北前堀は、川の対岸に羽田空港があり、首都高速やモノレールの高架の建造物が左右に伸びている場所にある。『警官の血』で舞台となっていた、上野、谷中、日暮里など、お寺や墓地が多く点在していた高台の地域とはきわめて対照的である。なにしろ、付近には大井競馬場に平和島競艇場という巨大な公営ギャンブル施設がふたつもある。いうまでもなく品川はかつて宿場町だった。昭和のころから企業のビルや工場が立ち並んでいた一帯でもあり、JR私鉄各駅を中心に飲食街や風俗街が広がっている。おそらく駅周辺の住宅街も時代によって様変わりしてきたことだろう。こうした土地が持つ歴史や付随するさまざまな背景に潜んだ「何か」が事件に絡んで浮かび上がってきたのだろうか。

なによりこの『警官の掟』で重要なのは、その「掟」の部分だ。犯罪を捜査し、犯人を挙げることが目的とはいえ、守らなければならないもの、超えてはならない一線がある。警官の正義とは何か、正しい判断とは何か、という問題にも関わってくるだろう。

そもそも犯罪を取り締まる仕事は、それだけで、精神に大きな負担がかかるようだ。『警官の血』や『廃墟に乞う』などでも心に傷を負った警官が登場していた。あるインタビューで作者は、「警察を取材して、事件の被害者だけではなく、捜査に関わっていた警察官もまた傷つくということを知った」と語っていた。それは全人格でその事件に関わるからだ、という。部署にもよるだろうが、殺人や暴力絡みの事件をあつかい、心身ともに過酷な状況におかれてしまう刑事もいるはずだ。いわゆるPTSDと呼ばれる心的外傷後ストレス障害を患《わずら》っても、なんら不思議ではない。

そういえば、以前、ある警官の体験談を読んだことがある。その警官は若い頃から格闘技を得意としていたらしい。警察に入ってからも稽古《けいこ》をつづけており、柔道や空手は黒帯。屈強な体をしていて、気の強い性格だった。ところが、職務中、乱闘に巻き込まれて数人の男たちに袋だたきにされ、抵抗する間もなく重傷を負った。その後、怪我《けが》から回復するまで何週間もかかったばかりか、町中での喧嘩《けんか》など暴力の場に遭遇しただけで身がすくむようになったという。無意識にそうなってしまうのだと述べていた。

映画やドラマに登場するヒーロー警官は、たとえ敵に捕まって痛めつけられたとしてもすぐにまた立ちむかっていくが、現実ではありえないことかもしれない。肉体的な傷が治るのには時間が必要であり、ときに回復しない場合もあるが、精神的な痛みもまた同じなのだ。本人の性格はもちろん、暴力の度合い、苦痛に耐えた時間など、個々の状況によって異なるだろうが、修復不能な心の傷を抱えることになるのだろう。作者は、こうした生身の人間の有り様を大胆な企《たくら》みとともに物語のなかへ織り込んでみせたのだ。とりわけ、犯人が明らかになってからの急展開と衝撃のラストシーンが圧巻である。

現在、日本のミステリでは、数多くの書き手が警察小説を手がけている。そんななか、佐々木譲がいまだこの分野のトップランナーであり続けている理由は、すべてこの『警官の掟』にあらわれているのではないか。他の追随を許さないほど徹底したリアリズムと大胆なフィクションをこころがけているのだ。

（平成三十年二月、文芸評論家）

この作品は平成二十七年九月『犬の掟』として新潮社より刊行された。

佐々木譲著
制服捜査
十三年前、夏祭の夜に起きてしまった少女失踪事件。新任の駐在警官は封印された禁忌に迫ってゆく――。絶賛を浴びた警察小説集。

佐々木譲著
警官の血（上・下）
初代・清二の断ち切られた志。二代・民雄を蝕み続けた任務。そして、三代・和也が拓く新たな道。ミステリ史に輝く、大河警察小説。

佐々木譲著
警官の条件
覚醒剤流通ルート解明を焦る若き警部・安城和也の犯した失策。追放された〝悪徳警官〟加賀谷、異例の復職。『警官の血』沸騰の続篇。

佐々木譲著
暴雪圏
会社員、殺人犯、不倫主婦、ジゴロ、家出少女。猛威を振るう暴風雪が人々の運命を変えた。川久保篤巡査部長、ふたたび登場。

佐々木譲著
ベルリン飛行指令
開戦前夜の一九四〇年、三国同盟を楯に取り、新戦闘機の機体移送を求めるドイツ。厳重な包囲網の下、飛べ、零戦。ベルリンを目指せ！

佐々木譲著
エトロフ発緊急電
日米開戦前夜、日本海軍機動部隊が集結し、激烈な諜報戦を展開していた択捉島に潜入したスパイ、ケニー・サイトウが見たものは。

佐々木譲著　ストックホルムの密使（上・下）

一九四五年七月、日本を救う極秘情報を携えて、二人の密使がストックホルムから放たれた……。〈第二次大戦秘話三部作〉完結編。

佐々木譲著　天　下　城（上・下）

鍛えあげた軍師の眼と日本一の石積み技術を備えた男・戸波市郎太。浅井、松永、織田、群雄たちは、彼を守護神として迎えた——。

佐々木譲著　獅子の城塞

戸波次郎左——戦国日本から船出し、ヨーロッパの地に難攻不落の城を築いた男。佐々木譲が全ての力を注ぎ込んだ、大河冒険小説。

安東能明著　強奪　箱根駅伝

生中継がジャックされた——。ハイテクを駆使して箱根駅伝を狙った、空前絶後の大犯罪。一気読み間違いなし傑作サスペンス巨編。

安東能明著　撃てない警官
日本推理作家協会賞短編部門受賞

部下の拳銃自殺が全ての始まりだった。警視庁管理部門でエリート街道を歩んでいた若き警部は、左遷先の所轄署で捜査の現場に立つ。

安東能明著　出　署　せ　ず

新署長は女性キャリア！　混乱する所轄署で本庁から左遷された若き警部が難事件に挑む。人間ドラマ×推理の興奮。本格警察小説集。

安東能明著　伴連れ

警察手帳紛失という大失態を演じた高野朋美刑事は、数々な事件の中で捜査員として覚醒してゆく——。警察小説はここまで深化した。

安東能明著　広域指定

午後九時、未帰宅者の第一報。所轄の綾瀬署をはじめ、捜査一課、千葉県警——警察官僚までを巻き込む女児失踪事件の扉が開いた！

麻見和史著　水葬の迷宮
—警視庁特捜7—

警官はなぜ殺されて両腕を切断されたのか。一課のエースと、変わり者の女性刑事が奇怪な事件に挑む。本格捜査ミステリーの傑作！

今野敏著　隠蔽捜査
吉川英治文学新人賞受賞

東大卒、警視長、竜崎伸也。ただのキャリアではない。彼は信じる正義のため、警察組織という迷宮に挑む。ミステリ史に輝く長篇。

今野敏著　果断
—隠蔽捜査2—
山本周五郎賞・日本推理作家協会賞受賞

本庁から大森署署長へと左遷されたキャリア、竜崎伸也。着任早々、彼は拳銃犯立てこもり事件に直面する。これが本物の警察小説だ！

今野敏著　疑心
—隠蔽捜査3—

来日するアメリカ大統領へのテロ計画が発覚！　羽田を含む第二方面警備本部を任された大森署署長竜崎伸也は、難局に立ち向かう。

早見和真著

イノセント・デイズ

日本推理作家協会賞受賞

放火殺人で死刑を宣告された田中幸乃。彼女が抱え続けた、あまりにも哀しい真実——極限の孤独を描き抜いた慟哭の長篇ミステリー。

長江俊和著

出版禁止

女はなぜ〝心中〟から生還したのか。封印された謎の「ルポ」とは。おぞましい展開と、息を呑むどんでん返し。戦慄のミステリー。

宮部みゆき著

理由

直木賞受賞

被害者だったはずの家族は、実は見ず知らずの他人同士だった……。斬新な手法で現代社会の悲劇を浮き彫りにした、新たなる古典！

宮部みゆき著

模倣犯

芸術選奨受賞（一〜五）

邪悪な欲望のままに「女性狩り」を繰り返し、マスコミを愚弄して勝ち誇る怪物の正体は？著者の代表作にして現代ミステリの金字塔！

宮部みゆき著

悲嘆の門

（上・中・下）

サイバー・パトロール会社「クマー」で働く三島孝太郎は、切断魔による猟奇殺人の調査を始めるが……。物語の根源を問う傑作長編。

真山仁著

黙示

小学生が高濃度の農薬を浴びる事故が発生。農薬の是非をめぐって揺れる世論、暗躍する外国企業。日本の農業はどこへ向かうのか。

貫井徳郎著
迷宮遡行
妻が、置き手紙を残し失踪した。かすかな手がかりをつなぎ合わせ、迫水は行方を追う。サスペンスに満ちた本格ミステリーの興奮。

貫井徳郎著
灰色の虹
冤罪で人生の全てを失った男は、復讐を誓った。次々と殺される刑事、検事、弁護士……。復讐は許されざる罪か。長編ミステリー。

沼田まほかる著
九月が永遠に続けば
ホラーサスペンス大賞受賞
一人息子が失踪し、愛人が事故死。そして佐知子の悪夢が始まった――。グロテスクな心の闇をあらわに描く、衝撃のサスペンス長編。

白川道著
流星たちの宴
時はバブル期。梨田は極秘情報を元に一か八かの仕手戦に出た……。危ない夢を追い求める男達を骨太に描くハードボイルド傑作長編。

黒川博行著
大博打
なんと身代金として金塊二トンを要求する誘拐事件が発生。驚愕する大阪府警だが、犯行計画は緻密を極めた。驚天動地のサスペンス。

黒川博行著
左手首
一攫千金か奈落の底か、人生を賭した最後のキツイ一発！　裏社会で燻る面々が立てた完全無欠の犯行計画とは？　浪速ノワール七篇。

鹿島圭介著

警察庁長官を撃った男

2010年に時効を迎えた国松長官狙撃事件。特捜本部はある男から詳細な自供を得ながら、真相を闇に葬った。極秘捜査の全貌を暴く。

清水潔著

桶川ストーカー殺人事件 遺言

「詩織は小松と警察に殺されたんです……」悲痛な叫びに答え、ひとりの週刊誌記者が真相を暴いた。事件ノンフィクションの金字塔。

清水潔著

殺人犯はそこにいる

―隠蔽された北関東連続幼女誘拐殺人事件―

新潮ドキュメント賞・日本推理作家協会賞受賞

5人の少女が姿を消した。冤罪「足利事件」の背後に潜む司法の闇。「調査報道のバイブル」と絶賛された事件ノンフィクション。

「新潮45」編集部編

殺ったのはおまえだ

―修羅となりし者たち、宿命の9事件―

彼らは何故、殺人鬼と化したのか――。父母は、友人は、彼らに何を為したのか。全身怖気立つノンフィクション集、シリーズ第二弾。

「新潮45」編集部編

凶悪

―ある死刑囚の告発―

警察にも気づかれず人を殺し、金に替える男がいる――。証言に信憑性はあるが、告発者も殺人者だった！白熱のノンフィクション。

読売新聞水戸支局取材班著

死刑のための殺人

―土浦連続通り魔事件・死刑囚の記録―

自死の手段としての死刑を望み、9人を殺傷する凶悪事件を起こした金川真大。彼は化け物か。死刑制度の根本的意味を問う驚愕の書。

吉田修一著　愛に乱暴（上・下）

帰らぬ夫、迫る女の影、唸りを上げる×××。予測を裏切る結末に呆然、感涙。不倫騒動に巻き込まれた主婦桃子の闘争と冒険の物語。

吉田修一著　さよなら渓谷

緑豊かな渓谷を震撼させる幼児殺害事件。容疑者は母親？　呪わしい過去が結ぶ男女の罪と償いから、極限の愛を問う渾身の長編小説。

横山秀夫著　深追い

地方の所轄に勤務する七人の男たち。彼らの人生を変えた七つの事件。骨太な人間ドラマと魅惑的な謎が織りなす警察小説の最高峰！

横山秀夫著　看守眼

刑事になる夢に破れ、まもなく退職をむかえる留置管理係が、証拠不十分で釈放された男を追う理由とは。著者渾身のミステリ短篇集。

米澤穂信著　満願

山本周五郎賞受賞

磨かれた文体と冴えわたる技巧。この短篇集は、もはや完璧としか言いようがない――。驚異のミステリー3冠を制覇した名作。

中山七里著　月光のスティグマ

十五年ぶりに現れた初恋の人に重なる、兄殺しの疑惑。あまりにも悲しい真実に息もできない、怒濤のサバイバル・サスペンス！

警《けい》官《かん》の掟《おきて》

新潮文庫　さ－24－18

平成三十年四月一日発行

著者　佐《さ》々《さ》木《き》譲《じょう》

発行者　佐藤隆信

発行所　株式会社　新潮社

郵便番号　一六二―八七一一
東京都新宿区矢来町七一
電話　編集部(〇三)三二六六―五四四〇
　　　読者係(〇三)三二六六―五一一一
http://www.shinchosha.co.jp

価格はカバーに表示してあります。

乱丁・落丁本は、ご面倒ですが小社読者係宛ご送付ください。送料小社負担にてお取替えいたします。

印刷・大日本印刷株式会社　製本・憲専堂製本株式会社

ISBN978-4-10-122328-5 C0193